ZEIT ZU STERBEN

WEITERE TITEL VON D.K. HOOD

Detectives Kane und Alton serie

Sie sagt kein Sterbenswort

Schenk mir Blumen

Niemand hört dich

Zeit zu sterben

In englischer Sprache

Detectives Kane und Alton serie

Don't Tell A Soul

Bring Me Flowers

Follow Me Home

The Crying Season

Where Angels Fear

Whisper in the Night

Break the Silence

Her Broken Wings

Her Shallow Grave

Promises in the Dark

Be Mine Forever

Cross My Heart

Fallen Angel

Lose Your Breath

D.K. HOOD

ZEIT ZU STERBEN

Übersetzt von Cornelius Hartz

bookouture

Herausgegeben von Bookouture, 2022

Ein Imprint von Storyfire Ltd.
Carmelite House
50 Victoria Embankment
London EC4Y 0DZ

www.bookouture.com

ISBN: 978-1-80314-456-6
eBook ISBN: 978-1-80314-455-9

Für Gary – für seine zahllosen Becher Kaffee und dafür, dass er mich immer wieder daran erinnert hat, dass ich etwas essen muss.

PROLOG

LETZTEN HERBST

»Lauf, und schau nicht zurück!«

Schüsse zischten durch das Unterholz, und Stückchen von Rinde regneten auf Paige Allen nieder, als die Bäume um sie herum zersplitterten. Sie unterdrückte einen Schrei und starrte auf den dunkelroten Fleck auf dem Hemd ihres Verlobten, der immer größer wurde. »Ich lass dich nicht hier liegen.« Sie packte Dawsons Arm und wollte ihn mit sich zerren.

»Lauf!« Dawson starrte sie an. Seine Augen verloren den Fokus. Blut tropfte aus seinem Mundwinkel. *Bitte ... lauf.*«

Sie hatte solche Angst, dass sie sich zwingen musste, ihre Füße zu bewegen. Sie rollte sich in die Büsche. Sie hörte Zweige knacken, als sich jemand den Weg durch die Bäume bahnte, dann folgten weitere Schüsse. Dawson krümmte sich, als die Kugeln seinen Körper durchbohrten. Er tat noch zwei wacklige Schritte und fiel dann der Länge nach zu Boden. In einem letzten instinktiven Aufbäumen krallten sich seine Finger in die Erde, dann lag er reglos da und starrte Paige aus leblosen Augen an. Sie unterdrückte das Schluchzen, das ihre Kehle heraufkroch. *O mein Gott, er ist tot.*

In der Ferne hörte sie, wie sich etwas Großes durch das

Unterholz auf sie zubewegte. Unfähig, sich zu bewegen, schaute sie den Pfad hinunter, aber es war niemand zu sehen. Was war bloß gerade geschehen? Der Schrecken hatte sie fest im Griff, und jeder Atemzug schmerzte in ihren Lungen. Sie spähte durch das Dickicht und suchte nach einem Fluchtweg. *Ich muss hier weg.* Zähneklappernd kroch sie tiefer in den Wald und entfernte sich vom Pfad. Wenn sie überleben wollte, durfte sie keinen Laut machen. Jeder Zweig, auf den sie trat, krachte in ihren Ohren wie ein Feuerwerkskörper.

Der schreckliche Anblick von Dawsons blutigem Leichnam und seinen starren toten Augen blitzte immer wieder in ihrem Kopf auf und beeinträchtigte ihr Reaktionsvermögen. Der Wind rauschte in den Bäumen, wirbelte zu ihren Füßen Blätter auf und ließ die Äste knarren. Jedes Geräusch klang wie die Schritte des Mörders. In ihrer Panik rannte sie blindlings drauflos, kämpfte sich zwischen Bäumen hindurch, stolperte über Wurzeln. Sie verlor die Orientierung, in ihrem Kopf war nichts als Chaos, aber sie rannte immer weiter und bahnte sich den Weg durch das dichte Unterholz. Als sie aus den Bäumen hervorbrach, konnte sie ein Schluchzen nicht unterdrücken. »O nein.« Sie war im Kreis gelaufen und befand sich nun wieder auf dem Pfad, etwa zwanzig Meter von Dawsons Leiche entfernt. Sie machte auf dem Absatz kehrt und rannte in die entgegengesetzte Richtung, auf den Berg zu. Jemand hatte Dawson umgebracht. Der Mann, den sie liebte, war umgekommen wie ein Tier in der Jagdsaison: zur Strecke gebracht und erschossen. Salzige Tränen liefen ihr über die Wangen und in den Mund. Sie musste hier weg und die Polizei verständigen. Verzweifelt sah sie sich nach einem Versteck um. Sie fand einen großen Felsbrocken etwas abseits des Weges. Wenn sie noch ein paar Meter schaffte, ohne dass der Mörder sie sah, konnte sie sich im Schatten einer Felsspalte verstecken.

Bei jedem Schritt zerrte das Gestrüpp an ihrem Haar und ihrer Kleidung. Keuchend erreichte sie den Felsen. Sie warf schnell einen Blick hinter sich. Auf der einen Seite des Pfades erzitterten die Büsche. Stiefel knirschten auf dem Waldboden, laut wie eine Büffelherde. *Er kommt.* Eine Gestalt donnerte über den schmalen Pfad, blieb stehen und kniete sich neben Dawsons leblosem Körper hin. Der Mann trug Kleidung in Flecktarn mit passender Gesichtsbemalung. Als er sich zu ihr umdrehte, hielt sie den Atem an. Ihr Puls pochte so laut in ihren Ohren, dass sie glaubte, er müsse es hören. Ohne einen Funken Mitgefühl zerrte der Mann Dawsons Leichnam vom Weg, lehnte ihn in sitzender Position gegen den Stamm einer hohen Kiefer und drehte sich dann langsam in ihre Richtung.

Blankes Entsetzen packte sie. Sie konnte kaum noch atmen. Sie musste Hilfe holen. Mit zitternden Gliedern zog sie ihr Handy heraus und duckte sich tiefer in den Schatten. Das Licht des Bildschirms erhellte den dunklen Raum wie ein Leuchtfeuer, dann entglitt das Gerät ihren zitternden Fingern und zerschellte auf dem Felsen. Sie starrte ungläubig auf die verstreuten Überreste. *Ich bin allein; niemand kann mir helfen.* Die Schritte kamen näher, wurden langsamer und bedächtiger. Er pirschte sich an.

Sie starrte auf die kleine Öffnung zwischen der steilen Felswand und dem Felsbrocken. Wenn sie die andere Seite des massiven Felsens erreichte, könnte sie dahinter weglaufen. Ganz sicher war der Mann zu groß, um ihr durch den schmalen Spalt hinterherzuklettern. Zitternd bewegte sie sich um den Rand des Felsens herum. Zu spät. Eine gewaltige Hand packte sie an den Haaren, hob sie hoch und schleuderte sie zu Boden. Der Mann starrte auf sie herab, und ein breites Grinsen erschien auf seinem Gesicht.

»Was machst du denn hier, ganz allein im Wald?« Seine Stimme klang merkwürdig verzerrt.

Paige spuckte Tannennadeln aus und rappelte sich auf. Ihre Wut und Abscheu flößten ihr Mut ein. »Sind Sie verrückt? Sie haben Dawson erschossen.«

»Der kann dir jetzt nicht helfen. Sag mal, kannst du bis zehn zählen, Schätzchen?«

Als sie den amüsierten Ausdruck in seinen Augen sah, wich sie einen Schritt zurück und schluckte schwer.

Der Mann gab ein leises Kichern von sich, hob sein Gewehr und richtete es auf sie.

Sie starrte ihn ungläubig an. »Wie meinen Sie das?«

»Eins ...«

Paige drehte sich um und lief los durch das knackende Gestrüpp. Sie fand den Pfad, der den Berg hinunterführte, und rannte. Hinter ihr waren keine Schritte mehr zu hören. Sie konnte es schaffen. Mit klopfendem Herzen sprang sie über einen umgestürzten Baumstamm. Noch bevor sie wieder auf dem Boden aufkam, durchzuckte ein Schmerz ihren Rücken, als wäre ihr aufgrund der Anstrengung ein Lungenflügel geplatzt. Sie zwang ihre Beine, weiterzulaufen, aber der Wald um sie herum löste sich auf in einem Kaleidoskop aus Grüntönen. Der Erdboden kam ihr entgegen, und der Aufprall presste ihr die Luft aus den schmerzenden Lungen. Als sie flach auf dem sandigen Weg lag, blinzelte sie. Vor ihren Augen ragte eine Wildblume auf. Einen Moment lang sah sie die Blume gestochen scharf, dann verblasste sie, und alles wurde schwarz.

EINS

HEUTE

Montag

Deputy David Kane wich einer Bierflasche aus, die sich in der Luft um sich selbst drehte und in alle Richtungen Schaum verspritzte. Die Flasche flog über seine Schulter hinweg und prallte hinter ihm gegen die Wand. Er spürte, wie Glassplitter auf seinen Rücken regneten. Instinktiv drehte er sich gerade noch rechtzeitig um und bekam die schwingende Faust eines stämmigen Mannes zu fassen. Er packte den Angreifer am Handgelenk und verdrehte ihm hinter dem Rücken den Arm. Dann trat er ihm die Füße weg, sodass er hart auf den Knien landete. Der Mann heulte vor Schmerz auf. Er sah nicht wie einer der üblichen harten Typen aus, die die Triple Z Bar frequentierten. Als Kane ihn auf die Beine zerrte und gegen die Wand presste, registrierte er die schicke Jacke und die teuren Wanderstiefel des Mannes. »Wollen Sie die Jagdsaison wirklich im Gefängnis verbringen?«

»Fahr zur Hölle.«

Kane fixierte die Hände des Mannes hinter dessen Rücken und erklärte ihm seine Rechte, während er ihn ins Freie zerrte

und mit Handschellen an einem alten Anbindebalken für
Pferde befestigte. »Zur Hölle fahr ich später, wenn's recht ist.«
Er machte einen großen Schritt über den wachsenden Scher-
benhaufen vor der Eingangstür und ging wieder hinein. *Einen
hätten wir.*

Seine Arbeit als Deputy in Black Rock Falls unterschied
sich sehr von seiner Zeit als Scharfschütze und dem anschlie-
ßenden fünfjährigen Dienst beim Special Forces Investigation
Command in Washington, D. C. Er hatte den Dienst quittiert,
nachdem ein Terrorist eine Bombe unter seinem Auto platziert
hatte, die seine Frau getötet hatte. Er selbst war mit einer Titanplatte im Kopf davongekommen und anschließend untergetaucht. Sein neues Leben in der beschaulichen ländlichen
Kleinstadt Black Rock Falls versprach ruhig und ereignislos zu
werden. Doch bald stellte sich heraus, dass das ein grober Trug-
schluss gewesen war. Zum einen hatte er kurz nach seiner
Ankunft erfahren, dass seine Vorgesetzte, Sheriff Jenna Alton,
eine ehemalige verdeckte Ermittlerin der DEA war, der
Drogenvollzugsbehörde, und unter neuem Namen und mit
einem neuen Gesicht im Zeugenschutzprogramm lebte. Und
zum anderen ging es in Black Rock Falls generell alles andere
als beschaulich zu.

Zwischen dem Mann, den er an den Anbindebalken gefesselt hatte, und zwei Ortsansässigen war ein Streit um einen
erlegten Achtender ausgebrochen, der dann zur Schlägerei
eskaliert war. Der rotgesichtige Besitzer stand hinter seiner Bar,
eine Schrotflinte im Anschlag; sein Mund bewegte sich, aber
seine Worte gingen im allgemeinen Lärm unter. Die Männer
kämpften gegeneinander wie Tiere und droschen mit Stühlen,
Tischen und Billardstöcken aufeinander ein. Eine Frau in
kurzem Rock und Stöckelschuhen sprang einem Mann auf den
Rücken und krallte ihm ihre lackierten Fingernägel ins Gesicht.
Ein Dunst aus Bier, Schweiß und Zigarettenrauch hing im
Raum. Kane wich dem Fausthieb eines Mannes aus, der sich

ein rotes Halstuch um den kahlen Schädel gebunden hatte. Er drehte sich auf einem Fuß um die eigene Achse und versetzte dem Mann einen Tritt in den gewaltigen Bauch. Kanes Stiefel versank in seinem Fleisch wie in Götterspeise. Der Mann krümmte sich, Kane schubste ihn auf den Billardtisch, und dann duckte er sich und kämpfte sich durch das Chaos zu Deputy Rowley durch.

Der junge Deputy wurde von zwei Männern gleichzeitig angegriffen und weitere waren drauf und dran, mitzumischen. Rowley hielt sich wacker, aber nun lief ein Idiot mit blutverschmiertem Gesicht auf ihn zu und schwang einen Stuhl über dem Kopf.

Kane zog seine Glock und gab drei Schüsse in die Decke ab. Eine unheimliche Stille breitete sich im Raum aus, und die wütende Menge drehte sich zu ihm um und starrte ihn an. »Raus hier, sonst lass ich euch alle festnehmen.«

Die meisten Anwesenden verließen fluchtartig die Bar. Kane steckte seine Waffe in das Holster und trat vor die beiden Männer, die Rowley angegriffen hatten. »Sie wissen schon, dass es strafbar ist, einen Polizeibeamten anzugreifen, oder?«

»Er wollte mich verhaften, weil er meint, dass ich den Hirsch gestohlen hätte.« Der Mann schaute ihn entrüstet an und versuchte, sein zerrissenes Hemd zu richten.

»Sie können zu den Anklagepunkten noch Widerstand gegen die Festnahme hinzufügen.« Das rabenschwarze Haar von Sheriff Jenna Alton glänzte im Licht, während ihr genervter Blick durch die Bar wanderte. Unbeirrt näherte sie sich Kane. Sie hatte die Situation völlig unter Kontrolle. Jenna musterte den Gefangenen und verzog den Mund. »Legen Sie ihm Handschellen an, und führen Sie ihn ab.« Sie deutete auf den anderen Mann, der eine üble Wunde unter einem Auge hatte und blutete wie ein angestochenes Schwein. »Und den da auch.« In knappen Worten belehrte sie die beiden Männer über ihre Rechte.

»Ja, Ma 'am.« Rowleys Mundwinkel zuckten, als er ein paar Kabelbinder aus seiner Tasche holte. Er wandte sich an Kane. »Haben Sie den großen Typen erwischt, der mit der Flasche auf Sie losgegangen ist?«

»O ja.« Kane lächelte. »Er schnappt gerade ein wenig Luft, am Anbindebalken vor der Tür.«

»Und jammert über seinen Zweitausend-Dollar-Cowboy-hut, den er hier drinnen irgendwo verlegt hat.« Jenna warf ihm ihren typischen »Mir doch egal«-Blick zu und zuckte mit den Schultern. »Meint, er wird über seinen Anwalt Beschwerde beim Sheriff einreichen. Glaubt wohl, ich würde euch das Fell über die Ohren ziehen.« Sie räusperte sich. »Noch mehr Papierkram.«

»Wer wird denn für den Schaden hier aufkommen?« Der wütende Blick des Barbesitzers ruhte auf Kanes Gesicht. Er hielt immer noch die Schrotflinte in den Händen.

»Runter mit der Waffe – sofort!« Jenna funkelte ihn an, und der Mann gehorchte verlegen. »Wer hat die Schlägerei angefangen?«

»Ich bin mir nicht sicher, aber die beiden hier und der Typ aus der Stadt haben auf einmal mit Flaschen und Stühlen geworfen.«

»Okay.« Sie wandte sich an die zwei Männer. »Haben Sie Jobs, Eigentum oder Bargeld, um das hier zu bezahlen? Ich gebe Ihnen jetzt die Möglichkeit, den Schaden zu begleichen, sonst geht die Sache vor Gericht.«

»Nö.« Der mit dem zerrissenen Hemd befeuchtete seine Lippen. »Nur mein Auto, und wir können ja schlecht zu Fuß nach Hause laufen; unsere Hütte liegt oben in den Bergen. Der Hirsch gehört uns, ist alles ganz legal. Wir haben eine Genehmigung, dass wir überfahrene Wildtiere bergen dürfen. Ich bin im Recht.«

Kane schnaubte und packte den Mann am Arm. »Dann ist das Ihr Auto da draußen mit dem Hirsch auf der Motorhaube?«

»Na klar.«

»Neben einigen anderen Verletzungen hat das Tier eine Schusswunde.« Kane hob eine Augenbraue. »Können Sie mir das erklären?«

»Er ist mir vors Auto gelaufen. Sehen Sie doch selbst nach. Sein Bein ist gebrochen, und mein einer Scheinwerfer ist hin.« Der Mann sah Jenna flehend an.

»Ich habe ebenfalls eine Genehmigung zum Bergen überfahrener Wildtiere.« Der Besitzer warf Kane einen hoffnungsvollen Blick zu. »Ich könnte den Hirsch nehmen, als Entschädigung für deren Teil des Schadens. Den kann ich gut gebrauchen. Aber von dem reichen Kerl, den Sie draußen festgenommen haben, will ich Bargeld sehen.«

»Das scheint mir nur fair.« Jenna sah Kane an. »Kümmern Sie sich darum.«

»Ich glaube, ich spinne!«, rief der Mann mit dem zerrissenen Hemd. »Der gehört doch niemandem! Weiß ich doch nicht, warum der Verrückte Streit angefangen hat.« Er sah Kane über eine Schulter hinweg an. »Der Hirsch ist mir vor die Karre gelaufen. Mein Wildlife Salvage Permit ist aktuell, und die Gebühren hab ich auch bezahlt.«

Kane wandte sich an den Besitzer. »Holen Sie sich den Hirsch. Wie er schon gesagt hat: Der gehört niemandem.«

»Klar doch, besser als nichts.« Der Barbesitzer ging hinaus.

»Das ist nicht fair.« Der Mann mit dem Hemd sah Jenna mit Hundeblick an. »Sheriff, sagen Sie dem Hurensohn, dass er das nicht tun kann, das ist nicht fair.«

Okay, das wird lustig. Kane verkniff sich ein Grinsen, schaute Jenna an und hob eine Augenbraue.

»Schön und gut«, sagte Jenna, »aber wenn der Hirsch wochenlang in der Sonne liegt, kann man ihn auch nicht mehr essen.« Sie bedachte den Mann mit dem Hemd mit einem schmalen Lächeln. »Kann gut sein, dass Sie bis zur Gerichtsverhandlung in Untersuchungshaft sitzen.«

»O Mann.« Der Mann mit dem Hemd biss sich auf die Unterlippe, als würde er überlegen.

»Also, was wollen Sie tun?« Jennas Augen blitzten.

»Ich habe wohl keine Wahl, oder?«

»Sie hatten vorhin die Wahl – nämlich ob Sie einen Streit anfangen oder nicht. Ich lasse Sie hier mit einem blauen Auge davonkommen.« Sie wandte sich an Kane. »Setzen Sie die Männer hinten in meinen Wagen. Ich nehme dann Ihren, um zurück in die Dienststelle zu fahren.« Sie hielt ihm ihre Schlüssel hin.

»Ja, Ma 'am.« Kane tauschte die Autoschlüssel mit ihr und lächelte. Jenna nannte seinen schwarzen SUV seit den Upgrades immer »das Biest«. Er war schnell. Sehr schnell.

Nachdem er die drei Männer in Jennas Einsatzfahrzeug gesteckt hatte, blickte Kane ihr hinterher, wie sie wegfuhr.

Dann ging er wieder hinein, um nach Rowley zu sehen. Er hatte ein Veilchen, aber ansonsten sah er ganz gut aus. »Besorgen Sie sich Eis für das Auge, bevor wir gehen. Ach, und bitten Sie den Barmann, nach einem Cowboyhut Ausschau zu halten und uns anzurufen, wenn er ihn findet.«

»Ja, Sir.«

Zusammen mit Rowley, der sich einen Eisbeutel auf sein Auge drückte, begab er sich zurück zu Jennas Auto. Hinter der kugelsicheren Scheibe stritten sich die drei Männer schon wieder, und sie hörten während der gesamten Fahrt zurück zur Dienststelle auch nicht mehr damit auf.

Der Mann mit dem zerrissenen Hemd und der mit der Wunde unter dem einem Auge gaben Kane bereitwillig ihre Personalien, bevor er sie an Deputy Cole Webber übergab, der sie in getrennte Vernehmungsräume brachte.

Der Mann, der Kane angegriffen hatte, war weniger kooperativ. Er starrte ihn mit glühenden Augen an. Kane drückte ihn auf den Stuhl vor seinem Schreibtisch. »Name?«

»Ethan Woods. Diese Männer haben mir den Achtender gestohlen, den ich erlegt hatte.«

Kane seufzte. »Haben Sie Ihre Beute markiert oder die beiden einem Beamten des Department of Fish, Wildlife & Parks an der Kontrollstation als Wilderer gemeldet?«

»Nein.« Woods warf ihm einen wütenden Blick zu.

»Da Sie ja offenbar ein erfahrener Jäger mit – so hoffe ich zumindest – gültigem Jagdschein sind, drängt sich mir da natürlich die Frage auf: Warum nicht?«

Woods´ Gesicht wurde rot, und er warf Kane einen Blick zu, der kalt genug gewesen wäre, die Black Rock Falls einzufrieren. »Ich verlange, dass Sie meinen Anwalt verständigen.«

»Sicher.« Nachdem er den Namen in das Verhaftungsformular eingetragen hatte, musterte Kane ihn von oben bis unten. »Sind Sie verletzt?«

Woods warf ihm einen eisigen Blick zu. Junge, Junge, machte der von seinem Recht zu schweigen Gebrauch! Kane zuckte mit den Schultern. »Sorgfaltspflicht, Sir. Die Sanitäter kommen sowieso gleich rein. Wenn Sie untersucht werden möchten, lassen Sie es mich wissen.« Er lehnte sich in seinem Stuhl zurück. »Der Name Ihres Anwalts?«

»James Stone.«

Kane stöhnte innerlich. Sein Tag wurde von Sekunde zu Sekunde unerfreulicher. Der Anwalt, der seine Kanzlei hier in Black Rock Falls hatte, war eine echte Nervensäge. Offenbar waren er und Jenna, bevor Kane hergezogen war, ein paar Mal zusammen ausgegangen. Von Jennas Seite aus hatte es nicht gefunkt, aber Stone hatte das nicht akzeptiert. Schließlich hatte Kane mit Stone gesprochen und angedeutet, er hätte ein Verhältnis mit Jenna, damit der Anwalt sie endlich in Ruhe ließ. Seitdem hatte es zwischen Jenna Altons Dienststelle und Stone keine Kooperation mehr gegeben. Kane holte tief Luft und rief ihn an.

Da Stone versprach, sofort zu kommen, als Kane ihm den

Namen des Festgenommenen nannte, vermutete er, dass Woods einer seiner besonders wichtigen Klienten war. Als er auflegte, stellte er sich vor, wie Stone direkt zu seinem Auto eilte, um zur Dienststelle zu fahren. Kane konnte sich ein zufriedenes Grinsen gerade noch verkneifen. Er richtete seine Aufmerksamkeit wieder auf Woods. »Ich bringe Sie in einen Verhörraum, da können Sie auf Ihren Anwalt warten.«

»Haben Sie meinen Hut gefunden?«

Kane hatte immer wieder mit Leuten zu tun, die die Strafverfolgungsbehörden verachteten und glaubten, sie könnten sich mit ihrem Geld aus jeder Situation freikaufen. Woods' Einstellung zeugte von einem privilegierten Leben, bei dem immer alle nach seiner Pfeife tanzten. Wahrscheinlich stammte er aus einer wohlhabenden Familie. Kane zuckte mit den Schultern. »Ich habe den Besitzer der Triple Z Bar gebeten, danach Ausschau zu halten.«

»Das reicht mir nicht.« Aus Woods' Mund flogen Spucketropfen. »Fahren Sie noch einmal hin, und suchen Sie ihn.«

»Sorry, aber von Läden wie der Triple Z Bar halte ich mich fern, es sei denn, es gibt dort Ärger. Wenn jemand ihn abgibt, sagen wir Ihnen Bescheid.«

Woods' Gesicht färbte sich merkwürdig lila. »Diese Halunken werden ihn stehlen, und das wissen Sie! Ich habe ihnen eine Stange Geld gezahlt, damit sie Wild für mich aufspüren. Und als ich den Hirsch angeschossen hatte, haben sie mich im Wald einfach stehen lassen und gesagt, sie würden den Hirsch für mich erlegen.«

»Sie hätten halt professionelle Fährtensucher anheuern sollen.« Kane blickte dem wütenden Mann ins Gesicht und lächelte. »Wer sich mit Hunden einlässt, fängt sich halt Flöhe ein. Wussten Sie das nicht?« Er gab ihm einen leichten Schubs in Richtung Verhörraum. »Hier entlang.«

»Ich verlange, dass Sie zur Triple Z Bar fahren und nach

meinem Hut suchen.« Woods warf ihm über die Schulter einen entrüsteten Blick zu.

Als Kane Woods an Deputy Rowley vorbeiführte, grinste er seinen Kollegen an. »Sieht ganz so aus, als würde Mr. Woods auf sein Recht zu schweigen verzichten, und medizinische Hilfe hat er abgelehnt. Informieren Sie bitte den Sheriff?«

»Ja, Sir.«

ZWEI

Jenna blickte von ihrem Computerbildschirm auf, als Rowley an die Tür klopfte. »Gibt's Probleme?«

»Nein.« Rowley sah sie mit seinem geschwollenen, tränenden Auge an und übermittelte ihr Kanes Nachricht. »Woods sitzt in Verhörraum drei.«

»Okay.« Sie richtete sich auf. »Die Sanitäter sind auf dem Weg. Setzen Sie sich hin und halten Sie Eis auf Ihr Auge. Ich möchte nicht, dass Sie irgendetwas tun, bevor Sie nicht untersucht worden sind.«

»Danke, Ma 'am, aber es geht mir gut.«

Sie kam näher, sah ihn an und runzelte die Stirn. »Sie sehen aber nicht gut aus, und ich mache mir Sorgen. Zeigen Sie mal Ihre Hände.«

Als sie seine blutverkrusteten Fingerknöchel sah, schüttelte sie den Kopf. »Ach Jake, denen geht es nicht gut und Ihnen auch nicht. Setzen Sie sich wenigstens eine Weile hierher, wo Sie sich ausruhen können.« Sie wies auf einen der Stühle vor ihrem Schreibtisch. »Ich werde Maggie bitten, Ihnen einen Eisbeutel zu bringen und die Sanitäter zu schicken, damit sie Sie untersuchen. Sagen Sie mir Bescheid, wenn Sie irgendetwas brauchen.«

»Danke schön, aber ich bin okay.« Rowley drehte seine Hände um und seufzte. »Beim Sport habe ich mich schon schlimmer verletzt.«

Jenna ignorierte das. Seit er erstmals ihre Dienststelle betreten hatte, hatte Rowley sich nicht ein einziges Mal über irgendetwas beschwert. Er war zuverlässig und effizient, und sie war stolz darauf, dass sie ihn ausgebildet hatte, aber dieses Mal musste sie ein Machtwort sprechen. Sie ging zum Tresen und sprach mit der Empfangsdame, Magnolia »Maggie« Brewster. »Rowley ist ein bisschen angeschlagen. Ich habe ihn in mein Büro gesetzt. Können Sie ihm einen Eisbeutel besorgen und ein Auge auf ihn haben, bis die Sanitäter ihn untersucht haben? Ich bin sicher, dass er eine Gehirnerschütterung hat.«

»Selbstverständlich. Wissen Sie, was ich mich frage? Wie hat Deputy Kane es geschafft, sich bei der Schlägerei keinen einzigen Kratzer zuzuziehen?« Maggie verdrehte die braunen Augen. »Er hat Jake da doch nicht etwa allein reingeschickt?«

Jenna verkniff sich ein Grinsen, so empört schien Maggie. »Keine Sorge, Kane war mittendrin und hat in alle Richtungen ausgeteilt. Ich glaube nur, Kane weiß besser, wie man sich duckt.« Sie blickte in Richtung ihrer Bürotür und senkte die Stimme. »Als Kane sich einen Weg durch die Kämpfenden gebahnt hat, bin ich direkt hinter ihm geblieben. Aber Rowley ist mitten ins Getümmel gesprungen, mit fliegenden Fäusten.« Sie lehnte sich vor. »Ich glaube, er hat sich prächtig amüsiert.«

Die Eingangstür der Dienststelle flog auf, und James Stone stürmte herein. Er machte ein finsteres Gesicht. Der Anwalt marschierte auf sie zu und hielt seine Aktentasche vor sich wie ein Ritter seinen Schild. »Sheriff Alton, Sie haben meinen Klienten Ethan Woods in Gewahrsam.«

Wie ist der denn so schnell hierhergekommen? Jenna fielen die Freizeitkleidung und die Wanderschuhe des Rechtsanwalts auf. Normalerweise steckte er in einem teuren Anzug und glänzenden Lederschuhen. »Haben wir. Aber er hat bereits auf seine Rechte verzichtet.«

»Das glaube ich kaum.« Stone warf ihr einen eiskalten Blick zu. »Bringen Sie mich zu ihm. Was wird ihm vorgeworfen?«

Jenna hob ihr Kinn. »Er hat einen meiner Deputys mit einer Flasche angegriffen und in der Triple Z Bar eine Schlägerei angezettelt.« Sie ging voraus zum Verhörraum. »Und dann ist da noch der Hirsch.«

»Der Hirsch?«

Als sie den Raum betraten, sprang Woods auf.

»James. Gott sei Dank bist du da. Der Vollidiot da hat mich verhaftet.« Woods zeigte auf Kane, der von seinen Notizen aufschaute.

»Du hast Glück, dass ich überhaupt hier bin. Ich wollte eigentlich diese Woche nach New York fahren.« Stone stellte seine Aktentasche auf den Tisch und zog sich einen Stuhl heran, dann wedelte er mit der Hand in Jennas und Kanes Richtung. »Ich möchte jetzt mit meinem Klienten allein sprechen.«

»Na klar. Drücken Sie den Buzzer, wenn Sie fertig sind.« Jenna wandte sich Kane zu. »Sie können mich in der Zwischenzeit auf den neuesten Stand bringen, was die beiden anderen Gefangenen betrifft. Ich nehme an, die haben keinen Anwalt?«

»Nein.« Kane stand auf, bedachte Stone mit einem kalten Blick und verließ ohne ein weiteres Wort hinter Jenna den Raum.

Im Flur blieb sie stehen und lehnte sich an die Wand. »Was wissen wir über die zwei?«

»Leroy und Abel Finch. Sie sind Brüder, haben eine Hütte in den Bergen nahe Bear Peak. Ihre Jagdscheine wurden überprüft, die sind gültig. Es gibt keine Hinweise darauf, dass sie Wilderer sind, keinerlei Verstöße, die Montana Fish, Wildlife & Parks gemeldet wurden.« Kane warf einen Blick auf seine Notizen. »Ich habe keine Beweise dafür, wer die Schlägerei angefangen hat. Die Schusswunde am Hirsch ist ein glatter Durchschuss – selbst wenn wir uns die Zeit nehmen könnten, sie ballistisch zu untersuchen, fehlt die Kugel. Ein Bein ist gebrochen, er könnte also auf die Straße gelaufen sein, bevor Woods ihn eingeholt hat. Woods hat ja angegeben, dass sie ihn im Wald haben stehen lassen, um den Hirsch zu jagen.« Er zuckte mit den Schultern. »Aber das gilt bestenfalls als Hörensagen.«

Jenna tippte sich auf die Unterlippe und dachte nach. »Ich denke mal, aus dem Anklagepunkt Gewalt gegen einen Polizisten wird nichts werden. Bestimmt finden sie Zeugen, die das Ganze umdrehen, und dann sind wir schnell bei Polizeigewalt. Wenn sie damit durchkommen, brummt der Richter den beiden höchstens eine Geldstrafe auf. Lieber würde ich sie eine Nacht lang in der Zelle lassen und mit einer Verwarnung gehen lassen.«

»Klingt nach einem Plan. Ich werde als Nächstes mit ihnen sprechen.« Er nickte in Richtung des Verhörraums, in dem Woods und Stone lautstark aufeinander einredeten. »Was ist mit Woods?«

»Wir werden sehen, was er zu sagen hat. Ich denke mal, er wird anbieten, sich freizukaufen, und dann können wir ihn ziehen lassen. Was glauben Sie, wie viel Schaden sie am Triple Z angerichtet haben?«

»Ich glaube, wenn Woods dem Besitzer fünf Riesen anbietet, tanzt der vor Freude nackt auf der Straße.« Kane grinste. »Die meisten seiner Tische und Stühle sind vom Flohmarkt, dann noch ein paar Gläser. Einen Tag, um klar Schiff zu machen. Alles in allem würde er noch Gewinn machen.« Er warf einen Blick in Richtung James Stone. »Sein Anwalt berechnet ihm wahrscheinlich mehr als das. Pro Stunde.«

»Okay, schauen wir mal, ob er sich auf einen Deal einlässt.« Sie seufzte, als ein mürrisch dreinblickender Deputy Webber in

Sicht trat. »Sieht so aus, als würde ich eine Weile beschäftigt sein. Kümmern Sie sich um Woods?«

»Klar, ich schlage ihm einen Deal vor. Er zahlt Schadenersatz, und ich lasse ihn gehen.« Kane grinste. »Das könnte Stone für eine Weile beruhigen. Er ist einer der Anwälte, mit denen ich mich nicht so gerne abgebe; so ein arroganter Arsch.«

»Ganz meine Meinung.«

Webber kam auf sie zu und Jenna erkannte an seinem Gesichtsausdruck sofort, dass etwas nicht stimmte. Sie wandte sich ihm zu. »Probleme?«

»Kann sein. Ein paar Wanderer haben nahe der Grenze des Reservats einen menschlichen Schädel gefunden. Ich habe sie gebeten, vorne im Empfangsbereich zu warten. Rowley ist immer noch in Ihrem Büro mit den Sanitätern.«

Jenna wog ihre Optionen ab. »Bringen Sie sie in Verhörraum vier, und sagen Sie den Sanitätern, sobald sie mit Rowley fertig sind, sollen sie die Finch-Brüder untersuchen. Wenn mit den beiden nichts weiter ist, sperren Sie sie in die Zellen. Ich werde mich dann später mit ihnen unterhalten.«

»Ja, Ma'am.« Der Deputy machte auf dem Absatz kehrt und eilte den Gang hinunter.

Ob mein Tag noch schlimmer werden kann? Jenna seufzte und fuhr sich mit der Hand durchs Haar. Die Schlägerei im Triple Z war plötzlich nicht mehr so wichtig. Sie sah zu Kane auf. »Ich gehe die Wanderer befragen.«

»Klar.« Er rieb sich das Kinn. »Ein menschlicher Schädel, hm? Soll ich Wolfe anrufen?«

Sie schüttelte den Kopf. Es war ein großes Glück, dass sie mit Deputy Shane Wolfe einen Rechtsmediziner in ihrem Team hatte. Dass er bei den Marines gedient hatte, war ein zusätzlicher Bonus. »Noch nicht. Ich werde mir erst anhören, was sie zu sagen haben. Ich hoffe nur, dass der Schädel nicht vom Regen aus dem Reservat heruntergespült wurde. Da gibt es einige alte Grabstätten, und die Leute dort mögen es nicht, wenn Fremde ihr heiliges Land betreten.«

Das Geräusch von Schritten kündigte die Ankunft von zwei Sanitätern an. Hinter ihnen ging Webber mit einem jungen Pärchen im Schlepptau. Jenna unterdrückte das Bedürfnis, sich danach zu erkundigen, wie schwer Rowleys Verletzungen waren. Sie gab den Code an der Tür ein, führte das Pärchen in den Verhörraum und nahm am Tisch Platz. »Ich bin Sheriff Jenna Alton. Würden Sie mir bitte Ihre Namen und Kontaktdaten für das Protokoll nennen?«

»Jim und Bailey Canavar aus Kansas.«

Jenna musterte die beiden. Jim Canavar war ein hochgewachsener Mann mit Brille und Kleidung, die aussah, als sei sie mindestens eine Nummer zu klein für ihn. Die junge Frau neben ihm war das genaue Gegenteil: Sie war sehr attraktiv, mit schulterlangem, rabenschwarzem Haar, manikürten Fingernägeln und Kleidung von einer bekannten Outdoormarke. Sie sah nach Geld aus.

Jenna trug die Angaben der zwei in den Bericht ein. »Wissen Sie noch die genaue Stelle, wo Sie den Schädel gefunden haben?«

»Ja, ich habe die GPS-Koordinaten notiert und ein paar Fotos gemacht«, sagte der Mann und sah die Frau an. »Meine Frau musste mal und hat sich dabei zu Tode erschrocken.«

»Das glaube ich gern. Haben Sie den Schädel berührt oder rundherum etwas in Unordnung gebracht, Mrs. Canavar?«

»Nein, ich habe ihn nur am Wegesrand gesehen und bin dann zurückgelaufen, um es Jim zu sagen.« Bailey ergriff Jims Arm. Sie sah plötzlich ganz erschüttert aus. »Ich fand es auch nicht gut, dass er Fotos gemacht hat. Nicht, dass die später zwischen unseren Flitterwochenfotos auftauchen!«

»Ich bin sicher, dass er sie wieder löschen wird. Aber vorher schicken Sie bitte die Koordinaten und die Bilder an diese Adresse.« Jenna schrieb ihre E-Mail-Adresse auf einen Zettel und reichte sie ihm. »Ich werde das Gebiet lokalisieren.« Als er nickte, lächelte sie die beiden an. »Was hat Sie denn eigentlich nach Black Rock Falls verschlagen?«

»Wir sind auf Hochzeitsreise und wohnen im Cattleman's Hotel. Wir sind bis zum Parkplatz am Deadman's Creek gefahren und dann den ganzen Tag gewandert. Wir wollten im Wald zelten und am Morgen wieder hinunterwandern.« Jim zuckte mit den Schultern. »Die Förster haben uns gesagt, dass es kein ausgewiesenes Jagdgebiet ist, aber in der Ferne haben wir Schüsse gehört. Ich bin mir ziemlich sicher, dass der Pfad an das Reservat grenzt, aber wir haben den Schädel auf dieser Seite der Grenze gefunden, direkt neben dem Hauptpfad.« Er hob eine Augenbraue. »Ich gehe mal davon aus, dass es sich um ein Mordopfer handelt?«

»Wir haben im Moment keine offene Vermisstenanzeige, aber ich erkundige mich auf jeden Fall in den Nachbarcountys.« Jenna lächelte. »Wahrscheinlich wurde der Schädel mit dem Regen von einer der alten Grabstätten heruntergespült.«

Ihr Handy piepte und zeigte an, dass sie eine E-Mail bekommen hatte. Sie öffnete eine der Bilddateien im Anhang. Ein grauenhafter Anblick füllte das Display: Ein Schädel mit Büscheln von wallendem schwarzen Haar starrte sie aus dunklen Augenhöhlen an. Als ihr Verstand erfasste, dass der schwarze Fleck zwischen den Augen ein Einschussloch war, kam ihr etwas Galle hoch. Sie schluckte sie hinunter. Die Vorderzähne fehlten, und vom Kiefer bis zur Wange klaffte ein Riss. Der Anblick des Schädels mit dem aufgerissenen Mund schrie förmlich nach Mord.

DREI

Jim und Bailey Canavar standen an der Rezeption des Cattleman's Hotel und warteten. Da Bailey sich so gerne in diesem Fünf-Sterne-Hotel aufhielt, hatte Jim sich ausgerechnet, dass er zwischendurch allein auf die Jagd gehen könne, aber seine Frau wollte ihm dieses Vergnügen austreiben. Trotzdem hatte er für alle Fälle seinen Jagdschein erneuert. Er wohnte zwar seit zehn Jahren in Kansas, war aber in Montana geboren und aufgewachsen und besuchte diesen Bundesstaat, sooft es ging. Black Rock Falls lag mitten im Nirgendwo, aber das Hotel hatte eine Bar und ein erstklassiges Restaurant. Er war gerne in der freien Natur unterwegs, aber seine Braut fand die Vorstellung, im Wald wandern zu gehen und zu zelten, ähnlich ansprechend, wie unter einer Brücke zu schlafen. Aber wenn sie den Luxus des Cattleman's Hotel genießen durfte, würde sie es wohl ertragen können, zwischendurch ein, zwei Tage wandern zu gehen.

Die Person vor ihnen in der Schlange entfernte sich, und sie traten an den Tresen.

»Wie war Ihr Tag?« Der Rezeptionist in Anzug und Krawatte hatte einen goldfarbenes Namensschild mit dem

Namen Nigel am Revers. Er lächelte Bailey an. »Hat Ihnen die Wanderung gefallen?«

»Nicht wirklich.« Bailey zog einen Schmollmund. Wie immer, wenn ihr etwas missfiel. »Wir haben einen Schädel gefunden, der hat mir den ganzen Tag ruiniert, vielleicht sogar meine ganzen Flitterwochen.«

»Einen Schädel?« Nigel blinzelte ein paar Mal, dann lehnte er sich über den Tresen. »Erzählen Sie mal.«

Da Jim sich nicht sicher war, was die Polizei davon hielt, wenn sie das überall herumerzählten, senkte er seine Stimme. »Wir haben an der Grenze des Reservats einen menschlichen Schädel gefunden. Wir sind gerade vom Sheriff's Office zurück.«

»Uh, wie aufregend.« Nigel zwinkerte ihm verschwörerisch zu. »Sie haben sicher schon davon gehört, dass Black Rock Falls langsam für seine Serienmörder berühmt wird, oder?« Er grinste. »Die Leute lieben diese Geschichten über seltsame Vorkommnisse in längst vergangenen Zeiten. Es gibt hier Scheunen, in denen es spukt. Und wussten Sie, dass in dieser Gegend immer wieder Personen auf Nimmerwiedersehen verschwinden?« Er zeigte auf die Rückseite eines Touristenprospekts, auf der eine Anzeige für einen Krimi prangte. »Jetzt schreiben sie sogar über uns. Das ist toll für den Tourismus.«

»Wirklich? Na ja, über Geschmack lässt sich nicht streiten.« Obwohl er sich in der Gegend gut auskannte, studierte Jim die Karten, die auf dem Tresen ausgebreitet waren. »Können Sie uns einen anderen Wanderweg empfehlen, den wir ausprobieren können? Am besten einen schön ruhigen. Wo wir über Nacht unser Zelt aufschlagen können.«

»Du hast gesagt, dass wir zwei Tage im Hotel bleiben.« Bailey strich sich eine Haarsträhne hinter die Schulter. »Das war die Abmachung.«

»Ja, Schatz, wir bleiben erstmal zwei Nächte hier, dann

gehen wir wieder auf den Berg. Und wenn das Wetter schlechter wird, kehren wir vorzeitig um.«

»Okay.« Bailey stieß einen langen Seufzer aus. »Wenigstens ist das ganze Herumgelatsche gut für meine Figur.«

»Da habe ich eine Idee.« Schwungvoll öffnete Nigel eine Karte und zeigte auf eine kurvenreiche Straße, die in die Berge führte. »Sie nehmen diese Straße und fahren bis zu dem Parkplatz hier. Der ist ganz neu, und da gibt es einen Mini-Markt und einen Souvenirladen. Die Familie, der sie gehören, betreibt weiter oben auch ein paar Hütten für Wanderer.«

»Ich habe eher an einen Platz zum Zelten gedacht, der ein wenig mehr abseits der touristischen Gebiete liegt.« Jim zeigte auf die Karte. »Wohin führt dieser Weg?«

»Ah, genau, Bear Peak. Dort oben gibt es einen alten Wanderweg. Der ist eine halbe Meile vom Parkplatz entfernt und ein bisschen isoliert, aber es gibt ein Plateau ein Stück weiter oben und einen schön abgelegenen Platz zum Zelten. Außerdem hat man von dort oben eine tolle Aussicht.«

Jim grinste. »Danke. Das klingt perfekt. Ich mag es abgelegen.« Er lächelte seine Frau an. »Ich denke mal, nach einem schönen heißen Bad und einem Fünf-Sterne-Dinner wird deine Laune schon besser sein. Und während ich alles für unsere Wanderung zusammenpacke, kannst du in Ruhe shoppen gehen und den Kosmetiksalon besuchen.«

»Meine Laune ist jetzt schon besser. Ich gehe dann mal aufs Zimmer.« Bailey lächelte ihn an, streifte im Gehen einen Mann, der neben ihr stand und mit den Fingernägeln auf den Tresen trommelte, und machte sich auf den Weg zum Aufzug.

VIER

Perfekt, das war ab sofort sein Wort des Tages. Sein Blick folgte Bailey, und sein Lächeln verdeckte, was in seinem Inneren vor sich ging. Nichts ging über den Nervenkitzel, einer Frau – vor allem einer verwöhnten, nervigen jungen Frau wie ihr – dabei zu zuzusehen, wie sie im Wald um ihr Leben rannte. In ihr von Furcht verzerrtes Gesicht zu blicken, wenn ihr klar wurde, dass er sie finden und töten würde, egal wie weit sie vor ihm davonrannte oder wo sie sich versteckte.

Er nahm eine der Karten vom Tresen, griff sich einen der Kugelschreiber aus dem verzierten Stifthalter und markierte den Wanderweg, der zu dem Zeltplatz führte. Dann faltete er die Karte ordentlich zusammen und steckte sie in die Tasche. Ihm fiel auf, wie Nigel ihn anstarrte. »Würden Sie mir bitte für heute Abend um acht einen Tisch im Restaurant reservieren?«

»Ja, Sir.« Nigel nahm den Telefonhörer ab.

Er wandte sich vom Tresen ab, zog ein kleines schwarzes Buch aus der Innentasche seiner Jacke und ging eine verschlüsselte Liste durch. Er strich mit der Fingerspitze über die Seite, um ein paar passende Namen auszuwählen. Die Vorfreude jagte ihm einen Schauer über den Rücken. Er liebte die Jagd und den Moment des Tötens. Kein Adrenalinrausch war mit dem zu vergleichen, der ihn überkam, wenn er eine Frau zur Strecke gebracht hatte und langsam tötete. Es machte regelrecht süchtig, und beim nächsten Mal würde er den Nervenkitzel nicht allein erleben. Das nächste Mal würde er einen ganz besonderen Gast dabeihaben.

FÜNF

DIENSTAG

Jenna rutschte vom Sitz von Kanes schwarzem SUV und begutachtete den neuen Parkplatz auf dem Gipfel des Berges. Bürgermeister Petersham hatte eine Menge Geld ausgegeben, um einen Erdrutsch zu beseitigen, der die Straße zu dem beliebten Angelplatz blockiert hatte. Angeln und Wandern waren schon immer die zwei Attraktionen von Black Rock Falls gewesen. Inzwischen lockte vor allem der Umstand, dass die Stadt in jüngster Zeit Schauplatz einer ganzen Reihe brutaler Morde gewesen war, tausende von Touristen an. Und die brachten Geld mit, sodass sich die Wiedereröffnung der Straße schnell amortisieren würde. Die alten Hütten hatten einen neuen Besitzer, der sie inzwischen renoviert hatte und auf dem Gelände wohnte. Dort betrieb er auch einen Laden, wo es alles gab, was man zum Leben brauchte, von heißem Kaffee bis Munition. Jenna genoss die spektakuläre Aussicht. Hinter ihr erhoben sich die Berggipfel zu einer undurchdringlichen Barriere, die sich dunkel gegen den strahlend blauen Himmel abzeichnete, und aus den vielen Spalten in den schwarzen Felsen sprudelte Wasser, das sich in einen See sammelte und dann als Wasserfall mit lautem Getöse über einen Steilhang in

Richtung Stadt ergoss. Wenn sie den Blick um ein paar Grad wandte, sah sie den Kiefernwald und die weite Ebene, die zum Städtchen Black Rock Falls führte.

Ein kalter Wind fuhr ihr durchs Haar; bald kam der Winter, und das Leben in der Stadt würde sich drastisch verändern, aber die nächsten Wochen über würde die frische Bergluft noch einmal scharenweise Jäger und Wanderer anlocken. Sie wandte sich an Kane. »Hier hat sich einiges verändert, seit wir das letzte Mal hier waren. Gut, dass wir nicht den steilen Pfad neben den Wasserfällen hinaufreiten müssen, um zum Tatort zu gelangen.«

»Wolfe meinte, man braucht von hier mit den Pferden noch etwa eine halbe Stunde.« Er ging zur Rückseite des Pferdeanhängers, dann drehte er sich zu ihr um und grinste breit. »Es ist wirklich schön hier oben. Ich würde die Gegend gerne weiter erkunden, vielleicht einige der weniger bekannten Pfade hinaufwandern und über Nacht zelten.«

Jenna starrte ihn an; Kane war doch nicht ganz bei Trost. »Hier oben zelten? Da frieren Sie sich ja tot.«

»Ach, heutzutage doch nicht mehr.« Er hob eine Augenbraue und öffnete die Heckklappe des Pferdeanhängers. »Man kann sogar in der Antarktis überleben. Man braucht nur die richtige Ausrüstung und die richtige Kleidung.«

»Wie auch immer, ohne mich. Ich habe wenig Lust, mir den Hintern abzufrieren.« Sie öffnete die Hintertür von Kanes Truck, und Kanes Spürhund Duke sprang auf die Straße. Sie schnappte sich die Rucksäcke und hörte Kane kichern. Dann schloss sie die Tür und ging zu Kane, der bereits beide Pferde aus dem Hänger geführt hatte. »Was ist so lustig?«

»Ach, nichts.« Er nahm ihr einen der Rucksäcke ab, setzte ihn auf, trat in den Steigbügel und schwang sich in einer einzigen fließenden Bewegung in den Sattel. »Ich dachte nur, nachdem Sie wochenlang im Büro festgesessen haben, würden Sie sich freuen, mal rauszukommen.«

»Tu ich ja. Gut, dass wir Walters haben, der die Stellung hält, während wir hier oben sind.« Jenna setzte ihre Sonnenbrille auf. »Ich bin wirklich froh, dass er nicht komplett in den Ruhestand gegangen ist.«

»Ich denke mal, er mag die Verantwortung.« Kane nickte in Richtung ihrer Kollegen. »Ich finde, die da sehen viel zu fröhlich aus.«

Mit einem sonnigen Lächeln im Gesicht lenkte Deputy Jake Rowley sein Pferd neben Kane. Hinter ihm ritt Deputy Paula Bradford heran, die ebenfalls unbekümmert lächelte.

Jenna runzelte die Stirn. »Für Deputys, die ein Gebiet nach menschlichen Überresten absuchen sollen, wirken Sie alle aber sehr eifrig. Was ist hier eigentlich los?«

»Nichts, Ma 'am.« Bradford schwang sich ihren blonden Pferdeschwanz über die Schulter. »Es ist einfach schön, nach den ganzen Revisionen der letzten Woche mal wieder an der frischen Luft zu sein.« Sie lächelte und sah Kane an. »Wenn Sie bei einem Campingausflug mal Gesellschaft brauchen, bin ich dabei. Ich schlafe gern im Freien.«

»Ich auch.« Rowley gluckste.

»Verstanden.« Kane drückte Jenna die Zügel ihres Pferdes in die Hand. »Bereit, Ma 'am?« Er pfiff Duke zu, und der Spürhund sprang aus dem Gebüsch, um ihn zu begrüßen.

»Na klar.« Jenna hatte ein wenig Mühe beim Aufsteigen, und ihr blieb nicht verborgen, dass Kanes Mundwinkel zuckten. Okay, beim letzten Mal, als sie ausgeritten waren, hatte sie seine Hilfe abgelehnt und darauf bestanden, dass sie es allein in den Sattel schaffe. Doch ausgerechnet heute hätte sie nichts dagegen gehabt, wenn er ihr geholfen hätte – nach ihrem gemeinsamen Workout in der Früh hatte sie am ganzen Körper Muskelkater. Sie versuchte, trotzdem möglichst lässig zu wirken, als sie sich in den Sattel hievte, und schaute danach ihre grinsenden Deputys an. »Was denn? Brauchen Sie eine Extraeinladung?« Sie wandte sich an Kane. »Sie haben die Koordinaten; reiten Sie voraus, bevor wir hier noch alle rammdösig werden.«

»Ja, Ma'am.« Kane schnalzte mit der Zunge, und der Rappe, der Warrior hieß, lief in den Wald hinein.

Der Weg war breit genug für zwei Pferde, und Jenna schloss mit ihrer Stute zu Warrior auf und ritt neben ihn. »Warum kommen wir immer nur in diesen schönen Wald, wenn jemand umgekommen ist?«

»Wir haben in Montana mehr als vierhunderttausend Hektar Wald, und wenn man bedenkt, dass in den USA jedes Jahr über zweieinhalb Millionen Menschen sterben, sind die wenigen Todesfälle in diesem riesigen Wald vernachlässigbar.« Er warf ihr einen kurzen Blick zu. »Mord und Totschlag gibt es überall, aber das sollte die Schönheit von einem Ort wie diesem hier nicht schmälern. Ich bin wirklich dankbar, dass ich nicht in einer Großstadt arbeiten muss.«

Jenna starrte ihn ungläubig an. *Als würde man neben Google herreiten.* »Es ist wunderschön hier, und in jeder Jahreszeit sieht es ganz anders aus.«

»Wie gesagt, wir sollten uns ein Wochenende Zeit nehmen und hier oben übernachten, bevor der Schnee kommt.« Er wies auf den Berg. »Es gibt entlang des Berges mehrere Wanderwege, und man kann auf ein Plateau steigen, von dem aus man ganz Montana überblickt.«

Der Gedanke an eine Auszeit war wunderbar, auch wenn ein Shopping-Trip nach Manhattan eher ihrer Vorstellung von Spaß entsprach. »Ich würde mitkommen, aber nur wir zwei, sonst ist es ja nicht anders als heute.«

»Sie meinen, Sie wären gern mit mir allein?« Kane sah sie an und hob eine Augenbraue.

Sie starrte ihn an. »Ich bin ständig mit Ihnen allein, Kane. Ich will halt nur keine Arbeit mit in den Urlaub nehmen, wenn Sie wissen, was ich meine.«

»Sie kommen also mit?« Kane grinste.

Jenna lachte. Sie liebte ihre unkomplizierte Freundschaft. »Meinetwegen, wenn wir es vor dem Schnee noch hinbekommen ...« Sie warf einen Blick auf die beiden Deputys hinter ihnen, die sich angeregt unterhielten. »Wissen wir schon irgendetwas über die Gegend, in der der Schädel gefunden wurde?«

»Ja, dieser Weg hier ist auf einer alten Karte verzeichnet, weshalb ich mich frage, wie lange der Schädel schon dalag.« Kane blickte sie an. »Die empfohlenen Wanderwege werden so gewählt, dass sie möglichst weit weg von den Jagdrevieren liegen. Nach dem, was im Triple Z passiert ist, ist es wohl an der Zeit, dass ich mir ein Exemplar der aktuellen Jagdbestimmungen von Montana Fish, Wildlife & Parks ansehe.«

Jenna dachte über seine Worte nach. »Ich bin sicher, Wolfe weiß da Bescheid. Der ist doch ein wandelndes Lexikon der hiesigen Rechtsvorschriften.«

Duke, der mit der Nase auf dem Boden vorausgelaufen war, ließ ein lautes, winselndes Bellen hören. Das Farnkraut öffnete sich, und er kam auf sie zugelaufen. Seine langen Ohren schwangen mit jedem Schritt, und er kläffte wie ein Welpe.

»Er hat etwas gefunden.« Kane stieg ab und reichte Jenna seine Zügel. »Braver Junge. Was hast du denn?«

Der Spürhund lief zurück ins Unterholz und verschwand zwischen den Bäumen. Jenna spähte umher, sah aber nichts als die langen Schatten der Bäume und braun-grünes Gestrüpp. »Vielleicht ein Luchs? Oder ein Bär?«

»Unwahrscheinlich. Duke reagiert normalerweise nicht auf wilde Tiere; auf einen Luchs oder einen Bären höchstens, wenn sie eine Bedrohung darstellen, aber dann müsste er in die entgegengesetzte Richtung laufen.« Er schmunzelte. »Der Selbsterhaltungstrieb ist bei ihm ziemlich ausgeprägt.« Kane sah sie an. »Soll ich mal nach dem Rechten sehen?«

»Ich komme mit.« Sie glitt aus dem Sattel und drehte sich

zu Rowley um. »Warten Sie hier mit den Pferden. Duke hat irgendetwas gefunden.«

Rowley salutierte. »Ja, Ma 'am.«

Jenna wandte sich Kane zu. »Hoffentlich ist es nicht noch eine Leiche.«

Kane und der Hund waren vom ersten Moment an ein Herz und eine Seele gewesen. Jenna hatte früher für Hunde nie viel übriggehabt, aber Dukes große, traurige Augen und die Art, wie er zur Begrüßung Kanes Bein mit dem Kopf anstupste, hatten sie ihre Meinung ändern lassen. Seit Kane den Hund im letzten Sommer zu sich genommen hatte, wusste Duke die Liebe und Aufmerksamkeit seines Herrchens sehr zu schätzen. Der Spürhund arbeitete mit ihm zusammen, als hätte Kane ihn persönlich ausgebildet. Das Seltsamste aber war, dass Duke jedes seiner Worte zu verstehen schien – er bedeckte sogar mit beiden Pfoten seine Augen, wenn Kane „Badetag!" rief.

Duke kam durch das Gestrüpp zurückgelaufen, in seinem Fell klebten Blätter und Moosflocken. Er bellte aufgeregt, sprang auf den Vorderbeinen auf und ab, sah Kane an und winselte kläglich. Jenna trat an Kanes Seite. »Sie sprechen doch Hund, was sagt er?«

»Er hat etwas gefunden, und es ist bestimmt kein totes Tier.« Kane ging voraus, einen schmalen Trampelpfad zwischen den Bäumen entlang. »Sein erster Besitzer hat ihn wirklich gut trainiert. Ich weiß, dass er Gerüche aufspürt, aber das ist jetzt schon das zweite Mal, dass er sich so verhält, als wolle er mir etwas mitteilen. Letztes Mal haben wir ein Grab gefunden.«

Ein Schauer lief Jenna über den Rücken, während sie Kane folgte. Sie kletterte über Baumwurzeln und zwängte sich durch Büsche mit kupferfarbenen Blättern und durch Gestrüpp, das sich in ihrer Kleidung verhakte. Die Zweige, Blätter und Tannenzapfen unter ihren Füßen behinderten sie beim Laufen. Sie schaute sich um, aber der Wald war so dicht, dass sie kaum etwas sehen konnte. Das Blätterdach ließ nur vereinzelte Sonnenstrahlen hindurch.

Der Wind rauschte in den Bäumen, und Staub und Samen tanzten in den Sonnenstrahlen. Es war unheimlich und schön zugleich, beinahe magisch. Sie hörte einen Vogel schreien, blieb stehen und blickte hoch in die Baumkronen. Ein Weißkopfseeadler erhob sich in die Lüfte. Die Vogelwelt in den Bergen und den umliegenden Wäldern war wirklich unglaublich. *Ich sollte mich hier sicher fühlen, aber niemand ist sicher, wenn ein Verrückter durch den Wald streift.*

»Jenna!«

Kanes Stimme holte sie ins Hier und Jetzt zurück. Sie sah, dass er sie ernst anschaute. »Haben Sie etwas gefunden?«

»Da drüben.« Er deutete mit seinem Kinn. »Wir haben einen Mord.« Er beugte sich vor und tätschelte Duke. »Guter Junge.« Er winkte mit der Hand. »Such.« Der Hund verschwand in den Büschen.

Sie spähte durch die Baumstämme und schluckte schwer. An einen Baum gelehnt saß das Skelett eines großen Mannes. Es war mit gelber Nylonschnur am Stamm festgebunden. Die Überreste von Thermounterwäsche, T-Shirt, Jeans und einer dick gepolsterten Jacke hielten die Knochen zusammen. Seine von Schimmel überzogenen Wanderschuhe waren umgekippt, und die zerfledderten Fragmente der Bluejeans bedeckten die Enden der Knochen. Beide Hände schienen zu fehlen. Sie bemühte sich, ruhig zu bleiben, holte tief Luft und richtete ihre Aufmerksamkeit wieder auf den Schädel. Dem Opfer ins Gesicht zu schauen – das war für sie nach wie vor der schwierigste Teil einer Mordermittlung. Die Gesichtsausdrücke der Opfer verfolgten sie bis in ihre Träume. Aber sie flößten ihr auch den Willen ein, ihnen Gerechtigkeit widerfahren zu lassen.

Der Kopf des Mannes war mit einem befiederten Pfeil an den Baum genagelt. Dort, wo der Schaft im Schädel steckte, liefen dünne Risse durch den Knochen, als wäre er ein Stück zersprungenes antikes Porzellan. Sie schluckte die Galle hinunter, die ihr die Kehle hochstieg. Auf der Schädeldecke lagen Tannennadeln, und aus den Augenhöhlen wuchsen Blätter, was dem Schädel ein surreales, groteskes Aussehen verlieh. Sie trat näher heran und ging vor dem Toten in die Hocke. »Fassen Sie nichts an, das könnte Blut auf seinem Hemd sein. Sieht aus wie Schusswunden – schwer zu sagen, aber wenn ein Tier ihn nach dem Tod angefressen hätte, wäre alles zerfetzt.«

»Schusswunden. Ich habe während meines Einsatzes beim Militär solche Leichen gesehen.« Kane wischte sich mit dem Handrücken den Mund ab, als ob er sich ekelte. »Schätze, irgendwer hat diesen Mann für Schießübungen benutzt. Das ist echt starker Tobak.«

SECHS

So entsetzt sie von ihrem Fund war: Jenna zwang ihre professionelle Seite, alle Details innerlich abzuspeichern. Die Verletzungen fielen in das Fachgebiet des Rechtsmediziners, und da keine persönlichen Gegenstände um die Leiche herum lagen, konnte sie den Tatort ihm überlassen. Duke bellte, und Jenna zuckte zusammen. Sie richtete sich auf. »Was ist los, Duke?«

»Er hat wahrscheinlich noch etwas gefunden.« Kane runzelte die Stirn. »Kommen Sie?« Er ging Duke hinterher.

»Klar.« Jenna folgte ihm, weg vom Pfad und in den Wald hinein. Der Spürhund führte sie immer näher an die Felswand heran, und die Temperatur sank beträchtlich, ganz so, als strömte die Kälte direkt aus dem Felsen heraus. Keine zwanzig Meter weiter bellte Duke erneut. Kane duckte sich und schob einige Büsche beiseite, um sich etwas anzusehen, das dort lag.

»Was ist da?«

»Ein Rucksack ... nein, zwei Rucksäcke.«

Sie nahm die Einweghandschuhe, die Kane ihr reichte, zog sie über und beugte sich vor, um die Rucksäcke zu untersuchen, die halb unter Zweigen, Blättern und Erde verborgen waren.

Einer war lila und pink. Sie hob ihn hoch. »Ich würde sagen, der gehört einer Frau oder einem Kind.« Sie drehte den Rucksack in den Händen, und nach ein wenig Geruckel ließ sich einer der Reißverschlüsse öffnen. Ein Portemonnaie kam zum Vorschein. Sie öffnete es vorsichtig, um den Inhalt zu prüfen. »Da sind Geldscheine drin, also war es kein Raubüberfall.« Sie zog einen Führerschein heraus. »Führerschein aus Kalifornien. Paige Allen, zwanzig Jahre alt. Hat schulterlanges schwarzes Haar.« Sie schaute zu Kane hinüber und runzelte die Stirn. »Vielleicht hat dieser Rucksack etwas mit dem Schädel zu tun?«

»Ich habe hier Dawson Sanders, vierundzwanzig, ebenfalls Kalifornien. Er hat fünfhundert Dollar und Kleingeld im Portemonnaie.« Kane schob die Brieftasche zurück in den Rucksack. »Ich nehme an, sie hatten hier irgendwo ein Zelt aufgeschlagen; in diesem Rucksack ist gerade einmal das Nötigste, um einen Tag wandern zu gehen. Haben Sie ein Handy gefunden?«

Jenna schüttelte den Kopf. »Nein. Was für ein Trottel würde ohne Handy wandern gehen?«

»Keiner, und es gibt noch weitere Ungereimtheiten.« Kanes Augen verengten sich. »Warum sind keine Tiere an die Leiche gegangen? Wenn der Schädel der Frau gehört, nehme ich an, dass Wildtiere ihre Überreste angefressen und fortgeschleppt haben. Bei den vielen Fleischfressern im Wald wäre das ganz normal. Aber seine sind noch komplett an Ort und Stelle – das ergibt keinen Sinn.«

»Und es hat auch keiner versucht, sie zu vergraben. Sieht ganz nach diesem ›emotionslosen Benutzen und Entsorgen‹ aus, das Sie mir als psychopathisches Verhalten beschrieben haben.« Jenna zog die Handschuhe aus. »Wenn wir das nächste Mal die Stadt verlassen, erinnern Sie mich bitte daran, die Plakatwände am Ortseingang zu überprüfen. Ich glaube langsam, auf einem davon steht *Psychopathen sind in Black Rock Falls herzlich willkommen.*« Jenna notierte sich die Koordinaten ihrer Funde. »Wir markieren das Gebiet, aber wir lassen die Rucksäcke hier.

Wolfe wird alle Informationen brauchen, die wir ihm liefern können.« Sie nahm ihren Rucksack ab und kramte darin nach dem Polizeiband, dann reichte sie Kane ein paar leuchtend orangefarbene Fähnchen.

Nachdem sie die Standorte gesichert hatten, tätschelte sie Duke den Kopf. »Du bist eine echte Bereicherung für mein Team. Ohne dich hätten wir die Überreste nie entdeckt.«

»Vielleicht doch.« Kane hatte auf seinem Smartphone eine Karte der Wanderwege aufgerufen und zeigte sie ihr. »Ich habe ein paar ältere Karten heruntergeladen, um meine eigene Wanderung zu planen. Der überwucherte Pfad hier ist darin noch verzeichnet. Er führt in die Nähe der Stelle, wo die Canavars den Schädel gefunden haben. Ich wollte eigentlich vorschlagen, dass wir dort nach Überresten suchen.«

»Wie alt ist diese Karte denn?«

»Fünf Jahre oder so.« Kane runzelte die Stirn. »Wenn man sich allerdings die Wanderstiefel des Toten ansieht, kann er nicht länger als ein Jahr hier liegen. Ich habe ein Paar in genau dem gleichen Stil, und die sind von letztem Winter.«

Interessant. Jenna öffnete ihren Rucksack. »Glauben Sie, dass Duke ihr Zelt finden würde?«

»Vielleicht – kommt darauf an, wie viel von dem Geruch des Paares noch an deren Sachen haftet. Die Rucksäcke hat er ja immerhin gefunden.«

»Okay. Ich weiß, Sie würden gerne sofort weitersuchen, aber ich möchte erst Wolfe einen Blick auf die Taschen und Überreste werfen lassen, danach können wir ausschwärmen und die Umgebung durchkämmen. Vielleicht ist in den Rucksäcken etwas, das Duke als Fährte benutzen kann.« Sie gingen zurück in Richtung Pferde. »Was glauben Sie, warum diese Leute hierhergekommen sind? Es kommt mir irgendwie seltsam vor, dass ein Paar aus Kalifornien hierherkommt und so weit abseits der üblichen Touristenpfade wandern geht und keine Handys dabeihat.«

»Keine Ahnung, aber wenn dieses Paar seit einem Jahr vermisst wird, hätten wir doch etwas davon mitbekommen müssen.« Kane ging voraus, blieb dann stehen und hielt einen großen Ast zurück, damit sie vorbeigehen konnte. »Es sei denn, sie haben ihren Freunden oder ihrer Familie nicht gesagt, wohin sie wollten, aber das wäre auch ein bisschen seltsam.«

»Vielleicht haben sie keine Familie.« Jenna zuckte mit den Schultern. »Trotzdem, irgendjemand wird sie vermisst haben. Das Problem ist, dass die Leute sich nicht einmischen wollen.«

»Ja, aber diese Leute haben doch Jobs, eine Wohnung, müssen Rechnungen bezahlen. Irgendwem muss doch auffallen, dass sie verschwunden sind.« Kane rieb sich das Kinn. »Immerhin haben wir die Namen. Wenn ich wieder im Büro bin, schaue ich in der Datenbank nach, ob sie jemand als vermisst gemeldet hat.«

Jenna folgte dem Trampelpfad zurück zu Rowley und Bradford. Kanes Bemerkung, er habe während seiner Dienstzeit ähnliche Szenarien erlebt, hatte ihr Interesse geweckt. Kane war ein großartiger Profiler, und sie schätzte sein Fachwissen. »Sie sagten, Sie hätten so eine Art Mord schon einmal gesehen. Was meinen Sie, was ist der Mörder für ein Typ?«

»Es ist noch zu früh für Schlussfolgerungen. Im Moment würde ich noch nicht darauf wetten, dass wir es mit einem Psychopathen zu tun haben.« Kane trat an ihre Seite und starrte in die Ferne. »Ich könnte Ihnen diverse Motive nennen. Zum Beispiel ein verlassener Liebhaber. Der Mörder stellt dem Paar nach und rächt sich an dem Mann, der ihm die Frau weggenommen hat.« Er zuckte mit den Schultern. »Oder ein Militärveteran, der im Wald lebt und Flashbacks von seinem Einsatz in Afghanistan hat. Manche leiden so stark unter diesen Flashbacks, dass sie alle anderen Menschen für feindliche Soldaten halten und entsprechend handeln. Vielleicht ist er immer noch hier und lebt in einer der Höhlen, ohne dass jemand davon weiß. In der Felswand gibt es hunderte solcher Höhlen.«

Jenna starrte ebenfalls in die Ferne. Sie dachte über seine Worte nach. »Ja, das ergibt Sinn. Ich schätze, wir können noch puren Spaß am Töten auf die Liste setzen.«

»Im Moment ist alles möglich.« Kane zuckte mit den Schultern. »Plakatwände hin oder her, unser Städtchen scheint die Verrückten anzuziehen.«

Jenna nickte zustimmend. »Da haben Sie sicher recht.«

Als sie Rowley und Bradford erreichten, saßen die beiden zusammen auf einem Baumstamm und schwatzten. Sie hatte den richtigen Riecher gehabt, als sie dem Neuling Bradford Rowley an die Seite gestellt hatte. Sie hatten sich angefreundet und trainierten zusammen im örtlichen Dojo. Deputy Webber, der ebenfalls kürzlich zum Team gestoßen war, hatte mehr Erfahrung, hatte aber gezielt darum gebeten, mit Wolfe zusammenzuarbeiten: Webber hatte Interesse an Forensik und war ihrem Deputy, der zugleich Rechtsmediziner war, schon jetzt eine große Hilfe. Sie wusste um die Vorteile, bei der Arbeit einen Partner zu haben, und ihre neuen Deputys trugen beide dazu bei, dass die Abteilung reibungslos funktionierte.

Sie betrat die Lichtung. »Wir haben eine Leiche und zwei Rucksäcke gefunden. Wir gehen zu Wolfe rüber und suchen dann die Gegend ab. Es muss ein Zelt in der Nähe geben, also halten Sie die Augen offen.« Sie ging zu ihrem Pferd. Hinter sich hörte sie Kane.

»Räuberleiter?« Kane faltete die Hände zusammen und hielt sie ihr hin.

Erleichtert nickte sie. »Ja, gerne. Ich bin noch ein bisschen steif von unserem Training heute Morgen.«

»Mein Fehler. Ich habe nicht daran gedacht, genug Zeit einzuplanen, damit unsere Muskeln abkühlen können, bevor wir aufbrechen. Aber Sie müssen zugeben, eine halbe Stunde früher aufzustehen, um zu trainieren, hält den Stresspegel niedrig.« Er lächelte. »Ein halbes Stündchen im Whirlpool heute Abend hilft bestimmt.«

Jenna nickte. »Der Spaziergang hat die Schmerzen schon gelindert, aber ich werde das im Hinterkopf behalten.« Sie nahm die Zügel auf. »Ich versuche immer, genügend Zeit zum Trainieren einzuplanen, egal wie schwer ein Fall ist, und ich empfehle allen meinen Deputys, dasselbe zu tun. Das ist ein Teil der Ausbildung, auf den ich sehr viel Wert lege. Abgesehen davon, dass ich dadurch fit genug bin, um die langen Arbeitszeiten zu bewältigen, hilft es mir auch, mich zu konzentrieren.«

»Genügend Zeit ist immer. So gut wie Sie das Team organisiert haben, arbeitet ständig jemand an irgendeinem Fall.« Kane lächelte. »Wir sind wie eine gut geölte Maschine.«

Sie wartete, bis die anderen ebenfalls aufgestiegen waren, und ritt dann Kane auf dem Trampelpfad hinterher. In allen Richtungen hielt sie Ausschau nach Anzeichen eines Lagerplatzes. Zuerst hatte sie gedacht, der Schädel könne von jemandem stammen, der sich vor vielen Jahren im Wald verirrt hatte, und jetzt, umgeben von tausenden Bäumen, wurde ihr klar, wie beängstigend dieser Gedanke eigentlich war. Im Stanton Forest die Orientierung zu verlieren, wäre gar nicht schwierig. Abgesehen davon, dass man hier nicht einmal merkte, in welche Richtung es bergauf und bergab ging, sah alles gleich aus. Kiefern, so weit das Auge reichte, und eine Wand aus Bergen. Ohne GPS konnte man sich höchstens am Rauschen des Wassers orientieren, aber auch nur, wenn man sich auf einem der Wanderpfade in der Nähe des Wasserfalls befand. Mitten im Buschwerk jedoch könnte man sich genauso gut in jedem x-beliebigen Wald auf irgendeinem Kontinent befinden.

Das Bild des an den Baum gefesselten Mannes blitzte in ihrem Kopf auf. So viele Fragen waren offen. Was hatte ihn und seine Begleiterin in diesen abgelegenen Teil des Waldes geführt? Und was, wenn der Mörder wirklich, wie Kane angedeutet hatte, ein Militärveteran war, der sich aus der Zivilisation verabschiedet hatte und jeden für den Feind hielt? Vielleicht lauerte er hier ganz in der Nähe und glaubte, sie seien eine Militärpatrouille. Bei dem Gedanken stellten sich ihr die Nackenhaare auf. Sie drehte sich im Sattel um und schaute ihre Deputys an. »Halten Sie die Augen offen. Wir wissen nicht, ob hier in der Nähe irgendwo ein Killer haust.«

Kane musste sie das nicht sagen; er hatte sicher bereits ihre gesamte Umgebung im Blick und war jeden Moment auf eine Bewegung gefasst. Eines war sicher: einmal Marine, immer Marine. Sie schaute sich nach Spuren menschlichen Lebens um und seufzte. Innerhalb eines Jahres konnte der Wald alle Spuren eines Lagerplatzes vernichten. Es musste nur ein Bär kommen und das Zelt niederreißen und die übrigen Habseligkeiten in alle Richtungen verstreuen. Vielleicht hatte auch der Mörder das Lager durchwühlt. Im Grunde wäre es ein Wunder, wenn sie noch etwas Intaktes fänden.

Keine zehn Minuten später hörte sie ein Pferd wiehern, dann erspähte sie über den Büschen Wolfes Blondschopf. Er drehte sich zu ihr um und hob eine Hand, wie ein Verkehrspolizist. Auf einer kleinen Lichtung warteten geduldig drei Pferde. Zwei erkannte sie wieder, das waren die von Wolfe und Webber. Aber wem gehörte das dritte? War ein Fremder zufällig über den Tatort gestolpert? Wolfe hatte sich seit Stunden nicht mehr bei ihr gemeldet, und dieser Teil des Waldes lag nicht an einem der empfohlenen Wege. Deputy Webber war ebenso wenig zu sehen wie die Person, der das dritte Pferd gehörte. Ihre Instinkte schalteten auf volle Alarmbereitschaft, und sie bemerkte, wie Kane sich versteifte und eine Hand an die Waffe legte. *Das kann nichts Gutes bedeuten.* Sie räusperte sich und senkte ihre Stimme, sodass sie beinahe flüsterte: »Okay, absteigen. Von hier aus gehen wir zu Fuß. Verteilen Sie sich, und bleiben Sie wachsam. Es scheint, als hätten wir Besuch.«

SIEBEN

Er aß im Cattleman's Hotel zu Mittag und beobachtete dabei die ganze Zeit Bailey, die einen grellrosa Jogginganzug trug. Sie würden am Mittwoch nach dem Frühstück aufbrechen und den alten Wanderweg durch den Wald nehmen, den Nigel ihnen empfohlen hatte.

Er kannte die Gegend gut. Je tiefer sie in den Wald hineinliefen, desto besser. Sie würden ganz in die Nähe seiner geheimen Höhle gelangen, und die Wahrscheinlichkeit, dass sie jemand anderem begegneten, war gering. Er liebte die Jagd, je länger sie dauerte, desto besser. Die Gefahr, über andere Wanderer zu stolpern, verstärkte den Nervenkitzel noch.

Als sich Baileys Stimme über das leise Summen der übrigen Unterhaltungen im Restaurant erhob, senkte er den Blick und schaute auf seinen Teller. Dieser hochnäsige Tonfall! Sie war so verwöhnt. Für sie war es ganz normal, dass sie bekam, was sie wollte, indem sie ihre weiblichen Reize spielen ließ. Er stöhnte auf und rieb sich die Schläfen. Ihre quäkende Stimme machte ihn wahnsinnig. Er musste sich ablenken, bevor er die Fassung verlor, und so malte er sich aus, wie sie durch den Wald rannte, stolperte und hinfiel und dann ihre weiblichen Reize an ihm ausprobierte. Sie würde ihn anflehen, sie nicht zu erschießen, ihr nicht die Kehle durchzuschneiden. Er biss sich auf die Lippe, um nicht zu lachen. Sie wäre ganz schön durcheinander, dass er nicht auf ihre Avancen einging. Noch nie hatte es jemand gewagt, sie abzuweisen; dafür hielt sich das verdammte Ding für zu wertvoll. *Nicht für mich.*

Sie zu töten, würde sein Gehirn beruhigen. Er konnte nicht zulassen, dass sie weiterhin die Welt verschmutzte. Für ihn und seine Gleichgesinnten war die Zeit gekommen, die Bevölkerung von diesen Frauen zu befreien, die vom Matriarchat träumten und die Männer entmannten. Frauen waren auf dieser Erde, um Männern zu dienen und ihnen Kinder zu gebären, basta. Er schloss die Augen. Fast konnte er den Griff seiner Waffe in der Handfläche spüren. Er stellte sich vor, wie sich die Mündung seiner Waffe fest gegen Baileys Stirn presste. Er würde es genießen, wie verwirrt sie ihn ansah, wenn er ganz langsam den Abzug zog und ihr eine Kugel genau zwischen die Augen jagte. Dass er diesen Nervenkitzel mit anderen teilen konnte, hatte er einem Zufall zu verdanken. Vor einigen Jahren hatte er das Darknet entdeckt. Seither bewegte er sich darin wie ein Geist in völliger Dunkelheit, unauffindbar und sicher. Im Darknet konnte man alles kaufen, auch das Leben eines Menschen. Es kam nur auf den Preis an.

ACHT

Kane gehorchte Jennas geflüstertem Befehl und verschwand zwischen den Büschen. Er konnte hören, wie sie sich hinter ihm so lautlos wie möglich durch das trockene Unterholz bewegte. An einer großen Kiefer blieb er stehen und spähte um den breiten Stamm herum. Wolfes kurzes Winken konnte zweierlei bedeuten: Entweder steckte er in Schwierigkeiten, oder er wollte nicht, dass sie einen Tatort verunreinigten. Da er kein Risiko eingehen wollte, tat er es Jenna gleich und ging möglichst lautlos voran. Er klopfte leicht an sein Bein, und Duke kam an seine Seite. Seltsam, dachte er, wenn Gefahr drohte, hätte der Hund eigentlich anders reagieren müssen.

»Können Sie etwas sehen?« Jenna hatte sich mit dem Rücken gegen einen Baum gelehnt.

»Nein.« Er suchte die Gegend ab, in der er Wolfe zuletzt gesehen hatte, aber nichts bewegte sich. »Was soll ich tun, Ma'am?«

»Gehen Sie vorsichtig weiter. Ich bin hinter Ihnen und passe auf.«

Kane drehte sich um und sah sie an. »Verstanden. Behalten Sie Duke bei sich; er macht sonst zu viel Lärm.«

Er schlüpfte zwischen den dicht stehenden Bäumen hindurch, nutzte den Schatten als Deckung und näherte sich Wolfes letztem Standort. Zu seiner Erleichterung hörte er Stimmen. Er umrundete einen Busch und sah drei Männer, die sich hingekniet hatten und den Waldboden untersuchten. Zwei kannte er, Wolfe und Webber, den dritten nicht. »Wolfe, ist alles in Ordnung? Können wir dazukommen?«

»Klar.« Wolfe stand auf und lächelte. »Tut mir leid, ich hätte rufen sollen, aber Atohi hat etwas gefunden, und ich war gerade ganz vertieft.«

Kane drehte sich um und rief in Jennas Richtung: »Gesichert!« Er registrierte einen großen, schlanken Mann mit schwarzem Haar, das ihm über die Schultern fiel.

Der Mann, ein nordamerikanischer Ureinwohner, kam auf ihn zu, seine braunen, intelligent wirkenden Augen funkelten amüsiert. Er war etwa dreißig und trug eine dicke Jagdjacke, ein kariertes Hemd und Jeans. »Sie müssen Dave Kane sein? Atohi Blackhawk.« Er streckte die Hand aus. »Mann, Sie haben sich vollkommen lautlos angeschlichen. Ich bin beeindruckt.«

»Freut mich, Sie kennenzulernen.« Kane schüttelte ihm die Hand. »Sind wir uns schon einmal begegnet?«

»Ach so, nein. Shane kam im Reservat vorbei, um sich nach unseren heiligen Begräbnisstätten zu erkundigen. Er erwähnte, dass Sie sich lautlos wie ein Geist bewegen können. Ich bin Spurenleser, also bin ich mit ihm hierhergekommen, um den Schädel zu untersuchen und zu schauen, ob es einer von unseren ist. Ich habe mich ein wenig umgesehen und ein paar interessante Gegenstände in der Nähe gefunden.« Blackhawk lächelte. »Ich helfe gerne, wenn ich gebraucht werde.«

»Vielen Dank, das wissen wir sehr zu schätzen.« Kane hörte Schritte und drehte sich um. »Ah. Atohi Blackhawk, Sheriff Jenna Alton.« Er wies in Richtung der anderen Deputys. »Jake Rowley und Paula Bradford.«

»Schön, Sie wiederzusehen, Atohi.« Jenna trat an seine Seite. »Was haben Sie gefunden?«

»Ein Handy und noch ein paar Knochen.« Blackhawk runzelte die Stirn. »Ich würde sagen, Tiere haben die Leiche zerlegt – die Knochen sind überall verstreut. Wir haben nur ein paar gefunden.«

»Ich verstehe.« Jenna rümpfte die Nase. »Was haben wir, Wolfe?«

»Nach der Größe des Beckens zu urteilen, eine Frau; nach den Zähnen zu urteilen, war sie um die zwanzig.« Wolfes helle Brauen verengten sich. »Ich würde sagen, die Todesursache ist die Schusswunde in ihrem Schädel, aber ich habe an zwei der Knochen Spuren gefunden, die auf Messerstiche hindeuten. Ich muss mir das genauer ansehen, um festzustellen, ob diese dem Opfer postmortal zugefügt wurden oder nicht.« Er rieb sich das Kinn. »Das Handy ist leider hinüber. Das Display ist kaputt, und es ist klatschnass. Ich bezweifle, dass ich da noch etwas rausholen kann.«

»Wir haben auf dem Weg hierher eine Leiche entdeckt«, berichtete Jenna, »beziehungsweise Duke hat ein Skelett gefunden. Der Kleidung und der Größe nach zu urteilen, würde ich sagen, männlich. Es ist mit einem Pfeil in der Stirn an einen Baum genagelt.« Sie stützte die Hände in die Hüften. »Danach hat Duke noch zwei Rucksäcke gefunden. Wir haben einen Führerschein, und Kane meint, dass sie in der Nähe gezeltet haben müssen – sie hatten nur die Vorräte für einen Tag dabei.«

Kane rief den Hund zu sich. »Duke wird langsam zu einem unentbehrlichen Mitarbeiter. Wir hätten das Skelett auf jeden Fall übersehen; es befand sich ein ganzes Stück abseits vom Wanderweg.« Er warf Wolfe einen Blick zu. »Falls der Schädel zu der Frau gehört, mit der er unterwegs war, würde ich sagen, dass er zuerst getötet wurde. Dann ließ sie die Rucksäcke fallen und rannte um ihr Leben, und hier hat sie der Mörder schließlich erwischt.« Er wandte sich an Blackhawk. »Wo haben Sie das Handy gefunden?«

»Da vorne, in der Nähe eines Felsblocks.« Blackhawk wies in Richtung Berg. »Keine Sorge, ich habe nichts angefasst. Wolfe hat Fotos gemacht und die Gegenstände eingepackt. Außerdem habe ich noch einen Knopf gefunden.«

»Ich glaube, sie hat versucht, sich hinter dem Felsen zu verstecken, wahrscheinlich hat sie ihr Handy fallen lassen, und dabei ist es kaputtgegangen.« Wolfe schaute grimmig drein. »Irgendwelche Anzeichen von Folter bei dem männlichen Opfer?«

Jenna schob sich eine Haarsträhne hinters Ohr. »Ich bin mir nicht sicher, es ist nicht mehr viel übrig, und das, was da ist, wird von der Kleidung zusammengehalten. Aber abgesehen von den fehlenden Händen scheint das Skelett intakt zu sein.« Sie sah Wolfe an. »Was meinen Sie, warum könnten die Hände fehlen?«

»Kleine Knochen sind schwer zu finden; sie werden leicht von Vögeln oder Nagetieren weggeschleppt.« Wolfe zuckte mit den Schultern. »Sie in einem Wald dieser Größenordnung zu finden, wird fast unmöglich sein.«

»Ich frage mich, warum die Knochen des männlichen Opfers nicht von Tieren verstreut wurden«, warf Kane ein und stieß einen langen Seufzer aus. »Ich würde sagen, er wurde ebenfalls erschossen; sein Hemd sieht aus, als hätte es Einschusslöcher.«

»Wir sollten keine voreiligen Schlüsse ziehen.« Wolfe runzelte die Stirn. »Der Verwesungsprozess verursacht auf der Kleidung Flecken aller Art. Aber dass der Tote von Tieren unberührt ist, das ist schon ziemlich ungewöhnlich.«

»Das Einzige, was mir einfällt, das alle Tiere fernhält, ist Benzin.« Blackhawk zog die Augenbrauen zusammen. »Vielleicht hatte der Mörder vor, die Leiche zu verbrennen, und hat es sich dann anders überlegt?«

»Ich kann mir nicht vorstellen, dass jemand so dumm wäre, so etwas auch nur in Erwägung zu ziehen.« Kane starrte auf das dichte, trockene Gestrüpp. »Wer hier oben einen Waldbrand entfacht, wäre kaum in der Lage, dem Feuer zu entkommen.«

»Ich kann die Reste der Kleidung des Toten auf Benzinrückstände untersuchen«, bot Wolfe an. »Wenn ich etwas finde, könnte unser Mörder es ja auch zur Abwehr von Tieren verwendet haben. Vielleicht wollte er sein Opfer hinterher noch besuchen können. Es gibt Leute, die es spannend finden, eine Leiche verwesen zu sehen.«

»Das ist ja widerlich.« Jenna verzog das Gesicht, dann sah sie Wolfe entschuldigend an. »Anwesende ausgeschlossen, es ist schließlich ein wichtiger Teil Ihrer Arbeit. Kane hat mir von der forensischen Body Farm erzählt, die Sie besucht haben.«

»Als Rechtsmediziner muss ich die verschiedenen Stadien der Verwesung nun einmal kennen.« Wolfe sah verlegen drein. »Ich finde Aspekte wie Insektenbefall, Intervention durch Tiere und Effekte der Umgebungstemperatur durchaus interessant.«

»Genau das Bild, das ich vor der Mittagspause im Kopf brauche.« Jennas Magen krampfte sich zusammen. »Wie lange brauchen Sie hier noch? Wir sollten uns bald den anderen Tatort anschauen.«

»Ich bin fertig.« Wolfe wandte sich an Webber. »Sammeln Sie die Ausrüstung ein, und packen Sie alles in die Satteltaschen.« Er warf Jenna einen Blick zu. »Oder wollen Sie sich noch einmal selbst die Stelle ansehen, wo wir den Schädel und die anderen Knochen gefunden haben?«

»Nein, das ist schon in Ordnung«, wehrte Jenna ab. »Gehen wir zunächst von Kanes Theorie aus. Wir kehren zu dem männlichen Opfer zurück und arbeiten uns in diese Richtung vor. Aber zuerst sollten wir etwas essen.« Sie drehte sich um und ging zu den Pferden. »Rowley, Bradford, Sie kommen mit mir, und seien Sie wachsam … Wir haben einen Mörder in den Bergen.«

Kane sah ihr hinterher und wandte sich an Wolfe und Blackhawk. »Ich glaube, der ist schon lange wieder fort. Wobei Duke keinen Mucks von sich gegeben hat, bevor wir Sie hier entdeckt haben.«

»Das liegt daran, dass er Shane und Cole kennt.« Blackhawk lächelte. »Er ist schlau genug, um am Geruch zu erkennen, wer Freund und wer Feind ist.«

»Vielleicht, aber er kennt *Sie* ja nicht, oder?«

»Duke und ich kennen uns schon ganz lange.« Blackhawk kraulte den Hund hinter den Ohren. »Er kam im Reservat zur Welt, sein Besitzer war ein Cousin von mir, der in Black Rock Falls lebte. Wir haben ihn zusammen ausgebildet.« Er seufzte. »Nachdem mein Cousin gestorben war, ging ich ins Tierheim, um ihn zu holen, aber jemand anderes hatte ihn schon mitgenommen. Ich bin froh, dass er ein so gutes Zuhause gefunden hat.«

Kane beschloss, ihm nicht zu verraten, wer den Hund in der Zwischenzeit besessen hatte, und nickte nur. »Klasse, vielleicht können Sie mir irgendwann mal erzählen, was er alles kann?«

»Sehr gerne. Wir werden sicher noch Zeit zum Plaudern haben. Ich bleibe ein paar Tage hier, vielleicht auch länger. Shane hat mich als Fährtenleser angeheuert.«

»Oh, ich bin sicher, wir werden eine Menge zu besprechen haben. Ich würde gerne mehr über die Geschichte des Stanton Forest erfahren.«

NEUN

Nachdem sie einen Happen gegessen hatte, überprüfte Jenna das von Wolfe gesicherte Gebiet und sah sich seine Fotos an. Dann wies sie ihr Team an, zum nächsten Tatort zu reiten. Jetzt, im Spätherbst, hatten sie hier in den Bergen nicht viel Zeit. Auf den Gipfeln lag bereits Schnee, und ein kalter Wind rauschte durch die Bäume. Bis auf die majestätischen Kiefern hatten alle Bäume und Sträucher ihr Laub bereits abgeworfen. Der Pfad war bedeckt von bunten Blättern. Zu dieser Jahreszeit war es nahezu unmöglich, Spuren und Beweise zu finden. Es war, als ob der Wald alle Geheimnisse mit seinem Mantel zudeckte.

Kane ritt vorweg, ins Gespräch mit Blackhawk vertieft, daher lenkte Jenna ihr Pferd näher an das von Webber heran. Auch wenn er recht wortkarg war, hatte sich Cole Webber als verlässliches Mitglied ihres Teams erwiesen. Seine Liebe zum Detail beeindruckte sie, aber es war, als würde er sich stets hinter einer schützenden Wand verstecken und niemanden zu nahe an sich heranlassen. Sie musste sich eingestehen, dass die Arbeit sie bislang daran gehindert hatte, den Deputy besser kennenzulernen. Auf dem Weg zum nächsten Tatort würde sie versuchen, endlich wieder mit ihm ins Gespräch zu kommen. »Wie gefällt es Ihnen, Wolfes Partner zu sein?«

»Ach, ganz gut.« Webbers Mundwinkel zuckten. »Ich staune, wie man so viel Wissen auf einmal in sich tragen kann.« Er schnalzte mit der Zunge und ritt näher an sie heran. »Anfangs war ich mir nicht so sicher, wie ich damit zurechtkommen würde, menschliche Überreste zu untersuchen. Ich muss gestehen, früher habe ich mich bei Autopsien ein paar Mal übergeben müssen. Aber die Art und Weise, wie er alles erklärt, macht es mir leichter.«

Eine kühle Brise strich über Jennas Wangen. Sie zog den Reißverschluss ihrer Jacke zu und blickte durch das grüne Blätterdach nach oben. Zu ihrer Erleichterung begrüßte sie ein wolkenloser blauer Himmel. *Kein Schnee heute.* Sie nickte. »Ja, Wolfe kennt sich in seinem Fach wirklich aus. Als er hier ankam, wusste ich, dass er ein gewisses Maß an Erfahrung in der Forensik und mit Computern hat, aber wie groß sein Fachwissen ist, ahnte ich nicht. Wir haben jahrelang mit dem Bestatter, Mr. Weems, zusammengearbeitet. Dass wir jetzt unseren eigenen Rechtsmediziner haben, macht das Leben einfacher.« Sie warf ihm einen Blick zu. »Hätten Sie denn Lust, sich zu seinem Assistenten ausbilden zu lassen?«

»Schon, aber ich würde dafür im Moment ungern noch einen Abschluss machen müssen.« Er schaute nachdenklich drein. »Es ist nicht so, dass ich keine Lust hätte, wieder aufs College zu gehen, um die nötigen Qualifikationen zu erwerben. Es fehlt mir vor allem an Zeit und Geld.«

Jenna nickte. »Ich bin sicher, dass wir da eine Lösung finden.«

»Danke, Ma'am.« Webber tippte an seinen Hut.

Sie drehte sich im Sattel um und begrüßte Wolfe, der auf sie zugeritten kam. »Ich nehme an, Sie haben schon Fragen zu dem zweiten Opfer?«

»Ja, ein paar. Wie weit vom Hauptweg entfernt haben Sie

die Leiche des Mannes gefunden?« Wolfe lenkte sein Pferd näher an sie heran. »Und sind Sie sicher, dass es sich nicht um einen Jagdunfall handelt? Das Paar könnte aus Versehen in ein ausgewiesenes Jagdrevier gewandert sein. Das sollte sich leicht überprüfen lassen, ich bin sicher, dass das Department of Fish, Wildlife & Parks da Aufzeichnungen hat.«

»Kane meint, der Mörder hat das Opfer zum Zielschießen benutzt, und ich bin geneigt, ihm zuzustimmen. Durch das zerrissene Hemd konnte ich deutlich ein Loch im Brustbein sehen. Wir haben alles an Ort und Stelle belassen und nur den Bereich um die Rucksäcke angerührt. Und dem Foto vom Schädel der Frau nach zu urteilen handelt es sich mit großer Wahrscheinlichkeit um einen Doppelmord.«

»Der Schädel lässt da wenig Zweifel offen. Ich habe eine forensische Anthropologin gebeten, uns zu helfen, Jill Bates aus Helena.« Wolfe schenkte ihr ein verhaltenes, fast zufriedenes Lächeln, was sehr ungewöhnlich für ihn war. »Ich habe ihr ein paar Bilder vom Schädel geschickt, und sie will sich an der Untersuchung beteiligen. Zum Glück hat sie gerade nicht viel zu tun.«

Jenna nickte. Er schien gute Laune zu haben. Andererseits hellte alles seinen Tag auf, was irgendwie mit Tod zu tun hatte. »Soll sie die Knochen vielleicht noch untersuchen, bevor Sie sie entfernen?«

»Ich könnte ein Team aus Helena herholen. Aber das Skelett ist ja intakt – solange ich nach Protokoll vorgehe und den Abtransport filme, wird uns wohl kaum etwas entgehen.« Wolfe zuckte mit den Schultern. »Ich weiß, wie man in dieser Situation einen Tatort sichert, und Jill hat darauf bestanden, dass ich weitermache. Wir können die Überreste dann später im Labor gründlicher untersuchen.«

Jenna musste an die Grabstätte denken, die sie Anfang des Jahres entdeckt hatten, und daran, wie lange ein Team forensischer Anthropologen damals gebraucht hatte, um alle Beweise zu sammeln. Wolfe hatte ihnen vom ersten Tag an zur Seite gestanden. »Ich bin sicher, dass die Untersuchung in guten Händen ist.«

»Danke, Ma 'am.« Er lächelte wieder.

Der Pfad schlängelte sich durch den Wald und öffnete sich dann zu einer Lichtung. Jenna sträubten sich die Nackenhaare, als sie sich vergegenwärtigte, dass jemand nur wenige Meter entfernt auf grausame Weise getötet worden war. Sie wandte sich an Wolfe. »Die Leiche liegt links vom Hauptweg, etwa fünf Meter in Richtung Berg.«

»Verstanden.«

»Das hier ist Ihr Fachgebiet.« Jenna stieg ab. »Wie wollen Sie vorgehen?«

»Ich werde mir zuerst die Rucksäcke ansehen. Wenn sie Vorräte dabeihatten, können wir davon ausgehen, dass der Tatort am Anfang ihrer Wanderung lag, was bedeuten würde, dass wir auf dem Rückweg nach dem Lagerplatz suchen könnten. Wenn sie keine Vorräte dabeihatten, waren sie vielleicht gerade unterwegs zu ihrem Zelt.«

»Okay.« Jenna holte eine Flasche Wasser aus ihrem Rucksack und nahm einen Schluck. »Ich schätze, Webber wird Ihnen bei den Überresten helfen, und alle anderen können sich verteilen und nach Hinweisen suchen.«

»Wenn Sie vom Tatort aus zurück zu der Stelle gehen, an der das Paar den Schädel entdeckt hat, dürfte das die Strecke sein, die die Frau vor dem Schützen davongelaufen ist. Ich werde mir die Überreste ansehen und sie für den Abtransport vorbereiten.« Wolfe stieg vom Pferd und kam auf sie zu. »Ich brauche Fotos und Live-Aufnahmen vom Tatort, während ich die Überreste fortnehme. Wer hat eine ruhige Hand?«

Als ob er da noch fragen müsste. »Kane«, sagte Jenna und hob eine Augenbraue. »Ich werde mit Bradford die unmittelbare Umgebung absuchen. Rowley kann sich mit Blackhawk zusammentun.«

»Klingt nach einem Plan.« Kane war vollkommen lautlos neben sie getreten. »Soll ich Wolfe die Rucksäcke zeigen, Ma'am?«

»Ja. Ich werde die Suche organisieren. Denken Sie an Ihre Ohrhörer, damit ich Sie kontaktieren kann. Webber hilft Wolfe mit den Leichen.«

Nachdem Kane und Wolfe mit Duke im Schlepptau im Wald verschwunden waren, rief Jenna ihre anderen Deputys zu sich. »Okay, hören Sie zu. Ich möchte, dass alle ihre Ohrhörer tragen, damit wir in Kontakt bleiben können. Webber, Sie werden Wolfe assistieren, also nehmen Sie alles mit, was Sie für eine Leichenbergung brauchen. Der Rest von uns arbeitet sich im Raster vom Tatort zur zweiten Leiche zurück. Es gibt ein paar dunkle Bereiche, benutzen Sie wenn nötig Ihre Taschenlampe. Halten Sie die Augen offen, alles, was nicht in den Wald gehört, ist interessant. Stoffreste, Haare, Patronenhülsen. Tragen Sie Handschuhe. Fotografieren Sie alles, was Sie finden, mit dem Handy, bevor Sie es eintüten. Beschriften Sie jede Tüte mit Standort, Zeit und Datum.« Sie holte tief Luft. »Wenn Sie Knochen finden, egal ob tierische oder menschliche, lassen Sie sie liegen, und benachrichtigen Sie mich sofort. Fassen Sie nicht, ich wiederhole, fassen Sie *nicht* irgendwelche Knochen an.« Sie schaute sich um. »Fragen?«

Alle starrten sie schweigend an.

Sie nickte. »Okay, schnappen Sie sich Ihre Ausrüstung, und machen Sie sich bereit zum Aufbruch.«

Als die Deputys zu ihren Pferden gingen, überkam Jenna ein ungutes Gefühl. Sie hatte schon einige grausame Verbrechen im Stanton Forest gehabt und keines davon vergessen, aber alle waren näher an der Stadt geschehen. Man brauchte keine allzu lebhafte Fantasie, um sich vorzustellen, wie furchtbar es gewesen sein musste, hier, meilenweit von der Zivilisation entfernt und ohne Handyempfang, um 911 zu wählen, durch das dichte Unterholz vor einem Mörder davonzurennen.

Sie waren vorhin nur langsam gegangen, und schon dabei war sie in dem unwegsamen Gelände mehrmals über knorrige Baumwurzeln und herabgefallene Äste gestolpert. Die Vorstellung, hier blindlings um ihr Leben laufen zu müssen, war schlicht furchterregend. Jenna kaute auf ihrer Unterlippe. Sie würde herausfinden, wer das junge Paar getötet hatte. *Warum suchen sich diese Verrückten nur immer wieder Black Rock Falls aus?*

ZEHN

Während Kane zu den Rucksäcken ging, suchte er den Waldboden aufmerksam nach Hinweisen ab, die der Mörder hinterlassen haben könnte. Wolfe ging langsam hinter ihm und hielt immer wieder inne, um irgendetwas aufmerksam zu betrachten. Kane blieb stehen und drehte sich zu ihm um. »Ich könnte Duke ja einige der Kleidungsstücke aus dem Rucksack zu schnüffeln geben. Vielleicht findet er die Fährte der Frau. Meinen Sie, nach so langer Zeit geht das noch?«

»Das bezweifle ich. Ich würde sagen, die Frau ist vor mindestens einem Jahr getötet worden, und selbst hier im Schutz der Bäume hätte die Schneeschmelze im Frühjahr alle Gerüche fortgewaschen.« Wolfe schob seinen Hut ein Stück zurück. »Ich hoffe, dass ich unter der Leiche irgendwelches Beweismaterial finde. Oft machen Mörder den Fehler, *unter* einer Leiche etwas zu vergessen. Ich hoffe, wir finden etwas Brauchbares.«

»Wie lange wird es dauern, die Überreste zu bergen?«

»Nicht lange, es ist eine Leiche und keine archäologische Ausgrabung. Und nach dem, was Jenna vorhin gesagt hat, scheint sie intakt zu sein. Sie ist nicht vergraben worden, das macht es einfacher.« Wolfe deutete in Richtung der Rucksäcke. »Ich bin froh, dass Sie ein paar Fotos von der Gegend gemacht haben, bevor Sie reingegangen sind. Fotografieren Sie bitte noch die Rucksäcke, aus allen Blickwinkeln. Mich interessiert, was auf ihnen und um sie herum alles wächst; anhand dessen kann ich besser nachvollziehen, wie lange sie hier gelegen haben.« Er seufzte. »Ich hoffe, ich kann auf dem Handy noch etwas finden; ein Datum und eine Uhrzeit wären hilfreich, aber soweit ich das erkennen kann, ist das verdammte Ding ein Wegwerfhandy.«

»Ein Wegwerfhandy?« Kane kratzte sich an der Wange. »Wer nimmt denn auf so eine Wanderung ein Wegwerfhandy mit?« Er zückte sein Smartphone und fotografierte die Rucksäcke und alles, was Wolfe ihnen entnahm.

Wolfe saß in der Hocke und packte die Gegenstände aus den Rucksäcken in die Beweismittelbeutel. »Lebensmittel, Energieriegel, Wasserflaschen. Sie hatten gerade ihren Lagerplatz verlassen.« Er richtete sich auf und reichte die Beutel an Kane weiter. »Wir wissen, dass sie nicht hier aus der Gegend sind, also wie sind sie hierhergekommen? Wenn sie auf der Straße ein Fahrzeug zurückgelassen hätten, dann hätte das früher oder später die Ranger auf den Plan gerufen. Sie hätten die Gegend abgesucht, und das müsste aktenkundig sein. Am besten, Sie rufen dort später mal an, vielleicht haben sie ja doch ein Auto gefunden und abschleppen lassen.«

Kane schüttelte den Kopf. »Nein, wir haben die Schlüssel für den Autohof, und da steht gerade kein Wagen, soweit ich weiß.«

»Apropos, haben Sie die Leichen nach Schlüsseln durchsucht?«

»Nein. Ich wollte lieber nichts anfassen. Die Portemonnaies habe ich in den Rucksäcken gefunden, was ich ziemlich seltsam fand. Ich habe meines immer in der Gesäßtasche, wo es sicher ist. Die Frau hätte es vielleicht woanders getragen, aber ich kann mir nicht erklären, wieso beide ihre Portemonnaies in den Rucksäcken hatten.« Er runzelte die Stirn. »Es sei denn, sie hatten vor, irgendwo schwimmen zu gehen, aber auf dieser Seite des Berges ginge das nirgendwo.«

»Die Canavars haben den Schädel abseits des Hauptwegs im Gebüsch gefunden.« Wolfe drehte sich um und schaute in die Richtung, aus der sie gekommen waren. »Liegen die Überreste des Mannes auf oder neben einem Pfad?«

Kane zeigte in die Richtung, aus die sie gekommen waren. »Auf einem alten Trampelpfad. Da lang, und dann nach links. Ich habe ihn auf einer alten Karte gefunden, dort ist er als Hilfs- oder Tierpfad eingezeichnet, der am Fuß des Berges entlangführt. Es gibt ein Plateau, auf das man klettern kann, wenn man die Aussicht genießen will, aber das ist noch ein Stück entfernt.«

»Warum sollte ein junges Paar überhaupt riskieren, sich hier oben zu verirren oder von wilden Tieren gefressen zu werden?« Wolfe bückte sich erneut, um Boden- und Vegetationsproben einzusammeln.

Genau diesen Gedanken hatte Kane auch gehabt, als er Jenna gefragt hatte, ob sie mit ihm hier oben wandern gehen würde. »Vielleicht wollten sie einfach mal weg von der Zivilisation und für sich sein.« Er zuckte mit den Schultern. »*Ich* weiß, wie man hier draußen überlebt, für mich wäre es kein Problem. Ich hätte ein Satellitentelefon dabei und jede Menge Vorräte, ich würde unterwegs Spuren hinterlassen und daran denken, mich mindestens einmal am Tag bei jemandem zu melden.« Er nahm Wolfe einen weiteren Plastikbeutel ab. »Vielleicht hatte der Mann ja auch eine Art Survivaltraining absolviert?«

»Nach dem zu urteilen, was er bei sich hatte, war er wohl eher einfach ein Idiot«, sagte Wolfe und runzelte die Stirn. Er seufzte. »Okay, zeigen Sie mir das Skelett.« Er hievte sich seinen großen Rucksack auf die Schultern. »Unterwegs schnappen wir uns Webber, ich brauche seine Hilfe.«

»Wie macht der sich eigentlich?«

Wolfe schnaubte und warf Kane einen nachdenklichen Blick zu. »Er ist ein eifriger junger Mann und legt sich ins Zeug, aber leider hat er ein Auge auf Emily geworfen.« Sein Gesichtsausdruck änderte sich, er schaute nun leicht verärgert drein. »Sie lernt fleißig und wird bald auf die Great Falls University gehen. Ich kann ihn schlecht davon abhalten, sie dort zu besuchen. Aber mir wäre es lieber, wenn sie fertig studieren und eine Weile mit mir zusammenarbeiten würde, bevor sie eine Familie gründet.«

»Wow. Der ist doch viel zu alt für sie!« Kane blieb stehen und starrte Wolfe erstaunt an. »Das macht ja sogar mir Sorgen, ohne dass ich ihr Vater bin.«

»Tja. Und Sie wissen ja, wie eigensinnig Emily ist.« Wolfe stieß ein halb ersticktes Lachen aus. »Da kommt sie ganz nach mir, fürchte ich.«

»Mit ihr würde ich darüber gar nicht sprechen, sie hat schließlich die Sturheit ihres Vaters geerbt.« Kane richtete sich auf. »Ich würde Webber mitteilen, dass Sie mit der momentanen Situation unglücklich sind, weil Emily noch so jung ist. Geben Sie ihm einen Grund, sich ein wenig zurückzuziehen, bitten Sie ihn sich zu überlegen, ob er nicht ein wenig warten sollte, zumindest bis sie ihr Studium abgeschlossen hat. Das wird ein paar Jahre dauern. Da er mit Ihnen zusammenarbeiten möchte, denke ich mal, dass er einverstanden wäre.« Er lächelte. »Mit etwas Glück lernt sie an der Uni jemanden in ihrem Alter kennen.«

»Das kann ich nur hoffen.«

Auf der Lichtung war Webber damit beschäftigt, die Gerätschaften zur Untersuchung des Tatorts aus den Satteltaschen des Packpferdes zu holen.

Kane trat an seine Seite. »Schön, dass Sie mitdenken.«

»Im Moment arbeiten wir gegen die Uhr«, verkündete Wolfe. »Die Überreste zu beseitigen und vor Einbruch der

Dunkelheit wieder zur Straße zu gelangen, wird nicht ganz einfach sein.« Wolfe blickte sich um. »Ich habe in der Ferne Schüsse gehört. Wie weit sind wir vom nächsten Jagdrevier entfernt?«

»Wahrscheinlich eine oder zwei Meilen.« Kane verstaute die Beweismittelbeutel in einer der Satteltaschen des Pferdes. »Der Schall trägt hier oben ziemlich weit und wird vom Berg zurückgeworfen. Wir sind außerhalb der Reichweite der meisten Gewehre.«

»Wie weit ist es bis zu dem Toten?« Wolfe trat an seine Seite. »Nehmen Sie, so viel Sie tragen können, Webber. Den Rest nehmen wir.«

Kane schnappte sich ein paar der Taschen. »Einfach hier durch.« Er bahnte sich den Weg durch die Büsche. »Komm schon, Duke, bleib bei mir.«

Der Hund kläffte und folgte ihm. Unterwegs hielt er immer wieder kurz an einem Baum an, um zu pinkeln.

Als sie sich den Überresten des Mordopfers näherten, nahm Kane einen ranzigen Geruch wahr, der ihm zuvor nicht aufgefallen war. Er ging langsamer und schaute sich um, konnte aber im Schatten der Bäume nichts Ungewöhnliches entdecken.

»Ist es gerade kälter geworden, oder kommt mir das nur so vor?«, rief Webber, der hinter ihnen herging, die Arme voll Equipment.

Kane warf ihm einen Blick zu und lächelte. Er konnte sich daran erinnern, dass er am Anfang seiner Laufbahn oft dasselbe Gefühl gehabt hatte, wenn er einen Tatort betrat. Mit wachsender Erfahrung würde es schwinden. »Das kommt Ihnen nur so vor. Wahrscheinlich weil Sie gleich einen Mann zu sehen bekommen, der mit einem Pfeil an einen Baum genagelt wurde.«

»Konzentrieren Sie sich darauf, etwas zu entdecken, mit dem wir ihm helfen können. Auch jetzt noch, wo er tot ist.«

Wolfes kühler Blick wanderte zu Webber. »Wir sind seine einzige Hoffnung auf Rache an dem kranken Bastard, der ihn getötet hat. Sobald der Name des Toten bestätigt ist, ist er für uns auch nicht mehr nur ›das Opfer‹ oder ›der Leichnam‹. Vergessen Sie nicht, jemand hat ihm das Leben genommen, und wir wollen zunächst herauszufinden, *wie*, *wann* und vielleicht auch *warum* er gestorben ist.«

»Okay.« Webber sah nicht überzeugt aus. »Glauben Sie denn, er beobachtet uns, wie ein Geist?«

Kane klopfte ihm auf die Schulter. »Wenn ja, hat er vielleicht ein paar Hinweise für uns.« Er wandte sich Wolfe zu. »Durch diese Bäume führt ein Pfad; das Opfer liegt dahinten, etwa drei, vier Meter weiter.«

»Okay, wir sollten unsere Gerätschaften dort am Weg deponieren, Schutzanzüge anziehen und zu dem Toten erst einmal nur den kleinen Tatortkoffer mitnehmen. Durchkämmen Sie die Gegend nach allem, was brauchbar sein könnte.«

Sie erreichten den Trampelpfad, bewegten sich langsam im Gänsemarsch voran und hielten Ausschau nach Spuren. Als sie das Skelett erreichten, hörte Kane, wie Webber scharf einatmete. Kane drehte sich um und sah in sein aschfahles Gesicht. »Wir glauben, das ist Dawson Sanders, vierundzwanzig Jahre alt.«

»Das ist ja gar kein Pfeil«, sagte Webber und trat näher heran. »Das ist ein Bolzen von einer Armbrust. Carbon mit Messingeinsatz und Leuchtnocke. Mit einem Geschoss dieser Größe könnte man einen Bären erlegen.« Er schaute sich den Bolzen interessiert an. »Die sind teuer. Warum lässt man so ein Ding zurück?«

»Ich glaube, das sollten Sie uns näher erklären, Webber«, bat Wolfe ihn.

»Carbonbolzen mit Messing- oder Aluminiumeinsatz sind ziemlich teuer, und eine Leuchtnocke macht es einfacher, den Bolzen später wiederzufinden. Die Nocke ist der orangefarbene

Teil am Ende des Bolzens. Normalerweise leuchtet sie, aber die hier scheint schon eine Weile hier zu sein. Die meisten Jäger bergen ihre Bolzen.« Webber schaute Kane an. »Ihn ausgerechnet bei einem Verbrechen zurückzulassen, erscheint schon ziemlich seltsam. Eigentlich müssten die Fingerspuren des Besitzers darauf sein.«

Kane begegnete seinem Blick. »Das sind wichtige Informationen. Ich hatte keine Ahnung, dass Sie Armbrust-Experte sind!«

»Sie ist meine bevorzugte Jagdwaffe.« Webber grinste. »Lautlos, aber tödlich.«

»Leider werden wir nach rund einem Jahr wohl kaum noch brauchbare Fingerabdrücke finden.« Wolfe seufzte, holte eine Digicam aus seinem Rucksack und reichte sie Kane. »Filmen Sie alles: den Weg, den Bereich um die Leiche herum und die Leiche selbst.« Er wandte sich an Webber. »Sie machen Fotos, und denken Sie daran: Es kann niemals *zu viele* Bilder von einem Tatort geben. Wenn Sie beide mit Mr. Sanders beginnen, kann ich danach seine Überreste untersuchen.«

Kane war mit der Kamera vertraut und filmte die Leiche aus jedem Winkel, zoomte heran und wieder weg. Anschließend ging er langsam den Pfad auf und ab. Als er zu Wolfe zurückkehrte, begab sich sein Kollege gerade in die Hocke, hob das zerfetzte Hemd des Toten hoch und betrachtete die skelettierten Überreste. Kane hielt die Kamera ganz ruhig.

»Interessant«, murmelte Wolfe und beugte sich näher heran. »Die Verletzungen an der Brustwirbelsäule stimmen nicht mit den Verletzungen an den Rippen überein. Ich glaube, der Mörder hat diesem Mann in den Rücken geschossen, und nach dem Eintrittswinkel zu urteilen, stand das Opfer zu diesem Zeitpunkt. Die Einkerbungen an den Rippen deuten darauf hin, dass die Schüsse in einem Winkel von etwa zwanzig Grad in die untere Brustwirbelsäule eingedrungen und knapp unterhalb des Schlüsselbeins auf der linken Seite wieder ausgetreten sind. Da es keine Kugeln in der Körperhöhle gibt, haben wir es mit drei Durchschusswunden zu tun.« Er wandte sich um und schaute den Trampelpfad hinunter. »Die Verletzungen waren nicht allzu schwer, beinahe als sei es die Absicht der Schützen gewesen, ihr Opfer nicht gleich mit einem Schuss zu töten. Die Frage ist also: Wie nah musste der Mörder sein, um einen Mann, der diesen Pfad entlanglief, dreimal zu treffen?«

Kane nahm das Gelände in Augenschein und versuchte sich vorzustellen, wie die Tat abgelaufen war. Ein Schütze hätte freie Sicht zwischen den Bäumen benötigt. Um im Wald ein Ziel zu treffen, das sich bewegt, war ein hohes Maß an Geschick erforderlich. Ohne Laserzielfernrohr war es nahezu unmöglich, die Position des Schützen genau nachzuvollziehen, zumal sich die Vegetation ja mit den Jahreszeiten veränderte. »Das hängt ganz von der Waffe ab. Ausgehend von dem Winkel, den Sie genannt haben, und der ungefähren Körpergröße des Opfers müsste er in Richtung Norden gelaufen sein. Um die Flugbahn zu erreichen, die Sie beschreiben, muss der Schütze entweder weiter unten am Hang gewesen sein, oder er hat gekniet oder gelegen. Viele Jäger bauen sich Anstände, in denen sie sich verschanzen. Wenn die Wunden glatte Durchschüsse sind, müssten die Kugeln noch irgendwo in der Nähe sein.«

»Ja, und nach der Größe seiner Jacke zu urteilen, hatte er eine breite Brust, die Kugeln können also nicht mehr sehr weit geflogen sein, sobald sie den Körper wieder verlassen hatten.« Wolfe legte die Stirn in Falten. »Ich werde den Boden unter der Leiche untersuchen. Aber wenn es Hohlspitzgeschosse gewesen wären, hätten sie seine Rippen zerfetzt.«

»Webber, suchen Sie die unmittelbare Umgebung ab.«

»Ja, Sir.« Webber nickte ihm knapp zu, steckte sein Handy weg und ging langsam den Trampelpfad hinunter.

Kane schaute sich noch einmal um. Irgendwie war er nicht so recht überzeugt, dass sie sich an der richtigen Stelle befanden. »Wir gehen die ganze Zeit davon aus, dass er hier erschossen wurde. Könnte er mit den Verletzungen noch zu dem Baum gekrochen sein?«

»Das bezweifle ich. Einer der Schüsse ist ihm wahrscheinlich durchs Herz gegangen, die beiden anderen durch die Lunge. Ich würde sagen, er war wenige Sekunden nach dem dritten Schuss tot.«

»Trotzdem könnte er natürlich von woanders hergeschleppt worden sein.« Kane rieb sich das Kinn. »Wir werden die Suche ausweiten und mindestens zwanzig Meter in südlicher Richtung nach Patronenhülsen suchen, obwohl ich bezweifle, dass wir nach so langer Zeit noch etwas finden werden. Wir hätten daran denken sollen, einen Metalldetektor mitzunehmen.«

»Davon würde ich abraten«, sagte Wolfe und schüttelte den Kopf. »Hier im Wald müssen hunderte, wenn nicht tausende Hülsen herumliegen. So ziemlich das ganze Jahr über sind hier Jäger unterwegs. Überprüfen Sie erst einmal die unmittelbare Umgebung. Die Zeit wird knapp, ich muss die Überreste zurück ins Labor bringen. Filmen Sie weiterhin alles, was ich tue.« Er stand auf. »Ich will Nahaufnahmen von Hals und Kopf. Ich werde den Kopf gleich entfernen; wenn der Armbrustbolzen etwa zwanzig Zoll lang ist, dürfte er nicht allzu tief im Baumstamm stecken.«

Während Kane heranzoomte, strich ihm ein kalter Windhauch über die Wange. Was Wolfe da tat, grenzte ans Makabre. Er zwang seinen Verstand, sich zu konzentrieren, aber Erinnerungen an die Menschen, die er in seiner Dienstzeit als aktiver Soldat getötet hatte, liefen in seinem Kopf in Dauerschleife, wie ein lästiger Werbespot. Er fragte sich, wie viele von ihnen einsam und allein wie Dawson Sanders vor sich hin gerottet waren. *Wenigstens haben die, die ich getötet habe, nicht leiden müssen.*

ELF

Er schlich den Pfad hinunter, über der Schulter eine Tasche voller Wildkameras. Gut vorbereitet zu sein war der Schlüssel zu einer gelungenen Jagd, und er war stolz darauf, dass er der Beute immer einen Schritt voraus war. Zufrieden lächelte er. Er hatte den perfekten Ort gefunden.

Es dauerte eine ganze Weile, die Jagd vorzubereiten. Er legte den alten Trampelpfad frei, um seine Beute in die richtige Richtung zu steuern, und platzierte hier und da am Wegesrand ein paar Baumstämme, um sie an der Flucht zu hindern. Die Wildkameras sollten jederzeit volle Sicht auf Bailey haben. Das Beste war, dass kein Jäger oder Wanderer, der die Kameras zufällig entdeckte, sich über sie wundern würde, so verbreitet waren diese Dinger inzwischen. Manche machten Naturaufnahmen damit, andere verfolgten Wildbewegungen.

Er summte vor sich hin, während er eine Wildkamera an einem Baum befestigte. Er schaltete sie ein, stellte sicher, dass sie funktionierte, und überprüfte das Bildfeld. Die Kameras waren mit Bewegungssensoren ausgestattet und sendeten ihr Bild als Live Feed auf sein Handy, von wo aus er sie ins Netz oder an einen anderen Ort seiner Wahl hochladen konnte.

Dank des Live Feeds wusste er jederzeit genau, wo sich die Frauen befanden. Er sah sich die Videos hinterher immer wieder an; die Jagd war jedes Mal anders, und ihr Flehen und Betteln, direkt bevor er ihnen den Rest gab, versetzte ihm einen Adrenalinstoß. Er hatte schon sehr viel Material auf Backup-Laufwerken gespeichert, sodass er seine Tötungen jederzeit noch einmal Revue passieren lassen konnte. Dies war der zweite Teil seiner Vorbereitung; als Nächstes würde er entlang des Weges mehrere Anstände bauen, hinter denen er sich vor seiner Beute verbergen konnte.

Er prüfte die Einstellungen der Kameras auf seinem Handy, um sicherzugehen, dass man ihn aus keinem Blickwinkel erkennen konnte. Er durfte nicht riskieren, identifiziert zu werden, auch nicht bei der Vorbereitung. Nachdem er den Pfad zurückgegangen war, drehte er sich um, lief ihn langsam und aufmerksam noch einmal ab und überprüfte alle Stellen, an denen er Kameras angebracht hatte. Nachdem er sich vergewissert hatte, dass man sie vom Weg aus nicht sehen konnte, nahm er seine Tasche und machte sich auf den Weg zurück zu seiner Höhle, um die Utensilien zu holen, die er für den Bau der Anstände brauchte.

Er hatte die Höhle vor Jahren gefunden, und sie leistete ihm gute Dienste. Eine Felsformation und eine Reihe von Bäumen verbargen den Eingang, aber um sicherzugehen, hatte er noch ein stabiles Tor und einen tragbaren Elektrozaun errichtet, der Bären fernhalten sollte. Als er seine Höhle betrat, durchlief ihn ein Gefühl der Vorfreude und der Macht. Er atmete tief ein. Er mochte den Geruch der abgestandenen Luft. Dann schaltete er die Lampe ein, die an der Wand hing. »Fast fertig. Vielleicht habt ihr bald eine neue Freundin, die euch Gesellschaft leistet.« Er betrachtete die in Plastikfolie eingewickelten Skelette, die an der Höhlenwand lehnten. Er war immer ganz aufgeregt, wenn er sie besuchte, und er schaute sie sich gerne an, um sich an den Moment zu erinnern, als sie Teil seiner Familie geworden waren. Er hatte sie sich genau ausgesucht, und nicht alle, die er tötete, schafften es in seine Sammlung. Die Erinnerung an die Mischung aus Überraschung und Schock in ihren Gesichtern, während sie gestorben waren, füllt seinen Geist mit einer brillanten Klarheit. Er saugte den Nervenkitzel wie eine Droge in sich auf, und der Rausch hielt jedes Mal wochenlang an. Seine Abschüsse waren für ihn unbezahlbar und ein Beweis für seinen großen Einfallsreichtum. Er inspizierte die Reihe der Toten und ging in die Knie, um ein Haarbüschel zurück in die Plastikfolie zu stopfen. »So ist's besser.« Einige waren zueinander gebeugt, als würden sie sich ein Geheimnis zuflüstern. Dunkle, seelenlose Augen folgten jeder seiner Bewegungen. Ganz offensichtlich gefiel es ihnen hier – jede von ihnen erwiderte sein Lächeln.

ZWÖLF

Bei jedem Schritt in dem unerbittlichen Terrain plagte Jenna ihr Muskelkater. Sie hatte angenommen, dass ihrem Körper das Reiten nach den morgendlichen Trainingseinheiten mit Kane nichts mehr ausmachen würde, aber sie hatte sich verrechnet, und der steile Weg den Berg hinauf hatte ihren steifen Beinen den Rest gegeben. Erschwerend kam hinzu, dass Kane kaum jemals irgendwelche Anzeichen von Müdigkeit zeigte. Selbst wenn ihm die Stahlplatte in seinem Kopf wieder einmal höllische Kopfschmerzen bereitete, ließ er es sich nicht anmerken. Tatsächlich hatte er sich ihr gegenüber noch nie über irgendetwas beschwert. Sie hatte in der Mittagspause ein paar Paracetamol geschluckt und würde weiterlaufen, wie sehr ihre Beine auch schmerzen mochten. Vor ihren Deputys Schwäche zu zeigen, kam nicht infrage. *Manchmal ist es großer Mist, Sheriff zu sein.*

»Ich glaube, ich habe etwas gefunden.« Bradford zeigte auf etwas Metallisches, das aus dem Waldboden hervorlugte. »Ich werde ein paar Fotos machen.«

Jenna schüttelte die Gedanken an ihre Schmerzen ab. »Sieht aus wie eine Gürtelschnalle.« Sie holte ein Paar Handschuhe hervor und zog sie sich über. »Ich sehe mir das gleich mal an. Halten Sie einen Beweismittelbeutel bereit.« Jenna nahm einen Stift aus ihrer Tasche, bückte sich und schob ein paar Blätter zur Seite, die das Ende der Schnalle bedeckten, dann hielt sie inne. Die Schnalle glänzte auf dem dunklen Waldboden, und daran hing ein Ledergürtel, aber das war es nicht, das sie hatte aufmerken lassen: Ein Ende des Gürtels war zur einer Schlaufe gebunden, das andere verschwand im Unterholz, und in der Schlaufe schimmerten Knochen. Sie hatte in ihrem Leben genügend Skelette gesehen, um zu erkennen, dass sie es hier mit dem Unterarmknochen eines Menschen zu tun hatte. »Bleiben Sie zurück«, befahl sie Bradford. Sie stand auf, holte eine Rolle Tatortband aus ihrer Tasche und wickelte es um den Baum, um die Stelle zu markieren.

»Sind das menschliche Knochen?« Alle Farbe wich aus Bradfords Gesicht.

»Ja, ziemlich sicher. Soweit ich das beurteilen kann, gehören diese Knochen zu dem weiblichen Schädel, den die Canavars gefunden haben. Wolfe muss uns das noch bestätigen, aber ich denke mal, wir haben insgesamt zwei Leichen. Der Mann, der an den Baum gefesselt ist, und die unvollständigen Überreste einer Frau, die in diesem Bereich hier verstreut sind.« Jenna aktivierte das Mikrofon an ihrem Ohrhörer. »Kane, ich habe noch mehr Überreste gefunden. Ich werde den Tatort absichern.«

»*Roger*«, erklang Kanes Stimme in ihrem Ohr.

Jenna verdrängte ihren Ekel davor, was der Fund bedeutete. »Sieht aus wie zwei Unterarme, die mit einem Ledergürtel zusammengebunden sind. Sie sind ziemlich klein, es könnten also die fehlenden Teile vom Skelett der Frau sein, das Wolfe und Blackhawk gefunden haben.« Sie seufzte. »Ich habe nur ein paar Blätter gelüftet. Ich weiß nicht, wie viel da noch liegt, aber da vorne ist ein Baum. Vielleicht hatte er sie hier gefesselt. Fragen Sie Wolfe, was ich tun soll.«

Es dauerte eine halbe Ewigkeit, bis Kane sich wieder meldete, und als endlich eine Stimme an ihr Ohr drang, war es die von Wolfe.

»Aufgrund der Funde und bis zum Beweis des Gegenteils gehe ich davon aus, dass wir es mit den Überresten von Dawson Sanders und Paige Allen zu tun haben. Diese Information ist natürlich nur für uns intern bestimmt, bis ich die Identitäten anhand von Zahnunterlagen und DNA überprüfen kann. Wir haben Sanders' Überreste in einem Leichensack. Ich habe Bodenproben genommen, also bin ich hier so ziemlich fertig. Sobald wir das alles auf dem Pferd verstaut haben, komme ich zu Ihnen herüber«.

»Verstanden. Ich sende Kane die Koordinaten.«

Jenna nahm Kontakt zu Rowley und Blackhawk auf, und ein paar Minuten später kamen sie durch die Bäume anmarschiert. Blackhawk führte Rowley ein Stück abseits des Weges, den sie genommen hatten, durch den Wald. Als die beiden sie erreichten, musterte Blackhawk die Überreste.

Sie trat neben ihn. »Haben Sie etwas gefunden?«

»Noch nicht, aber diese Knochen wurden von anderswo hergetragen. Sehen Sie die Spuren an den Knochen und am Ledergürtel? Das sind Abdrücke von Tierzähnen, und das Tier hat die Gliedmaßen wahrscheinlich hier abgelegt, um seine Jungen zu füttern. Sehen sie, dass die Abdrücke unterschiedlich groß sind?«

»Ja, jetzt, wo Sie es erwähnen ...« Im Bemühen, sich nicht bildlich vorzustellen, wie die arme Frau von Tieren angenagt wurde, sagte sie: »Ich warte auf Wolfe. Können Sie aus der Position des Schädels und der Knochen hier feststellen, in welche Richtung sie gerannt ist?«

»Nein, aber wir werden uns an diesen Tierpfad hier halten. Eine Frau mit gefesselten Händen wird der Mörder eher einen Pfad entlanggeschleift haben, als sie mitten durch den Wald zu zerren.« Blackhawk drehte sich ohne ein weiteres Wort um und ging auf die Bäume zu.

»Soll ich ihn begleiten, Ma 'am?« Rowleys Blick ruhte ein paar Sekunden lang auf den Überresten, dann schaute er Jenna an.

»Ja, bleiben Sie an ihm dran, und sagen Sie mir Bescheid, wenn Sie etwas finden.« Jenna holte ihr GPS-Gerät hervor und schickte Kane ihre Koordinaten. Sie ging zu einem umgestürzten Baum und winkte Bradford zu sich. »Warum setzen wir uns nicht und ruhen uns aus, bis sie hier sind.«

Jenna setzte ihren Rucksack ab und holte eine Flasche Wasser heraus. Sie nahm ihren Hut ab und schüttelte ihr Haar, froh über die kühle Brise. Es war zwar sonnig, aber es wurde von Tag zu Tag kälter, und dennoch kamen von überall her Touristen, um durch den Wald zu wandern. Ihr war aufgefallen, mit welcher Leichtigkeit sich Bradford durch das unwegsame Gelände bewegte und obendrein über unbegrenzte Energie zu verfügen schien. Das Greenhorn lebte sich gut ein; sie hörte einem aufmerksam zu, und Rowley hatte ihr erzählt, dass sie eine begabte Kampfsport-Schülerin war. »Ein Mord ist immer eine schwierige Angelegenheit. Wie kommen Sie damit zurecht? Irgendwelche Probleme?«

»Nein, ganz und gar nicht, Ma 'am.« Bradford nahm ihren Hut ab und legte ihn neben sich auf den Baumstamm. »Und Rowley ist ein angenehmer Partner. Man kommt sehr gut mit ihm aus. Im Nahkampf mache ich auch Fortschritte. Aber am Schießstand werde ich nie mit Deputy Kane mithalten können.«

Jenna verkniff sich ein Lächeln. »Das kann kaum jemand, fürchte ich.«

»Ich habe ihn um Rat gebeten, und er war sehr hilfsbereit, aber er meinte, ich sollte in der Lage sein, eine Glock auseinanderzunehmen und mit geschlossenen Augen wieder zusammenzusetzen.« Bradford warf ihr einen vielsagenden Blick zu und zuckte mit den Schultern. »Er hat mir gesagt, ich müsste das mit jeder Waffe können, die ich besitze.«

»Das ist auch nur eine Frage der Übung.« Jenna zuckte mit den Schultern. »Ich kann meine Waffe auseinander- und zusammenbauen, ohne hinzuschauen, und ich würde mal sagen, Rowley und Webber können das auch.« Sie nahm einen Schluck von ihrem Wasser. »Seine Waffe zu kennen, ist sehr wichtig. Schön, dass Kane Sie auf den Schießstand mitgenommen hat. Er meinte, er wolle sehen, wie Sie vorankommen. Wundern Sie sich nicht, wenn er Sie fragt, ob Sie ins Fitnessstudio mitkommen möchten. Webber trainiert in einem Studio in der Stadt, und Kane guckt dort ab und zu vorbei und schaut, welche Fortschritte die anderen machen. Ich schätze, er wartet auf einen Bericht von Rowley, was *Ihre* Fortschritte angeht.«

»Ich habe noch nie einen Deputy wie Kane kennengelernt; er drillt einen wie ein Armeeausbilder.« Bradford grinste.

»Ein Armeeausbilder?«, ertönte Kanes Stimme hinter ihr. »Sie reden doch nicht etwa von mir?«

»Doch, ganz genau.« Jenna drehte sich um und starrte ihn an. »Verdammt, Kane, müssen Sie sich immer heimlich anschleichen? Wir sind an einem Tatort, falls Ihnen das entgangen sein sollte.« Sie begrüßte Duke und tätschelte ihm den Kopf. Dann machte sie sich daran, sein Fell von Kletten zu befreien.

»Ich habe mich nicht heimlich angeschlichen, Ma'am.« Kane schenkte ihr ein strahlendes Lächeln. »Hätte ich das getan, dann hätte ich ›Buh!‹ gerufen.« Er lächelte Bradford zufrieden an. »Ach, kommen Sie, Paula, ein Armeeausbilder? So fies bin ich doch nicht, oder?«

»Na ja, nicht wirklich.« Bradford errötete.

»Ich bin halt ein Perfektionist und möchte sichergehen, dass Sie mit jeder Art von Waffe umgehen können.« Kane ließ seinen Rucksack fallen und stieß einen langen Seufzer aus, dann wandte er sich an Jenna. »Wolfe und Webber sind gleich hinter mir, Ma 'am.« Er kramte in seinem Rucksack nach seiner Wasserflasche.

Jenna steckte ihre Flasche zurück in ihren Rucksack und stand auf. »Ah, jetzt sehe ich sie.« Sie sah Bradford an. »Gehen Sie und helfen Sie ihnen mit dem Equipment.«

Sie wandte sich an Kane. »Wie ist es gelaufen?«

»Wir haben die Überreste der Toten eingepackt und genug Videomaterial für einen abendfüllenden Film. Webber hat eine Patronenhülse gefunden, die wir nicht zuordnen können. Wolfe wird uns mehr sagen können, wenn er alles in sein Labor gebracht hat.«

DREIZEHN

Nachdem sie Wolfes Zusammenfassung seiner ersten Erkenntnisse über die Leiche von Dawson Sanders gehört hatte, führte Jenna ihn zu den Unterarmknochen, die sie gefunden hatte, und wartete gespannt auf seine Kommentare. »Ich kann sonst nichts in der Nähe finden; glauben Sie, dass die Knochen hier vergraben wurden?«

»Wahrscheinlich wurden sie von wilden Tieren hergetragen und abgenagt.« Behutsam hob Wolfe die Knochen auf und steckte sie in einen Beutel, dann nahm er ein paar Bodenproben. Er sah zu ihr auf. »Dawson Sanders' Leiche trug einen Gürtel, also müssen wir davon ausgehen, dass dieser hier Paige oder dem Mörder gehörte. Das könnte ein wichtiger Hinweis sein. Wenn dies die Knochen von Paige Allen sind, wissen wir, dass der Mörder ihr vor dem Tod die Arme auf den Rücken gebunden hat. Mir fällt kein anderer Grund ein, und falls es wirklich ihr Schädel ist, hat der Mörder sie vor ihrer Ermordung brutal misshandelt.«

»Blackhawk meinte, die Spuren auf den Knochen seien tierischen Ursprungs.« Jenna setzte sich ihren Hut wieder auf und starrte auf die dünnen weißen Knochen. »Er ist mit Rowley unterwegs, sie suchen in Richtung der Fundstelle des Schädels.«

»Das komplette Skelett von Paige Allen zu finden wird schwierig sein; Tiere könnten die einzelnen Knochen überall verteilt haben.« Wolfe reichte Webber einen Beweismittelbeutel zum Beschriften. »Leider werden uns auch Leichenspürhunde nicht weiterhelfen, denn die sind ja auf den Geruch von verwesendem Fleisch abgerichtet.«

Jennas Ohrhörer knisterte, Rowleys Stimme ertönte.

»*Wir haben noch mehr Knochen gefunden.*« Er gab seine Position durch. »*Sie sehen klein aus. Ich gehe davon aus, dass wir die fehlenden Leichenteile von Paige Allen gefunden haben.*«

»Verstanden, wir sind auf dem Weg.« Sie musterte den Haufen von Ausrüstungsgegenständen und die erschöpften Gesichter ihrer Deputys. Es war ein langer Tag gewesen. Sie wandte sich an Wolfe. »Gehen Sie mit Kane und Webber zu den Koordinaten. Wir kommen mit dem Rest der Ausrüstung nach.«

»Ja, Ma 'am.«

»Ich muss mich noch kurz in die Büsche schlagen, bevor wir gehen«, sagte Bradford und zeigte in Richtung des Unterholzes.

»Sicher.« Jenna drehte sich um und sah überrascht, dass Kane wieder zurückkam. »Stimmt was nicht?«

»Doch, doch.« Kanes Augen suchten ihr Gesicht ab. »Ich bin am Verhungern, und Sie sehen aus, als könnten Sie auch etwas vertragen. Ich habe zwei große Steaks in meinem Kühlschrank. Soll ich vielleicht heute Abend für uns kochen?« Er lächelte.

Jenna stieß einen zufriedenen Seufzer aus. »Das wäre wunderbar. Ich nehme uns dann auf dem Heimweg ein paar Pfannkuchen von Aunt Betty's mit. Ich könnte eine ganze Kuh verdrücken.«

»Abgemacht.« Kane nahm eine der Taschen, pfiff nach

seinem Hund und ging schnellen Schrittes in die Richtung davon, in die Wolfe verschwunden war.

Jenna setzte sich ihren Rucksack auf und schnappte sich eine Tasche mit Equipment. »Alles in Ordnung, Bradford?«

»Ja, Ma 'am.« Bradford kam aus dem Gebüsch, richtete ihre Kleidung und bückte sich, um die andere Tasche aufzuheben. »Gewöhnt man sich jemals an die Morde?«

Jenna schüttelte den Kopf. »Nicht wirklich.«

»Ich hatte gehofft, Sie würden Ja sagen.« Bradford seufzte.

Jenna sah Kane in der Ferne und beschleunigte ihr Tempo. Sie wollte gerne mehr darüber erfahren, was mit Paige Allen und Dawson Sanders geschehen war. Zwei junge Leute auf einer Wanderung im Wald. Verschiedene Szenarien gingen ihr durch den Kopf. Der Mörder gehörte nicht zur selben Sorte wie einige der anderen, mit denen sie in ihrer Zeit in Black Rock Falls bereits zu tun gehabt hatte, und es gab keine Vermisstenmeldungen aus den angrenzenden Countys.

Der letzte Mörder, gegen den sie ermittelt hatten, hatte es auf Mädchen im Teenageralter abgesehen, nicht auf junge Paare. Der Täter hier war ganz anders vorgegangen als der Mörder in Black Rock Falls im letzten Sommer. Ob es ein eifersüchtiger Liebhaber war? Oder war es doch eher eine Gelegenheitstat? Sie war jetzt schon gespannt darauf, was Jill Bates herausfinden würde, die forensische Anthropologin aus Helena, die die sterblichen Überreste der Opfer untersuchen würde.

Aber zunächst einmal würde sie sich mit Kane beim Abendessen über ihre Eindrücke unterhalten können, auch wenn er es meistens vorzog, in ihrer gemeinsamen Freizeit nicht über die Arbeit zu sprechen. Dieser Fall war so faszinierend, dass sie es gar nicht abwarten konnte. Seine Erkenntnisse würden ihr helfen zu entscheiden, in welche Richtung die Ermittlungen gehen sollten.

Bradford trat an ihre Seite und riss Jenna aus ihren Gedanken. »Wo sollen die Taschen hin, Ma 'am?«

Jenna lächelte sie an. »Da drüben zu den anderen Sachen.« Sie folgte ihr und ließ ihre Tasche fallen, dann setzte sie ihren Rucksack ab.

Der Wind hatte aufgefrischt. Sie blickte zum Himmel. Das Letzte, was sie jetzt brauchten, war Regen, aber da oben hatten sich nur ein paar weiße Wolken vor die Sonne geschoben. Nachdem sie sich durch die Büsche gezwängt hatte und einem Strauch Giftsumach ausgewichen war, erreichte sie eine kleine Lichtung. Sie trat auf Rowley zu. »Was haben wir?«

»Den größten Teil von Paige Allens Knochen, bis auf die Hände.« Rowley legte die Stirn in Falten. »Wolfe meint, dass sie nicht hier ermordet wurde. Wir haben uns schon umgesehen und etwa zehn Meter vom Weg entfernt einige Kleidungsstücke entdeckt. Ich habe Wolfe gefragt, ob wir sie schon einsammeln können, und er sagte: kein Problem.«

»Okay.«

Interessiert betrachtete sie die Knochen, die auf dem Boden verteilt waren und zum Teil wie weiße Pilze aus dem Waldboden ragten.

Blackhawk trat mit traurigem Gesichtsausdruck an ihre Seite. Er hatte eine Jeans in den Händen.

»Was haben Sie da? Haben Sie das gefunden?«

»Diese Kleidung ist fast unversehrt. Sie ist nicht zerrissen worden.« Blackhawk steckte die Jeans in einen Beweismittelbeutel und reichte ihn ihr. »Die Unterwäsche ist auch in den Jeans. Offenbar wurde ihr beides ausgezogen. Ein Tier hätte die Hose zerfetzt, um an das Fleisch zu kommen.« Er warf ihr einen besorgten Blick zu. »Wir haben auch ihre Stiefel gefunden, die Schnürsenkel sind noch drin.« Er deutete auf Rowley. »Er hat sie.«

»Ma'am.« Rowley hielt einen Beweismittelbeutel mit einem Paar Wanderstiefel hoch. »Wir waren sehr darauf bedacht, nicht zu viel zu verändern. Die hier sind offenbar unter einen Busch geworfen worden.« Er deutete in den Wald.

»Ich glaube, Wolfe sollte sich die Gegend mal ansehen. Einer der Bäume hat auf einer Seite ein paar Einschusslöcher, zu viele, als dass es ein Zufall sein kann.«

Aus der Brise war inzwischen ein heulender Wind geworden, und die Kälte drang Jenna durch die Kleidung und traf auf ihre vom Laufen feuchte Haut. »Okay, danke. Lassen Sie Ihre Funde bei Bradford.« Sie ging zu ihrem Rucksack und holte ihre Jacke heraus. Zu dieser Jahreszeit verlor die Sonne gegen zwei Uhr nachmittags ihre Wärme, und so hoch oben in den Bergen konnte die Temperatur jederzeit unter null sinken.

»Glauben Sie, er hat sie vergewaltigt?« Bradford starrte auf die Kleidung in den Beweismittelbeuteln. »Nach dem, was er mit ihrem Gesicht angestellt hat, war das ein ganz schön fieser Mistkerl.«

Jenna zog den Reißverschluss ihrer Jacke hoch und wandte sich Bradford zu. »Wenn seine DNA nicht an der Jeans klebt, werden wir es wohl nie erfahren. Leider können uns die sterblichen Überreste der Opfer in diesem Zustand kaum noch etwas verraten. Wir können nur hoffen, dass der Mörder einen Fehler gemacht und irgendwelche verwertbaren Spuren hinterlassen hat. Wenn das der Fall ist, wird Wolfe sie finden, und bis dahin wird Kane ein Profil des Mörders erstellt haben.« Sie seufzte. »Dieser Fall ist ganz anders als alle anderen, die ich bisher bearbeitet habe.«

»Deputy Kane hatte mir geraten, mich mit einigen der alten Fälle vertraut zu machen, und offenbar hat keiner der Mörder aus Spaß getötet.« Bradford knibbelte an ihren Fingernägeln, das Thema schien sie ziemlich zu beunruhigen. »Aber hier sehen die Einschusswunden und der Pfeil im Kopf doch ganz danach aus, als hätte der Mörder das Töten genossen.«

»Ja, da haben Sie recht.« Kane kam auf sie zu. Seinen Gesichtsausdruck konnte sie nicht deuten. »Dieser Mörder tötet aus Spaß. Bei allen anderen Morden, die wir bisher hatten, haben wir festgestellt, dass der Mörder in seiner Vergangenheit ein Trauma erlitten hat, das sein Verhalten auslöste. Dieser hier ist gefährlich, weil wir sein Verhaltensmuster noch nicht kennen. Unvorhersehbare Täter sind besonders schwer zu fassen. Ich muss mich erst einmal nach ähnlichen Verbrechen umschauen und feststellen, ob dieser Mörder vielleicht schon anderswo zugeschlagen hat, bevor ich ein Profil von ihm erstelle.« Er sah Jenna an. »Wir haben einen wahrscheinlichen Tatort. Wolfe ist noch dabei, Indizien zu sammeln.«

Jenna nickte. »Führen Sie mich hin.«

»Ja, Ma 'am.« Er sah Bradford unverwandt an. »Bleiben Sie hier bei den Beweismitteln. Ich schicke Rowley und Webber zu Ihnen zurück, dann können Sie gemeinsam alles zu den Pferden schleppen.«

Jenna folgte ihm ins Gebüsch und berührte ihn am Arm. »Es ist schon spät, und es ist kalt. Ich kann nicht fassen, dass Sie hier freiwillig ein Wochenende lang wandern wollen ... Wir würden ja erfrieren.«

»Ach Quatsch.« Er drehte sich um und grinste sie an. »Wir werden tagsüber auf den Wanderwegen unterwegs sein und die Nacht in einer Hütte verbringen. In der Gegend, in die ich will, gibt es mindestens sechs Plateaus. Es gibt hier oben Aussichtspunkte, zu denen man nur zu Fuß gelangt. Oder wir schummeln ein bisschen und nehmen die Pferde mit.« Er hielt die Büsche zurück, damit sie vorbeigehen konnte. »Ich verspreche Ihnen, Sie werden es warm und gemütlich haben. Aber wir sollten es bald tun, vor Wintereinbruch. Sobald der Schnee kommt, können wir das hier vergessen, Hütte hin oder her.«

»Okay, wir können ja beim Abendessen weiter darüber reden.« Sie schaute sich um. »Was meinen Sie«, fragte sie Wolfe, »wie lange liegen diese Knochen schon hier?«

»Schätzungsweise ein Jahr.« Wolfe sammelte akribisch Bodenproben, nachdem er die am Fuß des Baumes verstreuten Knochen geborgen hatte. Er ließ sich auf alle Viere nieder und schaute sich den Boden genau an, dann holte er eine Bürste aus der Tasche. »Na, sieh mal einer an, was wir hier haben.« Er bürstete die Erde von seinem Fund, dann hob er ihn hoch und betrachtete ihn von allen Seiten. »Ein Verlobungsring mit einem Brillanten. Innen ist etwas eingraviert.«

»Und was steht da?« Jenna trat näher und spähte über seine Schulter.

»Paige und Dawson für immer.« Wolfe ließ den Ring in eine kleine Plastiktüte fallen und verschloss sie.

»Es sind dieselben Namen wie auf den Führerscheinen, die wir in den Rucksäcken gefunden haben«, sagte Kane. Seine Augen verengten sich. »Wenn der Ring echt ist, muss er ein Vermögen gekostet haben.«

»Wir können also Raub als Motiv ausschließen.« Jenna stieß einen langen Seufzer aus. »Wenigstens haben wir ein bisschen was, worauf wir uns stützen können. Dank der Identität der Opfer können wir die Angehörigen ausfindig machen und erfahren, wann sie verschwunden sind.«

»Nicht so schnell! Im Moment gehen wir nur davon aus, dass wir es mit den sterblichen Überresten von Allen und Sanders zu tun haben, und das stimmt wahrscheinlich auch.« Wolfe wischte sich ein paar Blätter von der Hose. »Aber alles, was wir haben, sind Knochen, und ich denke gar nicht daran, die Identität der beiden Opfer zu bestätigen, bevor ich keinen eindeutigen Beweis habe. Soll heißen: Zahnunterlagen oder einen DNA-Test.« Er sah Jenna an. »Die Knochen des weiblichen Opfers sind relativ weit verstreut. Wir vermuten natürlich, dass es sich um die Überreste einer einzigen Person handelt, aber auch das könnte ein voreiliger Schluss sein.«

»Ist mir recht.« Sie nickte, dann wandte sie sich Kane zu. »Wenn es sich bei den Überresten um Paige Allen handelt, was glauben Sie, wie der Mord ablief?«

»Auf jeden Fall äußerst brutal.«

Jenna trat beiseite und sah zu, wie Kane den Mord nachstellte. »Nach Wolfes Erkenntnissen wurde die Frau wahrscheinlich in den Rücken geschossen, genau wie das andere Opfer auch.« Kane legte die Stirn in Falten. »Aufgrund der Entfernung zwischen den beiden Tatorten müssen wir annehmen, dass sie vor ihrem Mörder davonlief. Sie stürzt zu Boden, der Mörder fesselt ihre Hände mit seinem Gürtel und lehnt sie gegen einen Baum.« Er ging zu einem Baum mit einem markanten Einschussloch. »Was sie durchmachen musste, bevor er sie getötet hat, wissen wir nicht.«

»Nein, nicht ohne eine komplette Leiche«, sagte Wolfe und schüttelte den Kopf. »Wir haben keine eindeutigen Hinweise auf eine Vergewaltigung, aber ich glaube, dass der Mörder ihr die Kleidung ausgezogen hat, und alles deutet darauf hin, dass er das gewaltsam tat. Die Abdrücke auf den Knochen muss ich noch genauer untersuchen, aber ich glaube, wir haben da sowohl Tier- als auch Messerspuren.« Er ging näher an den Baum heran, deutete auf das Einschussloch und warf Jenna einen sorgenvollen Blick zu. »Meine erste Untersuchung der Überreste hat ergeben, dass er ihr erst mit einem stumpfen Gegenstand auf den Kopf geschlagen hat, vielleicht mit dem Griff einer Pistole, und dass er ihr dann aus nächster Nähe zwischen die Augen geschossen hat. Der Schaden am Schädel ist erheblich. Die Kugel durchschlug den Schädel und blieb im Baum stecken.«

Jenna knirschte mit den Zähnen, während ihr Bilder von den furchtbaren letzten Minuten im Leben der armen Frau durch den Kopf gingen. Sie hatte wahrscheinlich hilflos mitansehen müssen, wie ihr Verlobter ermordet wurde, und war dann um ihr Leben gerannt. Jenna atmete tief ein. Der Tod war nach Black Rock Falls zurückgekehrt. Sie hob den Kopf und sah Kane an. »Ich nehme an, es wird noch eine Weile dauern, bis wir den ungefähren Todeszeitpunkt kennen, aber können Sie schon irgendetwas über diesen Mörder sagen?«

»Das hängt davon ab, ob wir noch weitere Opfer finden.« Kane lehnte nonchalant am Stamm einer hohen Kiefer. »Wenn es nur diese beiden Opfer gibt, und wenn ich diesen Tatort mit der Stelle vergleiche, an der das andere Opfer ermordet wurde, dann könnte es sich durchaus um eine Affekttat handeln.«

Jenna nickte. »Ja, ich habe schon viele Fälle häuslicher Gewalt erlebt, und der Mann greift immer das Gesicht der Frau an.«

»Ja, das kommt bei Morden häufig vor.« Kane rieb die dunklen Bartstoppeln an seinem Kinn. »Aber in diesem Fall war der Täter besonders grausam. Wir sollten die Augen nach eventuellen eifersüchtigen Liebhabern oder Ex-Partnern offen halten.« Er seufzte. »Wenn wir noch mehr Opfer finden, sieht die Sache allerdings schon ganz anders aus.«

»Was würde das bedeuten?« Jenna schluckte den Kloß in ihrem Hals hinunter. »Wenn wir vom Schlimmsten ausgehen?«

»Ein Triebtäter, der Frauen hasst oder vielleicht einen bestimmten Typ Frau.« Ein Nerv in Kanes Wange zuckte. »Unberechenbar. Er wartet ab, bis er das perfekte Opfer findet. So einer wie Ted Bundy. Dessen Opfer waren Studentinnen mit langem braunen Haar und einem ähnlichen Körperbau. Dieser Typ Psychopath wirkt wie der nette Kerl von nebenan, aber er ist intelligent, gerissen, durchtrieben und schlüpfrig wie ein Aal. Ich würde sagen: weiß, Ende zwanzig bis Mitte dreißig, vielleicht auch älter, wenn er das schon länger macht.« Er presste seine Lippen zusammen. »Wenn dies das Profil unseres Mörders ist, sind die männlichen Opfer Kollateralschäden, und in Black Rock Falls ist keine Frau sicher, die unserem weiblichen Opfer ähnelt.« Er sah ihr in die Augen. »Genauer gesagt: eins siebzig, schulterlanges schwarzes Haar, zwischen zwanzig und fünfunddreißig. Wie Sie, Jenna.«

VIERZEHN

Später am Nachmittag ging er zu dem Laden, der Waffen, Angelzubehör und Munition verkaufte. Auf der anderen Straßenseite ging Hand in Hand ein Pärchen vorbei. Er schnaubte angewidert. Dass ein Mann sich freiwillig an so eine Schlange binden konnte ... Die Art und Weise, wie sie ihr Haar schüttelte und mit den Wimpern klimperte, war für ihn qualvoll, als würde sie mit ihren langen roten Nägeln über eine Schiefertafel kratzen. Er konnte nicht nachvollziehen, warum sich manche Männer jahrelang freiwillig einer solchen mentalen Folter aussetzten. Er musste zugeben, dass die Frau attraktiv war, aber gutes Aussehen hielt nicht ewig, und wahrscheinlich würde sie ohnehin noch vor Jahresende im Bett eines anderen Mannes landen.

Er grinste, als er das Gewehr hob und durch das Fenster auf das Pärchen zielte. Kein Sport der Welt kam dem Rausch gleich, der ihn überkam, wenn er Menschen jagte, und der Rausch hielt an, weil er sich die Aufzeichnungen hinterher jederzeit ansehen konnte. Seine Wildkameras hielten alles fest, jeden köstlichen Moment.

Die Stimme des Ladenbesitzers, der sich gerade mit einem

anderen Kunden unterhielt, holte ihn in die Realität zurück, und er ließ das Gewehr sinken. Nicht, dass er vorhatte, etwas zu kaufen. Er war ja nicht dämlich, und in derselben Ortschaft ein Gewehr zu kaufen, in der man jemanden damit erschießen wollte, wäre mehr als dämlich. Seine Vorbereitungen waren beinahe abgeschlossen. Seine Gewehre warteten in seiner Höhle auf ihn, geladen und einsatzbereit. Er hatte die Wildkameras über ein weites Gebiet verteilt, nur für den Fall, dass Bailey ihm entwischen sollte. Es würde eine gute Jagd werden, er hatte für alle Eventualitäten vorgesorgt. Er würde sich mit seinem Kunden an der verabredeten Stelle treffen, keiner würde den Namen des anderen erfahren, und er würde keinerlei Spuren hinterlassen, die ihn mit dem Mord in Verbindung bringen würden.

Er schlenderte zum Tresen und lächelte den Verkäufer an. »Schön, sehr schön, aber ich muss es mir noch einmal überlegen. Ich werde erst im Frühling wieder auf die Jagd gehen. In letzter Zeit habe ich so viel um die Ohren.« Er reichte ihm das Gewehr und schlenderte aus dem Laden.

Er blickte zum Himmel hinauf. *Die Wettervorhersage für morgen: Am Vormittag wolkenlos und kühl, die Blutbadwahrscheinlichkeit liegt bei hundert Prozent.* Ein Glucksen entrang sich seiner Kehle. Er konnte das Blut schon fast in der Luft schmecken. *Ich kann es kaum erwarten.*

FÜNFZEHN

Nach dem Abendessen ließ sich Jenna auf Kanes Sofa fallen und rieb sich die Augen. Sie war todmüde. Ihre Knochen schmerzten nicht nur vom Reiten – die Ausrüstung von einem Tatort zum anderen zu schleppen, war anstrengend gewesen. Sie nahm den Becher Kaffee, den Kane ihr reichte, und lächelte. »Ich bin so erschöpft, ich dachte schon unter der Dusche, ich würde im Stehen einschlafen.«

»Sie hätten mir nicht unbedingt helfen müssen, die Pferde zu versorgen.« Er setzte sich neben sie und legte seine großen Füße auf dem Couchtisch ab. »Auch wenn ich die Hilfe sehr zu schätzen weiß.«

Jenna zuckte mit den Schultern, aber selbst diese minimale Bewegung zerrte an ihren schmerzenden Muskeln. »Sie ist mein Pferd, und ich bin für sie verantwortlich. Von jetzt an werde ich auch morgens beim Ausmisten helfen.« Sie unterdrückte ein Gähnen. »Außerdem finde ich es schön, sie zu striegeln. Ein kleines Stück Normalität in einer verrückten Welt.«

»Ja, geht mir genauso.« Er schenkte ihr ein zufriedenes Lächeln. »Ich weiß, dass Sie heute Abend über den Fall sprechen wollten, aber ich habe dem, was ich am Tatort gesagt habe, nichts hinzuzufügen. Ich glaube, wir müssen erst einmal abwarten, womit wir es zu tun haben – mit einer Affekttat, die mindestens ein Jahr zurückliegt, oder einem Triebtäter, der vielleicht wieder zuschlägt.«

»Wolfe wird uns mehr sagen können, wenn er und die forensische Anthropologin die Überreste untersucht haben.« Jenna nippte an ihrem Kaffee. »Ich schätze, unsere Idee, einen kleinen Kurzurlaub zu machen, ist damit vom Tisch?«

»Vielleicht nicht.« Kane grinste. »Die Morde sind mindestens ein Jahr her, und Wolfe hat noch eine ganze Menge zu tun, bevor wir überhaupt mit den Ermittlungen beginnen können. Und wir wollen ja nur ein Wochenende lang wandern und könnten die Wege nehmen, die auf der anderen Seite des Berges weiter hoch ins Gebirge führen. Klar, es wird kalt sein, aber wir ziehen uns Thermounterwäsche an, und in den Hütten gibt es Öfen. Sie haben in der Grundausbildung sicher Schlimmeres erlebt.«

Ach, der Kaffee, den er kochte, war wirklich gut. Sie betrachtete ihn über den Rand ihres Bechers hinweg und genoss den Geschmack. »Ich war damals viel jünger, aber abgesehen davon, dass mich der grausame Doppelmord, mit dem wir es heute zu tun hatten, erschöpft hat, bin ich gerne in den Bergen. Sie strahlen so eine tragische Schönheit aus.« Sie seufzte. »Auch wenn ich weiß, was dort geschehen ist, kommt es mir so vor, als ob die Landschaft versucht, die Fehler der Menschen wiedergutzumachen. Jedes Mal, wenn ich dort bin, ist es anders – die Bäume sind gleich, aber die Farben und die Blumen und Tiere überraschen mich immer wieder.«

»Ich konzentriere mich immer darauf, wie friedlich es da oben ist.« Er griff nach seinem dampfenden Becher. »Es ist wie an einem Strand, an dem Soldaten in der Schlacht gestorben sind. Die Flut hat das Blut fortgespült und alle Spuren der Tragödie verwischt. So ist es auch hier, der Wald überwuchert alles, als ob er die Erinnerung an das Geschehene verbergen will.« Er atmete tief ein und aus. »Das Meer und die Wälder sehen den Tod jeden Tag, Tiere und Fische fressen sich gegenseitig. Für sie geht es ums Überleben, für uns ist es Mord.«

»Wie poetisch.« Jenna leerte ihren Becher und erhob sich. »Danke für das Essen, aber ich muss jetzt nach Hause. Ich räume meinen Becher in den Geschirrspüler, und wir sehen uns morgen früh. So gern ich auch die ganze Nacht bleiben und plaudern würde, ich möchte nicht schon wieder in Ihrem Gästezimmer landen.«

»Lassen Sie den Becher stehen, ich bringe Sie noch rüber.« Kane pfiff nach Duke und ging zur Tür. »Duke muss nochmal Gassi, bevor ich ins Bett gehe.«

Sie schlenderten über den Rasen zu ihrer Veranda. Jenna öffnete die Tür, tippte bei der Alarmanlage den Code ein und drehte sich zu Kane um. Wie immer wartete er, bis sie sicher im Haus war. »Danke, dass Sie mich heimgebracht haben.«

»Gerne doch.« Er lächelte zaghaft, dann wandte er sich zum Gehen. »Wir sehen uns um fünf, falls Sie wirklich Lust haben, mit mir die Boxen auszumisten. Es wird nicht lange dauern, und es ist ein hervorragendes Aufwärmprogramm für unser Training.«

Jenna musste grinsen. Sie hatte schon ein paar Mal die sanfte Seite von Dave Kane durch sein raues Äußeres schimmern sehen, und dies war ein weiterer kleiner Einblick. »Klar, ich helfe Ihnen, und morgen bin ich dran, Frühstück zu machen.«

»Ich freue mich jetzt schon darauf.«

Sie sah zu, wie er mit Duke neben sich langsam zu seiner Hütte zurückschlenderte. *Vielleicht schmilzt das Eis ja endlich.*

SECHZEHN

MITTWOCH

Am nächsten Morgen betrat Jenna gemeinsam mit Kane das Leichenschauhaus. Eine blonde Frau in den Dreißigern, die einen weißen Kittel trug, beugte sich gerade über die skelettierten Überreste, die sie am Vortag geborgen hatten. Als sich die Tür mit einem Zischen hinter ihnen schloss, blickte die Frau auf und lächelte.

»Ah, Sie müssen Sheriff Alton und Deputy Kane sein. Shane hat mir so viel über Sie erzählt, dass ich das Gefühl habe, Sie bereits zu kennen.« Sie zog einen Operationshandschuh aus und streckte ihre Hand aus. »Jill Bates.«

Hoffentlich hat er ihr nicht alles über uns erzählt. Jenna schüttelte ihr die Hand und lächelte. »Sie müssen die forensische Anthropologin sein, die Wolfe erwähnt hat. Bitte sagen Sie doch Jenna.«

Kane schüttelte ihr ebenfalls die Hand. »Schön, Sie kennenzulernen.« Er blickte sich um. »Wo ist Wolfe denn?«

»Er bringt gerade ein paar Proben ins Labor. Wir haben hier nur die absolute Grundausstattung für eine Autopsie. Drüben am Ende des Flurs hat er alles, was ich für meine Untersuchungen brauche. Auch die Anlage für DNA-Tests.«

Jenna sah sie erstaunt an. »Er kann jetzt hier DNA-Tests machen?«

»O ja, sein Equipment ist beeindruckend.« Jills Lippen umspielte ein hübsches Lächeln. »Ich glaube, er hat eine gute Fee – jedes Mal, wenn er eine Finanzierung beantragt, wird sie in Rekordzeit bewilligt. Er muss in der Regierung einen Schutzengel haben.« Sie lachte.

Ja, der Präsident kann großzügig sein, wenn er will. Jenna hörte, wie sich die Tür öffnete. Wolfe kam herein, ein iPad in der Hand. »Ah, sehr gut. Haben Sie schon etwas für mich?«

»Hm ... ja und nein.« Wolfes graue Augen verengten sich. »Wie ich sehe, haben Sie Jill schon kennengelernt. Sie ist von unschätzbarem Wert und wird noch ein paar Tage bleiben, um uns zu helfen.«

Jenna nickte. »Kein Problem, aber ich hoffe, sie wohnt im Cattleman's Hotel? Das Black Rock Falls Motel würde ich niemandem zumuten wollen.«

»Keine Sorge, Jenna. Ich wohne bei Shane.« Jill blickte zu ihm hinüber. »Er hat mir sein Gästezimmer hergerichtet.«

»Sie glauben ja gar nicht, wie froh Emily ist, dass sie Jill ausquetschen kann.« Wolfes gewohnt strenge Miene wich einer Art Lächeln. »Sie ist genauso wissenshungrig wie ich, als ich in ihrem Alter war.«

»Wie kommt sie denn mit dem College zurecht?« Kane rieb sich die schwarzen Bartstoppeln am Kinn. »Plant sie schon, in Ihrem Garten eine Body Farm zu errichten?«

»Ach du meine Güte.« Jill brach in Gelächter aus. »Sie kennen seine Tochter offensichtlich besser, als Sie glauben; sie verschlingt im Moment haufenweise Lehrbücher über das Sezieren. Ich war damals genauso; ich habe schon als Kind am liebsten mit toten Dingen gespielt, mit Knochen und Fossilien.«

Jenna räusperte sich. »Ich war auch kein Puppen-Kind. Meine Leidenschaft damals waren Pistolen.« Die drei anderen starrten sie mit offenen Mündern an, und Jenna verkniff sich das Lachen, das in ihrer Kehle brodelte. Sie hatte ein Verbrechen aufzuklären. »Können wir zur Sache kommen? Haben Sie irgendetwas entdeckt, mit dem wir diese Leute eindeutig identifizieren können?«

»Ja, mit Jills Hilfe und ihren Kontakten haben wir die zahnärztlichen Unterlagen beider Opfer eingeholt und mit den Funden verglichen. Sie waren beide in derselben Krankenversicherung, und von dort haben wir Aufnahmen bekommen.«

»Genau, ich konnte mit meinem Passwort auf die Datenbank zugreifen, und: Volltreffer. Dass beide Opfer erst vor Kurzem geröntgt worden waren, hat es zusätzlich erleichtert.« Jill wies auf die Knochen links von ihr. »Das hier sind also tatsächlich Dawson Sanders und seine Verlobte Paige Allen.«

»Nachdem wir die Identitäten bestätigt hatten, habe ich recherchiert und einen Zeitungsartikel über die beiden gefunden«, berichtete Wolfe und hob eine Augenbraue. »Ihm gehörten eine Reihe von Hotels, und sie kommt aus einer reichen Familie. Über ihre Verlobungsfeier hat ihre Lokalzeitung auf zwei ganzen Seiten berichtet.«

»Für einen Hotelmagnaten war der aber ziemlich jung«, sagte Jenna und tippte sich auf die Unterlippe. »Warum sind sie denn dann nach Black Rock Falls gekommen? Bei solchen Leuten würde man doch eher einen Luxusurlaub erwarten.«

»Ich denke mal, das werden wir bald herausfinden.« Kane trat näher an die sterblichen Überreste von Paige Allen heran. »Das Skelett sieht fast vollständig aus.« Er wandte sich den Überresten von Sanders zu. »Aber was ist mit den Händen der beiden passiert?«

»Wir gehen davon aus, dass die Hände von Tieren weggeschleppt wurden.« Wolfe schaute auf sein iPad. »Wir stehen mit der Untersuchung der Überreste noch ganz am Anfang, aber aufgrund der Schäden, die wir bei Sanders sehen können, glauben wir, dass ihm der Armbrustbolzen erst durch den Kopf geschossen wurde, als er bereits tot war.«

»Ja.« Jill ging um die Überreste herum und deutete mit einem behandschuhten Finger auf einzelne Knochen. »Das Fehlen von Knochensplittern und Zahnabdrücken deutet darauf hin, dass die Tiere den Rest von Sanders' Körper aus irgendeinem Grund nicht angerührt haben. Die Verwesung hinterlässt Spuren in der Kleidung, und seine scheint normal zu sein, was uns zu der Annahme führt, dass sie in Benzin oder Öl getränkt wurde.«

»Ja, das haben Sie schon erwähnt. Aber wer schleppt denn einen Benzinkanister auf einen Berg?«, fragte Kane und warf Jenna einen ungläubigen Blick zu. Dann wandte er sich wieder an Wolfe. »Haben Sie die Kleidung schon getestet?«

»Noch nicht.«

Jenna blieb nicht verborgen, dass Wolfe einen Moment lang genervt dreinschaute. Kane wollte so schnell wie möglich Antworten, am liebsten gestern, und was Wolfe und Jill in so kurzer Zeit alles geschafft hatten, war unglaublich. Sie tätschelte Kane den Arm. »Ich wollte die Identität der Opfer bestätigt haben, und das haben die zwei in Rekordzeit geliefert. Sie wissen doch, wie lange diese ganzen Tests brauchen.«

»Wir haben hier so gut wie nichts, womit wir arbeiten können.« Wolfe warf ihr einen dankbaren Blick zu und zuckte mit den Schultern. »Die Skelette zusammenzusetzen hat Stunden gedauert, wir hatten noch nicht einmal Zeit, die Todesursache von Paige Allen zu bestimmen.« Er schaute Kane an. »Ich schlage vor, dass Sie den Lagerplatz der beiden finden – er kann nicht weit von der Stelle entfernt sein, an der wir sie gefunden haben – und die Gegend nach einem Benzinkanister absuchen. Nach dem Inhalt ihrer Rucksäcke zu urteilen, kann ihr Zelt kaum mehr als eine Stunde vom Fundort entfernt gewesen sein.«

Jenna schüttelte den Kopf. »Wir reden hier von einem riesigen Gebiet, das wir absuchen müssten, und die Bären werden ihren Lagerplatz längst verwüstet haben. Wir sind die unmittelbare Umgebung in alle Richtungen abgegangen und haben nichts gefunden. Ich werde keine Ressourcen verschwenden, um noch einmal dorthin zu gehen.« Sie seufzte. »Ich brauche die Manpower hier unten im Ort. Wir haben noch eine Reihe örtlicher Beschwerden, die Walters auf Eis legen musste, während wir auf den Berg geklettert sind, und irgendjemand muss überprüfen, wo sich unser Pärchen vor der Tat überall aufgehalten hat. Warum hat sie niemand als vermisst gemeldet?«

»Das ist schon ziemlich seltsam, denn wo sie herkommen, waren sie ja offenbar ziemlich prominent.« Wolfe lehnte sich nonchalant gegen die Bank. »Und dann haben wir noch das Handy. Das werde ich mir so bald wie möglich ansehen. Ich bin gespannt, wen sie in den Stunden vor ihrem Tod angerufen haben. Allen muss es bei sich gehabt haben, als sie getötet wurde, und man hat dort oben auch Empfang – warum hat sie nicht 911 gewählt?«

»Ja, wenn sie das getan hätte, dann wäre das aktenkundig.« Jenna runzelte die Stirn. »Ich war da ja schon Sheriff hier. Dass uns ein Notruf entgangen ist, ist unmöglich.«

»Ich werde die entsprechenden Protokolle überprüfen, wenn wir wieder im Büro sind«, sagte Kane. Er runzelte die Stirn, während er die Überreste der Frau betrachtete. »Der Schaden an der Wirbelsäule ist ein typischer Schuss, wie man ihn verwendet, um eine Person bewegungsunfähig zu machen und trotzdem noch ausfragen zu können.« Er sah Wolfe an. »Der Mörder wollte die Frau lebend, oder?«

»Wie ich schon sagte, brauche ich ein wenig, um einen vollständigen Bericht über unsere Ergebnisse zu erstellen, aber ja, diese Verletzung würde ausreichen, um eine Person zu lähmen. Und dann ist da noch der Gürtel, mit dem ihre Arme gefesselt waren. Er gehört weder ihr noch ihrem Verlobten, sie hatten beide ihren Gürtel noch. Er muss dem Mörder gehört haben, und bevor Sie fragen: Er weist keinerlei spezifische Merkmale auf. Wolfe verschränkte die Arme vor seiner breiten Brust und seufzte. »Soweit wir sehen können, hat sie sehr gelitten und wurde liegen gelassen, damit die Tiere sie auffressen. Das männliche Opfer wurde aus irgendeinem Grund konserviert.«

»Das bedeutet, dass er die Frau hat links liegen lassen, sobald der Nervenkitzel, sie zu töten, vorbei war. Das ist ein typisch psychopathisches Verhalten.« Kane fuhr sich mit der Hand durch das dunkle Haar, sein Gesichtsausdruck verdüsterte sich. »Aber die Persönlichkeit dieses Mörders hat noch eine andere Seite. Ich glaube, er besucht seine Opfer hinterher regelmäßig, und mit dem Benzin verhindert er, dass sich Tiere an ihnen vergreifen. Zuzusehen, wie sie verwesen, ist ein zusätzlicher Nervenkitzel.«

SIEBZEHN

Der Tag hatte vielversprechend angefangen, aber inzwischen wähnte Jenna sich in einem dieser alten Stummfilme, in denen aufgeregte Polizisten mit buschigen Schnauzbärten im Zeitraffer hinter irgendwelchen Ganoven herliefen. Wäre Rowley in Schwarz-Weiß einen Schlagstock schwingend durch ihre Tür gewatschelt, sie hätte nicht mit der Wimper gezuckt.

Während sie in den Bergen die Opfer eines Doppelmords geborgen hatten, war die Dienststelle regelrecht im Chaos versunken. Überall in der Stadt waren Schlägereien ausgebrochen, unter anderem eine weitere Massenprügelei im Triple Z, und ununterbrochen klingelten die Telefone, weil die Leute sich beschweren wollten. Die Jagdsaison war in vollem Gange und brachte bei einigen Einheimischen und Touristen einen testosterongeschwängerten Kampfgeist zum Vorschein.

Normalerweise kümmerten sich die Ranger – oder FWPs, wie die Einheimischen die Beamten des Montana Department of Fish, Wildlife & Parks nannten – um den Jagd-Aspekt des Ganzen. Sie sorgten dafür, dass alles legal zuging, indem sie an den obligatorischen Kontrollstationen der Jagdgebiete die Jagdscheine und Abschüsse überprüften. Aber jetzt, wo die Elch- in die Truthahnsaison überging, verlagerte sich ein Teil des Trubels in die Stadt.

Nachdem sie ihre Deputys dazu abgestellt hatte, die Beschwerden zu bearbeiten, nahm Jenna sich einen wohlverdienten Becher dampfenden Kaffee mit in ihr Büro und schloss die Tür. Sie wollte die Informationen über den ungeklärten Fall bearbeiten, die Wolfe bei der Erstuntersuchung der Überreste von Paige und Dawson gesammelt hatte. Wie sich herausgestellt hatte, waren die beiden doch als vermisst gemeldet worden, nur eben nicht in Montana, sondern zu Hause in Kalifornien. Sie notierte sich die Kontaktnummer und den Namen des dort zuständigen Beamten und griff zu ihrem Telefon. Nach ein paar Freizeichen meldete sich eine Männerstimme.

»Ja?«

»Detective Stokes?« Jenna blickte auf den Computerbildschirm. »Hier spricht Sheriff Alton aus Black Rock Falls, Montana. Ich habe Informationen über zwei Personen aus ihrer Vermisstenkartei: Paige Allen und Dawson Sanders.«

»Einen Moment, ich rufe die Datei auf.« Stokes tippte auf seiner Tastatur und seufzte. *»Okay, schießen Sie los.«*

Jenna räusperte sich. »Wir haben ihre Leichen an einem Wanderweg im Stanton Forest gefunden, oben auf der Black Rock Mountain Range. Mein Rechtsmediziner meint, dass sie seit etwa einem Jahr dalagen.«

»Wir haben versucht, sie in Colorado aufzuspüren. Offenbar sind sie nach ihrer Verlobungsfeier zu einem geheimen Urlaub aufgebrochen, den Sanders arrangiert hatte. Ihre Familien meinten, die zwei hätten darauf bestanden, ihre Smartphones zu Hause zu lassen und nur ein Billighandy für Notfälle mitzunehmen. Da wir ihre Telefone nicht orten konnten, hatten wir keine Ahnung, wo sie sich aufhielten. Was ist mit ihnen geschehen?«

»Ich fürchte, es war Mord.« Die leeren Augenhöhlen der beiden Schädel huschten durch Jennas Kopf und jagten ihr einen Schauer über den Rücken. »Beide wurden extrem brutal zugerichtet. Viel mehr wissen wir noch nicht. Wir haben eine forensische Anthropologin engagiert, die mit unserem Rechtsmediziner zusammen die Todesursache ermittelt.«

»*Konnten Sie die Opfer denn zweifelsfrei identifizieren?*«

»Ja, wir haben ihre Führerscheine und zahnärztlichen Unterlagen.« Jenna kaute auf ihrer Unterlippe. »Es besteht leider kein Zweifel daran, dass es sich bei den Opfern um Dawson Sanders und Paige Allen handelt.«

»*Ich verstehe. Gibt es Verdächtige? Irgendwelche ähnlichen Verbrechen in der Gegend?*« Er holte tief Luft. »*Moment mal, Black Rock Falls, klar, von dem Städtchen habe ich doch schon gehört. Haben Sie nicht damals den Riverside-Killer gefasst?*«

Jenna trommelte mit den Fingern auf die Tischplatte. »Ja, und er sitzt lebenslang im Gefängnis, aber diese Morde gehen nicht auf sein Konto. Unser Täter hat eine ganz andere Vorgehensweise. Das Verbrechen ist schon vor einem Jahr geschehen, und wir haben keine Hinweise darauf, dass er seitdem in Black Rock Falls noch einmal jemanden getötet hat.

Da er Allen im Gesicht verletzt hat, gehen wir von einer Affekttat aus. Was können Sie mir über das Pärchen sagen? Ist ein eifersüchtiger Liebhaber im Spiel?«

»*Nicht dass ich wüsste. Geben Sie mir ein paar Minuten Zeit, dann lese ich mir kurz die Akte durch. Das ist ja schon über ein Jahr her.*«

Jenna nippte an ihrem Kaffee und wartete.

»*Also. Der Erste, der uns kontaktiert hat, war Bruce Styles, Sanders' Mitbewohner. Nach sechs Wochen war die Miete überfällig, und Styles hatte nichts von ihm gehört, was ungewöhnlich war. Natürlich fanden wir keine Spur. Es war, als hätten sie sich in Luft aufgelöst. Als Sanders' Eltern etwa eine Woche später aus dem Ausland zurückkehrten, nahmen sie Kontakt zu Paige Allens Eltern auf, und gemeinsam gaben sie die Vermisstenanzeige auf.*«

Jenna hörte interessiert zu. Eine Tochter ist wochenlang

nicht zu Hause, und die Eltern unternehmen nichts? »Was ist mit den Eltern des Mädchens – was haben die erzählt?«

»Die Allens rechneten damit, dass Paige einen Monat lang fort sein würde. Sie wussten, dass sich das Paar ein Handyverbot auferlegt hatte und für sich sein wollte. Sie gingen einfach davon aus, dass die zwei ihren Urlaub verlängert hätten.« Er seufzte. »Was sie nach Black Rock Falls verschlagen hat, kann ich Ihnen nicht sagen. Sanders hatte ihnen gesagt, sie würden nach Colorado fahren.«

»Haben die zwei sonst irgendwelche Freunde oder Verwandten kontaktiert?«

»Wir haben mit Sanders' Arbeitskollegen gesprochen und auch mit denen von Paige. Wie ich schon sagte, sie waren wie vom Erdboden verschwunden. Wir haben sie dann in die Datenbank für vermisste Personen eingetragen und Fahrzeug zur Fahndung ausgeschrieben, aber auch hier: Fehlanzeige. Soll ich Ihnen die Beschreibung durchgeben?«

»Ja, gerne.« Jenna notierte sich die Marke und das Kennzeichen und lehnte sich dann in ihrem Stuhl zurück; es schien, als hätte Stokes alles getan, was er konnte. »War einer der beiden vorbestraft?«

»Nein, schneeweiße Westen, alle beide, und finanzielle Sorgen hatten sie auch nicht.« Er räusperte sich. »Da es sich um eine Mordermittlung handelt, werde ich Paige genauer unter die Lupe nehmen und ihre Ex-Freunde befragen, vielleicht bringt uns das ja weiter. Sieht so aus, als müssten wir in diesem Fall zusammenarbeiten.«

»Davon war ich ausgegangen. Ich werde Ihnen die bisherigen Akten und den vollständigen Autopsiebericht mailen, sobald ich eine Kopie habe.« Da kam ihr noch ein Gedanke. »Ach, bevor Sie auflegen: Wissen Sie von ähnlichen Verbrechen in Ihrer Gegend? Mein Deputy ist ein guter Profiler und glaubt, dass der Mörder nicht zum ersten Mal getötet hat.«

»Es wäre ganz hilfreich zu wissen, in welchem Bundesstaat

wir suchen müssen. Aber ich werde mein Team darauf ansetzen und sehen, was wir herausfinden. Ich schlage vor, Sie tun dasselbe. Dies hier ist das Polizeirevier Hollywood. Ich habe kaum Zeit und Ressourcen zur Verfügung; wir haben ohnehin schon eine sehr hohe Fallbelastung, und jetzt noch das. Das Problem bei ungelösten Fällen ist ja oft, dass sie auf die lange Bank geschoben werden. Aber ich werde mein Bestes tun.«

Jenna hätte vor lauter Frustration am liebsten den Kopf auf die Tischplatte gehauen. Um Himmels willen, sie hatte zwei seiner Bürger in ihrem Leichenschauhaus, und der Kerl hatte sich praktisch durch das Telefongespräch hindurchgegähnt. »Würden Sie wenigstens die Angehörigen benachrichtigen?«

»Ja, das kann ich arrangieren. Ich werde ihnen Ihre Kontaktdaten geben, und sie können die notwendigen Vorkehrungen treffen, sobald Ihr Rechtsmediziner die Überreste freigegeben hat.«

Es klickte in der Leitung. Aufgelegt.

Jenna starrte ungläubig auf den Hörer. »So viel zum Thema Zusammenarbeit.«

Sie schob alles, was sie bisher hatte, in eine E-Mail und schickte sie an Detective Stokes. Das Telefon klingelte, Wolfe war am Apparat. »Was haben Sie für mich?«

»Das Mobiltelefon, das am Tatort gefunden wurde. Es ist mir gelungen, einiges von Paige Allens SIM-Karte herunterzuladen. Die letzte Nummer, die gewählt wurde, war 911, im Oktober letzten Jahres. Der Anruf dauerte eine Sekunde. Wenn also jemand rangegangen wäre, hätte er sich wohl kaum weiter drum gekümmert, zumal der Notruf außerhalb der Bürozeiten ja über unsere privaten Handys läuft.«

»Es ist schon beängstigend, dass einer der beiden noch versucht hat, Hilfe zu holen.« Jenna seufzte. »Sonst noch was?«

»Abgesehen von dem Notruf gibt es noch Fotos auf der SIM-Karte, aber die sind beschädigt. Immerhin erkennt man noch,

dass sie den Ort und das Restaurant im Cattleman's Hotel zeigen, und einige stammen vom Berg.«

Eine Welle der Erleichterung durchfuhr sie. Endlich hatte sie eine Spur. »Dann sind sie also vielleicht im Cattleman's Hotel abgestiegen?«

»Das sollten wir überprüfen.«

Jenna machte sich Notizen. »Wann werden Sie mit den Leichen fertig sein?«

»Ich werde Ihnen im Laufe des Tages einen vollständigen Bericht zukommen lassen, aber ein interessantes Detail kann ich Ihnen jetzt schon verraten: Die Schnitte an Paige Allens Knochen stammen von einem Jagdmesser und einer Machete.« Er hielt einen Moment inne. *»Ich will nicht ausschließen, dass es zwei Mörder waren. Der Armbrustbolzen, den wir in Dawson Sanders gefunden haben, ist äußerst ungewöhnlich und wirkt geradezu fehl am Platz. Warum hat der Mörder ihn nur einmal benutzt? Da müssen wir weiter nachforschen.«* Wolfe holte tief Luft. *»Wenn das alles ist, Ma'am, werde ich mich an den Bericht machen.«*

»Ja, das ist alles. Haben Sie vielen Dank. Und danken Sie bitte auch Jill von mir.«

»Das werde ich. Schönen Tag noch, Ma'am.«

»Tschüss.« Jenna legte auf und suchte in ihren Kontakten nach dem Cattleman's Hotel.

Sie wollte gerade die Nummer eintippen, als es an der Tür klopfte. »Herein.«

Rowley steckte den Kopf durch die Tür. Er wirkte verunsichert. Er hatte eine große rote Schramme unter einem Auge, und sein Hut war verbeult. »Die Schlägerei im Triple Z. Es waren dieselben beiden Männer wie beim letzten Mal. Soll ich sie in die Zellen stecken?«

»Ja, ist gut. Legen Sie eine Akte an, ich kümmere mich später um sie.« Sie winkte ihn fort.

Warum habe ich mir bloß diesen Job ausgesucht?

ACHTZEHN

Kane beendete seinen Lunch in Aunt Betty 's Café, kaufte für Jenna noch einen Bagel mit Frischkäse und einen Take-away-Kaffee und fuhr dann zurück in die Dienststelle. Sein Vormittag war furchtbar gewesen. Jenna hatte ihn heute Morgen mit Bradford losgeschickt, und er hatte sich gefügt. Er hatte es in seiner Zeit als Polizist schon mit einer Vielzahl lächerlicher Probleme zu tun gehabt, aber nach dem heutigen Vormittag war selbst er mit seiner Geduld am Ende.

Sie hatten die Stunden bis zur Mittagspause damit zugebracht, Falschparker aufzuschreiben und Nachbarschaftsstreitigkeiten zu schlichten. Er hätte einen ganzen Monatslohn dafür gegeben, stattdessen mit Rowley und Webber bei der Schlägerei im Triple Z die Fäuste fliegen zu lassen.

Er mochte das Profiling und genoss den Nervenkitzel, gemeinsam mit Jenna und dem Team Mörder zu fangen, aber trotzdem vermisste er die ständige Abwechslung, die in seinem früheren Leben geherrscht hatte. Auch wenn ihm die Stahlplatte in seinem Kopf, die er der Explosion einer Autobombe während seiner Zeit als Regierungsagent zu verdanken hatte, regelmäßig Kopfschmerzen bereitete, hatte sie ihn doch kaum ruhiger werden lassen. Leider erlebte er Adrenalinschübe in letzter Zeit höchstens noch beim allmorgendlichen Training mit Jenna oder im vollen Galopp auf seinem Pferd. Er war so lange im aktiven Dienst gewesen, dass er sich hier in Black Rock Falls langsam wieder nach einem etwas aufregenderen Alltag sehnte.

Er betrat Jennas Büro und stellte die Tüte mit dem Bagel und den Kaffee auf dem Schreibtisch ab. Sie hatte alle Fenster geöffnet, und der Duft des Kiefernwaldes und von Jennas Shampoo erfüllte den Raum. »Ich habe schon zu Mittag gegessen«, sagte Kane. »Was steht noch auf dem Programm?«

»Eine Sekunde.« Jenna tippte noch kurz auf ihrer Tastatur herum, dann richtete sie ihre Aufmerksamkeit auf Kane. Sie öffnete die Tüte, atmete tief ein und lächelte. »Oh, danke sehr! Ein Frischkäse-Bagel – Sie können also doch Gedanken lesen, ich *wusste* es.« Sie deutete auf die Tüte. »Sie sind der einzige Mensch, der mir jemals Essen bringt, wenn ich so richtig ausgehungert bin.«

Kane grinste. »Vielleicht will ich mich ja auch einfach nur einschleimen.«

»Dann sind Sie auf dem richtigen Weg, Dave.« Jenna biss in den Bagel und stöhnte auf.

»Das wäre wohl zu einfach.« Kane grinste. Man musste kein Genie sein, um zu ahnen, dass sie seit dem Frühstück nichts mehr gegessen hatte. Wenn Jenna an einem Mordfall arbeitete, vergaß sie, welcher Wochentag es war, geschweige denn, sich Zeit für Essenspausen zu nehmen. »Haben Rowley und Webber die Schlägerei im Triple Z geschlichtet?«

»Ja, das war wohl eher ein privater Streit zwischen Leroy und Abel Finch. Können Sie die Befragungen durchführen? Rowley müsste seinen Bericht inzwischen fertig haben.« Jenna nippte an ihrem Kaffee und seufzte. »Bradford soll bitte die Berichte von Ihrer Patrouille heute Vormittag schreiben. Ist da irgendetwas Interessantes passiert?«

»Nein, und im Übrigen ist sie schon fleißig bei der Arbeit.« Er streckte sich und wünschte, es wäre schon Feierabend. »Ich nehme an, die Störenfriede aus dem Triple Z sind in den Zellen?«

»Ja, ich wollte sie eigentlich selbst befragen, aber vor lauter Anrufen und Autopsieberichten komme ich hier nicht weg.« Jenna lehnte sich in ihrem Stuhl zurück. »Ich habe mit dem Detective aus Hollywood gesprochen, der dort den Fall Sanders/Allen bearbeitet. Ich fürchte, er kann zur Mordermittlung wenig beitragen, aber wir tauschen immerhin Akten aus. Er hat die Familie und enge Freunde befragt, als die beiden verschwunden sind.«

»Erwarten Sie nicht zu viel Hilfe.« Kane rieb sich den Nacken. »Der Fall wird bei dem ganz unten auf der Liste stehen.«

»Deshalb kümmere *ich* mich ja auch darum. Ich will hier allen Spuren nachgehen, solange es noch welche gibt. Das Paar hat sich vor seinem Tod in der Stadt aufgehalten. Was ist mit ihrem Auto passiert? Bei der Zulassungsstelle steht es nicht auf der Liste der gefundenen oder abgeschleppten Fahrzeuge.«

»Vielleicht hat ein Ersatzteilhändler es gekauft. Manche von denen stellen nicht allzu viele Fragen nach dem Vorbesitzer.« Er legte die Handfläche auf dem Griff seiner Pistole ab. »Sollen wir diese Idioten vom Vorfall im Triple Z unter Arrest stellen oder nur verwarnen und wieder laufen lassen?«

»Schätze, das hängt davon ab, wie viel sie in der Bar kaputt gemacht haben und ob der Besitzer Anzeige erstatten will.« Sie knabberte an ihrem Bagel. »Die Brüder besitzen allerdings nichts von Wert, und diesmal haben sie sich offenbar untereinander geprügelt, und dann haben alle anderen mitgemacht. Bilden Sie sich Ihr eigenes Urteil.« Sie seufzte. »Ich fahre mit Rowley zum Cattleman's Hotel, um zu sehen, ob sich dort noch jemand an Sanders und Allen erinnert. Ich hoffe, die gewähren uns Einsicht in ihre Unterlagen, wenn ich ihnen sage, dass das Paar ermordet worden ist.«

»Vielleicht wollen sie vermeiden, dass wir mit einem Gerichtsbeschluss ankommen, aber ich würde sagen, die werden Ihnen eher einfach so ein paar Informationen über das Paar geben, als dass sie ihre Bücher öffnen. Wenn sie ein Überwachungsvideo gespeichert haben, wäre das nützlich, aber ich denke mal, die Daten wären inzwischen überschrieben, und wenn nicht, brauchen wir auf jeden Fall einen Gerichtsbeschluss, um uns eine Kopie geben zu lassen. So sind nun einmal die Datenschutzgesetze.« Kane deutete mit einem Daumen über seine Schulter. »Wenn ich mit den Befragungen fertig bin, soll ich mich dann mal auf den örtlichen Schrottplätzen umhören, ob da Allens Fahrzeug aufgetaucht ist?«

»Das wäre toll.« Jenna steckte sich das letzte Stück Bagel in den Mund und leckte sich einen Klecks Frischkäse von den Lippen. »Wenn Sie etwas Interessantes finden, rufen Sie mich an.«

»Mach ich.«

Nachdem er sich mit dem Besitzer des Triple Z in Verbindung gesetzt und erfahren hatte, dass dieser nicht die Absicht hatte, die Störenfriede anzuzeigen, befragte Kane Leroy und Abel Finch. Die Brüder hatten sich über die Rechnung in der Bar gestritten. Nachdem sie versprochen hatten, den entstandenen Schaden zu bezahlen, und sich darauf geeinigt hatten, den Betrag unter sich aufzuteilen, ließ er sie laufen, warnte sie aber, wenn sie das nächste Mal Ärger machten, würden sie vor Gericht landen.

Als er sie zum Ausgang brachte, sah er, wie Jenna in ihr Auto stieg und Rowley sich auf den Beifahrersitz setzte. Die Nachmittagssonne glitzerte auf ihrem Haar, und als sie sich umdrehte und ihn bemerkte, winkte er ihr zu. Er setzte seinen

Hut auf und kletterte in seinen eigenen Wagen. Normalerweise arbeiteten sie zusammen, und dass sie ihn mit Bradford auf Streife geschickt hatte, hatte ihn verwirrt. Vielleicht war er ihr am Abend zuvor ein wenig zu nahe gekommen, und das war ihre Art, ihn ein wenig auf Distanz zu halten. Er fädelte sich in den Verkehr ein und verzog das Gesicht. Er war kurz davor gewesen, ihr einen Gutenachtkuss zu geben. Wenn sie so darauf reagierte, blieb er wohl besser auf Abstand. Schade eigentlich, sie war erst die zweite Frau in seinem Leben, für die er sich jemals interessiert hatte.

Auf dem ersten Schrottplatz erfuhr er nichts Neues. Als er beim zweiten durch die massiven Tore auf den Hof fuhr, hörte er das schrille Geräusch von knirschendem Metall. Die Schrottpresse verdichtete gerade ein Auto fein säuberlich zu einem Würfel. Mit einem Kran wurde der Würfel hochgehoben und auf einen bereits wartenden Lastwagen geladen, der unter dem Gewicht sichtlich zusammensackte. Kane hielt vor einem baufälligen Büro und sah sich um. Auf einer Fläche von mindestens fünf Hektar standen Fahrzeuge aller Art in endlosen Reihen, von nahezu makellos wirkenden PKW bis hin zu rostigen Relikten aus den Fünfzigern.

Im Büro hing der schwere Geruch von Öl und Zigaretten in der Luft. In fleckigen Holzregalen lagen Autoteile. An jedes war mit einem Stück Schnur ein Preisschild aus Pappe gebunden. In einer Ecke stand ein Motor mit chromblitzenden Rohren, der in dem schummrigen Raum ziemlich fehl am Platz wirkte. Als Kane durch das Büro stapfte, knirschten unter seinen Stiefeln Metallspäne und Glassplitter. Hinter dem Tresen saß ein Mann in den Fünfzigern mit zurückgekämmtem graumeliertem Haar.

»Was kann ich für Sie tun, Deputy?« Er stand auf und wischte sich an seinem schmutzigen Overall die Hände ab.

Kane trat an den Tresen. »Guten Tag, ich bin Deputy Kane. Ich bin auf der Suche nach einer silbernen Ford-Limousine, neueres Baujahr. Wird seit über einem Jahr vermisst. Ist hier so etwas in der Art aufgetaucht?«

»Vielleicht, vielleicht auch nicht.« Der Mann wandte sich seinem Computer zu. »Ich halte mich hier an die Gesetze. Wenn so einer reingekommen ist, dann ist er auch im System.«

»Das ist sehr beruhigend.«

Es vergingen ein paar lange Augenblicke, dann druckte der Mann eine Liste aus und reichte sie Kane.

»Wir hatten zwei jüngere Ford-Modelle hier. Eines war ein ausgebranntes Wrack, das aus Blackwater hergebracht wurde, das andere stammte aus einem Nachlass hier in der Stadt. Alle Details sind aufgelistet.«

Kane tippte sich an die Hutkrempe. »Danke für Ihre Hilfe.« Er ging zurück zu seinem Auto.

Dort verglich er die Fahrzeugidentifikationsnummer des ausgebrannten Wracks mit der von Allens vermisstem Fahrzeug. Sie stimmten überein. Er rief Jenna an. »Ich habe Allens Auto gefunden. Kein Kennzeichen, aber die Nummern stimmen überein. Es wurde in Blackwater zerlegt und ausgebrannt und dann hierher transportiert und verschrottet.«

»*Dazu wären zwei Männer nötig: einer, der den Wagen fährt, und einer, der hinterherfährt.*«

Kane starrte auf die Reihe rostender Fahrzeuge. »Das liegt nahe, ist aber nicht die einzige Möglichkeit. Der Mörder könnte auch einen Abschleppwagen besitzen. Damit könnte er den Wagen in eine verlassene Gegend gebracht haben, wo er ihn dann zerlegt und angezündet hat. So ein Abschleppwagen wäre nicht weiter aufgefallen, die gibt es hier wie Sand am Meer.«

»*Stimmt, aber Wolfe ist sich ja immer noch unschlüssig, wie viele Täter beteiligt waren. Offenbar tragen nicht allzu viele Jäger gleichzeitig ein Gewehr und eine Armbrust mit sich herum.*« Jenna stieß einen langen Seufzer aus. »*Natürlich können wir auch nicht ausschließen, dass jemand anderes über die Überreste des Mannes gestolpert ist und beschlossen hat, dem*

Toten einen Bolzen durch den Kopf zu jagen. Webber meint, die Bolzen sind teuer, die lässt man normalerweise nicht zurück – ich werde ihn mal losschicken, um in den örtlichen Geschäften nachzufragen, ob man die da irgendwo kaufen kann.«

Kane kratzte sich am Kopf. »Das wäre aber ein ziemlicher Zufall. Kauft man so etwas heutzutage nicht eher online?«

»*Vielleicht haben wir ja trotzdem Glück.*« Jenna räusperte sich. »*Das Cattleman's Hotel hat übrigens bestätigt, dass unsere beiden Opfer dort übernachtet haben, und uns mitgeteilt, wann genau. Das Seltsame ist, dass sie schon ausgecheckt hatten. Ich hätte gedacht, dass sie sich nach ein paar Tagen im Wald mindestens noch eine heiße Dusche und eine Nacht in einem richtigen Bett hätten gönnen wollen. Wie die meisten Wanderer.*«

»Vielleicht ist ihnen das Geld ausgegangen.«

»*Das glaube ich kaum, aber wer weiß, vielleicht haben Sie ja recht. Ich werde mich in den nächsten Tagen mal mit der Vergangenheit der beiden beschäftigen. Der Detective, mit dem ich gesprochen habe, hat mir seine Akten geschickt. Ich werde die Freunde der beiden kontaktieren. Wenn der Täter wirklich ein enttäuschter Liebhaber war, dann wüssten Paiges enge Freundinnen da sicherlich am besten Bescheid. Klatsch und Tratsch gibt es ja immer. Ich kann das hier nicht im Sande verlaufen lassen, Kane; ich werde den Verrückten schnappen, der Paige Allen und Dawson Sanders ermordet hat.*«

Kane seufzte. »*Wir* werden ihn schnappen.« Er starrte aus dem Fenster auf die Gipfel in der Ferne. »Eines können wir aber jetzt schon mit Sicherheit sagen: Bei dem Ruf, den unser Städtchen mittlerweile hat, muss jeder, der unbewaffnet in den Bergen wandern geht, verrückt sein.«

NEUNZEHN

Eine kühle Brise strich Bailey Canavar über das Haar, und sie drehte sich um, um sie im Gesicht zu spüren. »Ach Jim, es ist fantastisch hier; ich kann richtig fühlen, wie mir der kalte Wind die Gesichtshaut strafft.« Sie kicherte und tänzelte neben ihm den Wanderweg entlang. Ein wenig kam sie sich vor wie ein kleines Stadtkind bei seinem ersten Ausflug in die Wildnis. Die Aussicht war wirklich spektakulär. Jim hatte den perfekten Ort ausgesucht. »Dieser Teil vom Wald ist wunderschön, ich bin so froh, dass du mich überredet hast, mitzukommen. Ein bisschen langweilig fand ich es im Hotel ja schon. Wie hast du diese Gegend hier gefunden?«

»Nach unserem Schädelfund dachte ich mir, du möchtest vielleicht lieber weit weg von irgendwelchen alten Indianerfriedhöfen sein. Ich verspreche dir, das passiert uns nicht noch einmal.« Jims sonnengebräuntes Gesicht verzog sich zu einem breiten Grinsen. »Ich hatte doch diese Landkarte aus dem Foyer mitgenommen und habe darauf nach einer möglichst abgelegenen Gegend gesucht. Es gibt hier eine Menge alter Wanderpfade, die von den Leuten nicht so oft benutzt werden, vor allem, weil sie zu weit vom Highway entfernt sind. Aber für uns sind sie perfekt, um mal eine Weile von den Leuten wegzukommen.« Er nahm sie in die Arme und wirbelte sie herum. »Schön, dass wir die Handys zurückgelassen haben. So sind wir endlich mal ungestört. Und das Letzte, was ich in meinen Flitterwochen will, ist von irgendwem aus dem Büro angerufen zu werden. Für Notfälle haben wir ja das Wegwerfhandy.«

Sie schenkte ihm ein besonders sexy Lächeln, was seine Augen leuchten ließ, und fuhr ihm mit der Hand durch sein strohblondes Haar. »Für ein paar Tage werde ich auf mein Handy schon verzichten können. Ich glaube, wir haben genug anderes zu tun.«

Ein Knall ertönte, und sie spürte einen stechenden Schmerz in der Seite. »Au! Mich hat was getroffen.« Sie fuhr mit den Fingern an ihrer Seite entlang und fand einen Riss in ihrer Bluse. »Was war das?«

»Runter!« Jim drückte sie hinter einem Baum auf die Knie. »Bist du okay?«

Ihre Finger waren blutverschmiert. Sie sackte in seinen Armen zusammen, sank zu Boden und starrte ihn an. »Was ist passiert?«

»Ich weiß es nicht.« Jim blickte sich nervös um. »Ich habe einen Schuss gehört.«

Blut floss aus einer kleinen Wunde unter ihrem Brustkorb und tropfte auf ihre Jeans. »O mein Gott, ich bin getroffen.«

»Bleib unten. Ich kann niemanden sehen oder hören.« Jim untersuchte die Wunde. Seine Stimme wurde leiser. »Es ist nur ein Streifschuss. Das wird schon wieder. Atme tief ein und aus.«

Wie üblich versuchte Jim, sie zu beruhigen, aber die Angst schnürte ihr die Brust zusammen, und sie schaute sich panisch um, ob ein weiteres Mal auf sie geschossen würde. »Wer schießt denn auf uns?«

»Sei nicht albern. Wenn jemand auf uns schießen würde, hätte er nicht gleich wieder aufgegeben. Sieh mich an, Bailey.

Du musst dich beruhigen.« Jim drückte ihren Arm. »Es ist nur ein Kratzer. Wahrscheinlich hat ein Jäger sein Ziel verfehlt. Manche Jagdgewehre können fünfhundert Meter weit schießen.«

»Okay. Ich habe Verbandpäckchen im Rucksack.« Sie atmete ein paar Mal tief durch. »Wie konnte das passieren? Ich dachte, die Jäger wären meilenweit weg.«

»Theoretisch schon. Du versorgst die Wunde. Ich werde den Unfall melden und Hilfe holen.« Er holte sein Handy heraus. »Nicht mal ein Balken. Ich gehe mal eben ein Stück den Pfad rauf. Der große Felsbrocken da blockiert wahrscheinlich den Empfang.«

Sie hatte Angst davor, allein zu sein, und blickte sich um. »Gut, aber beeil dich. Ich will hier weg.«

»Bleib hinter den Bäumen. Ich bin ja nur ein paar Schritte entfernt.«

Bailey schaute ihm hinterher, bis er außer Sichtweite war. Sie untersuchte die Wunde, nahm den Rucksack ab und holte den Erste-Hilfe-Kasten heraus. Dann hörte sie das Geräusch von etwas Großem, das sich durch das Gestrüpp bewegte. Ob das ein Bär war, der ihr Blut gerochen hatte? In heller Panik suchte sie im Rucksack nach dem Tierabwehrspray. Starr vor Schreck hielt sie in der Bewegung inne, als ein Mann in Armeeuniform aus dem Wald trat. Sein Gesicht war mit Tarnfarbe bemalt, ein bedrucktes Tuch bedeckte seinen Mund, er trug eine Sonnenbrille und eine Wollmütze, die er sich tief über die Ohren gezogen hatte.

Sie versuchte wegzukriechen, aber in Sekundenschnelle war der Mann bei ihr und zerrte sie auf die Beine. Bailey versuchte, nach ihm zu schlagen. »Loslassen!«

Der Mann traf sie mit dem Handrücken im Gesicht. Sie taumelte und landete auf den Rücken. In ihrem Kopf drehte sich alles. Sie schmeckte Blut in ihrem Mund. Verwirrt rappelte sie sich auf. Auf Händen und Knien versuchte sie, von dem Angreifer wegzukommen. »Jim, Hilfe!«

Ihr Ehemann war nur ein paar Meter entfernt, er musste sie doch hören.

Lautlos hob der Fremde sie hoch, drückte sie auf die Knie und riss ihre Arme mit aller Kraft nach hinten. Als die Sehnen rissen, schoss ihr ein heißer Schmerz durch ihre Schultern und sie schrie auf. Er fesselte ihr die Handgelenke mit einem Kabelbinder, den er so fest zuzog, dass er ihr ins Fleisch schnitt. Sie schluchzte. »Hören Sie auf, Sie tun mir weh!« Dann stieß sie noch einmal einen langen Schrei aus. »Jim, Hilfe!«

Doch niemand kam, und Bailey schluchzte vor Angst. »Warum tun Sie das?«

Ein Gefühl der Erleichterung durchströmte sie, als sie Schritte den Pfad hinunterkommen hörte. »Das ist mein Mann, und die Ranger sind auch schon auf dem Weg.«

»Komm her, sonst verpasst du noch den ganzen Spaß.« Die Stimme des Mannes klang seltsam. Er starrte sie an. »Tu, was man dir sagt, und alles wird gut.«

Bailey starrte den Fremden entsetzt an. Jeder Muskel in ihrem Körper zitterte. Was um alles in der Welt ging hier bloß vor sich? Tränen brannten in ihrer blutenden Lippe. Sie versuchte, wegzukriechen, aber der Stiefel des Mannes stellte sich ihr in den Weg. Ihr verwirrter Verstand versuchte, sich einen Reim auf das zu machen, was sie sah. *Woher kennt Jim diesen Verrückten?*

Durch ihre Tränen hindurch sah sie zu dem Mann mit dem bemalten Gesicht auf. »*Bitte* lassen Sie mich gehen. Ich kann Ihnen Geld geben. Ich gebe Ihnen *alles*, was Sie wollen.«

Grinsend blickte der Mann auf sie herab.

»Also, Bailey, lass mich mal überlegen – was will ich denn? Was meinst du, wie schnell kannst du laufen?«

ZWANZIG

DONNERSTAG

Kane wich einem Kick zu seinem Kopf aus, drehte sich aus der
Hüfte und trat Jenna die Füße weg. Er sprang zur Seite und
zielte mit dem Fuß auf ihren Kopf. Als Jennas Fuß seinen Ober-
schenkel streifte und seine Leistengegend nur um Haaresbreite
verfehlte, packte er ihren Knöchel und ließ sich auf die Matte
fallen. Er hatte heute Morgen schon ein paar direkte Treffer
von ihr einstecken müssen, aber er wollte keine bleibenden
Schäden davontragen. Er hielt sie auf den Boden gedrückt. Sie
zappelte unter ihm wie eine Verrückte.

»Mensch, Jenna, beruhigen Sie sich. Was ist denn heute
Morgen mit Ihnen los?«

»So ist es schon besser.« Sie entspannte die Muskeln und
lächelte ihn an. »Ich möchte nicht, dass Sie nachsichtig mit mir
sind. Ich dachte, wenn ich ein paar Treffer lande, werden Sie
vielleicht endlich mal grob.«

Sein Blick fiel auf einen Schweißtropfen, der ihr über die
Wange lief, dann zuckte er mit den Schultern. »Ich bin nie
nachsichtig mit Ihnen. Haben Sie die Grundsätze Ihres Trai-
nings vergessen? Das Wichtigste ist, die Bewegungen zu lernen

und fit zu bleiben. Wenn Sie etwas vermöbeln wollen, nehmen Sie den Sandsack.«

»Oh, den Sandsack nehme ich mir öfter vor, als Sie glauben.« Sie rollte sich auf den Rücken und warf ihm einen langen, nachdenklichen Blick zu, dann strich sie sich die Ponyfransen aus dem Gesicht. »Aber Sie scheinen mir irgendwie nicht so recht bei der Sache.«

Er ließ sich auf den Rücken fallen und fuhr sich mit der Hand durch das feuchte Haar. »Finden Sie?«

»Ja. Sie waren den ganzen Morgen über so wortkarg.« Sie stützte sich auf einen Ellbogen und blinzelte ihn an. »Sie haben ja mehr mit den Pferden gesprochen als mit mir. Das sieht Ihnen gar nicht ähnlich, Dave. Wir sprechen in unserer Freizeit sonst doch immer über alles Mögliche. Haben Sie vielleicht Kopfweh?«

Er setzte sich genauso hin wie sie und schüttelte den Kopf. »Das nicht. Mich haben nur ein paar Dinge beschäftigt, das ist alles.«

»Wollen Sie mir vielleicht irgendetwas sagen?« Sie sah ihn interessiert an.

Oh, er wollte ihr einiges sagen, aber es konnte gut sein, dass das Ergebnis dieses Gesprächs ihre vertrauensvolle Zusammenarbeit ruinieren würde. Also schüttelte er den Kopf. »Jetzt ist nicht der richtige Zeitpunkt.« Er stand auf und reichte ihr die Hand.

»Ich glaube aber schon, Dave.« Sie ergriff seine Hand, und als er sie auf die Beine zog, schaute sie ihn mit ihren blauen Augen aufmerksam an.

Seine Gedanken wirbelten durcheinander. Wie sollte er die Spannung ansprechen, die vorgestern Abend zwischen ihnen beiden geherrscht hatte? Meine Güte, er hätte sie einfach küssen sollen. Aber sie war seine Vorgesetzte, und er wohnte auf ihrem Grundstück. Verdammt, er liebte seine verstorbene Frau immer noch, und jetzt kam er sich vor, als wäre er ihr untreu, weil er so etwas auch nur in Erwägung zog. *Nein, es geht einfach nicht.* Er schüttelte den Kopf. »Ich wollte nur sagen, dass ich unsere Freundschaft sehr schätze, und ich hoffe, dass unser gemeinsamer Ausflug unser gutes Verhältnis nicht verderben wird. Ich liebe meine Frau immer noch sehr, und ich bin noch nicht bereit für etwas Neues.«

»Ach, das weiß ich doch, Dave.« Sie lächelte ihn an. »Sie sind ein guter Freund, und Sie werden nie versuchen, mir meine Liebhaber auszuspannen ... Nicht, dass ich im Moment irgendwen in meinem Leben haben will.«

»Okay.« Kane warf ihr einen fragenden Blick zu. »Dann ist zwischen uns also alles klar?«

»Na sicher.« Sie tänzelte von ihm weg und grinste. »Dann können wir jetzt vielleicht wieder normal miteinander umgehen?« Ohne noch einmal zurückzuschauen, ging sie zur Tür.

Kane hatte nicht lange gebraucht, um festzustellen, dass in Montana das ganze Jahr über für die eine oder andere Tierart Jagdsaison war, aber der Spätherbst lockte Besucher aus dem ganzen Bundesstaat nach Black Rock Falls, denn dann hatten Elche und Hirsche Saison. Das Motel war komplett ausgebucht, und viele Leute nahmen Verwandte bei sich zu Hause auf. Das Sheriff's Department hatte es in dieser Zeit hauptsächlich mit minderschweren Streitigkeiten zu tun – um alle Angelegenheiten rund um die Jagd kümmerten sich die Beamten des Montana Department of Fish, Wildlife & Parks, und die waren sehr umsichtig.

Den ganzen Tag musste er sich im Ort um irgendwelche dämlichen Streitigkeiten kümmern, dabei hätte er viel lieber mit Jenna an dem Mordfall gearbeitet. An Tagen wie diesen sehnte er sich danach, an einer anständigen Kriminalermittlung beteiligt zu sein. In der Hoffnung, dass Wolfe ein paar neue Beweise gefunden hatte, mit denen er sich beschäftigen konnte, betrat er Jennas Büro. Als sie ihn stattdessen anwies, in der Stadt einer Beschwerde nachzugehen, starrte er sie erstaunt an. »Ich soll *was*?«

»Es geht um irgendwelche Hundewelpen. Schnappen Sie sich Bradford, und kümmern Sie sich darum.« Jenna reichte ihm ein Blatt Papier. »Hier sind die Einzelheiten.«

Er starrte ungläubig auf das Blatt. Es sah Jenna nicht ähnlich, ihn solche Routinearbeit machen zu lassen. »Können das nicht Webber oder Rowley erledigen?«

»Hören Sie, Kane, Webber ist Experte für Armbrüste, den habe ich zu allen Geschäften in der Stadt geschickt, die Bolzen wie den in Dawson Sanders' Kopf verkaufen.« Sie lehnte sich in ihrem Stuhl zurück und hob eine ihrer dunklen Augenbrauen. »Bei diesem Fall brauchen wir jemanden mit Verhandlungsgeschick, und Bradford braucht praktische Erfahrung. Wenn sie Sie in Aktion sieht, kann sie sich eine Menge abgucken.«

Sich was von mir abgucken konnte Bradford schon die ganze verdammte Woche. »Na gut, aber ...«

»Kein Aber, Kane.« Sie hob ihr Kinn, ihr Mund bildete eine störrische Linie. »Ich bin bis über beide Ohren beschäftigt, und da Wolfe im Leichenschauhaus zu tun hat, sind Sie der einzig verfügbare Deputy. Ich habe keine andere Wahl.«

Er stieß einen langen Seufzer aus. »Verstanden.«

EINUNDZWANZIG

Nachdem er die Aufnahmen aller Wildkameras und seiner Body-Cam zu einem langen Film zusammengeschnitten hatte, sah er sich begeistert die Aufnahmen von Baileys exquisitem Tod an. Sein Herz pochte, so lebendig wurde die Erinnerung. Als hätte er das blutige Messer noch in der Hand. Er hielt sich ihr T-Shirt an die Nase, darin steckte noch ihr Geruch. Der Anblick ihrer verwirrten blauen Augen und ihr leises Flehen, als sie starb, machten ihm Lust auf mehr; er konnte es kaum erwarten. *Bald kommt der Schnee. Ich darf nicht mehr lange warten.*

Nachdem er seinen Benutzernamen eingegeben hatte, lud er auf seine Webseite im Darknet einen kurzen Clip hoch. Jetzt hieß es nur noch: Warten, bis sich ein neuer Kunde meldete. Es dauerte nie allzu lange, bis einer anbiss. Auf der verschlüsselten Webseite ging sein Inserat um die ganze Welt, und niemand konnte es zurückverfolgen. Hier im Verborgenen konnten die Menschen ihre absonderlichsten Vorlieben und Wünsche befriedigen. Man konnte alles Erdenkliche kaufen, von Drogen bis zu Menschen. Er lehnte sich in seinem Stuhl zurück und gähnte.

Wie aufs Stichwort ploppte eine neue Nachricht auf. Er las das Angebot und schüttelte erstaunt den Kopf. Was für eine abgedrehte Idee. Dass er darauf noch nicht selbst gekommen war! Er las sich die Details durch und grinste. »Dafür werde ich ein ganz besonderes Pärchen brauchen.«

ZWEIUNDZWANZIG

FREITAG

Als der Klingelton ertönte, den sie für eingehende Notrufe eingerichtet hatte, stürzte Jenna aus der Dusche. Sie warf einen Blick auf die Digitalanzeige der Uhr auf ihrem Nachttisch und griff nach ihrem Mobiltelefon. »Sheriff Alton, was ist Ihr Notfall?«

»Ich glaube, wir haben hier eine Leiche gefunden, in der Nähe vom Bear Peak. Es ist noch nicht ganz hell, aber wir sind uns ziemlich sicher, dass das eine Leiche ist.«

Jenna schnappte sich einen Stift und einen Notizblock. »Okay, geben Sie mir bitte Ihre Namen und Kontaktinformationen.«

»Ich bin Luke Evans, und bei mir ist Jack Turner.« Evans nannte ihr seine Adresse, er wohnte in Black Rock Falls.

»Wie lautet Ihr Standort? Haben Sie ein GPS-Gerät dabei?«

»Natürlich.« Er ratterte die Koordinaten herunter. *»Wir hatten einen Zehnender gesehen, der auf dem Weg in eines der ausgewiesenen Jagdgebiete war, und sind ihm auf so einem alten Trampelpfad gefolgt. Wir konnten etwas Totes riechen und dachten, es wäre vielleicht ein gewildertes Tier, also sind wir nach-*

schauen gegangen.« Der Mann holte lange Luft. Es klang, als zittere er. *»Ich habe den Ranger in der Kontrollstation kontaktiert. Der meinte, ich soll hier bleiben, nichts anfassen und Sie kontaktieren. Er kann seinen Posten nicht verlassen, aber er meldet es.«*

»Sie haben das genau richtig gemacht. Führt eine Straße in das Gebiet?«

»Klar, nehmen Sie die Nebenstraße hinter den Wasserfällen. FWP hat da eine ausgeschilderte Kontrollstation, nehmen Sie die Straße auf der linken Seite in den Wald, die führt zu einem Parkplatz. Der Ranger da wird Ihnen die Richtung zeigen. Von dort aus können Sie den Pfad nehmen. Ich schätze, Sie müssen etwa eine halbe Stunde wandern.«

»Okay, wir machen uns sofort auf den Weg. Bleiben Sie, wo Sie sind, ich rufe Sie an, wenn wir auf dem Parkplatz sind. Wir kommen per Pferd.« Jenna trennte die Verbindung und rief Kane an. »Wir haben eine Leiche in der Nähe vom Bear Peak. Wir nehmen die Pferde, machen Sie sie fertig. Ich sage Wolfe und Rowley Bescheid. Die anderen sollen sich in unserer Abwesenheit um die Dienststelle kümmern.«

»Verstanden, bin in zehn Minuten abfahrbereit.«

Ein kalter Wind rauschte durch die Kiefern und lüftete die Seiten von Jennas offener Jacke, als sie aus Kanes SUV stieg. Sie schaute sich um und musterte die vielen Autos auf dem Parkplatz und die vielen Männer und Frauen, die Schlange standen, um sich beim Ranger anzumelden, bevor sie sich in die ihnen zugewiesenen Jagdgebiete begaben. Das aufgeregte Geschnatter der Leute überdeckte das übliche unheimliche Stöhnen und Knarren, das aus den Tiefen des düsteren Waldes drang. Sie ging zum Anfang der Schlange und wartete, bis der Ranger das Gespräch mit einem Jäger beendet hatte.

»Guten Morgen, ich habe ein Team dabei und möchte der

Beschwerde nachgehen, die wir heute Morgen erhalten haben.«
Sie warf einen Blick auf die Gesichter der Leute, die hinter ihr
in der Schlange standen. Dass jemand eine Leiche gefunden
hatte, wollte sie möglichst nicht an die große Glocke hängen.
»Wir kommen allein zurecht, und wenn ich mir die vielen
Leute hier so ansehe, denke ich mal, dass Sie ohnehin
niemanden entbehren können.«

»Da wäre ich Ihnen sehr dankbar, Ma 'am.« Der Ranger
bedachte sie mit einem Lächeln. »Es ist viel los, und die
Kontrollstationen sind nur spärlich besetzt.«

»Ich werde Sie auf dem Laufenden halten.« Sie wandte sich
ab und winkte Wolfe zu, der gerade zusammen mit Rowley
eintraf. Dann ging sie hinüber zum Anhänger, um Kane beim
Ausladen der Pferde zu helfen.

Duke bellte und drehte sich mit einem Elan um die eigene
Achse, wie sie es bei ihm noch nie gesehen hatte. »Haben Sie
dem Hund Kaffee gegeben oder so was?« Sie befestigte einen
Strick am Halfter ihrer Stute und führte sie hinter Kanes Pferd
die Rampe hinunter. »Nein, das macht er auch, wenn ich nach
Hause komme. Das ist sein Freudentanz. Ich nehme an, er sieht
die ganzen Leute hier und glaubt, wir gehen gleich auf die
Jagd.«

Kanes Augen verengten sich und er wies mit dem Kinn zum
anderen Ende des Parkplatzes. »Mir scheint, Blackhawk ist
auch hier.« Er warf ihr einen Blick zu. »Haben Sie den
verständigt?«

»Nein. Wolfe sagte mir, er wolle ihn bei Bedarf anheuern,
nur für den Fall, dass wir in der Nähe des Fundortes etwas
entdecken, dem wir weiter nachgehen wollen. Er wird nicht
ständig mit uns zusammenarbeiten.« Sie drehte sich um, und
ihr Blick fiel auf Blackhawks stattlichen Appaloosa. Das Fell
des gepunkteten Pferdes kräuselte sich wie Seide auf seinem
durchtrainierten, muskulösen Körper. »Wow, das ist aber ein

schönes Tier. Er muss Stunden brauchen, es zu striegeln, damit es so aussieht.«

»Ja, das glaube ich auch.« Kanes Mundwinkel zuckte, als er zu ihr trat und ihr die Hände reichte, um ihr beim Aufsteigen zu helfen. »Futter ist aber auch wichtig. Ich sorge immer dafür, dass sowohl Warrior als auch Lady genau das Zusatzfutter bekommen, das sie brauchen.«

Jenna ließ sich dankbar in Ladys Sattel helfen. Erst jetzt sah sie, wie die Sonne auf Warriors schwarzem Fell glitzerte. Sie drehte sich um und lächelte Kane an. »Der glänzt ja mehr als Ihr Auto, und das will etwas heißen.«

» 'N Morgen.« Blackhawk tippte sich an den Hut. »Shane hat angerufen und gesagt, Sie bräuchten einen Fährtenleser, also bin ich hier. Ich kenne den Pfad.«

Jenna lächelte ihn an. »Sehr schön. Sie können uns den Weg zeigen.«

Wolfe schloss zu ihr auf, Rowley ritt neben ihm. »Webber ist auf dem Weg. Er bringt ein Packpferd und den Rest meiner Ausrüstung mit. Er sollte bald hier sein.« Er runzelte die Stirn. »Haben Sie schon irgendwelche Einzelheiten zur Leiche erfahren?«

Jenna seufzte. »Nein, die Männer sind nicht sehr nahe herangekommen. Sie warten vor Ort auf uns.«

Ein Pick-up mit Pferdeanhänger näherte sich in einer Staubwolke und parkte neben Kanes schwarzem Gespann. Bevor Jenna etwas sagen konnte, reichte Kane ihr Warriors Zügel und ging los, um Webber beim Abladen der Pferde zu helfen. Kurz darauf ritten sie alle in den Wald, Blackhawk vorneweg.

Sie waren etwa eine halbe Stunde unterwegs, als Duke plötzlich ein Heulen ausstieß, als wäre der Teufel persönlich hinter ihm her. Kanes Pferd bäumte sich auf, und Jennas machte einen Satz zur Seite und wollte nicht weiter. Sie beruhigte ihren Araber, aber als ein Windstoß durch die Stämme der Bäume fuhr und ihr den Geruch von verrottendem Fleisch ins Gesicht wehte, wusste sie Bescheid. Sie würgte und blickte zu Kane hinüber. »Es kann nicht mehr weit sein.«

»Hier, setzen Sie das auf.« Er reichte ihr eine Gesichtsmaske und setzte dann seine eigene auf.

Als Blackhawk in eine enge Kurve einbog, hörte sie Stimmen und trieb ihre Stute vorwärts. Zwei Männer Anfang zwanzig kamen ihnen entgegen; beide trugen Gewehre und wirkten zutiefst erschüttert.

Jenna hob eine Hand, um sie zu beruhigen. »Atmen Sie erstmal tief durch. Und zeigen Sie uns bitte, was Sie gefunden haben.«

»Da gehen wir auf keinen Fall wieder hin.« Einer der Männer wischte sich mit dem Handrücken den Mund ab. »Es ist dahinten links, im Gebüsch.«

Jenna drehte sich im Sattel um und sah Rowley an. »Wir gehen hin und sehen uns das an. Begleiten Sie diese Männer zurück zur Kontrollstation, und nehmen Sie ihre Aussagen auf. Die Ranger werden in ihrer Hütte genug Platz haben, um dort eine Befragung durchzuführen.«

»Ja, Ma 'am.« Rowley tippte sich an den Hut.

Das Team stieg ab, und mit Blackhawk und Wolfe an der Spitze folgten sie dem Pfad ein kurzes Stück geradeaus und spähten vor sich in den dichten Wald. Der Gestank wurde mit jedem Schritt schlimmer, und ohne Vorwarnung flatterte ein ganzer Schwarm Krähen auf, als wären es Fledermäuse, und ließ sich in den Bäumen nieder. Jenna musste schlucken. Das war nun einmal der Lauf der Natur. Die Tiere waren stets fleißig dabei, den Wald sauber zu halten. Trotzdem überkam sie eine düstere Vorahnung, dass ihr bei dem bevorstehenden Anblick übel werden würde.

DREIUNDZWANZIG

Ein Summen gesellte sich zu den vielen anderen Geräuschen des Waldes, und Kane verscheuchte ein paar Fliegen und blickte hinauf in die umliegenden Bäume. Im Geäst hockten mindestens vier Dutzend Krähen. Irgendetwas musste sie aufgescheucht haben, so wie sie in die Baumkronen hochgeflattert waren. Zu seinen Füßen winselte Duke, dann kläffte er. »Halten Sie die Augen offen. Duke riecht etwas, und ich meine nicht das tote Fleisch.«

Er schaute sich um und suchte die Schatten nach einem Bären ab. Es konnte gut sein, dass der Geruch Bären anlockte, aber auch ein Adler wäre nicht gerade begeistert, wenn er seine Mahlzeit teilen müsste.

Vor ihm blieb Blackhawk stehen, drehte sich um und hob eine Hand, damit das Team anhielt. »Luchs«, sagte er, hob sein Gewehr und zielte auf einen der Bäume. Während das Echo des Schusses verklang, hörte man, wie ein Tier durch das Unterholz flüchtete. Blackhawk gab noch einen weiteren Schuss ab, dann drehte er sich mit grimmiger Miene um. »Er wird sich eine Weile nicht mehr blicken lassen. Luchse sind zu schlau, um zu riskieren, dass an einem Tag zweimal auf sie geschossen wird.« Blackhawk zeigte auf die Krähen. »Bei denen ist das anders. Die kennen keine Angst, wenn sie sich die Bäuche vollschlagen wollen.«

»Haben Sie etwas gefunden?« Jenna warf ihm einen besorgten Blick zu und tat ein paar zögerliche Schritte.

»Ja«, antwortete Wolfe für ihn. Er ließ seine Tasche zu Boden fallen, und sie landete mit einem dumpfen Geräusch. »Ein Blutbad.«

Kane trat an Jennas Seite und musterte langsam die Szene, die sich ihnen bot. »Blutbad« war fast noch untertrieben. Blut tropfte von Büschen, klebte an Baumstämmen, hier und da lagen von Fliegen und Ameisen übersäte Körperteile. Es sah aus wie auf einem mittelalterlichen Schlachtfeld. »Das ist doch mehr als eine Leiche, oder?«

»Ja, das sind mindestens zwei, oder besser das, was von ihnen übrig ist, und sie liegen hier schon ein paar Tage. Aber der eigentliche Tatort kommt noch.« Wolfe war in seinen Schutzanzug geschlüpft und begab sich in die Dämmerung des dichten Waldes, Webber dicht hinter ihm.

Kane setzte seinen Rucksack ab und holte seine Schutzausrüstung heraus; Jenna neben ihm tat dasselbe und sagte: »Könnte ein Tier gewesen sein.«

»Oder ein Verrückter mit einer Machete«, sagte Kane. »Oder beides. Wenn es ein Tier war, dann am ehesten ein Bär; Raubkatzen zerren ihre Oper eher hoch in die Bäume.«

Jenna schaute ihn an. Sie sah blass aus. »Ich würde einen Tierangriff vorziehen, aber nach dem, was den anderen beiden passiert ist, könnte es gut sein, dass wir wieder einen Verrückten in Black Rock Falls haben.«

Kane zog sich Latexhandschuhe über und wartete auf sie. »Die scheinen wir wirklich anzuziehen. Das muss daran liegen, dass der Wald so groß ist. Hier gibt es so viele Ecken, wo man sich verstecken und Menschen angreifen kann. Ein Paradies für Killer.«

»Scheint so, zumindest in letzter Zeit.« Sie sah zu ihm auf, und ihre Augen verengten sich. »Langsam fange ich an zu glauben, dass *Sie* hier der Magnet für Verrückte sind. Bevor Sie hergekommen sind, war das hier eine ganz ruhige Kleinstadt.«

Er schnaubte. »Glauben Sie mir, das Böse hat sich hier schon lange vor meiner Ankunft eingenistet.« Als Wolfe mit ausdrucksloser Miene auf sie zukam, stellten sich in Kanes Nacken die Haare auf. Es war schlimm, wirklich schlimm, und als er einen Blick auf Jenna warf, stellte er fest, dass auch ihre professionelle Fassade gerade bröckelte. Er richtete sich auf, um zu hören, was Wolfe zu sagen hatte.

»Und, was haben wir?« Jenna zog sich Handschuhe über. »War es ein Tier?«

»Tiere waren auch dran, aber: Nein, das war Mord.« Wolfe scheuchte die Fliegen weg, die auf seinen Wangen landeten. »Ich glaube, wir haben ein männliches und ein weibliches Opfer. Wenn Sie auf dem Pfad bleiben und mir folgen, beeinträchtigen Sie den Tatort nicht.«

»Glauben Sie, dass es sich um denselben Mörder handelt wie bei dem anderen Paar?«, wollte Kane wissen. Jenna winkte ihm, vorauszugehen, und ihm fiel auf, dass es sie vor Abscheu schüttelte.

»Ich bin mir nicht sicher.« Wolfes Stimme schwebte auf einer kalten Brise, die durch die Bäume pfiff. »Dieser Mord ist anders.«

Kane reckte sein Gesicht in den Wind, in der Hoffnung, dass es dann nicht mehr so stinken würde, aber der Geruch drang dennoch durch seine Maske. Ihm wurde übel. Er ging dicht hinter Wolfe. »Inwiefern?«

»Das werden Sie gleich selbst sehen.«

Wolfe wurde langsamer, und Kane konnte in der Düsternis Webbers aschfahles Gesicht ausmachen. So tief im Wald ließen die hohen Kiefern kaum Sonnenlicht durch. Er trat an Wolfes Seite und schluckte den Kloß in seinem Hals hinunter.

Bei den Toten waren es immer die Augen, an die er sich später erinnerte. Manche waren vom Tod umwölkt, andere schienen ihn anzustarren und um Hilfe zu flehen, als ob sie noch lebten. Der menschliche Verstand konnte grausam sein und Flashbacks erzeugen oder Albträume, die so lebhaft waren, dass man sie nicht mehr aus dem Kopf bekam. Was ihn ganz persönlich quälte, war die Erinnerung an die Augen seiner Frau. So sehr er sich auch bemühte, er konnte den Blick von Annies toten Augen nicht vergessen.

Die Überreste einer jungen Frau hingen an einem Baum. Der Mörder hatte ihr die Hände über dem Kopf mit einem Kabelbinder fixiert, der um einen Armbrustbolzen geschlungen war. Sie war nackt und ausgeweidet, der untere Teil ihres Körpers fehlte, sie sah kaum noch wie ein Mensch aus. Ein Schauer des Ekels fuhr durch Kanes Körper, und er musste das Bedürfnis unterdrücken, sich zu übergeben. Bei einem derart grausamen Mord half keine noch so große Erfahrung. So viel zu den toughen Ermittlern im Fernsehen, die mit einer gefühllosen Nonchalance vorgingen, als ob ihnen nichts und niemand den Magen umdrehen konnte, und dann über die Leichen hinweg ihren Fall besprachen, als seien die Toten Schaufensterpuppen. *Für mich sind es immer Menschen.* Kane richtete seine Aufmerksamkeit wieder auf Wolfe. »In einem Punkt unterscheidet sich dieser Fall von den anderen Morden: Das Gesicht der Frau ist unberührt.«

Jenna ergriff mit zitternder Hand seinen Arm, und er blickte zu ihr hinunter. »Alles okay?«

»Mir geht es gut.« Jenna sah sich die Leiche genauer an. »O nein! Ich glaube, ich kenne sie.« Sie trat näher an die Tote heran. »Ist das nicht die Frau, die den Schädel gefunden hat? Bailey Canavar?«

Die Erinnerung an die lebhafte junge Frau schoss Kane durch den Kopf. »Stimmt, das ist sie.« Er deutete auf den Mann, der in einiger Entfernung auf dem Rücken lag. Dessen

Gesicht war komplett zerfleischt. »Aber ich glaube nicht, dass das ihr Mann ist; der war blond.«

»Vielleicht ist das Haar einfach nur voller Blut.« Jenna ging an ihm vorbei, trat um die Blutlachen herum und stellte sich neben Wolfe. »Ich habe die Frau schon identifiziert.«

Wolfe warf ihr einen geduldigen Blick zu, dann stellte er neben einem Körperteil eine Nummerntafel auf den Boden, ging zu dem männlichen Opfer und hob dessen Kopf an. »Dieser Mann hat schwarzes Haar.« Er stemmte die Hände in die Hüften und sah sich um. »Es muss mindestens noch eine weitere Person beteiligt gewesen sein, denn wenn er sie gefesselt hätte, wie hätte sie ihn dann noch ermorden können?«

»Wir lassen Sie in Ruhe, damit Sie den Tatort dokumentieren können, und untersuchen die Umgebung. Vielleicht finden wir noch weitere Leichen.« Jenna wandte sich an Blackhawk. »Gibt es noch mehr Pfade, die von hier aus wegführen?«

»Ja, aber wenn Sie mal in die Bäume schauen, werden Sie feststellen, dass die Krähen nur über dieser Stelle hier lauern. Wenn es noch eine Leiche gäbe, würden sie kaum warten, bis wir wieder fort sind.« Blackhawk zuckte mit den Schultern. »Aber wir können dieses Areal hier ja trotzdem erkunden.«

Kane drehte sich um hundertachtzig Grad. Er hatte etwas an einem Baum bemerkt, das ihm bekannt vorkam, und suchte mit den Augen die Bäume entlang des Weges ab. Er verschwand im Unterholz, kehrte aber gleich wieder zu Jenna zurück. Irgendetwas stimmte nicht. »Moment mal.« Er zückte sein Smartphone und rief die FWP-Webseite auf, die die Jagdgebiete in der unmittelbaren Umgebung anzeigte. Er warf Blackhawk einen Blick zu. »Wissen Sie, ob dieses Gebiet jemals ein ausgewiesenes Jagdgebiet war?«

»Nicht dass ich wüsste.«

Er ging zu einem der Bäume und fuhr mit der Hand über die raue Rinde. »Sehen Sie die beschädigte Stelle? Das sieht aus, als wäre hier eine Wildkamera befestigt gewesen. Weiter hinten gibt es noch so eine Beschädigung, und dort drüben sind erst vor Kurzem ein paar Zweige abgeschnitten worden.« Er wies zu der Stelle, wo er sich in die Büsche geschlagen hatte. »Das dahinten könnte der Anstand eines Jägers sein.«

»Oder eines Naturforschers, der die Tierwelt studiert.« Blackhawks dunkle Augen wanderten zu Jenna. »Manche verbringen Monate im Wald, und sie benutzen auch Wildkameras. Es gibt hier viele verschiedene Tierarten.«

»Ja, das kann gut sein, aber ich glaube, der Mörder hat sie irgendwie hierhergelockt.« Jenna wandte sich an Kane. »Haben Sie schon mal von jemandem gehört, der seine Opfer mithilfe von Wildkameras verfolgt? Woher sollte er wissen, dass sie genau hier entlangkommen würden? Wie wir wissen, wird dieser Pfad kaum benutzt. Wenn ich jemanden umbringen wollte, wäre dies der letzte Ort, an dem ich eine Kamera aufstellen würde.« Sie drehte sich um und folgte Blackhawk in den Wald.

Kane blieb zurück, ging den Pfad entlang und suchte mit seiner Taschenlampe die Bäume ab. Er bemerkte weitere Schäden hoch oben an den Stämmen, die aussahen, als stammten sie vom Gurt einer Wildkamera, die so zwischen den Ästen befestigt worden war, dass man sie vom Pfad aus nicht sah. Der Aufbau schien ihm mit militärischer Präzision ausgeführt worden zu sein. Trail-Cams waren geräuschlos, damit sie die Tiere nicht aufschreckten, aber üblicherweise hängte man sie tiefer auf und verbarg sie nicht hinter Zweigen. Die Daten wurden entweder direkt im Gerät auf einer Festplatte gespeichert oder per Live Feed an ein Smartphone geschickt. Er drehte sich einmal um die eigene Achse, um jeden möglichen Winkel der Kamera zu erfassen. Seine Idee hatte etwas für sich, aber Jenna hatte recht: Wie hätte der Mörder wissen sollen, dass jemand ausgerechnet diesen Trampelpfad nehmen würde, und Kameras einrichten können, bevor die Leute hier eintrafen? Verblüfft rieb er sich die Schläfe und beschloss, seine Überlegungen später mit dem Team zu besprechen.

Duke stupste sein Bein an. Er tätschelte dem Hund den Kopf und wies ihn an: »Such!« Als Duke in Richtung des Tatorts zurücklief, schaute er einige Augenblicke lang Jenna an, die ihm den Rücken zudrehte, dann ging er seinem Spürhund hinterher. Wenn seine Theorie mit den Wildkameras stimmte und sie Jims Leiche nicht auch noch fanden, wäre er ihr Hauptverdächtiger. Vielleicht hatte seine Frau einen Liebhaber gehabt, und Jim hatte die beiden in den Wald gelockt und getötet? Dem fehlenden Gesicht des Mannes nach zu urteilen, hatte der Mörder eine ganze Menge Wut an ihm ausgelassen.

VIERUNDZWANZIG

Blackhawk bewegte sich auf eine Art und Weise durch den Wald, die Jenna schwer beeindruckte. Er duckte sich und wich Zweigen aus, nutzte seine Körpergröße und durchsuchte Stellen, die vor ihrem Blick verborgen waren. Er schaute immer wieder hinter sich, um nach ihr zu sehen. Nicht, dass sie besonders viel Aufmerksamkeit brauchte, aber sie musste zugeben, dass das Heulen der Bäume und die ungewohnte Stille in dem düsteren, feuchten Wald sie nervös machten. Zumal Kane in eine andere Richtung gegangen war, ohne ein Wort zu sagen, aber der konnte auf sich selbst aufpassen. Sie hatte großen Respekt vor Blackhawks Fähigkeiten als Fährtenleser, aber sie wusste, dass sie sich auf Kane immer verlassen konnte. Sie schaute sich in alle Richtungen um. In jedem der dunklen Schatten zwischen den Bäumen konnte sich ein Killer verstecken, der auf seine nächsten Opfer wartete. Sie legte eine Hand auf den Kolben ihrer Pistole. Falls plötzlich jemand auf sie zustürzte – sie wäre bereit.

Eines war jetzt schon klar: Je weiter sie sich von dem Gestank entfernten, desto unwahrscheinlicher wurde es, dass sie eine weitere Leiche fanden. Nach etwa zwanzig Minuten kehrte der schreckliche Geruch des Todes zurück, und sie steckte sich mehrere Pfefferminzbonbons in den Mund – die würden zumindest verhindern, dass der Gestank in ihren Mund eindrang. Sie waren im Kreis gegangen und wieder am Ausgangspunkt. Blackhawk beugte sich vor, um den Tierpfad in Augenschein zu nehmen, der vom Tatort wegführte. Sie trat neben ihn. »Haben Sie etwas gefunden?«

»Vielleicht.« Blackhawk nahm Fähnchen aus seinem Rucksack und markierte einen kleinen Bereich, wo Blätter lagen. »Das könnte ein Teil eines Fußabdrucks sein. Ich werde Shane bitten, sich das anzusehen.« Er tat ein paar Schritte ins Gebüsch und starrte auf einen Baum. »Er ist hier entlanggekommen. An dieser Kiefer sind Blutspuren, und man kann sehen, dass hier etwas befestigt wurde, was er wahrscheinlich nach dem Mord wieder mitgenommen hat.« Er steckte ein Fähnchen in den Busch. »Sehen Sie die abgebrochenen Zweige? Er muss es sehr eilig gehabt haben.«

Jenna schaute sich die Blätter und den Stamm des Baumes an und nickte. »Ja, Kane hat drüben am Weg etwas Ähnliches gesehen. Er meinte, dort wären Wildkameras befestigt gewesen. Ich frage mich, ob der Mörder sie aufgebaut hat, bevor seine Opfer herkamen.« Sie lächelte ihn an. »Zeigen Sie Wolfe, was Sie gefunden haben. Und vielen Dank übrigens, ich weiß Ihre Hilfe sehr zu schätzen.«

Ihr schwirrte der Kopf, als sie um den Tatort herumgingen. Sie begab sich direkt zu Kane und wartete ungeduldig, dass er die Beweismittelbeutel zu Ende beschriftete. »Wir haben keine weitere Leiche gefunden. Wenn diese Leute gemeinsam gewandert sind oder sich unterwegs getroffen haben, hätten wir ihre Leichen hier alle zusammen finden müssen, oder zumindest innerhalb des Radius, den wir abgesucht haben.«

»Und das bedeutet«, folgerte Kane, »dass wir Jim Canavar finden müssen.« Sein Blick wanderte über ihr Gesicht. »Das männliche Opfer zu identifizieren, wird nicht ganz einfach sein. Wer auch immer das hier getan hat, er hat sich große Mühe gegeben, die Identität des Toten zu verschleiern. Seine Zähne und beide Hände fehlen. Der Mörder wollte offensichtlich nicht, dass wir herausfinden, wer das ist.« Er runzelte die Stirn. »Einen kleinen Anhaltspunkt haben wir vielleicht – seine Kleidung hat ausländische Etiketten, möglicherweise chinesisch.«

Jenna nickte. »Blackhawk hat einen Fußabdruck gefunden und Spuren, die möglicherweise auf Wildkameras hindeuten. Ich bin überzeugt, dass Canavar das Ganze im Voraus geplant hat.«

»Ja, es sieht immer mehr nach einem Hinterhalt aus.« Kane hob das Kinn und wandte sich von ihr ab. »Ich werde Fotos von dem Fußabdruck machen.« Er ging zu Blackhawk, der gerade in ein Gespräch mit Wolfe vertieft war.

Sie zückte ihr Handy und rief das Cattleman's Hotel an. »Könnte ich bitte mit Jim Canavar sprechen? Hier ist Sheriff Alton.«

»*Die Canavars haben am Mittwoch ausgecheckt, gleich nach dem Frühstück.*«

Jenna seufzte. »Okay, waren sie in Begleitung?«

»*Nein, aber ich weiß noch, dass ich den Pagen bat, ihnen mit dem Gepäck zu helfen. Er steht neben mir.*«

Eine weitere männliche Stimme ertönte in der Leitung. Jenna stellte sich noch einmal vor und erzählte ihm, nach wem sie suchte. »Erinnern Sie sich noch an das Auto?«

»*Ja, es war ein Mietwagen. Ein weißer SUV. Ich fragte ihn, ob er zufrieden damit sei, und er meinte, er wolle so schnell wie möglich zum Flughafen zurück und ihn gegen einen anderen Wagen umtauschen. Er gab mir zwanzig Dollar Trinkgeld.*«

Jenna runzelte die Stirn. »Wie war seine Stimmung, und wurden sie von jemandem begleitet?«

»*Nein, er und seine Frau waren allein, als sie davonfuhren, und sie schienen mir ganz fröhlich.*«

»Okay, danke.« Jenna trennte die Verbindung und rief Bradford im Büro an. »Wir haben die Leichen von Bailey Canavar und einem Unbekannten gefunden, sie sind ermordet worden. Ich möchte, dass Sie sich mit dem nächstgelegenen Flughafen in Verbindung setzen und sich erkundigen, was Jim Canavar für ein Auto gemietet hat. Geben Sie eine Fahndung heraus. Als Nächstes informieren Sie bitte die Presse. Ich möchte, dass die Bevölkerung nach ihm und dem Mietwagen Ausschau hält. Wir haben seine Daten in der Akte über den älteren Fall. Besorgen Sie ein Foto von ihm von der Zulassungsstelle in Kansas. Sagen Sie der Presse, dass sie die Öffentlichkeit davor warnen soll, sich ihm zu nähern, er gilt als gefährlich. Wer ihn sieht, soll 911 anrufen, okay?«

»Ja, Ma 'am.« Bradford holte tief Luft. »*Mit der Pressemitteilung komme ich schon klar, aber eine Fahndung habe ich noch nie herausgegeben.*«

»Dann bitten Sie Walters, Ihnen zu zeigen, wie das geht.« Jenna kaute auf ihrer Unterlippe. »Oh, und erwähnen Sie in der Pressemitteilung keinesfalls den Mord. Die Hinterbliebenen wurden noch nicht benachrichtigt.«

»*Ja, Ma 'am.*«

Jenna würde die örtliche Polizei am Wohnort der Canavars kontaktieren und sie über den Mord an Bailey informieren müssen. »Können Sie mir bitte kurz die Nummer der Polizeibehörde von Kansas heraussuchen? Ich warte.«

Sie holte ihren Notizblock hervor, schrieb sich die Nummer auf und beendete die Verbindung. Nachdem sie sich einen Überblick über den Stand der Dinge am Tatort verschafft hatte, rief sie Webber zu sich. »Wie weit ist unser Rechtsmediziner?«

»Wir haben alles fotografiert und die Überreste der Opfer verpackt.« Webber wirkte müde. »Ich glaube, Wolfe möchte noch mit Kane die Morde nachstellen, dann können wir alles einpacken und aufbrechen.«

Jenna nickte. »Gute Arbeit. Sind Sie eigentlich immer noch so begeistert davon, mit Wolfe zusammenzuarbeiten?«

»Ja, Ma 'am«, gab Webber zurück und strahlte sie an.

Sie sah, wie sich Wolfe und Kane wieder dem Tatort näherten. »Ich glaube, Wolfe sucht nach Ihnen.«

»Ja, Ma 'am.« Webber ging in Wolfes Richtung.

Jenna machte es sich auf einem Felsbrocken bequem, während Duke sich zu ihren Füßen ausstreckte, und rief das Kansas Police Department an. Sie wartete ein paar Augenblicke, bis die Zentrale sie mit der Mordkommission in der zuständigen Abteilung verband. Eine Frauenstimme meldete sich.

»Detective Brennan.«

Jenna stellte sich vor und informierte sie über den Tod von Bailey Canavar und den Verdacht gegen ihren Ehemann. »Ich muss die Presse einschalten und sie wissen lassen, dass in der Gegend ein gefährlicher Mann herumläuft. Können Sie die Hinterbliebenen heute noch verständigen?«

»Ja, das mache ich jetzt gleich. Ich meine mich an einen Fall zu erinnern, in dem jemand namens Jim Canavar involviert war. Kann gut sein, dass es sich um denselben Mann handelt. Einen Moment mal bitte.«

Am Tatort auf der kleinen Lichtung waren Kane und Wolfe angeregt ins Gespräch vertieft. Da Kane einen Laserpointer benutzte, bestimmten sie wahrscheinlich gerade die Flugbahnen der Kugeln. Eines fand sie seltsam: Eigentlich hätten Patronenhülsen auf dem Boden liegen müssen, aber sie hatten keine einzige gefunden. Offenbar hatte der Wahnsinnige, der dieses schreckliche Verbrechen begangen hatte, nicht nur die Wildkameras wieder entfernt, sondern auch sonst hinter sich aufgeräumt. Ein Schauer lief ihr über den Rücken. Dieser Mörder war sich seiner Sache so sicher, dass er einem regelrecht arrogant vorkam. Er hatte nicht nur alle Spuren von sich selbst beseitigt, sondern das Paar auch in ein Gebiet gelockt, das von Rotluchsen und Schwarzbären frequentiert wurde. Er war davon ausgegangen, dass die Wildtiere ihm die Drecksarbeit abnehmen würden.

»Hallo?«

Die Stimme am Telefon ließ sie aufschrecken. »Ja, ich bin noch dran.«

»Also, das ist ganz interessant. Ich habe die Details der Zulassungsstelle überprüft, die Sie mir zu dem Fall gegeben haben, und es ist tatsächlich derselbe Mann. Canavars Ex-Verlobte war verschwunden, und wir haben ihn damals zur Befragung vorgeladen. Bailey gab ihm ein Alibi. Sie sagte aus, Canavar sei in Blackwater gewesen, als seine Ex-Verlobte verschwand, und sie hätte ihn jeden Abend dort angerufen. Er hatte sich ein paar Monate zuvor von seiner Ex getrennt. Wir haben die Aufzeichnungen der Telefongesellschaft überprüft. Er war tatsächlich dort, und das Hotel in Blackwater hat seine Angaben bestätigt. In Black Rock Falls ist er übrigens nicht zum ersten Mal abgestiegen.«

»Wirklich? Dann kennt er die Gegend also doch. Dabei machte er auf mich nicht den Eindruck, als wäre er schon einmal hier gewesen. Ist die Ex-Verlobte inzwischen wieder aufgetaucht?«

»Nein, sie ist immer noch als vermisst gemeldet. Und der neue Freund, den sie damals hatte, ist auch verschwunden.«

Jennas Gedanken überschlugen sich. »Das ist ja interessant. Wie lange gelten sie schon als vermisst?«

»Etwas mehr als ein Jahr.«

»Was können Sie mir noch über Jim Canavar erzählen?«

»Er arbeitet in der Immobilienbranche. Ich habe von seiner Heirat mit Bailey gelesen, darüber hat die Zeitung hier auf ihren Klatschseiten berichtet. Sein Schwiegervater besitzt eine Reihe von Unternehmen in der Region und hat mehrere Wohnsitze in aller Welt. Mit Bailey hat er einen echten Volltreffer gelandet: Sie ist stinkreich, hat von ihrer Großmutter mehrere Millionen geerbt, und sie hatten keinen Ehevertrag. Ich weiß noch, wie sich *die Moderatoren in den Lokalnachrichten damals darüber unterhalten haben. Bailey hat es jedem erzählt, der es hören wollte.«*

Jenna erschauderte, als in ihrem Kopf die Erinnerung an Baileys zerfleischten Körper aufflackerte. »Das wäre Motiv genug, sie zu töten und im Wald liegen zu lassen, damit die Tiere sie auffressen.«

»Ja, das stimmt. Ich werde ein wenig nachforschen und sehen, ob ich noch mehr Interessantes herausfinde. Ich melde mich dann.«

Jenna winkte die Fliegen von ihrem Gesicht fort. »Danke, und geben Sie gerne meine Kontaktdaten an die Angehörigen weiter.«

»Wird gemacht.« Die Verbindung wurde unterbrochen.

Als sie ihr Handy einsteckte, hörte sie, wie sich etwas oder jemand durch den Wald bewegte. Jedes Haar auf ihrem Körper stellte sich auf. Sie erhob sich, zog ihre Waffe und spähte ins Dickicht. Neben ihr gab Duke ein kurzes Bellen von sich und sprang schwanzwedelnd vorwärts. »Zeigen Sie sich! Hier spricht Sheriff Alton, und ich bin bewaffnet.«

Auf ihre lautstarke Ansage hin stürmten die Deputys mit gezogenen Waffen zu ihr. Und im nächsten Moment kam ein Mann um die Kurve, den alle gut kannten.

»Ich bin's, Ma'am, Rowley. Heiliger Strohsack, hier stinkt es aber gewaltig.«

Erleichtert steckte Jenna ihre Waffe ein und wandte sich an ihre Deputys. »Jetzt, wo mir mal alle zuhören: Ich habe mit der Mordkommission in der Heimatstadt der Canavars gesprochen.«

Sie gab wieder, was sie über Jim Canavar erfahren hatte, gespannt auf die Reaktion ihres Teams.

»Damit hat er ein Motiv«, sagte Kane, »es erklärt aber nicht den unidentifizierbaren Toten.« Er schnappte sich seinen Hut von einem Ast und setzte ihn auf. »Wir wissen noch nicht, wie viele Leute beteiligt sind. Für mich sieht das eher nach einem

Psychopathen aus. Jim hätte sie erdrosseln und für die wilden Tiere liegen lassen können. Das wäre ein sauberer Mord, und er hätte in ein paar Tagen wieder auftauchen und behaupten können, sie hätten sich im Wald verlaufen. Der Mörder, der das hier getan hat, muss blutüberströmt gewesen sein. Genau wie bei dem älteren Doppelmord.«

»Trotzdem kann ich ihn nicht eindeutig mit dem anderen Doppelmord in Verbindung bringen, da gibt es zu viele Ungereimtheiten.« Wolfe zog seine Latexhandschuhe aus und rollte sie zu einem kleinen Ball zusammen. »Ich bin überzeugt, dass mindestens drei Personen beteiligt waren, und eine davon lebt noch. Es gibt eine Menge Blutspritzer. Wenn der Mörder verletzt war, könnte er Spuren hinterlassen haben. Ich werde eine Blut- und Gewebeanalyse durchführen. Mit etwas Glück haben wir unterschiedliche Blutgruppen, aber ich werde auch jeweils einen DNA-Test durchführen.«

Jenna seufzte und sah Kane an. »Können Sie mir schon etwas zur ungefähren Reihenfolge der Ereignisse sagen?«

»Das ist eine schwierige Frage, aber nehmen wir an, Jim war gar nicht beteiligt. Wenn dieser Mord dem Muster des älteren Mordes folgt, könnte der Mörder Jim ausgeschaltet haben, bevor er Bailey tötete. Wir haben sein Wegwerfhandy gefunden, jemand hat es zerschlagen und die SIM-Karte entfernt.« Kane lehnte sich lässig gegen einen Baum. »Jim könnte zu sich gekommen sein und um sein Leben gekämpft haben und dann geflohen sein. Er hatte keine Möglichkeit, um Hilfe zu rufen. Vielleicht liegt er hier irgendwo, verletzt oder bewusstlos.«

»Wer hat dann die ganzen Spuren und die Wildkameras entfernt?«, fragte Webber und schaute Wolfe an. Er rieb sich das Kinn. »Das muss doch der Mörder gewesen sein.«

»Oder einer *der* Mörder.« Jenna lehnte sich auf ihrem Felsbrocken zurück und zog die Knie an. »Wenn unser unbekanntes Opfer einer der Mörder war, dann muss noch jemand anderes hier gewesen sein, um die Spuren zu beseitigen.«

»Vielleicht war der Unbekannte ja ein Auftragskiller und wurde angeheuert, um Bailey zu töten.« Kane verschränkte die Arme vor der Brust. »Eventuell schätzen wir das alles falsch ein, und der Unbekannte hat die Wildkameras angebracht, weil Jim Bailey beim Sterben zusehen wollte, und dann hat Jim seinen Zeugen ebenfalls getötet.«

Jenna zitterte. »Seine Ex-Verlobte wurde nie gefunden. Wie oft hat er das wohl schon getan, und wo ist er jetzt?«

FÜNFUNDZWANZIG

Es war, als würde die Höhle nach ihm rufen, aber so kurz nach seinen letzten Morden im Wald, wagte er es nicht, sich seinem Versteck zu nähern. Egal, seine Trail-Cam hatte ein eingebautes Nachtsichtgerät, und auch wenn es nicht das Gleiche war, sich seine Gefangenen in seltsamer Beleuchtung auf dem Handy anzuschauen, konnte er doch zumindest sicherstellen, dass sie vor Raubtieren sicher waren. Der mobile Elektrozaun, der den Eingang versperrte, hielt Bären und Luchse ab, nur die Ratten leider nicht.

Es juckte ihn in den Fingern, sein Handy zu zücken und die Männer zu inspizieren, die an der Höhlenwand saßen. Er war ganz angetan davon, wie eng sich die Plastikfolie an ihre Gesichter schmiegte und wie ihr Fleisch jeden Tag ein wenig mehr zerfloss, wie das Wachs einer brennenden Kerze. Nachdem er am Morgen mit einer Gruppe von Männern, die er im Cattleman's Hotel kennengelernt hatte, auf die Jagd gegangen war und jetzt schon seit Stunden so tat, als wäre er einer von ihnen, sehnte er sich wieder nach etwas Zeit für sich, ganz allein. Die Stimmen der Männer rissen ihn aus seinen

Gedanken, und er winkte ihnen zu. »Wir sehen uns später im Cattleman's Hotel auf einen Drink!«

Er reihte sich in die Schlange der Leute ein, die an der Kontrollstation anstanden, teilte den Rangern mit, dass er nichts zu deklarieren hatte, und ging dann zu dem Fahrzeug, das ihm sein letzter großzügiger Kunde gekauft hatte. Er achtete stets darauf, dass er sich an die Vorschriften hielt, und hatte immer einen gültigen Jagdschein dabei. Es war nett gewesen, heute Morgen im Wald, aber Tiere zu töten hatte für ihn jeden Reiz verloren, und so hatte er keine Beute gemacht. Er hatte ganz andere Dinge im Kopf. Inmitten der Kiefern, als ihm der stechende Geruch von Schießpulver und Tod in die Nase drang, war die Erinnerung an seine Jagd vom Vortag so greifbar gewesen, dass ihm das Adrenalin durch die Adern geströmt war. Das Bedürfnis, wieder einen Menschen zu töten, hatte ihn nahezu überwältigt. Nur gut, dass seine neuen Bekannten nichts von den Bildern in seinem Kopf ahnten. Für sie war er ein ganz normaler Typ.

Das Geräusch von Druckluftbremsen verkündete die Ankunft des Busses, der Wanderer und Touristen in den Wald und zurück brachte. In der Hochsaison fuhr der Bus alle drei Stunden von Black Rock Falls zur ersten Kontrollstation. Er baute sein Gewehr auseinander und legte es in die Tasche, dann schloss er den Kofferraum seines Trucks. Verstohlen betrachtete er die erwartungsfrohen Gesichter der Leute, die aus dem Bus stiegen und auf Abenteuer aus waren. Er verkniff sich ein Grinsen. Wenn sie sich in sein Jagdgebiet verirrten, würde ihnen ihr Besuch in Black Rock Falls für immer in Erinnerung bleiben. Blitzartig kamen ihm Baileys im Todeskampf weit aufgerissene Augen in den Sinn. Er wollte diesen Rausch bald wieder erleben, jede Sekunde davon.

In einer Staubwolke fuhr der Bus die Bergstraße hinunter. Wenige Augenblicke später kam ein junges Paar aus dem Wald gerannt. Beide winkten mit den Armen und rannten dem Bus hinterher. Sie verschwanden hinter der nächsten Kurve. Er starrte ihnen hinterher. Sie waren in den Zwanzigern. Die Frau war genau sein Typ, klein, mit dunkelbraunem Haar, länger, als er es normalerweise mochte, aber er konnte fast spüren, wie die seidigen Strähnen durch seine Finger glitten. Ihr Begleiter war stark und muskulös, er würde eine ziemliche Herausforderung für ihn sein, aber das Risiko würde sich lohnen. Er stieg in sein Auto und fuhr vom Parkplatz.

Als er um die Ecke bog, hätte er beinahe das Pärchen überfahren, das nun mit ausgestreckten Daumen eine Mitfahrgelegenheit suchte. Er konnte sein Glück kaum fassen. Auf der Fahrt in den Ort wäre er ihnen ganz nahe, und vielleicht würde er etwas über ihre Pläne erfahren. Er hielt neben ihnen an. »In die Stadt?«

»Ja.« Der junge Mann lächelte. »Hier hoch hat uns auch jemand mitgenommen. Wir wollten herausfinden, wo die besten Wanderwege sind, um am Sonntagmorgen frisch aufzubrechen. Und dann haben wir den verdammten Bus verpasst.«

Er stieß die Beifahrertür auf. »Steigt ein. Ich fahre in die Stadt.«

»Klasse. Ich bin Colter und das ist meine Freundin Lilly.« Sie setzten sich neben ihn auf die Sitzbank.

Er nannte seinen Namen nicht und unterdrückte ein Stöhnen, als er spürte, wie die Wärme von Lillys Schenkel durch seine Jeans drang. »Wo wohnt ihr?«

»Im Black Rock Falls Motel.« Colter lächelte. »Wir hatten keine Ahnung, dass es hier so voll sein würde. Meine Hoffnungen auf einen idyllischen Sonntagsspaziergang im Wald sind dahingeschmolzen wie der Schnee im Frühjahr.«

»Es gibt hier ganz viele uralte Pfade, die man erkunden kann; der Wald ist endlos. Man muss nur wissen, wo man sie findet.« Er gab Gas und fuhr in Richtung Stadt. »Ich kann euch zeigen, wie ihr einen alten Wanderpfad abseits der Jagdgebiete findet, ich habe einen Haufen alter Karten im Handschuhfach.

Ich kann euch eine geben. Ich garantiere euch, da begegnet euch kein einziger Tourist.«

»Ja, aber wir müssen trampen oder mit dem Bus fahren.« Colter seufzte. »Wir können nicht den kompletten Weg von der Stadt aus laufen, das würde den ganzen Tag dauern. Uns bleibt nur der Sonntag – morgen haben wir schon etwas vor, und Montag müssen wir wieder zur Arbeit in Blackwater.«

Wenn er sie dazu brachte, eine abgelegene Gegend zu erkunden, die er ihnen vorschlug, hätte er den ganzen Samstag über Zeit, seine Wildkameras einzurichten. Ein Schauer der Erregung durchströmte ihn, und er musste seine Stimme dazu zwingen, weiterhin ruhig und desinteressiert zu klingen. »Wenn ich mich recht erinnere, hält der Bus am Sonntag gegen acht Uhr an der Einmündung eines Wanderwegs, der zum Wasserfall führt. Wenn ihr dort aussteigt, könnt ihr direkt an der Felswand entlanggehen. Dann kommt ihr weiter unten an einen abgelegenen Pfad am Rande des Reservats. Die Wanderung lohnt sich, man kann sich das Felsbecken anschauen. Bis dahin braucht ihr dann noch ungefähr eine Stunde, und ihr könnt auf jeden Fall rechtzeitig zurückwandern, um noch den Nachmittagsbus in die Stadt zu erwischen.«

»Ja, und unser Bus nach Hause fährt erst am Abend. Wir hätten noch Zeit zum Abendessen, bevor wir heimfahren.« Colter grinste. »Danke, Mann.«

»Das klingt perfekt.« Lilly blickte ihn an. Ihre langen schwarzen Wimpern senkten sich auf ihre kornblumenblauen Augen.

Er lächelte sie an und stellte sich vor, wie sich diese Augen vor Schreck weiteten, während sie vor ihm davonlief. *Ja, du bist perfekt – ich kann es kaum erwarten.*

SECHSUNDZWANZIG

SAMSTAG

Es war eine anstrengende Woche gewesen, aber ein Mordfall hatte immer Vorrang vor solchen Nebensächlichkeiten wie Essen und Schlafen. Kane ließ sich auf den Stuhl in Jennas Küche fallen, dankbar für die Aussicht auf ein warmes Frühstück. Seit Beginn der Ermittlungen im Mordfall Bailey Canavar und des mysteriösen Unbekannten ließ Jenna das Sheriff's Department rund um die Uhr arbeiten. Er griff nach dem Becher mit heißem Kaffee, den Jenna ihm hingestellt hatte, und lächelte. »Danke.«

»Spiegeleier mit Schinken?« Jenna wandte sich wieder dem Herd zu. »Oh, und ist Toast okay? Ich hatte heute Morgen keine Zeit, Pfannkuchen zu backen.«

»Toast ist super.« Er sah sie über den Rand seines Bechers hinweg an. »Kommen Sie nachher mit ins Büro? Schließlich ist heute Ihr freier Tag.«

»Selbstverständlich. Glauben Sie, mitten in einem Mordfall lege ich die Füße hoch?« Sie lud zwei Teller voll und stellte sie auf den Esstisch.

Kane zuckte mit den Schultern und starrte ein paar

Sekunden lang auf seinen Teller, dann hob er das Kinn und betrachtete die dunklen Ringe unter ihren Augen. »Ich wünschte, ich könnte Sie überreden, sich ein paar Stunden Freizeit zu gönnen, denn im Moment herrscht ja ohnehin Flaute. Solange wir nicht mehr Informationen bekommen, haben wir nichts, was wir untersuchen können.« Er steckte sich eine Gabel voll Ei in den Mund und kaute.

»Aber genau das kann sich ja von einer Sekunde auf die andere ändern«, wandte Jenna ein. Auf ihrer Stirn bildete sich eine tiefe Falte.

Er aß langsam weiter und beobachtete, wie sich ihr Gesichtsausdruck veränderte, dann legte er die Gabel beiseite. Sie dachte wie immer nur an das Wohl der anderen und nicht an ihr eigenes. Kane räusperte sich. »Wenn wir erst den Autopsiebericht haben, wissen wir vielleicht mehr. Jemand wird den Unbekannten als vermisst melden, und wenn er nicht von hier ist, können wir sicher herausfinden, was er in Black Rock Falls wollte.« Er nippte an seinem Becher und genoss den Geschmack des heißen Kaffees. »Jim Canavar ist verschwunden, und wir lassen Jäger, Wanderer und Ranger nach ihm Ausschau halten, falls er irgendwo verletzt im Wald liegt. Das Problem ist nur: Falls er wie hunderte andere Männer, die zur Jagdsaison in der Stadt sind, Tarnkleidung trägt, wird man ihn kaum entdecken.«

»Blackhawk hat auch ein paar Fährtenleser mitgenommen, aber sie haben gestern gesucht, bis es dunkel wurde, und keine Spur von ihm gefunden. Wo auch immer Canavar steckt, verletzt ist er nicht, sonst hätte Blackhawk eine Blutspur gefunden. Ich denke, dass er sich aus dem Staub gemacht hat. Vielleicht hat er genug Bargeld bei sich, um eine Weile unterzutauchen.« Sie warf ihm einen langen Blick zu und unterdrückte ein Gähnen. »Blackhawk rief mich an, kurz bevor Sie ankamen, und sagte, er würde die Suche heute Morgen ausweiten, aber wenn Canavar die bekannteren Wege benutzt hat, wird es schwierig, ihn aufzuspüren.«

Kanes Handy vibrierte in seiner Tasche, und er zog es heraus. »Da geh ich mal besser ran, ich hab dieses Wochenende Notrufdienst.« Er nahm den Anruf an und stellte sein Handy auf Lautsprecher. »Deputy Kane, was ist Ihr Notfall?«

»*Das hier ist kein Notfall. Hier ist Joe von AVIS am Flughafen. Sie hatten mich gebeten, Ihnen Bescheid zu sagen, wenn Mr. Canavar seinen Mietwagen zurückgibt?*«

»Ganz genau. Ist er jetzt bei Ihnen? Seit wann?«

»*Nun, das ist ja das Merkwürdige. Sein Auto stand plötzlich hier vor der Tür. Er hat es einfach abgestellt, der Schlüssel steckte. Dabei ist es noch für sechs weitere Tage im Voraus bezahlt.*«

Kane warf Jenna einen Blick zu. »Fassen Sie das Fahrzeug nicht an, lassen Sie es, wo es ist, möglicherweise wurde es für ein Verbrechen benutzt.«

»*Oh, das tut mir leid, Deputy, das wusste ich nicht. Ich habe es bereits gewaschen und den Innenraum dampfgereinigt. Es ist vor etwa zehn Minuten an einen anderen Kunden rausgegangen.*«

»Waren irgendwelche persönlichen Gegenstände drin?«
»*Nein.*«

»Okay, danke, dass Sie mir Bescheid gesagt haben.« Er trennte die Verbindung und sah Jenna an. »Nun, ich glaube, wir sollten uns am Flughafen erkundigen, ob er einen Flug genommen hat.«

»Ich habe den Flughafen in Alarmbereitschaft versetzt, seit wir nach ihm suchen.« Jenna hob ihren Becher. »Spätestens beim Boarding hätten die Sicherheitskräfte ihn aufgegriffen. Er muss in der Gegend sein, oder ein Komplize hat ihn mitgenommen.«

»Wenn wir über die Medien nach ihm fahnden und im ganzen Bundesstaat sein Foto in den Nachrichten auftaucht, dann wird ihn jemand sehen«, sagte Kane und trank seinen Kaffee aus. »Hoffe ich.«

Sie setzte sich an den Tisch und schenkte sich und ihm noch Kaffee nach. »Im Moment ist Canavar unser Hauptverdächtiger, aber es kann genauso gut sein, dass er Streit mit Bailey hatte und sie mit dem Unbekannten abgehauen ist. Wir haben keine Blutspuren – eigentlich haben wir gar nichts, das beweist, dass Jim Canavar überhaupt am Tatort war. Er könnte getrampt sein und so das Gebiet verlassen haben. Hier kommen ständig Leute her und fahren wieder weg, er könnte inzwischen überall zwischen hier und Kansas sein. Und auch der Zeitpunkt macht mir Sorgen. Der andere Doppelmord, den wir entdeckt haben, ist ein Jahr her – ist das ein Zufall oder ist es derselbe Mörder? Ich fürchte, wir müssen unsere Suche nach möglichen Verdächtigen ausweiten.«

Kane nickte. »Das fürchte ich auch.«

»Können Sie mir schon etwas zum Profil des Mörders sagen?« Jenna löffelte Zucker in ihren Becher und rührte um. »Wenn wir davon ausgehen, dass für beide Doppelmorde ein und dieselbe Person verantwortlich ist?«

Kane goss Milch in seinen Kaffee. »Ja, wie ich schon sagte, ich nehme an, die männlichen Opfer waren Kollateralschäden. Er hat Dawson ermordet, ihn aber nicht verstümmelt. Wahrscheinlich war Dawson gelähmt, als er ihn an den Baum fesselte. Vielleicht musste er zusehen, wie er Paige verstümmelte. Die Aufmerksamkeit des Mörders gilt den Frauen. Er will ihnen so viel Schaden wie möglich zufügen.«

»Was unserem Unbekannten passiert ist, war aber auch nicht ohne.«

Kane hob seinen Becher und nahm einen Schluck. »Das wurde ihm wahrscheinlich alles post mortem zugefügt, um seine Identität zu verschleiern. Vergnügen wird dem Mörder das nicht unbedingt bereitet haben.« Er stellte den Becher auf den Tisch und sah sie an. »Für ihn macht das Leid, das er seinen weiblichen Opfern zufügt, den Nervenkitzel aus. Ich würde sagen, wir suchen nach einem Mann Mitte zwanzig bis Ende dreißig, der mehrere instabile Beziehungen zu Frauen hinter sich hat. Nach den Wildkameras und der Art der Waffen zu urteilen, würde ich sagen, dass die Zielperson Jäger ist und wahrscheinlich ein ganzes Arsenal an Waffen besitzt. Nach dem, was ich anhand der Verletzungen erkennen kann, platziert er seine Schüsse mit Bedacht und wahrscheinlich nicht, um seine Opfer direkt zu töten, sondern um sie erst einmal außer Gefecht zu setzen. Das erfordert ein gewisses Maß an Geschick, er könnte also Soldat oder Ex-Soldat sein oder etwas in der Richtung.«

»Ich muss immer wieder daran denken, wie sehr sich Bailey Canavar und Paige Allen, das Opfer von vor einem Jahr, ähneln.« Jenna stützte die Ellenbogen auf den Tisch. »Sie sind etwa gleich groß, haben die gleiche Statur und beide dunkles Haar.«

»Stimmt, und blaue Augen haben sie auch.« Er zuckte mit den Schultern. »Ich sehe da zwei Möglichkeiten. Bei der einen geht es um den Typ Frau, den er umbringt. Dass die Morde so grausam sind, lässt mich vermuten, dass er sich damit an einer ganz bestimmten Frau rächt, die ihn sitzen gelassen oder auf irgendeine Weise gedemütigt hat. Vielleicht hat ihm als junger Mann eine Frau, die so aussah, gesagt, er sei schlecht im Bett, oder ihn vor seinen Freunden in Verlegenheit gebracht.« Er nippte an seinem Kaffee und seufzte. »Die meisten Menschen kämen über so etwas hinweg, aber einen Psychopathen kann ein solcher Vorfall triggern. Ich würde sagen, er ist ein Player, gut aussehend oder charismatisch, und daran gewöhnt, dass ihm die Frauen zu Füßen liegen.«

»Sie meinen wie Ted Bundy?«

Ein Schauer lief Kane über den Rücken. Ein Psychopath wie Ted Bundy wäre das Letzte, das er in Black Rock Falls gebrauchen konnte. »Ja, und wenn das stimmt, haben wir ein

Riesenproblem. Dieser Typus tritt als netter Kerl von nebenan auf und fügt sich in die Gesellschaft ein, manche sind verheiratet und haben Kinder. Aus irgendeinem Grund, den wir nicht kennen, bringen sie niemals enge Bekannte um, selbst wenn sie dem Profil des idealen Opfers entsprechen. Sie sind unberechenbar, weil sie bereit sind, eine ganze Weile auf ein potenzielles Opfer zu warten, aber wenn von der Art Opfer, die sie bevorzugen, mehrere in Reichweite sind, gibt es für sie kein Halten mehr. Denken Sie nur an Bundy, der so tat, als hätte er einen verletzten Arm, um Frauen dazu zu bringen, ihm zu helfen, seine Einkäufe ins Auto zu laden, und sie dann überwältigte und in den Kofferraum sperrte. Später ist er komplett durchgedreht, brach in ein College ein und tötete wahllos Frauen.«

»Okay, wir können also davon ausgehen, dass die Opfer demselben Typus angehören: Alter, Haare und so weiter.« Jenna rieb sich die Schläfen. »Und die andere Möglichkeit?«

»Das wäre ein Mann mit finanziellen Problemen.« Kane streckte die Beine aus und lehnte sich in seinem Stuhl zurück. »Ein Casanova-Typ, der wegen des Geldes mit Frauen zusammen ist. Das würde auf Jim bei Baileys Mord passen, aber nicht auf Paige Allen und Dawson Sanders. Ich tippe daher auf den ersten Typ.«

»Es kann nicht schaden, wenn wir uns über aktenkundige Fälle von Gewalt gegen Frauen informieren.« Jenna lehnte sich in ihrem Stuhl zurück. »Schauen Sie doch mal, was Sie da finden.«

Kane trank seinen Kaffee aus, stand auf, sammelte das Geschirr ein und stellte es auf die Arbeitsplatte. »Okay.«

»Lassen Sie die Teller stehen. Ich räume den Geschirrspüler später ein.« Von Jennas Handy ertönte ein Heavy-Metal-Klingelton. Sie nahm den Anruf entgegen. »Sheriff Alton.« Sie sah Kane an und hob einen Finger. »Bleiben Sie einen Moment dran, Detective Brennan, Deputy Kane ist hier, ich stelle Sie auf Lautsprecher. Okay, schießen Sie los.«

»*Wir hatten Beamte am Flughafen, aber Jim Canavar ist nicht aufgetaucht. Seine Kreditkarten wurden seit seiner Ankunft in Black Rock Falls nicht mehr benutzt, aber er hat vor seiner Abreise eine beträchtliche Summe Bargeld abgehoben. Soviel wir wissen, hat niemand etwas von ihm gehört.*«

»Auch hier ist keine Spur von ihm.« Jenna senkte die dunklen Wimpern. »Haben Sie den Bekanntenkreis befragt?«

»*Habe ich. Seine Freunde haben mir nicht allzu viel über ihn verraten, die von Bailey dafür umso mehr. Der Konsens ist, dass Jim ein Aufreißer war und immer noch andere Frauen nebenbei hatte. Sie hatten Bailey gewarnt, dass er es nur auf ihr Geld abgesehen hatte, aber sie hat sich trotzdem geweigert, einen Ehevertrag zu unterschreiben. Und sie hatte eine Lebensversicherung, im Falle ihres Todes kassiert er mehrere Millionen.*« Brennan tippte hörbar auf ihrer Tastatur. »*Ich habe noch ein bisschen tiefgründiger geforscht und mir seine Finanzen angesehen. Am Tag ihrer Hochzeit hat er einen riesigen Bonus von der Firma ihres Vaters erhalten. Außerdem habe ich seine aktuelle Affäre aufgetan. Das war eine ziemliche Überraschung. Sie ist eine von drei Frauen, mit denen er sich regelmäßig in einem Bondage-Club zu SM-Gruppensex trifft. Offensichtlich wusste Bailey nichts von seinem Fetisch; er hatte vor, sie nach den Flitterwochen an das Thema heranzuführen.*«

Kane räusperte sich und blickte Jenna an. »Detective Brennan, hier ist Deputy Kane. Haben Sie die Frauen gefragt, ob er dominant oder devot war?«

»*Natürlich. Er war dominant, und sie erwähnten Fesseln und Peitschen. Das ist alles, was ich im Moment für Sie habe. Ich werde weiter recherchieren.*«

»Alles klar.« Jenna schob sich eine Strähne ihres dunklen Haares hinters Ohr und begegnete Kanes Blick. »Danke, dass

Sie uns Bescheid gegeben haben.« Sie beendete die Verbindung und seufzte. »Und was jetzt?«

Kane rieb sich das Kinn und dachte darüber nach, was die neuen Erkenntnisse bedeuteten. Diese Wendung passte so gar nicht zu seinem Profil des Täters. »Kann sein, dass ich mich irre, aber ich glaube, wir müssen näher an seinem Wohnort nach ihm suchen.«

SIEBENUNDZWANZIG

Als die Kälte in die Metallplatte in Kanes Kopf drang, spürte er das vertraute Pochen aufkommender Kopfschmerzen. Er hatte gehofft, dass er sich bis zum Winter daran gewöhnt haben würde, aber der kalte Morgen machte seine Hoffnungen zunichte. Also tauschte er seinen Cowboyhut gegen eine dick gefütterte Wollmütze mit dem Abzeichen des Sheriff's Department, bevor er sich auf den Weg ins Büro machte.

Die Fahrt in die Stadt kam ihm vor wie eine Reise durch eine Postkarte. Die weite Landschaft und die endlosen Kiefernwälder, die sich die Berghänge hinaufzogen, erstrahlten in allen nur erdenklichen Farbtönen. Kane musste zugeben: Der Herbst in Black Rock Falls war einmalig malerisch. Sein früheres Leben in Washington, D. C. wurde immer mehr zu einer fernen Erinnerung. Er mochte Black Rock Falls, und er mochte die Menschen, die hier lebten. Er hatte das Gefühl, hierherzugehören.

Der vertraute Duft von Heckenkirsche lag in der Luft, als er das Büro betrat. Er grüßte Maggie, als er an ihr vorbeiging, und steuerte auf Rowleys Schreibtisch zu. An ihn wollte er den Auftrag delegieren, in den Akten nach hiesigen Fällen von

Gewalt gegen Frauen zu suchen. Da vibrierte sein Handy in der Tasche. Er holte es heraus und schaute aufs Display. »Morgen, Shane, was gibt's?«

»Ich habe Jenna angerufen und sie ist damit beschäftigt, ein paar Spuren nachzugehen.« Wolfe räusperte sich. *»Könnten Sie mal in meinem Büro vorbeikommen? Wir haben die Autopsien der neuen Mordopfer abgeschlossen. Ich werde später einen Bericht mit meinen Erkenntnissen schreiben, aber er wird sehr umfangreich sein, und es ginge schneller, wenn ich Ihnen kurz zeigen könnte, was wir gefunden haben.«*

Kane starrte auf seinen Computerbildschirm. »Sicher, wann?«

»Tja ... am besten sofort.«

»Ich bin in fünf Minuten da.« Er trennte die Verbindung und ging zu Rowley. Ihm fiel auf, dass sein Kollege gerade durch die Facebook-Seite von Bailey Canavar scrollte. Er lächelte. Eines war sicher: Rowley konnte allein arbeiten, wenn es um Ermittlungen ging. Er war eine echte Bereicherung für das Team und dachte immer wieder über den Tellerrand hinaus. »Irgendwas Nützliches gefunden?«

»Nicht wirklich, nur das Übliche.« Rowley lehnte sich in seinem Stuhl zurück. »Ich habe ihre Facebook-Kontakte überprüft, um zu sehen, wen sie kürzlich hinzugefügt hat, und dann habe ich die Seiten der beiden älteren Mordopfer darauf untersucht, ob es Übereinstimmungen gibt.«

Kane war beeindruckt. »Sie suchen einen Stalker?«

»Das ist das Einzige, was mir einfiel – wir haben noch keine brauchbaren Hinweise zu Jim Canavar erhalten. Sie meinten ja schon, seine Beschreibung würde auf die meisten Männer passen, die in der Stadt zu dieser Jahreszeit herumlaufen. Es ist, als hätte er sich in Luft aufgelöst.«

Kane nickte. »Auch aus seiner Heimatstadt kam nichts, heute Morgen haben wir mit der Kriminalbeamtin telefoniert, die den Fall bearbeitet. Ich fahre gleich zum Leichenschauhaus und hole die vorläufigen Autopsieberichte ab. Gehen Sie in die Hauptdatenbank, und suchen Sie alle Berichte über Gewalt gegen Frauen aus den letzten paar Jahren heraus. Das ist ein Schuss ins Blaue, aber wir müssen wissen, ob sich diese Leute untereinander kannten.« Er blickte sich in dem viel zu stillen Büro um. »Sheriff Alton geht einigen anderen Hinweisen nach, aber sie wird bald hier sein.«

»Ja, Sir.«

Kane war überrascht, Wolfes Tochter Emily hinter dem Tresen am Eingang sitzen zu sehen, auch wenn er wusste, dass sie im Rahmen ihres Forensikstudiums viel Zeit im Leichenschauhaus verbrachte. Neben ihr saß Webber, und die beiden waren so vertieft in etwas, dass sie gar nicht bemerkten, wie er das Gebäude betrat. Er musste daran denken, wie Wolfe erzählt hatte, er wolle verhindern, dass Emily sich mit Webber einließ, also schlug er mit der flachen Hand auf den Tresen. Es knallte wie ein Peitschenhieb. »Morgen.«

Deputy Webber sprang sofort auf. »Sir?«

»Ah, Deputy Kane.« Emily schenkte ihm ein strahlendes Lächeln. »Dad erwartet Sie schon. Ich habe Cole gerade das neue Ablagesystem erklärt.«

Kane sah Webber scharf an, dann räusperte er sich. »Ich verstehe.«

»Der neueste Mordfall ist echt unglaublich spannend.« Emily stand auf und ging voraus in die Leichenhalle. »Dad hat rund um die Uhr gearbeitet, um die Untersuchung abzuschließen; er hat mir sogar erlaubt, ihm zu assistieren, zusammen mit Cole natürlich.«

Die Vorstellung, dass sie zerstückelte Leichen »unglaublich spannend« fand, amüsierte ihn auf eine ziemlich makabre Art und Weise. Er konnte nicht anders, als sie anzugrinsen. »Das dachte ich mir schon. Der Apfel fällt nicht weit vom Stamm.«

Er ging langsamer, um ihr nicht davonzulaufen, als sie den Flur entlanggingen. »Ich glaube, das Medizinstudium schaffst du mit links.«

»Ich studiere forensische Pathologie. Ich hätte auch Medizin studieren können, aber ich möchte Menschen nicht heilen. Ich will herausfinden, woran sie gestorben sind.« Sie seufzte und schüttelte den Kopf. »Welche Qualifikation man für den Beruf braucht, hängt auch davon ab, in welchem Bundesstaat man lebt; manche Forensiker sind Ärzte, manche sind bloß Bestatter. Ich studiere forensische Pathologie, weil das meiner Meinung nach am nützlichsten ist, und natürlich beschäftige ich mich mit den Gesetzen, die mit Mord zu tun haben.« Sie blickte zu ihm auf. »Halten Sie mich deshalb für seltsam?«

Kane schluckte sein Kichern hinunter und schüttelte den Kopf. »Ganz und gar nicht. Du weißt, was du vom Leben willst, und das ist doch prima. Dein Dad ist ein Genie. Er bildet sich ständig weiter, mal in diesem Bereich, mal in jenem, und du wirst später einmal genauso sein.«

»Hmm, er ist halt blitzgescheit. Ich schätze, deshalb hat er auch so lange für das ...« Sie brach mitten im Satz ab und blickte zu Kane auf; ihre Wangen wurden rot und sie hüstelte. »Für das örtliche Krankenhaus gearbeitet.«

Mein Gott, Wolfe hatte ihr verraten, dass er früher für die Regierung gearbeitet hatte, und beinahe hätte sie sich im Beisein von Webber verplappert. Er musste die Situation retten und sagte das Erste, das ihm in den Sinn kam: »Ja, das hat er mir erzählt, und zwar als IT-Fachmann, oder?«

»Ja, ganz genau.« Emily warf ihm einen Seitenblick zu, dann starrte sie geradeaus.

Der Geruch aus der Leichenhalle wurde mit jedem Schritt auf dem kahlen, weißen Gang stärker. Es war ein ganz einzigartiger Geruch, nach Chemikalien und Tod. Die Entlüftungsanlage arbeitete auf Hochtouren, aber als Emily die Tür öffnete, traf ihn der Gestank mit voller Wucht. Drinnen war es kalt, so kalt, als würde man einen Kühlschrank betreten, wahrscheinlich um die Verwesung der Leichen zu verlangsamen. Er zog einen Mund-Nase-Schutz aus der Tasche und legte ihn an. Als sie eintraten, hob Wolfe seinen blonden Kopf von einem Mikroskop und richtete sich auf.

»Ah, gut. Ich möchte den Unbekannten endlich wieder in den Kühlschrank verlegen. Beim dem Geruch hier drinnen dreht sich selbst mir bald der Magen um.«

Kanes Magen ging es beim Anblick der beiden mit weißen Laken bedeckten Metalltische ganz ähnlich. Die Erinnerung an die verstreuten, halb zerfressenen Gliedmaßen und Baileys starre Augen blitzte vor seinem inneren Auge auf. Er verdrängte die Bilder in die dunkleren Nischen seines Bewusstseins und richtete seine Aufmerksamkeit wieder auf Wolfe. »Konnten Sie aus dem Chaos, das wir gefunden haben, wirklich noch die Todesursache ermitteln?«

»Ein paar interessante Dinge habe ich tatsächlich entdeckt.« Wolfe zog das Laken zurück, das die wieder zusammengesetzten Überreste des Unbekannten bedeckte. »Ich werde es Ihnen gleich erklären, aber zuerst einmal habe ich Blut von drei Blutgruppen gefunden. Schon bei einer Gruppe von hundert Menschen wäre es ungewöhnlich, drei verschiedene Blutgruppen zu finden, geschweige denn bei dreien.«

Fasziniert von Wolfes Enthusiasmus, rieb sich Kane das Kinn. »Okay.«

»Die meisten Amerikaner haben die Blutgruppe null, Rhesusfaktor positiv. Das männliche Opfer hat B positiv und das weibliche null positiv, aber ich habe außerdem ein paar Tropfen der Blutgruppe A positiv gefunden. Nur ein bisschen, und das klebte an Bailey Canavars Händen.« Wolfe ging zu einem Stapel blutverschmierter Kleidung. »Die Kleidungsstücke hier haben Etiketten von chinesischen Herstellern; da außerdem die meisten Menschen asiatischer Abstammung

Blutgruppe B haben, können wir annehmen, dass unser Unbekannter ein Besucher aus China ist.« Seine Augen funkelten über seine Maske hinweg. »Wir müssen davon ausgehen, dass unser Mörder verletzt ist und Blutgruppe A hat. Die kommt bei weißen Menschen sehr häufig vor. Da ich keine Blutprobe von Jim Canavar habe, müsste ich eine DNA-Probe seiner Mutter haben, um sie zu vergleichen, und Übereinstimmungen in der Organisation der mitochondrialen Nukleoide sind am genauesten.«

»Das bestätigt also, dass drei Personen beteiligt waren«, sagte Kane und verschränkte die Arme vor der Brust. »Aber warum sollte Bailey ausgerechnet an ihren Händen Blut haben? Das ergäbe nur Sinn, wenn sie selbst auf ihren Angreifer eingestochen hat.« Er starrte die Leiche an; als er die aufgereihten Körperteile und die y-förmige Naht auf der Brust des Opfers sah, musste er an Frankensteins Monster denken. »Können wir damit ausschließen, dass unser unbekannter Toter Bailey umgebracht hat?«

»Nicht ganz.« Wolfe trat an den Tisch heran. »Der Mörder hat den Unbekannten erwürgt. Die Spuren an seinem Hals sind deutliche Abdrücke von Daumen, die sich so stark in die Kehle gegraben haben, als hätte der Mörder ihn am Hals hochgehoben. In den meisten Fällen führt ein solches Erwürgen dazu, dass das Gehirn nicht mehr mit Sauerstoff versorgt wird, und dann würde man in den Augen petechiale Blutungen sehen, aber aufgrund der starken Verletzungen im Gesicht musste ich den Beweis für die Todesursache woanders suchen.« Er deutete auf die Spuren am Hals des Mannes.

Kane trat näher heran. »Ja, das ist ziemlich offensichtlich, aber hätte es solche Spuren nicht auch bei einem Kampf ohne Todesfolge geben können? Was spricht für einen Tod durch Erwürgen?«

»Sein Zungenbein ist gebrochen.« Wolfe wandte sich einem Röntgenbild zu, das an einer beleuchteten Tafel befestigt war.

»Sehen Sie, hier und hier. Sein Kehlkopf ist zerquetscht, und eine Laryngozele, also ein Kehlkopfbruch, schränkt die Luftzufuhr zum Gehirn so stark ein, dass man definitiv erstickt.«

Mehrere Fragen auf einmal machten sich in Kanes Kopf breit. Er starrte auf den Haufen von Körperteilen, die einmal ein Mensch gewesen waren, und ordnete seine Gedanken. »Meine erste Frage, damit das alles relevant wird: Wer ist zuerst gestorben?«

»Der Todeszeitpunkt ist im Prinzip derselbe. Ich würde schätzen, dass sie irgendwann am Mittwoch gestorben sind. Ich glaube, Bailey starb zuerst, aber da kann ich mich nur auf die Blutspritzer stützen. Das Blut des unbekannten Toten findet sich über dem von Bailey.« Wolfe öffnete Bilder auf seinem iPad und zeigte sie ihm. »Ich habe ihr Blut an der Innenseite eines weggeworfenen Hemdes gefunden, und sein Blut klebte außen am Hemd und auf einem Busch neben dem Hemd.«

»Wenn also der Unbekannte Bailey getötet hat und dann von Jim angegriffen und selbst getötet wurde – warum sollte Jim ihn in Stücke hacken und sich aus dem Staub machen?« Kane starrte auf die Leiche. Lebhafte Erinnerungen an Verbrechen aus der kriminellen Unterwelt füllten seinen Kopf. »Haben Sie seine Hände gefunden?«

»Nein, und wir haben am Tatort auch keine brauchbaren Fingerspuren gefunden. Ich hatte gehofft, es gäbe welche auf der Kleidung, aber der oder die Mörder trugen wohl Handschuhe.« Wolfe hob das Kinn. Seine Augen verengten sich. »Auch die Zähne des Unbekannten fehlen. Sie hätten am Tatort sein müssen, waren sie aber nicht. Der Unterkiefer fehlt komplett.«

Kane warf ihm einen Blick zu. »Ich habe so etwas schon einmal gesehen, damit sollte die Identität einer Person verschleiert werden. DNA ist schön und gut, aber da braucht man zum Abgleich die DNA-Probe eines Verwandten. Falls dieser Mann aus dem Ausland kommt, werden wir ihn vielleicht nie identifizieren können.« Er machte sich eine mentale

Notiz. »Ich werde mich mit dem FBI in Verbindung setzen und sehen, ob sie eventuellen vermissten chinesischen Touristen nachspüren können. Chinesen brauchen ein Visum, und wenn das ausläuft, ohne dass jemand ausreist, müssten die Systeme das melden.« Er richtete seinen Blick auf den anderen mit einem Tuch abgedeckten Metalltisch. »Was haben Sie zu Bailey?«

»Laienhaft ausgedrückt: Bailey starb an den Folgen einer Stichwunde an der linken Seite des Bauches, die die Bauchaorta perforiert hat. Sie ist verblutet.« Wolfe deckte die Leiche nur teilweise auf, um Bailey größtmöglichen Respekt zu zollen.

Kane verdrängte den Gedanken an die lebhafte Frau, der er begegnet war. Er blickte auf die Leiche und dann wieder zu Wolfe. »Nachdem der Mörder seinen Spaß hatte, hat er sie also mit einem einzigen Stich getötet? Das lässt vermuten, dass er eine militärische Ausbildung hat oder in Selbstverteidigung ausgebildet wurde.« Er schnaubte. »Ein so schneller Tod – es kommt einem fast so vor, als hätte er Mitleid mit ihr gehabt.«

»Das würde ich nicht sagen.« Emily trat in Kanes Blickfeld. »Wer auch immer das hier getan hat, weiß nicht einmal, was dieses Wort bedeutet. Meiner Meinung nach war er sie einfach leid; vielleicht hat sie aufgehört, sich zu wehren, oder sie ließ sich zu leicht überwältigen.« Sie sah zu Kane auf, und ihre blassblauen Augen musterten sein Gesicht. »Ich habe ein Seminar über psychopathisches Verhalten besucht. Ich weiß, dass man als Opfer nicht mit dem Täter diskutieren kann, und wenn man es versucht, wird die Gewalt meist noch heftiger. Der Mörder empfindet nur Lust, wenn das Opfer leidet.«

Erstaunlich weise Worte für eine so junge Frau. »Sicherlich, aber es gibt so viele verschiedene Arten von Verhalten, und manchmal sind die Grenzen fließend. Das ist keine exakte Wissenschaft. Vielleicht haben wir es mit zwei verschiedenen Mördern zu tun, vielleicht aber auch nur mit einem, der seit einem Jahr nicht mehr getötet hat. Das wäre allerdings ganz schön ungewöhnlich, wenn man daran denkt, wie gewaltsam der Täter bei dem früheren Fall vorgegangen ist. Wenn man sich das hier ansieht, dann hat dieser Mörder schon früher getötet, und wahrscheinlich ziemlich oft.«

»Genau, und hier besteht die größte Ähnlichkeit zwischen den beiden Fällen.« Wolfe deckte Bailey zu, ging zu dem anderen Tisch und zog das Laken mit einer Handbewegung vom Skelett von Paige Allen. »Ich habe festgestellt, dass sowohl Paige Allen als auch Dawson Sanders Schusswunden in der Lendenwirbelsäule hatten; beide Male wird die Verletzung eine Lähmung der unteren Extremitäten verursacht haben. Bailey weist eine identische Verletzung auf; Baileys und die von Paige Allen könnten ihnen von derselben Person zugefügt worden sein – sie sind exakt identisch. Die bei Sanders weicht davon allerdings ein wenig ab. Wie Sie wissen, wurde ihm mindestens dreimal in den Rücken geschossen: Ein Schuss ging ins Rückenmark, die beiden anderen waren tödlich.« Er hob eine Augenbraue. »Eines beunruhigt mich: Dem Eintrittswinkel nach zu urteilen, rannten beide Frauen gerade, als auf sie geschossen wurde. Die Kleinkalibermunition wurde verwendet, um sie zu demobilisieren, nicht um sie zu töten.«

Kane musste schlucken. Er hatte schon viele Opfer grausamer Folterungen gesehen, aber dieser Mord hier und dann das verstümmelte Gesicht von Paige Allen – das passte nicht zusammen, und es passte nicht zu seinem Profil des Mörders. »Okay, wir haben also Ähnlichkeiten, aber der ältere Fall sieht nach einer Affekttat aus. Der Mörder hat Paige das Gesicht zerfleischt, warum sollte er das bei Bailey nicht tun? Ich sehe da keinen Zusammenhang.«

»Ich schon«, meldete sich Webber zu Wort. Seine Stimme klang ein wenig zu laut in dem kleinen Raum. »Den Spuren an den Knochen der Unterarme nach zu urteilen, hat Paige tiefe Wunden erlitten, die darauf schließen lassen, dass es sich um Abwehrverletzungen handelt. Ihre Beine waren gelähmt, aber sie hat sich trotzdem heftig gewehrt.« Er zuckte mit den Schultern. »Der Mörder ist ausgerastet. Er hatte sich nicht mehr im Griff und schlug auf sie ein, wahrscheinlich mit seiner Pistole.«

»Der gebrochene Kiefer zeigt ebenfalls Spuren von Gewalteinwirkung mit einem stumpfen Gegenstand.« Wolfe nickte. »Das könnte der Kolben einer Pistole gewesen sein, da stimme ich zu.«

»Das würde die Diskrepanzen erklären.« Kane spielte im Kopf die Szene durch. »Dann haben wir Bailey, die oft ihr Aussehen dazu benutzte, ihren Willen durchzusetzen. Sie war reich und schön. Wahrscheinlich hat sie versucht, ihren Mörder zur Vernunft zu bringen, oder ihm Geld geboten, wenn er sie verschonen würde.« Er warf Wolfe einen Blick zu. »Ab dem Zeitpunkt, als er ihr die Hände über dem Kopf fesselte, war es zu spät.«

ACHTUNDZWANZIG

Es tat gut, das Leichenschauhaus zu verlassen und hinaus in die Sonne zu treten. Kane lehnte sich gegen seinen Wagen und atmete tief durch, um den ekelhaften Gestank in seiner Nase durch den Kiefernduft zu ersetzen, der mit einer sanften Brise vom Wald herüberwehte. Zu seiner Überraschung erschien Emily und kam auf ihn zu. Er lächelte sie an. Sie war eine Zierde für ihre Zunft. Wolfe hatte drei blonde Töchter, und sie hatten alle den scharfsinnigen Verstand ihres Vaters geerbt. »Und?«, fragte er. »Auch frische Luft schnappen?«

»Nicht direkt.« Emily hob ihr Kinn und warf ihm einen direkten, unverblümten Blick zu. »Mein Vater möchte nicht, dass ich während einer Autopsie-Besprechung meine Meinung beisteuere. Daher bin ich gekommen, um mich zu entschuldigen.«

Kane konnte an ihrem Gesichtsausdruck erkennen, dass sie damit ganz und gar nicht einverstanden war. »Ich fand dein Argument gar nicht schlecht. Aber es stimmt schon, man sollte keine Schlussfolgerungen ziehen, ohne alle Eventualitäten in Betracht zu ziehen.«

»Ich habe die Psychopathie-Checkliste nach Robert D. Hare benutzt, und nach allem, was wir wissen ...«

»Warte! Da sind noch ein paar andere Punkte, die du bedenken musst, bevor du eine Entscheidung triffst.« Er sah sie an. Sie war so wissbegierig und noch so jung. »Da wir keinen Verdächtigen haben, den wir testen können, musst du noch andere Dinge in Betracht ziehen, zum Beispiel den Einfluss von Drogen. Es gibt bestimmte Drogen, die die Chemie des menschlichen Gehirns verändern. Einige können gewalttätiges Verhalten hervorrufen. Schau dir zum Beispiel Leute an, die unter dem Einfluss von Crystal Meth stehen. Wie soll man sie bei gewalttätigem Verhalten auch nur annähernd genau einstufen können?«

»Sind Sie jetzt wütend auf mich?« Sie starrte auf den Boden.

Kane stieß ein Lachen aus. »Ich bin nicht *wütend* auf dich. Ich bewundere deine Hartnäckigkeit.«

»Dad sagte, Sie sind der beste Profiler, den er je kennengelernt hat. Ich weiß, dass er seinen Job gut macht, aber ich möchte die forensische Wissenschaft aus allen Blickwinkeln betrachten. Es ist wichtig für mich, mehr darüber zu erfahren, *warum* Menschen töten.« Sie stieß einen langen Seufzer aus. »Stört es Sie, wenn ich Ihnen hin und wieder ein paar Fragen stelle? Ich werde Sie nicht zu sehr belästigen, versprochen.«

Kanes Mobiltelefon vibrierte in seiner Tasche. »Du kannst jederzeit mit mir reden, aber jetzt nicht, ich muss da mal eben rangehen.« Er sah ihr hinterher, wie sie mit schwingendem blondem Pferdeschwanz zurück ins Gebäude eilte, und hielt sich das Telefon ans Ohr. »Kane.«

»*Hier ist Rowley. Wir haben eine Schlägerei vor dem Laden Fishing, Guns and Ammunition. Der Besitzer hat sie gemeldet. Es sind drei Männer beteiligt. Ich benötige Verstärkung.*«

Kane stieg in seinen Wagen. »Wie ist Ihre Position?«

»*Ich bin auf der Main Street und fahre jetzt dorthin.*«

»Bin auf dem Weg.«

Als er ankam, erkannte er die Männer, um die sich bereits eine Menschentraube gebildet hatte, sofort wieder: Es waren Leroy und Abel Finch, die Brüder, die in den Bergen in der Nähe von Bear Peak lebten, und Ethan Woods, der Mann, mit dem sie schon im Triple Z aneinandergeraten waren. Der größere Mann, Woods, setzte sich gegen die beiden Brüder ganz gut zur Wehr. Die zwei kleineren Männer duckten sich immer wieder und wichen seinen Schlägen aus wie lästige Fliegen.

Kane und Rowley bahnten sich ihren Weg durch die Menge. »Schluss jetzt!«, rief Kane. Er wehrte einen Schlag eines der Brüder ab und blickte ihn an. »Ich habe gesagt: Schluss jetzt!« Bevor der andere wusste, wie ihm geschah, hatte Kane ihm die Hände auf den Rücken gedreht und ihm Handschellen angelegt. Er tastete ihn ab und nahm ihm ein Jagdmesser ab, das der Mann im Gürtel trug. Dann wandte er sich an die Menge. »Hier gibt es nichts zu sehen, Leute. Ab mit euch!«

Rowley hatte bereits den anderen Bruder gefesselt, und Kane richtete seine Aufmerksamkeit auf Woods. »Drehen Sie sich um, Hände an die Wand, Beine breit.«

»Leck mich.« Woods wischte sich Blut aus dem Mundwinkel, hob die Fäuste und starrte ihn an.

»Wollen Sie sich jetzt etwa mit *mir* prügeln?« Kane warf ihm einen langen, unverwandten Blick zu. Das konnte nur ein Witz sein; er müsste nur einmal zuschlagen, und Woods dürfte sich wochenlang mit einer gebrochenen Nase herumärgern. »Das würde ich Ihnen nicht raten, Mr. Woods.« Der Mann stürzte dennoch auf ihn los und schwang die Fäuste, doch Kane wich aus, und Woods schlug ins Leere. Er hatte so viel Schwung, dass er aus dem Gleichgewicht kam und vorwärtstaumelte. Kane packte ihn am Kragen und drehte ihn herum, sodass er mit dem Gesicht an der roten Backsteinmauer landete. Kane warf Rowley einen kurzen Blick zu. »Sieht so aus, als kämen zur Erregung öffentlichen Ärgernisses noch ein tätlicher Angriff auf einen Polizeibeamten und Widerstand gegen die Staatsgewalt hinzu.«

»Ich werde vor Gericht als Zeuge aussagen, wenn es nötig ist, Deputy«, sagte ein weißhaariger älterer Mann und trat aus der Menge der Umstehenden vor. »Und mein Sohn auch, wir haben alles mit der Handykamera aufgenommen. Er wird Ihnen alles sagen, was Sie wissen müssen.« Er schüttelte den Kopf. »Ich will keinen Krawall vor meinem Laden – das ist schlecht fürs Geschäft.« Der ältere Herr drehte sich um, ging langsam die Treppenstufen hinauf und verschwand in dem Laden.

Ein anderer Mann trat vor. »Ich kann Ihnen das Video schicken.«

»Danke sehr. Rowley hier wird Ihnen meine Karte geben. Schicken Sie mir die Datei bitte zusammen mit Ihren Kontaktangaben.«

Kane drückte Woods gegen die Wand und legte ihm Handschellen an, trat ihm die Beine auseinander und durchsuchte ihn, ohne sich die Mühe zu machen, besonders sanft vorzugehen. »Ist das Ihr Gewehr?« Er deutete auf eine Winchester 70 Featherweight, die an der Wand lehnte.

»Ja, und ich will meinen Anwalt.« Woods funkelte ihn an. »James Stone, falls Sie es vergessen haben sollten.«

Kane ignorierte Woods und wandte sich an Leroy Finch. »Was ist hier passiert?«

»Wir haben ihn dabei erwischt, wie er um unsere Hütte herumgeschlichen ist«, rief Leroy. »Wir haben uns eine Nachtsichtkamera besorgt, weil wir dachten, dass es ein Bär ist, der immer Krawall macht, aber dann stellte sich raus, dass er das war. Letzte Nacht haben wir ihn dann erwischt, wie er in unserer Scheune geschlafen hat. Dazu hat er kein Recht, das ist Landfriedensbruch!«

»Und Sie haben kein Recht, sich hier auf dem Bürgersteig zu prügeln. Sie hätten Unbeteiligte verletzen können. Diesmal kommen Sie vor den Richter.« Kane belehrte die Männer über ihre Rechte und bugsierte Woods vor sich her zu Rowleys Streifenwagen. »Steigen Sie ein, alle.« Er griff sich Woods' Gewehr. »Ich lasse Sie nicht aus den Augen. Bei dem kleinsten Anzeichen von Ärger lasse ich Sie *vor* dem Wagen laufen. Verstanden?« Er schloss die Tür und sah zu Rowley hinüber. »Als ob wir nicht schon genug zu tun hätten.«

»Black Rock Falls – an einem Tag total beschaulich, am nächsten spielen alle verrückt.« Rowley grinste und schwang sich in sein Auto.

Verrücktspielen ist noch untertrieben. Kane betrat hinter den Gefangenen und Rowley den Vorraum der Dienststelle, ging am Tresen vorbei und blieb stehen, als er Jenna aus ihrem Büro kommen sah. »Irgendetwas Interessantes gefunden?«

»Nein, alles Sackgassen.« Jenna schaute dem Grüppchen hinterher, das Rowley zu den Zellen führte. »Was haben wir denn da?«

»Eine Schlägerei, nichts Besonderes.« Kane lehnte sich gegen den Türrahmen ihres Büros. »Ich habe ein Video von der Verhaftung und von Woods' Angriff auf mich, der Rest ist Routine. Offenbar hat Woods unerlaubterweise in der Scheune der Finch-Brüder übernachtet. Ich bin mir nicht ganz sicher, wer dann später die Keilerei angefangen hat, aber das Gewehr hier gehört Woods, also muss ich es noch auf die Liste seiner Habseligkeiten setzen.«

»Ich werde es im Waffenschrank einschließen.« Jenna wandte ihre Aufmerksamkeit dem Gewehr zu. »Nicht schlecht.« Sie nahm Kane die Waffe aus der Hand und schaute sie sich genauer an. »Ich habe gehört, die sind ziemlich präzise.«

Kane folgte ihr hinein. »Ganz schön edel für einen Jäger, ich habe so etwas nicht in meinem Arsenal; andererseits gehe ich ja auch nicht mit meiner Barrett M82 auf die Jagd.« Der köstliche Geruch von heißem Kaffee erfüllte den Raum. Kane bemerkte auf Jennas Schreibtisch eine Tüte mit Take-away-Essen, und sein Magen knurrte. Er lächelte entschuldigend. Seine Gedanken wanderten zu den Keksen auf seinem Schreibtisch und der stets vollen Kaffeekanne in der kleinen Küchenzeile. »Ich werde mal die Gefangenen befragen – na ja, zumindest die beiden Brüder. Woods will seinen Anwalt. Ich habe Stone bereits angerufen.«

»Die Finchs können warten. Rowley hat doch bestimmt noch zehn Minuten mit denen zu tun.« Sie wies auf den leeren Stuhl vor ihrem Schreibtisch. »Ich dachte mir, dass Sie vielleicht nicht dazu kommen, deshalb habe ich Ihnen etwas zum Lunch mitgebracht. Während wir essen, können Sie mir einen kurzen Überblick über die Autopsie geben. Wolfe hat mir noch nichts geschickt, aber er wird sicherlich bald einen vorläufigen Bericht vorlegen.«

Kane ließ sich auf einen Stuhl fallen und seufzte. »Okay und danke, ich bin am Verhungern. Ich hatte seit heute Morgen überhaupt keine Zeit für eine Pause.« Er schaute in die Tüte, und der Geruch von Chili stieg ihm in die Nase. »Sie sind ein Engel.«

Während er aß, schilderte er Wolfes erste Erkenntnisse. Er nippte an seinem Kaffee und wartete, bis sie die Informationen verdaut hatte.

»Ich gehe davon aus, dass es derselbe Killer ist.« Jenna erhob sich aus ihrem Bürostuhl und ging zur Pinnwand. »Er lebt wahrscheinlich nicht hier in der Stadt, aber doch in Montana. Wir müssen die Datenbanken nach ähnlichen Verbrechen durchsuchen. Wenn er solche Morde schon früher begangen hat, könnte er im ganzen Staat aktiv sein. Die Leute kommen ja aus ganz Montana her, um hier zu jagen, und dasselbe gilt für die meisten anderen Jagdgebiete im Bundesstaat. Unser Mörder braucht nur dafür zu sorgen, dass er gültige Jagdscheine besitzt. Er stellt sich brav an den Kontrollstationen an und mischt sich unter die Leute, ohne dass es jemand merkt.«

»Nicht allzu viele Serienmörder morden ausgerechnet in der Jagdsaison; da sind zu viele Ranger und Jäger unterwegs.« Kane zuckte mit den Schultern. »Ich glaube nicht, dass wir es mit einem rein opportunistischen Mörder zu tun haben, der sich am Tod zufälliger Opfer berauscht. Die Beweise deuten darauf hin, dass er seine Opfer mit Wildkameras filmt. Aber woher weiß er im Voraus, dass sie sich in einem bestimmten Gebiet aufhalten werden? Denn er muss es doch im Voraus wissen, wie könnte er sonst Kameras anbringen.«

»Nicht so fix.« Jenna hob die Augenbrauen. »Die bringt er sicher an vielen Stellen an, in diversen abgelegenen Gegenden. Viele Pärchen suchen sich ja gerade Pfade aus, die ein wenig abgelegen sind. Damit sie niemandem begegnen.« Sie zuckte mit den Schultern, als wäre das eine weithin bekannte Tatsache, und nahm wieder Platz. »Wenn er über sein Handy auf die Wildkameras zugreift, wartet er in aller Ruhe ab, bis sich ihm potenzielle Opfer nähern, dann kommt er aus seinem Versteck und tötet sie.« Er wollte etwas erwidern, aber sie hob einen Finger, um ihn abzuwürgen. »Zumal Wildkameras eigentlich so gut wie nie gestohlen werden, schließlich müsste der Dieb damit rechnen, dass der Besitzer ein Video von ihm hat, wie er das Ding entwendet. Die Jagdsaison ist der perfekte Zeitraum, um im Wald Menschen zu töten. Hier ist einen Großteil des Jahres über Jagdsaison, und wenn da ein Mann mit Blut an der Kleidung aus dem Wald kommt, würde niemand auch nur mit der Wimper zucken. Viele Jäger nehmen ihre Beute ja direkt an Ort und Stelle aus.«

Kane lehnte sich auf seinem Stuhl zurück und streckte die Beine aus. »Verstehe. Aber das würde nur funktionieren, wenn er selbst in den Bergen lebt. Er würde sehen, wenn ein Paar auf einen seiner Pfade zusteuert, aber dann müsste er trotzdem noch dorthin wandern oder reiten ... Es sei denn, er sucht sich gezielt Paare aus, die im Wald zelten wollen. Und die Wildkameras müssten ein Mikrofon haben, damit er in der Lage wäre, sie zu belauschen und zu erfahren, was sie vorhaben.«

»Wenn er ohnehin in der Nähe wäre, hätte er Zeit, vor ihnen da zu sein und einen Hinterhalt vorzubereiten.« Jenna kaute auf ihren Fingern und starrte stirnrunzelnd auf das Whiteboard. »Leroy und Abel Finch leben in den Bergen, ganz in der Nähe von Bear Peak, und sie haben Ethan Woods dabei erwischt, wie er nachts um ihre Hütte herumschlich. Die drei sind ziemlich unberechenbar. Passt einer von ihnen zu Ihrem Profil?«

Kane dachte über ihre Frage nach. »Die Brüder sind schwer einzuschätzen: Einer der beiden gibt den Ton an, in dieser Hinsicht passen sie aufs Profil von Tätern, die zu zweit töten. Sie leben im Wald, das spräche ebenfalls dafür.« Er dachte einen Moment lang nach. »Ethan Woods kommt regelmäßig zu Besuch her und hat früher in Black Rock Falls gewohnt, er kennt also die Gegend. Er hat genug Geld, um sich das beste Equipment zu kaufen, daher fällt es mir schwer zu glauben, dass er in der Scheune der Finchs übernachtet haben soll.« Er sah Jenna an. »Ja, er kommt ebenfalls infrage, zumal er gleich nach meiner Ankunft nach seinem Anwalt verlangt hat.«

»Hmm.« Jenna ging um ihren Schreibtisch herum zum Whiteboard. »Ich werde ihre Namen mal auf die Liste der Verdächtigen setzen.«

Kane rieb sich das Kinn. »Ich würde gerne einen Blick auf ihre Handys werfen und nachsehen, ob sie eine Wildkamera-App mit aktuellen Aufnahmen haben.«

Es klopfte, und Rowley steckte den Kopf zur Tür herein.

»Der Anwalt Mr. Stone ist hier, und hier sind die Festnahme-
protokolle für die Finch-Brüder.« Er reichte Jenna zwei
Mappen.

»Jaja, ich komme ja schon.« Jenna machte aus ihrer Abnei-
gung gegen Stone keinen Hehl. »Wäre ich bloß zu Hause
geblieben.«

NEUNUNDZWANZIG

»Ma'am«, erklang Rowleys Stimme in Jennas Rücken. »Kann ich kurz mit Ihnen reden, bevor Sie mit Mr. Stone sprechen?«

Jenna bedeutete Kane, zu dem wartenden Anwalt vorauszugehen, und wandte sich Rowley zu. »Na klar, was ist los?«

»Es geht um seinen Klienten, Ethan Woods.« Rowley senkte die Stimme, sodass er beinahe flüsterte. »Wissen Sie noch, ich sollte doch nach Fällen von Gewaltanwendung suchen, insbesondere gegen Frauen?«

Sie starrte ihn an. Wie so oft wünschte sie sich, sie hätte für Rowley eine Fernbedienung mit Vorspultaste. »Ja, das weiß ich noch, ich hatte Kane gebeten, das in die Wege zu leiten.«

»Nun, das habe ich getan, heute Vormittag, und dabei ist Woods' Name aufgetaucht. Er wurde zwar nicht angeklagt, aber seine Ex-Frau erwirkte gegen ihn eine einstweilige Verfügung wegen häuslicher Gewalt, und das Thema kam auch im Scheidungsverfahren zur Sprache.«

In ihrem Nacken stellten sich die Haare auf. »Danke, das ist eine sehr nützliche Information. Weiß Kane davon?«

»Nein, der war schon zur Autopsie gegangen, bevor ich ihm

davon erzählen konnte.« Rowley scharrte mit den Füßen. »Seitdem hatten wir hier ziemlich viel zu tun, Ma 'am.«

»Das habe ich mitbekommen.« Jenna seufzte. »Wir brauchen diese Informationen jetzt gleich. Würden Sie bitte eine Kopie der Akte ausdrucken und sie in den Befragungsraum bringen?«

»Ja, Ma 'am.«

Jenna drehte sich um und ging auf James Stone zu. In seinem Anzug aus italienischer Seide stach er zwischen den ganzen Cowboys und Jägern in Black Rock Falls hervor wie ein bunter Hund. Obwohl er der letzte Mensch war, mit dem sie heute zu tun haben wollte, bedachte sie ihn mit einem Lächeln. Doch seinem feindseligen Blick nach zu urteilen, war er nicht mehr derselbe Mann, der im vergangenen Jahr unbedingt mit ihr hatte anbändeln wollen. »Guten Morgen, Mr. Stone.«

»Früher haben Sie mich mit James angeredet. Ich hoffe doch, dass wir auch weiterhin höflich miteinander umgehen können.« Stone trat so nahe an sie heran, dass sie sein Aftershave riechen konnte. »Sie gehen mir jedes Mal aus dem Weg, wenn ich herkomme, und Sie haben seit Ewigkeiten keine zwei Worte mehr mit mir gewechselt. Bin ich Ihnen denn so zuwider?«

Um Himmels willen. Sie waren bloß zweimal miteinander essen gegangen, und das war ewig her. »Ganz und gar nicht. Aber ich war damals nicht an einer festen Beziehung interessiert, und habe versucht, Ihnen das zu erklären, aber Sie haben Nein nicht als Antwort akzeptiert.«

»Und deshalb haben Sie den Neandertaler gebeten, einzugreifen.«

»Das musste ich gar nicht.« Jenna gab sich alle Mühe, dass sich ihr Lächeln nicht in eine Grimasse verwandelte. »Mein Deputy hält mir den Rücken frei. Das ist sein Job.« Sie hatte genug von dem unsachlichen Hin und Her und wechselte das Thema. »Ich habe Ihren Klienten im Verhörraum. Wir möchten ihn befragen, da ihm der Angriff auf einen Polizeibeamten und Widerstand gegen die Staatsgewalt zur Last gelegt werden. Wie ich den Schilderungen von Deputy Kane entnehme, könnte auch noch Hausfriedensbruch dazukommen.«

»Das gibt maximal eine Geldbuße von fünfhundert Dollar.« Stone sah sie wütend an und kam noch ein Stück näher, so nah, dass sie es schon als übergriffig empfand. »Könnten Sie das nicht als geringfügige Vergehen werten, statt die Gerichte mit einer solchen Bagatelle zu beschäftigen?«

»Ein Angriff auf einen meiner Deputys ist keine Bagatelle, und meine Aufgabe ist es, dafür zu sorgen, dass sich die Leute an die Gesetze halten, Mr. Stone.« Jenna hob das Kinn und starrte ihn an. Sie ließ sich nicht beirren. Wenn er glaubte, sie einschüchtern zu können, hatte er sich verrechnet. »Beim letzten Mal habe ich Ihren Mandanten mit einer Verwarnung davonkommen lassen, weil sich der Besitzer des Triple Z bereiterklärt hatte, keine Anzeige zu erstatten, wenn Mr. Woods für den Schaden aufkäme, aber das hier liegt nicht in meiner Hand. Wir haben Zeugen. Er wird vor Gericht landen.«

Kane tauchte lautlos hinter ihr auf. »Soll ich Mr. Stone in den Befragungsraum begleiten, Ma'am?« Mit ausdrucksloser Miene blickte er auf Stone hinunter.

Er hält mir immer den Rücken frei. Jenna richtete sich auf. »Gerne. Ich werde mit Mr. Stones Klienten sprechen, nachdem ich die anderen Parteien in diesem Fall befragt habe.«

Erleichtert wandte sie sich von Stone ab, der nun noch verärgerter dreinschaute, und fand im Verhörraum einen der Finch-Brüder vor. Nachdem sie ihre Karte durch das Lesegerät gezogen hatte, betrat sie den Raum. Wie üblich hatte Rowley die Handschellen des Gefangenen vorsichtshalber an einem Ring auf der Tischplatte befestigt. Sie legte die Verhaftungsprotokolle auf den Schreibtisch und nahm Platz. Über den Tisch kroch ihr der Geruch von abgestandenem Schweiß entgegen, und sie lehnte sich in ihrem Stuhl zurück, um dem Gestank zu entgehen. Der Mann vor ihr hatte einen ungepflegten Bart und langes, struppiges straßenköterblondes Haar. Die beiden Brüder waren einander so ähnlich, dass sie sie beim besten Willen nicht auseinanderhalten konnte. »Nennen Sie bitte Ihren Namen für das Protokoll.«

»Leroy Finch, Ma 'am.«

Überrascht von seinem höflichen Tonfall, öffnete sie diejenige Mappe, auf deren Deckblatt sein Name stand, und zückte ihren Stift. »Sie wurden über Ihre Rechte belehrt und haben auf das Recht auf einen Anwalt verzichtet. Sie wissen, dass Sie der Erregung öffentlichen Ärgernisses beschuldigt werden?«

»Ja, aber wir haben nicht angefangen mit dem Streit. Das war Selbstverteidigung.« Leroy lehnte sich zurück und knibbelte an seinen schmutzigen Fingernägeln. »Ich hab Woods gesehen, als er aus dem Waffenladen kam. Der war unbefugt auf unserem Grundstück gewesen. Ich weiß genau, dass er in unserer Scheune geschlafen hat. Ich wollte ihn warnen. Hab ihm gesagt, wenn er das nächste Mal 'nen Fuß auf unseren Grund und Boden setzt, knall ich ihn ab.« Er schaute sie mürrisch an. »Sie wissen doch, dass das mein gutes Recht ist. Der Typ denkt, weil wir in den Bergen leben, sind wir bescheuert oder so was.«

Jenna wusste, dass er sich auf die sogenannte Castle-Doktrin bezog, das Recht, Gewalt anzuwenden, um Haus oder Eigentum zu schützen. »Warum haben Sie denn so lange gewartet, um ihn zur Rechenschaft zu ziehen? Und wenn Sie ein Problem hatten, warum haben Sie dann nicht uns informiert?«

»Nirgendwo steht, dass wir die Polizei rufen müssen, um unser Grundstück zu verteidigen.« Er schob seinen Stuhl näher an den Tisch heran. »Sie hätten ja eh nix getan.«

Jenna machte sich ein paar Notizen, dann richtete sie ihren Blick wieder auf ihr Gegenüber. »Das Problem ist, Mr. Finch, dass Sie zwar das Recht haben, Ihr Eigentum zu verteidigen, aber die Castle-Doktrin gilt nicht außerhalb Ihres Grundstücks. Sie können sich nicht einfach auf der Straße prügeln.«

»Jetzt geben Sie mir schon wieder die Schuld.« Er beugte sich zu seinen gefesselten Händen hinunter und rieb sich die Nase. »Ich bin ja nur zu Woods gegangen und hab ihm gesagt, er soll sich von unserem Land fernhalten. Er hat gesagt, ich soll verschwinden, ich hätte keine Beweise.« Er lächelte und zeigte seine gelben Zähne. »Als ich dann gesagt gab, ich hab Nachtsichtkameras, da ist er so klein mit Hut geworden. Hat gesagt, er gibt mir fünf Riesen, wenn ich die Dateien lösch.« Er schnaubte. »Ich hab ihn ausgelacht, da ist er ausgerastet und hat versucht, mir mein Handy wegzunehmen. So ein Trottel. Ich hab ihm gesagt, ich hab Kopien davon.«

Jenna konnte fast zusehen, wie in seinem Gehirn ein Plan Gestalt annahm. Sie funkelte ihn an. »Ich hoffe, Sie hatten nicht vor, ihn zu erpressen?«

»Woods?« Leroys schwarze Augen suchten ihr Gesicht ab. »Nee, und von dem nehm ich eh keine Kohle. Sein Anwalt hätte garantiert einen Weg gefunden, uns lebenslang in den Knast zu bringen. Nein, ich wollte nur zusehen, wie der reiche Knabe 'n bisschen rumjammert.«

Sie würde sich das Überwachungsvideo mit Woods darauf ansehen müssen. Die Hütte der Finchs war höchstens eine halbe Stunde Fußweg vom Tatort des Canavar-Mordes entfernt. »Okay. Hat Ihr Video einen Datumsstempel?«

»Na sicher.«

»Ich muss mir das anschauen, und ich möchte, dass Sie alles, was Sie mir erzählt haben, aufschreiben und Ihre Unterschrift daruntersetzen.« Sie schob ihm einen Block und einen Stift zu.

»Das ist auf meinem Handy, Sie können sich gerne 'ne Kopie machen.« Leroy lächelte. »Das werde ich auch aufschreiben.«

»Danke, das wird Ihnen bei dem Fall sicherlich nützen.«
Sie machte noch ein paar Notizen, dann stand sie auf. Falls
seine Geschichte stimmte, würde sie darauf verzichten, gegen
ihn zu ermitteln. »Sie werden aber noch warten müssen, bis ich
mit den anderen Beteiligten gesprochen habe. Möchten Sie
etwas trinken?«

»Gerne, vielen Dank, Ma'am. Kaffee, schwarz.«

Sie ging den Flur hinunter, um Kane auf den neuesten
Stand zu bringen. Er lehnte an der Wand und wartete darauf,
dass Stone das Gespräch mit seinem Mandanten beendete. »Ich
habe die schriftliche Erlaubnis, das Bildmaterial der Nachtsichtkameras der Finchs zu sichten. Wenn Woods wirklich zum
Zeitpunkt der Morde in der Gegend war, steht er ganz oben auf
unserer Liste der Verdächtigen.« Sie blickte zu Kane auf. »Wir
sollten ihnen ein bisschen Honig um den Bart schmieren, damit
sie uns auch in ihre Scheune lassen. Woods hat dort übernachtet.«

»Wenn Woods unser Mörder ist, wäre das ein perfekter Ort,
um sich zu säubern, sich umzuziehen und vielleicht seine
blutigen Kleider zu entsorgen.« Kane verzog angewidert den
Mund. »Dem Tatort nach zu urteilen, muss der Mörder
komplett mit Blut besudelt gewesen sein; allerdings wird man
das auf dem Bild einer Nachtsichtkamera wahrscheinlich nicht
erkennen können. Hoffen wir, dass er Spuren hinterlassen hat.«

Jenna dachte einen Moment lang nach und fügte die neuen
Teile zu ihrem Puzzle hinzu. »Wir müssen einen Zeitplan
aufstellen. Ich werde Leroy Finch einen Kaffee holen und dann
mit seinem Bruder sprechen. Bei der Befragung von Woods
möchte ich aber dabei sein – sagen Sie mir Bescheid, wenn
Stone fertig ist.« Sie kaute auf ihrer Unterlippe. »Ich möchte,
dass Sie dabei das Ruder übernehmen. Mal sehen, was wir alles
aus Woods herausholen können.«

»Ja, Ma'am. Allerdings möchte ich nicht in einen Interessenkonflikt geraten, was den Angriff auf einen Polizeibeamten

betrifft. Es wäre vielleicht besser, diesen Anklagepunkt fallen zu lassen, wenn Sie mich dabeihaben wollen.« Kane lächelte sie an. »Ich hoffe sehr, dass Woods unser Mann ist. Es wäre gut, diesen Fall abzuschließen.«

»Sicher.« Jenna schmunzelte. »Ich liebe Optimisten, aber vergessen Sie nicht: Wir sind hier in Black Rock Falls.«

»Ja, ich weiß.« Kane legte die Stirn in Falten. »An einem Tag total beschaulich, am nächsten spielen alle verrückt.«

»Jetzt klingen Sie glatt wie ein Einheimischer.«

———

Jennas Gespräch mit Abel Finch verlief exakt wie das mit seinem Bruder, und da sie sie nach dem Vorfall voneinander getrennt hatten, wollte sie jetzt Woods' Version der Ereignisse hören. Die Aufnahmen auf dem Handy bewiesen zweifelsfrei, dass Woods Dienstag- und Mittwochnacht auf dem Grundstück der Finchs gewesen war. Als sie den Befragungsraum betrat, war ihr nicht ganz wohl bei dem Gedanken, dass sie sich schon wieder mit James Stone auseinandersetzen musste. Sie sah, dass Kane den beiden Männern etwas zu trinken besorgt hatte. Als sie eintrat, las er gerade in der Akte. Sie setzte sich neben Kane und wandte sich dann an Stone. »Dieses Gespräch wird aufgezeichnet.« Sie holte eine Fernbedienung aus einer Schublade im Tisch und schaltete die Kamera ein.

Nachdem alle Beteiligten ordnungsgemäß ihre Namen genannt hatten, wandte sie sich an Kane. »Deputy Kane wird die Befragung leiten.«

»Da liegt ein Interessenkonflikt vor.« Stone starrte sie an. »Er ist der Beamte, den mein Mandant angeblich geschlagen hat.«

Jenna lehnte sich in ihrem Stuhl vor. »Ich bin mir der Vorwürfe vollauf bewusst, Mr. Stone. Deputy Kane hat den

Vorwurf der Körperverletzung zurückgezogen. Wir werden Ihren Mandanten wegen Landfriedensbruchs befragen.«

»Mr. Woods, würden Sie mir bitte sagen, warum Sie das Bedürfnis hatten, Dienstag- und Mittwochnacht in der Scheune der Finchs zu übernachten?« Kane sah den Mann betont gelangweilt an und ließ einen Stift zwischen seinen Fingern kreisen.

»Ich war im Wald auf dem Weg zu einem Jagdgebiet und habe mich verlaufen.« Woods zuckte gleichgültig mit den Schultern. »Ich sah die Scheune und suchte Schutz.«

»Verstehe.« Kane kritzelte auf der Akte herum. »Und vierundzwanzig Stunden später hatten Sie sich also immer noch verlaufen?«

»Ja, ich bin im Kreis gelaufen und dann wieder bei der Scheune gelandet.« Woods warf Stone einen Blick zu, der starrte Kane an. »Also schlief ich noch einmal dort, und am nächsten Morgen brach ich wieder auf. Ich hörte Stimmen und fand eine Jagdgesellschaft, die auf dem Weg zur Straße war, der schloss ich mich an.«

»Offenbar besitzen Sie kein Handy?« Kane betrachtete aufmerksam Woods' Gesicht. »Wenn man sich verläuft, gibt es überall Ranger, die einem helfen, oder man benutzt einfach die GPS-App.«

»Mein Akku war leer.«

»Warum haben Sie die Brüder Finch nicht um Hilfe gebeten oder sie gefragt, wie Sie wieder zum Weg kommen?« Kane hob eine Augenbraue. »Das käme mir vernünftiger vor, als zwei Nächte auf Stroh zu schlafen.«

»Die hatten da überall Schilder: *Betreten verboten.*« Woods blickte Jenna an. »Sie wissen doch, wie diese Bergbewohner sind, Sheriff: Erst schießen, dann Fragen stellen.«

»Sie geben also zu, trotz Verbotsschildern das Grundstück betreten und in der Scheune geschlafen zu haben?« Kane lächelte leicht.

»Was wollen die tun? Mich verklagen?« Woods schnaubte. »Die haben doch gar nicht genug Geld, sich einen Anwalt zu leisten.«

»Wie weit sind Sie am Mittwoch gegangen, und in welche Richtung?« Kane lehnte sich in seinem Stuhl vor. Er sah, dass Woods' Hände leicht zitterten. »Erinnern Sie sich zum Beispiel an irgendwelche Orientierungspunkte?«

»Mir wurde gesagt, dass es einen alten Pfad gibt, der am Fuß des Bear Peak entlangführt; das ist eine Abkürzung zu einem der Jagdgebiete. Ich habe von der Straße aus einen Pfad genommen, von dem ich gehört hatte, er würde dahin führen, aber er schlängelte sich durch den Wald und teilte sich in so viele verschiedene Pfade auf, dass ich mich verlaufen habe.« Woods zuckte mit den Schultern. »Ein richtiger Mann fragt nicht nach dem Weg, und am Ende habe ich es dann ja auch wieder herausgeschafft.«

»Mein Klient ist gerne bereit, den Finchs für die Übernachtung etwas zu bezahlen.« Stones Lächeln war wie in Granit gemeißelt. »Wenn sie die Anklage wegen Landfriedensbruch fallen lassen.«

»Wir werden das mit ihnen besprechen.« Kanes Blick blieb auf Woods gerichtet. »Seit Sie in Black Rock Falls angekommen sind, waren Sie in zwei Schlägereien verwickelt, und wie ich sehe, liegt eine einstweilige Verfügung gegen Sie vor. Außerdem sind Sie in der Vergangenheit wegen Gewalt gegen Frauen auffällig geworden.« Sein Gesichtsausdruck wirkte bedrohlich. »Sie geben zu, dass Sie sich am Mittwoch in der Nähe von Bear Peak aufgehalten haben, und das fällt rein zufällig mit einem Doppelmord dort zusammen.« Er legte Fotos der Leichen von Bailey Canavar und dem Unbekannten vor Woods auf den Tisch. »Haben Sie dieses Paar ermordet?«

»Diese Frage müssen Sie nicht beantworten, Ethan«, sagte Stone und sah Jenna an. »Mein Klient hat nichts weiter zu sagen, Sheriff.«

Jenna war begeistert, wie schnell es Kane gelungen war, sowohl Woods als auch Stone aus der Reserve zu locken. Sie zuckte lässig mit den Schultern. »Nun gut, da wir Videobeweise für den Landfriedensbruch haben und da Ihr Mandant zugegeben hat, dass er sich in der Nähe des Tatorts zweier grausamer Morde aufgehalten hat, *und* er bereits früher wegen gewaltsamer Handlungen auffällig geworden ist, werden wir ihn verhaften. Er bleibt in Untersuchungshaft.«

»James, holen Sie mich hier raus.« Woods' Blick huschte zu den Bildern und dann zurück zu Stone. »Ich kann doch nicht hier in so einer stinkenden Zelle vergammeln, bis ich vor Gericht freigesprochen werde.«

Jenna sammelte die Fotos wieder ein und steckte sie zurück in die Mappe. »Alle Deals sind vom Tisch, und wir werden uns gegen eine Kaution aussprechen.«

»Beweise haben Sie doch nur für ein paar Bagatellen, der Rest sind bestenfalls Indizien.« Stone stieß ein bellendes Lachen aus, stand auf und klopfte Woods auf die Schulter. »Keine Sorge, wir müssen ihr Spielchen vorerst mitspielen, aber noch vor dem Abendessen sind Sie ein freier Mann.« Er griff seine Aktentasche und blickte Jenna an. »Lassen Sie mich hier raus. Ich werde dann in Ihrem Büro auf die Dokumente warten.«

Ach ja? Jenna stand auf und entriegelte die Tür mit ihrer Karte. »Vorne gibt es Sitzplätze. Mein Büro ist kein Wartezimmer.«

Auf dem Flur traf sie auf Rowley, der die Finch-Brüder beaufsichtigte. »Bringen Sie Woods runter in die Zelle. Haben Sie die Aussagen der Brüder?«

»Ja, Ma 'am, und beide haben dasselbe ausgesagt.« Rowley folgte ihr zurück in das Zimmer und nahm Woods mit.

Jenna lehnte sich gegen die Tür und lächelte Kane an. »Ihr Stil gefällt mir. Glauben Sie, dass er unser Mörder ist?«

»Seiner Körpersprache nach zu urteilen, als er die Fotos

gesehen hat, würde ich sagen: nein. Aber Mörder sind sehr geschickt darin, ihr wahres Wesen zu verbergen. Dass sich Stone sofort einschaltete, um die Befragung abzubrechen, und sich dann nicht einmal die Mühe machte, sich mit seinem Klienten zu beraten, lässt mich annehmen, dass er ihn deckt.« Kane rieb sich das Kinn. Die Bartstoppeln knisterten. »Ich glaube, mit den Brüdern Finch werden wir gut zurechtkommen. Wenn die zwei uns die Erlaubnis geben, die Spurensicherung zu ihrer Scheune zu schicken, sollten wir sie mit einer Verwarnung laufen lassen. Nach dem, was wir über Woods wissen, sieht es für mich ohnehin so aus, als habe er die Finchs grundlos angegriffen.« Er seufzte. »Woods ist eine tickende Zeitbombe, und er ist es gewohnt, seinen Willen zu bekommen. Aber Sie wissen so gut wie ich, dass Stone recht hat – wir haben nur vage Indizien, die auf Woods' Beteiligung an dem Mord hindeuten. Wir brauchen Beweise.«

Jenna dachte über sein Argument nach und nickte. »Okay, sprechen Sie das mit den Finchs ab.« Sie riss die Tür auf. »Ich denke schon, dass Woods alle Kriterien erfüllt, um für die Morde infrage zu kommen, und wenn er wegen einer Formalität wieder freikommt, lassen wir vielleicht einen mehrfachen Mörder auf die Gesellschaft los.«

Wäre Jennas Stresspegel noch weiter gestiegen, dann wäre ihr Kopf explodiert. Sie holte ein paar Mal tief Luft, doch das dämpfte ihre Wut nicht im Geringsten. Dann las sie das Dokument in ihrer Hand zum dritten Mal. Kaum eine Stunde, nachdem sie James Stone die Strafanzeige zu Woods ausgehändigt hatte, war sein Mandant auf Kaution freigekommen. Sie beobachtete Woods' süffisanten Gesichtsausdruck, als er hinter seinem Anwalt das Gebäude verließ, und nachdem sie Rowleys Schilderung gehört hatte, wie das Treffen mit dem Richter abgelaufen war, drückte sie Kane die Papiere in die Hand. »Der

Richter meint, wir können Woods nicht wegen eines geringfü-
gigen Vergehens festhalten, und alle etwaigen Beweise, die wir
gegen ihn haben, sollen wir in der Anhörung am Montag in
acht Tagen vorbringen. Stone hat sich für seinen Klienten
verbürgt und darauf bestanden, dass keine Fluchtgefahr
besteht. Er wird bis zur Anhörung im Cattleman's Hotel
wohnen.«

Sie biss die Zähne zusammen und ging in ihr Büro. Am
liebsten hätte sie die Tür hinter sich zugeschlagen, mindestens
drei oder vier Mal.

Wolfe folgte ihr hinein und sah sie besorgt an. »Es gibt noch
ein Problem.«

Jenna wollte sich die Haare ausreißen und schreien wie
eine Furie. »Was ist denn nun schon wieder?«

»Wir haben von Woods keine DNA-Probe, um sie mit den
Spuren zu vergleichen.«

DREISSIG

SONNTAG

Hohe Kiefern knarrten, und mit den ersten Sonnenstrahlen erwachte der Wald zum Leben. Kleine und größere Tiere kamen in Sicht, ohne ihn in seinem Versteck zu bemerken. Ein Truthuhn pickte um Armeslänge entfernt auf den Waldboden ein und scharrte mit den Füßen, und kaum drei Meter vor ihm tauchte das Geweih eines Hirsches auf, eines Achtenders, der zwischen den Stämmen der Bäume graste. Die Luft war noch frisch von dem nächtlichen Schauer, der Wald roch nach Regen. Stolz prüfte er den Zustand seiner Waffen. Der beruhigende Duft von Waffenöl stieg ihm in die Nase. Sein Arsenal war beeindruckend, und er hatte entlang des Wanderwegs diverse Verstecke mit Gewehren und Munition angelegt.

Er war spät in der Nacht angekommen, hatte ein paar Stunden gedöst und war dann, am Sonntagmorgen, früh aufgestanden. Die Vorbereitungen waren zu einem festen Ritual geworden. Er schärfte die Klingen seiner Messer, bis sie so scharf waren wie Rasiermesser, anschließend reinigte und lud er seine Pistolen. Nachdem er sich ein paar zusätzliche Magazine in die Taschen seiner Tarnhose gesteckt hatte, zog er sich schwarze Handschuhe über. Sie waren aus weichem Ziegenleder, schmiegten sich an seine Hände und behinderten seinen Finger am Abzug in keiner Weise. Die Handschuhe boten ihm zusätzlichen Schutz davor, entdeckt zu werden, und zum Töten zog er Latexhandschuhe drüber. Er saß im Versteck und schaute sich die Livebilder seiner Wildkameras an. Von Zeit zu Zeit warf er einen Blick auf den Countdown. Nicht mehr lange, dann würde seine Beute eintreffen. Er gab sich seiner Fantasie hin. Wie würde er sie dieses Mal töten? Es gab so viele Spielarten, so viele Möglichkeiten, die zum Genuss führten, und dank der Aufnahmen der Trail-Cams konnte sie hinterher immer wieder aufs Neue genießen.

Er fragte sich, ob es noch mehr Leute wie ihn gab, weitere Anhänger seines Sports? Der Gedanke, seine Videos mit anderen zu teilen, hatte etwas. Er schaute wieder auf die Uhr. Bald würde das ultimative Katz-und-Maus-Spiel beginnen.

Da er von Kopf bis Fuß in Camouflage gekleidet war, sah man kaum etwas von ihm, aber um seiner Beute einen noch größeren Schrecken einzujagen, hatte er sich ein Totenkopftuch vor das Gesicht gebunden. Wie immer hatte er sein Mikrofon mit einem Stimmenverzerrer ausgestattet. Niemand, der sich die Aufnahmen später ansah, würde ihn darauf wiedererkennen können, aber wenn er später allein in seinem Zimmer war, konnte er den Vorgang des Tötens dank seiner Bodycam noch einmal hautnah miterleben und sich jeden Schrei und jedes flehentliche Winseln noch einmal anhören.

Er fragte sich, ob sich die schüchterne Lilly Coppersmith in eine Wildkatze verwandeln würde, sobald es ihr an den Kragen ging. Bislang machte sie einen eher introvertierten Eindruck, aber durch sein Talent vermochte er es, Menschen an ihre Grenzen zu bringen. Das gehörte zum Spiel, und selbst eine kleine Maus biss einen, wenn sie sich bedroht fühlte. O ja, er würde ihre Urinstinkte wecken, er musste ihr nur genug Angst einjagen, dann würde auch sie eine gute Show abziehen. Er schmunzelte. Seine Zielpersonen hatten ihr Lager in einer abgelegenen Gegend aufgeschlagen, keine zehn Minuten Fußweg von seiner jetzigen Position entfernt. Als das Pärchen nach einer leidenschaftlichen Nacht in einen tiefen Schlaf gefallen war, hatte er sich in ihr Lager geschlichen. Sie hatten sich nicht gerührt, als er ihre Rucksäcke durchwühlt und die SIM-Karten aus ihren Handys entfernt hatte. Er hätte sie da und dort im Schlaf töten können, aber warum hätte er sich und ihnen den Spaß verderben sollen?

Tief im ältesten und dichtesten Teil des Waldes versteckt, schlängelte sich der Pfad, für den sie sich entschieden hatten, mit so vielen Kehren und Serpentinen, dass er einem Labyrinth glich. Wenn sie in Gefahr waren, würden die beiden unweigerlich im Kreis laufen. Sobald ihr Freund außer Gefecht gesetzt war, würde Lilly garantiert die gleichen Phasen der Panik durchmachen wie die anderen, bevor ihr Selbsterhaltungstrieb einsetzte – und dann begann der richtige Spaß. Der Unglaube in den Gesichtern der Frauen, wenn ihnen klar wurde, dass er sie jagte, gab ihm zusätzliche Kraft. Wie sie versuchten, ihn zur Vernunft zu bringen, um dann wie die Karnickel ziellos in alle Richtungen zu rennen, erregte ihn. Als er sich ausmalte, was er Lilly antun würde, schlug sein Herz schneller. Sie würde verzweifelt versuchen zu fliehen und ihm dennoch wehrlos ausgeliefert sein. Wenn sie davonlief, würde er sie unweigerlich wieder einfangen. Er sehnte sich nach dem Geruch ihrer Angst und dem Anblick ihres warmen, pulsierenden, dunkelroten Blutes.

Keine Frau hatte eine Chance gegen ihn. Er wollte die Angst in ihren Augen sehen, aber Unterwerfung wünschte er nicht; sie sollten sich wehren und es ihm möglichst schwer machen, sie zu töten. Lilly konnte schreien, aber so weit im Wald würde sie keine Menschenseele hören. Und dann würde ihr klar werden, dass sie endgültig ihm gehörte. Sie würde sehr langsam sterben. Einige kämpften bis zum Ende, das waren die besonders aufregenden Opfer, aber sie alle starben, und alle schauten sie ihn dabei an.

Als das Paar mit einem kleinen Rucksack sein Lager verließ, warf er einen Blick auf den Countdown. Sie würden pünktlich an seinem Standort eintreffen. Er schaltete seine Bodycam ein. Die Vorfreude machte ihn ganz kribbelig. *Lasst die Spiele beginnen!*

EINUNDDREISSIG

Als würde sein Gehirn versuchen, das Grauen, das sich vor seinen Augen abspielte, zu verdrängen, füllte sich Colter Barrys Kopf mit tausend sinnlosen Gedanken. Es war der schönste Morgen seines Lebens gewesen. Die aufgehende Sonne hatte auf den Regentropfen geglitzert, als wären die Büsche am Wegesrand mit Diamanten besetzt. Der erdige Geruch des Waldes mit seinen Kiefern und Wildblumen hatte sich mit Lillys Duft vermischt, der ihm so wunderbar vertraut war. Als sie neben ihm hergelaufen war, hatte ihr dunkles Haar im Wind geflattert und seine Wange gestreichelt. Sie waren Hand in Hand gegangen, und er hatte sie auf die braunen Augen eines prächtigen Hirschs aufmerksam gemacht, bevor dieser davongehüpft war, wobei sich unter dem dichten, glänzenden Fell seine kräftigen Muskeln abgezeichnet hatten.

Colter schluckte das Schluchzen in seiner Kehle hinunter. Er hatte viel zu viel Angst, um einen Laut von sich zu geben. Der Fremde würde ihn ohnehin bald finden. Er konnte ihn schon hören, wie er mit seiner Roboterstimme fluchte und sich methodisch entlang der Tierspuren vorarbeitete, die vom Hauptpfad abgingen. Er musste an Lilly denken, ihre tränennassen Wangen und ihre Augen, die ihn um Hilfe anflehten, als dieses Monster sie tötete, und schluckte einen erneuten Schluchzer herunter. Zuerst hatte er gar nicht glauben können, was geschah. Der Mann war einfach so aus dem Gebüsch aufgetaucht und hatte ihm mit seiner furchterregenden Stimme mitgeteilt, dass er das Vergnügen haben werde, Lilly sterben zu sehen.

Der erste Schlag hatte ihm einen Schmerz durch den Kopf gejagt, der nicht mehr verschwinden wollte. Er hatte wie ein Besessener gekämpft, um Lilly zu schützen, aber dem Geschick ihres Peinigers war er nicht gewachsen. Mit einer Stichwunde in der Wirbelsäule und hilflos an einen Baum gefesselt, hatte er zunächst protestiert, soweit der Knebel in seinem Mund es zugelassen hatte, aber je mehr Laute er von sich gegeben hatte, desto grausamer war der Fremde geworden. Die unheimliche Stimme des Mannes hatte sich ihm ins Gehirn eingebrannt. Er hatte jeden einzelnen seiner grausamen Handgriffe beschrieben, als warte er auf Erlaubnis, weiterzumachen. Es schien, als würden Lillys Schreie ihn anspornen. Wenn sie verstummte und das Bewusstsein verlor, hatte er innegehalten und sie angestarrt.

»Bleib wach, Lilly, ich will nicht, dass du etwas verpasst«, hatte seine verzerrte Stimme gespottet, bevor er ihr ein paar Ohrfeigen verpasst hatte, die sie wieder aufweckten. »Dein Freund nervt mich, vielleicht verbrenne ich ihn bei lebendigem Leib. Was meinst du?«

Die Bestie hatte ihn ausgelacht und einen Kanister über seinem Kopf ausgekippt. Benzin hatte ihm in den Augen gebrannt, und die Dämpfe hatten ihm den Atem geraubt, aber das gefürchtete Geräusch eines Feuerzeugs, gefolgt von sengend heißen Flammen, blieb aus. Stattdessen war der Wahnsinnige zu Lilly zurückgekehrt. Noch lange, nachdem das Leben aus ihren Augen gewichen war, bearbeitete er sie mit seinem Messer. An sein anderes Opfer schien er gar nicht mehr zu denken.

Colter zitterte vor Angst, dann kehrte mit einem schmerzhaften Krampf das Gefühl in seine Beine zurück, und er konnte die Zehen bewegen. Verzweifelt zerrte er an dem Seil, das ihn am Baum festhielt, und keuchte erleichtert, als sich der Knoten löste.

Für Lilly konnte er jetzt nichts mehr tun. Er hatte nur eine Chance zu überleben: Er musste die Kontrollstation der Jäger erreichen, und die war eine Stunde Fußmarsch entfernt. Schwindelig und zitternd kroch er auf tauben Beinen ins Gebüsch und zwängte sich zwischen Bäumen und Gestrüpp hindurch. Erschrocken stellte er fest, dass er eine Blutspur auf dem Waldboden hinterließ – aus der Wunde in seinem Rücken tropfte Blut. Ihm kam das Survivaltraining in den Sinn, das ihm vor vielen Jahren auf einem Schulausflug eingetrichtert worden war. *Schutz suchen, die Wunde versorgen und Hilfe holen.* Aber das würde ihm wohl kaum etwas nützen, wenn der Mörder ihn in wenigen Minuten aufspüren würde.

Er presste den Mund zu, um sich daran zu hindern, vor Schmerzen aufzustöhnen, als er einen heruntergefallenen Ast ergriff. Dann ging er rückwärts und zog den Ast hinter sich her, damit die Blätter und Tannenzapfen seine Blutstropfen auf dem Waldboden verwischten. Er schaffte es bis in den Schatten eines massiven, von Büschen umgebenen Felsblocks. Er kroch unter einem Strauch wilder Himbeeren hindurch, der den Eingang zu einer Spalte unter dem riesigen Felsen bedeckte, und rollte sich hinein. Er hatte nicht gesehen, dass dort ein Stachelschwein saß. Das Tier fletschte die Zähne und kletterte über ihn hinweg, riss ihm mit seinen scharfen Krallen die Haut auf und verschwand im Unterholz. *Ich brauche Hilfe.*

Colter holte sein Handy aus der Gesäßtasche und starrte ungläubig auf das Display. Er drehte es um und zwang seine zitternden Finger, den Deckel des Akkus zu entfernen. Dann fluchte er leise vor sich hin: Jemand hatte die SIM-Karte entfernt. Es würde keine Hilfe kommen.

Es war wie ein Albtraum; er hatte keine Chance gegen einen Mann, der bis an die Zähne bewaffnet war und ihn bei lebendigem Leib verbrennen wollte. Dennoch war er es Lilly schuldig, ihren Mörder zur Strecke zu bringen. Er lauschte und spähte durch die hellgrünen Blätter des Himbeerstrauchs, hörte aber nur das Fiepen der Rothörnchen. Fürs Erste glaubte er sich in Sicherheit, trotzdem gab er keinen Laut von sich. Er holte eine der vier Wasserflaschen aus seinem Rucksack und spülte sich die Augen aus. Er zog Jacke und Hemd aus und holte den Verbandskasten hervor; mit den Fingern tastete er nach der Verletzung an seinem Rücken, und es gelang ihm, einen dicken Verband auf die Stichwunde zu schieben.

Dank der langen regendichten Jacke, die er sich um die Hüften gebunden hatte, war ihm das Benzin nicht auf die Hose gelaufen, aber sein T-Shirt war vorne komplett durchnässt, und der Geruch würde dem Mörder verraten, wo er steckte. Er fand den Kapuzenpullover und die Thermohose, die Lilly für ihn eingepackt hatte, und zog sie an. Die Erinnerung an ihren blutüberströmten Körper und ihre starren, leblosen Augen traf ihn wie ein Hammerschlag, und seine Zähne klapperten. *Lilly. O Gott, Lilly.*

In heller Panik knüllte er seine benzindurchtränkten Kleider zusammen, schob sie tiefer in die Felsspalte und deckte sie mit Erde, Steinchen und Blättern zu. Erschöpft und zitternd trank er die Wasserflasche leer, kramte in seinem Rucksack und lauschte. Sein Herz schlug bis zum Hals, als er das unverwechselbare Geräusch eines Mannes hörte, der durch das Unterholz brach. Starr vor Angst, presste er sich an den Felsen, zog die schwarze Kapuze um sein Gesicht zusammen und beobachtete, wie sich die Schösslinge bewegten und Vögel hochflogen, während er hörte, wie der Mörder immer näherkam. Colter zuckte zusammen, als der Mann, in Tarnkleidung und mit einem Totenkopftuch vor dem Gesicht, keine zehn Meter von seinem Versteck entfernt auftauchte. Er war jetzt langsamer geworden, schien in die Luft zu schnuppern und bewegte den Kopf langsam hin und her, aber Colter war in seinem Windschatten und der Benzingeruch war verflogen. Der Mörder tat noch ein paar Schritte in seine Richtung. Jetzt war er so nah, dass Colter den Schweiß des Mannes riechen und das Gewehr über seiner Schulter und das Jagdmesser in seiner Hand sehen konnte. Als der Mörder sich bückte und den Boden auf der anderen Seite des Gebüschs absuchte, schlug Colters Herz so schnell, dass er es gegen seine Rippen pochen spürte. Sein Atem gab ein keuchendes Geräusch von sich, und er presste sich eine Faust auf den Mund und versuchte verzweifelt, seine Atmung zu kontrollieren.

Zweige knackten unter den blutgetränkten Wanderstiefeln des Mörders. Zwischen den Flecken seiner Tarnhose waren deutlich Blutspritzer zu erkennen. In Colters Kehle stieg Galle hoch und füllte seinen Mund, als er sah, wie sich scharlachrote Tropfen von dem Messer lösten. *Lillys Blut.*

Die Blätter des Himbeerstrauchs erzitterten, und er konnte das schwere Atmen des Mörders hören. Entsetzt wartete Colter darauf, dass die hässliche Fratze des Todes durch den Strauch schauen und ihn entdecken würde. Tränen stachen ihm in den Augen. Er hatte versagt. Es war ihm nicht gelungen, die Frau, die er liebte, zu verteidigen, und nun würde er sie nicht einmal rächen können.

Als die knirschenden Stiefel aus seinem Blickfeld verschwanden, schnappte er nach Luft und lauschte. Das einzige Geräusch war der Wind, der durch die Bäume wehte, sonst hörte er nichts, nicht einmal Vogelgezwitscher. Er musste hier weg, aber vielleicht wartete der Mörder außerhalb seines Blickfelds auf ihn? Unschlüssig, was er tun sollte, starrte er eine Zeit lang in den Wald. Als er schließlich die Vögel in die Bäume zurückkehren hörte, kroch er aus seinem Versteck und suchte den Wald nach irgendwelchen Bewegungen ab. Kein Zweifel, er war allein. Er hielt sich an einem Baum fest und richtete sich langsam auf. Das taube Gefühl in seinen Beinen machte einem unangenehmen Kribbeln Platz. Er schaute sich um, um sich zu orientieren. Unten in der Ferne konnte er eine Feuerschneise ausmachen, die den Wald durchschnitt. Er wagte ein paar zögerliche Schritte; die Wunde in seinem Rücken tat weh, aber seine Beine funktionierten.

Jeder Muskel in seinem Körper war angespannt, als er loslief. Er rannte, so schnell er konnte, und bahnte sich den Weg zwischen den Bäumen hindurch. Zweige peitschten ihm ins Gesicht, und das Herz in seiner Brust drohte zu zerspringen, als er irgendwo in der Ferne einen Schuss hörte. Er wollte ausweichen, aber es war zu spät. Ein stechender Schmerz fuhr ihm durch den Kopf, und er wankte. Wie in Zeitlupe sah er, wie ein Teil eines Ohrs an ihm vorbeiflog, gefolgt von einem purpurroten Schwall Blut. Aus der Wunde floss es ihm heiß und klebrig den Hals hinunter, aber er rannte weiter.

Plötzlich tauchten zwei Männer aus dem Wald auf. Beide trugen Gewehre. Sie starrten ihn an und kamen auf ihn zu. Die Gesichter der Männer verschwammen vor seinen Augen, und in Todesangst wandte er sich um, um vor ihnen wegzulaufen. Schritte donnerten auf ihn zu, er taumelte und stürzte mit dem Gesicht voran in die Dunkelheit.

Kane warf die feuchte Wäsche in den Trockner und ging in die Küche, um sich einen wohlverdienten Becher Kaffee einzuschenken. Er war seit dem Morgengrauen auf den Beinen. Froh über ein paar Stunden Pause von der Mordermittlung, hatte er bereits die Pferdeboxen ausgemistet und seine Hausarbeit erledigt. Nach so langer Zeit beim Militär ertappte er sich manchmal dabei, wie er noch um Mitternacht seine Hütte in Ordnung brachte. Er hatte dabei auch Zeit, in Ruhe über die aktuellen Ermittlungen nachzudenken. Langsam war er die langen Arbeitstage leid und fragte sich, ob die hohe Kriminalitätsrate in Black Rock Falls jetzt Standard geworden war. Obwohl er sich eigentlich nicht wirklich beschweren konnte – klar, sie hatten im vergangenen Jahr vier Morde aufklären müssen, aber andererseits wurden in Washington, D. C. oft vier bis fünf Gewaltverbrechen *pro Tag* gemeldet.

Duke stupste sein Bein an, um ihn daran zu erinnern, dass er noch nichts zu Fressen bekommen hatte. Er tätschelte seinem Spürhund den Kopf und schüttete ihm Trockenfutter in den Napf. »Ich kaufe dir bald Fleisch, aber im Moment musst du leider fressen, was der Tierarzt empfiehlt.« Er richtete sich auf, als er hörte, dass sich Jennas SUV seinem Haus näherte. Obwohl Sonntag war, hatte sie einen Abstecher ins Büro gemacht, um ein paar Dinge zu überprüfen. Eines war sicher: Für Jenna stand ihr Job immer an erster Stelle, und ihr Privatleben kam erst ganz weit unten auf der Liste. Er nahm zwei Becher aus dem Regal, goss Kaffee hinein und gab etwas Milch und Zucker hinzu. Die Tür öffnete sich und Jenna schaute hinein. Er hielt ihr einen Becher entgegen. »Kaffee?«

»Hunger?« Jenna schwenkte eine Tüte von Aunt Betty 's Café. »Wow, hier blitzt und blinkt es ja richtig.« Sie kam auf ihn zu und schnupperte, dann gab sie ein Summen von sich. »Wann hatten Sie denn *dafür* Zeit?« Sie warf ihre Jacke auf einen Stuhl, setzte sich an den Küchentisch und ergriff mit einem wohligen Seufzer den Kaffeebecher.

Er nahm ihr gegenüber Platz und betrachtete ihre lässige Erscheinung. Sie sah hübsch aus in T-Shirt und Jeans und mit ihrem vom Wind zerzausten Haar. »Haben Sie schon gegessen?«

»Nö.« Sie nippte an ihrem Kaffee und seufzte. »Und ins Büro zu fahren war auch Zeitverschwendung. Es gibt nichts Neues zu berichten. Rowley kümmert sich um die Notrufe. Canavar ist nirgends gesichtet worden, und auch wenn wir wissen, dass er Vorräte bei sich hatte, könnte er ebenso gut im Black Rock Falls Motel übernachtet haben. Da es keine Beweise dafür gibt, dass Canavar am Tatort war, kann ich keinen Durchsuchungsbeschluss erwirken. Einen Asiaten hat auch keiner als vermisst gemeldet.« Sie zuckte mit den Schultern. »Wer auch immer unser unbekannter Toter ist, er hat weder in Black Rock Falls noch in Blackwater gewohnt, und er muss sich in den Wald gebeamt haben, denn ich wüsste nicht, wie er sonst dorthin gekommen sein kann.«

Kane öffnete die Tüte, holte einen Stapel eingewickelter Sandwiches und zwei Stücke Kuchen heraus und breitete alles auf dem Tisch aus.

»Kein Busfahrer erinnert sich an ihn«, fuhr Jenna fort, »wobei die natürlich jede Menge Fahrgäste haben. Aber ich habe auch die Jagdscheine überprüft, und es wurde keiner auf jemanden ausgestellt, auf den seine Beschreibung passt.«

Kane biss in ein Roggenbrotsandwich mit Putenbrust. Er kaute langsam und genoss den einzigartigen Geschmack der hausgemachten BBQ-Sauce von Aunt Betty 's Café.

»Ich habe auch schon mit dem Mann am Tresen des Cattleman's Hotel gesprochen«, sagte Jenna und warf ihm einen verärgerten Blick zu. »Er hat mir erzählt, dass Woods die meiste Zeit in seinem Zimmer verbracht hat, außer als er mit Bürgermeister Petersham und dessen Frau zu Abend gegessen hat.« Ihr Gesichtsausdruck änderte sich, jetzt schaute sie besorgt drein. »Wolfe und Webber sind oben in der Hütte der Finchs. Ich finde es gar nicht gut, dass Wolfe das ganze Wochenende über arbeitet und keine Zeit für seine Töchter hat, aber er hat darauf bestanden, dass das hier sein Fall ist, und er wollte sich die Scheune ansehen, bevor er dort keine Spuren mehr findet.«

»Zumindest morgen wird er sich nachmittags freinehmen müssen. Seine Jüngste, Anna, hat eine Schulaufführung.« Kane lehnte sich in seinem Stuhl zurück, und Jenna sah ihn interessiert an. »Ohne Mutter braucht sie ihn, um für sie da zu sein.«

»Vielleicht sollte das ganze Team hingehen.« Jenna hob ihr Kinn, ihre Augen waren voller Sorge. »Sie sollten sich ohnehin etwas mehr um Wolfe kümmern. Er behandelt Sie wie einen Bruder, und Sie verbringen kaum Zeit mit ihm.«

»Doch, das tue ich, wenn wir gerade nichts um die Ohren haben. Aber wenn ich ihn besuche, endet das meistens damit, dass ich mit seiner mittleren Tochter Julie ein paar Körbe werfe.« Er zuckte mit den Schultern. »Vielleicht sollten Sie als Sheriff das ganze Team einmal im Monat zu einem Grillabend einladen?«

»Gar keine schlechte Idee.« Jenna nahm einen Bissen von einem Frischkäse-Bagel.

Kane lächelte sie an. »Zurück zu Woods. Wir können uns nicht darauf verlassen, dass Wolfe etwas findet. Der Mörder ist clever und weiß, wie er seine Spuren verwischen muss. Ich glaube, wir sollten uns eingehender mit Woods' Vergangenheit beschäftigen und herausfinden, was er alles getan hat und wo er sich aufgehalten hat. Wenn wir seine Standorte mit ähnlichen ungelösten Morden in Montana in Verbindung bringen können, dann können wir ihn vielleicht doch als Verdächtigen festhalten.«

»Da Stone ihn vertritt, brauchen wir etwas ganz Handfestes.«

»Genau, ich ...«

Der Klingelton von Jennas Handy unterbrach ihn.

»Sheriff Alton. Was? Warten Sie einen Moment, ich stelle Sie auf Lautsprecher, Deputy Kane ist bei mir.« Sie warf Kane einen ungläubigen Blick zu. »Legen Sie los.«

»*Hier ist Ranger Harris, wir haben hier bei Kontrollstation fünf einen Mann, auf den geschossen worden ist.*«

»Ist er am Leben?« Jenna kaute auf ihrer Unterlippe.

»*Ja, aber er ist ziemlich durcheinander. Sagt, ein Mann hätte in der Nähe vom Bear Peak seine Freundin getötet. Zwei Jäger haben ihn gefunden und es gemeldet. Sie sagten, sie hätten einen Gewehrschuss gehört. Wir haben die Sanitäter gerufen, er ist auf dem Weg ins Krankenhaus. Einer meiner Männer wird bei ihm bleiben, bis Sie dort eintreffen.*«

»Danke. Haben Sie den Namen des Opfers erfahren?« Jenna gab Kane ein Zeichen, ihr Notizblock und Stift zu holen. »Und ich brauche die Personalien der Männer, die ihn gefunden haben.«

Harris gab die Informationen weiter und Jenna warf Kane einen besorgten Blick zu. »War Colter Barry klar genug bei Verstand, um Ihnen die Position anzugeben, an der der angebliche Mord stattgefunden hat?«

»*Nein, Ma 'am, aber es muss ein Stück westlich der Feuer-*

schneise sein. Die Jäger waren dabei, ein altes Wandergebiet zu durchqueren, um sich hier zu melden. Ich habe zwei Männer und einen Hund, die ich entbehren kann, die könnten mit den beiden dorthin zurückgehen und das Gebiet erkunden. Falls im Wald wirklich eine Leiche liegt, werden die Vögel inzwischen darüber kreisen. Schätze, dass es etwa eine Stunde dauern wird, den Ort zu finden.«

»Ja, danke, und wenn Sie eine Leiche vorfinden, rühren Sie den Tatort bitte nicht an. Melden Sie sich sofort bei Shane Wolfe, unserem Rechtsmediziner. Er ist heute Nachmittag mit seinem Assistenten Webber in der Nähe der Hütte der Finchs, westlich vom Bear Peak. Wenn Sie ihm die Koordinaten geben, wird er Sie dort treffen. Die beiden sind mit dem Pferd unterwegs.« Sie gab seine Kontaktdaten weiter. »Ich fahre zum Krankenhaus und schaue, was Mr. Barry zu erzählen hat.«

»Verstanden. Ich halte Sie auf dem Laufenden, Ma 'am.« Die Verbindung wurde unterbrochen.

Der Adrenalinstoß vertrieb Kanes Müdigkeit. Er leerte seinen Kaffeebecher und stand auf. »Ich gehe mich umziehen.«

»Keine Zeit, schnappen Sie sich einfach Ihre Waffe und Ihren Dienstausweis. Ich helfe Ihnen, die Pferde fertigzumachen.« Jenna seufzte und zuckte mit den Schultern. »So viel zum schön faulen Sonntagnachmittag.«

DREIUNDDREISSIG

Mit vor Wut zitternden Fingern baute er die letzte Wildkamera ab und steckte sie in seinen Rucksack. Hätte er nicht plötzlich die beiden Männer im Zielfernrohr gehabt, die aus dem Wald gekommen waren, hätte er seine Beute verfolgen und ihr den Rest geben können. Verdammt, er hätte so gerne mit Colter Barry gespielt, aber womöglich hätten die Männer ihn dann überrascht, blutüberströmt. Er war sich sicher, dass er Barry einen Kopfschuss verpasst hatte, und die Wahrscheinlichkeit, dass er überlebte, war gering, aber dennoch wären bald die Ranger hier und würden die Gegend absuchen. Da die beiden Männer einen Verwundeten tragen mussten, würden sie mindestens eine Stunde brauchen, um Hilfe zu holen. Er ging davon aus, dass er genug Zeit hatte, um hier alles aufzuräumen und sich bei seiner Kontrollstation zu melden, bevor er heimging.

Er ging in die Richtung zurück, aus der er gekommen war, und verwischte alle Abdrücke seiner Stiefel. Zufrieden schlenderte er zurück, um einen letzten Blick auf Lilly zu werfen. Er schaltete seine Bodycam ein, ging um sie herum und beugte sich vor, um die bestmöglichen Aufnahmen zu machen. Als seine Beute verstummt war und das Leben aus ihren Augen verschwunden war, war sein Verlangen, sie schreien zu hören, gestillt. Aber er spürte bereits, dass es nicht reichte. Dass er bald mehr brauchte. Er sah sich vor, nicht die Lache aus geronnenem Blut zu berühren, die sich um sie herum gebildet hatte, und beugte sich vor, um sie auf den Mund zu küssen. Selbst durch das Baumwolltuch hindurch fand er es seltsam erregend, wie schlaff und kalt sie sich an seinen Lippen anfühlte. In einem Anflug von Euphorie beschloss er, dass der nächste Gast, den er in seine Höhle mitnehmen würde, eine Frau sein würde.

Er würde sie besonders oft besuchen.

Eine halbe Stunde später erreichte er seine Höhle und deaktivierte den Elektrozaun vor dem Eingang. Er holte seine Taschenlampe hervor, schlüpfte hinein und schaltete eine der Lampen an der Wand ein. Hier konnte er sich waschen, umziehen und sein Ersatzgewehr holen, bevor er sich bei den Rangern meldete und das Jagdgebiet verließ. Er überprüfte die Energieanzeige des Akkus und lächelte. Seine Solaranlage ließ ihn nicht im Stich. Er ging langsam im Halbkreis durch die Höhle, nahm sein Tuch vom Gesicht und inspizierte die an der Wand aufgereihten, in Plastikfolie eingepackten Leichen. Sie grinsten, und schwarze, leere Augenhöhlen verfolgten jede seiner Bewegungen. »Hallo, Jungs«, gluckste er, »na, habt ihr mich vermisst?«

VIERUNDDREISSIG

Regen prasselte nieder. Das Unwetter war wie aus dem Nichts gekommen, und Jenna war heilfroh, dass sie vor der Abfahrt ihre Regenponchos eingepackt hatte. Das rhythmische Geräusch der Scheibenwischerblätter wirkte beinahe beruhigend auf sie. Jenna lehnte sich in ihrem Sitz zurück und war froh, dass Kane angeboten hatte, sie in die Stadt zu fahren. Sie blickte zu ihm hinüber und sah, dass der Nerv in seiner Wange zuckte, wie so oft, wenn er nachdachte. »Wenn das ein weiterer Mord ist«, sagte sie, »eskaliert unser Killer gerade.«

»Kann sein.« Er warf ihr einen Seitenblick zu und richtete seine Aufmerksamkeit wieder auf die Straße. »Vielleicht ist es aber auch ein Nachahmer. Wir hatten ja keine andere Wahl, als die Informationen über den Mord an Bailey Canavar an die Medien weiterzugeben. Es war die einzige Chance, den Aufenthaltsort ihres Mannes und die Identität des Unbekannten zu ermitteln.«

»Ich habe denen aber nur grundlegende Informationen gegeben, keine Details.« Jenna kaute auf ihrer Unterlippe. »Ich denke mal, wir werden mehr wissen, wenn wir mit Colter Barry gesprochen haben.«

»Das Problem ist, wenn Menschen ein solches Trauma durchmachen, verdrängen sie manchmal das eine oder andere.« Kane bog auf den Parkplatz des Krankenhauses von Black Rock Falls ein und hielt auf dem für sie reservierten Stellplatz. »Und zwar vollkommen unabsichtlich. Ich glaube, unser Gehirn blendet die Erinnerung aus, weil wir damit nicht fertigwerden.« Er warf ihr einen Blick zu. »Wenn wir davon ausgehen, dass der Mörder zwischen den beiden Morden zwölf Monate gewartet hat, warum sollte er dann jetzt plötzlich eine ganze Mordserie starten?« Er kratzte sich an der Wange. »Es sei denn, irgendetwas oder irgendjemand hat ihn getriggert.«

Jenna schnaubte. »Dann gehen Sie aber davon aus, dass er nicht auch anderswo in Montana gemordet hat. Ich habe ähnliche ungelöste Fälle gefunden, die vier oder fünf Jahre zurückliegen, und haufenweise vermisste Personen.«

»Ja, aber wenn der Verletzte bei klarem Verstand ist und wirklich jemand seine Freundin ermordet hat ... Falls sie der gleiche Typ ist wie die beiden anderen Opfer, dann haben wir wieder einen Serienmörder in Black Rock Falls.«

Der unverwechselbare Geruch, der allen Krankenhäusern zu eigen ist, umwehte Jenna, als sie im Flur vor der Notaufnahme saßen. Nachdem sie sich am Schalter nach Colter Barry erkundigt und keinerlei Informationen erhalten hatten, warteten sie darauf, dass jemand aus der Notaufnahme kam, der ihnen weiterhelfen konnte.

Als endlich ein Arzt durch die Tür trat, marschierte Jenna geradewegs auf ihn zu und zeigte ihren Dienstausweis. »Ich bin Sheriff Alton, und das hier ist mein Deputy David Kane. Wir müssen dringend mit Colter Barry reden, einem Mann mit Schussverletzung, der vorhin von Rangern hergebracht wurde. Es geht um den angeblichen Angriff auf seine Freundin.«

»Ich führe Sie hin.« Der Arzt schob seine Karte durch den

Scanner und öffnete ihr die Tür. »Er ist dort rechts, mein Kollege ist gerade bei ihm, und ein Ranger hält Wache; ist er der Verantwortliche?«

»Wir haben noch keine Details, deshalb müssen wir ja mit ihm reden.« Jenna ging hinein, Kane hielt sich dicht hinter ihr. Sie schaute sich in dem Raum um und entdeckte einen Ranger, der vor einem von weißen Vorhängen umgebenen Krankenbett Wache stand. Sie wandte sich an den Arzt, der sie hereingeführt hatte. »Danke, während ich auf den zuständigen Kollegen warte, werde ich mit dem Ranger sprechen.«

Der Ranger sah erleichtert aus, als er sie sah, und kam auf sie zu. *Wenigstens weiß er, wer ich bin.* Sie gingen hinaus auf den Flur. »Was haben Sie herausgefunden?«

»Colter Barry, sechsundzwanzig, aus Blackwater. Er hat eine Schusswunde am Kopf und eine Messerwunde im Rücken. Sieht aus, als hätte ihn jemand verprügelt, und er redet von Mord und Blut. Er sagt immer wieder: ›Er hat Lilly umgebracht.‹« Der Ranger richtete sich auf. »Wir haben einen Suchtrupp in der Gegend, mit zwei Förstern und mindestens einem Dutzend Freiwilliger. Der Arzt ist gerade bei ihm; er sagte etwas von MRT.«

Jenna holte Notizblock und Stift hervor. »Danke, dass Sie auf uns gewartet haben. Wir übernehmen dann jetzt.«

»Gerne, Ma 'am. Wir dachten, wenn derselbe Mann, der das andere Paar getötet hat, auch hierfür verantwortlich ist, dann könnte Mr. Barry in Gefahr sein, immerhin ist er dem Killer entkommen.« Der Ranger sah sie traurig an. »Unser schöner Wald scheint in letzter Zeit immer mehr zum Schauplatz grausamer Morde zu verkommen. Ich beneide Sie nicht um die Aufgabe, diesen Mann zu fassen.« Er nickte Kane zu und verließ die Notaufnahme.

Jenna schaute ihm bewundernd hinterher und wandte sich dann an Kane. »Langsam glaube ich, dass die Parkranger ein anderer Menschenschlag sind als wir.«

»Man braucht für die Ausbildung einen Bachelor-Abschluss. Ja, die sind bei ihrer Arbeit sehr engagiert.« Kane zuckte mit den Schultern. »Ich glaube, wir können froh sein, dass sie uns so bereitwillig helfen, wenn es nötig ist.« Sie schob den Vorhang um Colter Barrys Bett ein Stück beiseite. »Doktor, ich bin Sheriff Alton. Darf ich mit Mr. Barry sprechen?«

Ein glatzköpfiger Mann in den Fünfzigern in Arztkittel und mit Stethoskop um den Hals spähte durch den Spalt. »Ja, Mr. Barry will unbedingt mit Ihnen sprechen. Leider verliert er aufgrund seiner Verletzungen immer wieder das Bewusstsein, und ich bin mir nicht sicher, ob das, woran er sich zu erinnern meint, nicht vielleicht seiner Fantasie entspringt.« Er trat zur Seite, um sie durch den Vorhang zu lassen. »Ich habe veranlasst, dass ein MRT gemacht wird. Er hat erhebliche Kopfverletzungen und hat eine Weile unter Lähmungen gelitten, der Angreifer hat ihm ein Messer in die Lendengegend gerammt. Ich möchte Sie bitten, Ihre Befragung auf ein Minimum zu beschränken. Ich werde draußen warten.«

Jenna schaute auf das Namensschild des Arztes. »Danke, Dr. Ross.«

Sie musterte das zerschundene Gesicht des Mannes, der flach auf dem Rücken lag. Seine blutunterlaufenen Augen waren so stark geschwollen, dass er nur durch Schlitze schauen konnte, sein blondes Haar war blutverschmiert.

Sie näherte sich dem Bett. Kane stellte sich mit ernster Miene neben sie, ein Notizbuch in der einen und einen Stift in der anderen Hand.

Jenna berührte Colters Hand. »Mr. Barry, ich bin Sheriff Jenna Alton und das hier ist Deputy Kane. Können Sie uns erzählen, was Ihnen zugestoßen ist?«

Was der Mann ihnen, immer wieder von Schluchzern und Tränen unterbrochen, berichtete, verpasste ihr eine Gänsehaut. Sie fragte ihn mehrmals, ob er wirklich fortfahren wolle, aber er bestand darauf. Er schien bei vollkommen klarem Verstand zu sein und gar nicht durcheinander, wie der Ranger behauptet hatte. »Okay, jetzt möchte ich Sie bitten, mir den Mann, der Ihnen und Lilly das angetan hat, so genau wie möglich zu beschreiben.«

Colter schloss die Augen, als würde er abdriften, doch dann blickte er zu ihr auf. Sie sah an seinem Mund, wie angewidert er war. »Er war von Kopf bis Fuß in Flecktarn gekleidet, wie ein Soldat, und hatte eines dieser Totenkopftücher vor dem Gesicht, die Biker tragen. Er trug eine Wollmütze, ähnlich wie Ihre. Er war ein Weißer; ich konnte einen Streifen Haut über seinen Augen sehen, zwischen Mütze und Sonnenbrille.« Colter sah Kane an. »Er war nicht so groß wie Sie, vielleicht fünf oder sechs Zoll kleiner und nicht so kräftig, aber gut in Form.« Er holte tief Luft. »Er hat mich herumgeschleudert, als würde ich gar nichts wiegen. Ich konnte Lilly nicht helfen.«

»Ich bin sicher, Sie haben alles getan, was Sie konnten, Colter.« Jenna drückte sanft seinen Arm. »Was war mit seiner Stimme? Hatte er einen Akzent?«

»Seine Stimme war seltsam, wie verzerrt oder so.« Aus Colters Kehle drang ein seltsam gurgelndes Geräusch, dann hustete er und stöhnte. »O Gott, ich kriege ihn nicht aus meinem Kopf.«

»Lassen Sie sich Zeit.« Kane lehnte sich näher an das Bett. »Er kann Ihnen jetzt nichts mehr tun, und wir benötigen jede Information, die wir kriegen können, um dieses Monster zu fangen.«

»Okay, okay.« Colter schien mit einem inneren Dämon zu ringen, und sein Atem wurde schneller. »Er hatte einen Ohrstöpsel und vorne an seiner Weste eines dieser Sprechfunkdinger, die auch die Polizei benutzt.«

Jenna warf Kane einen Blick zu. »Ein Kommunikationssystem?«

»Ja, und noch etwas, eine Bodycam.« Colter schien sich jetzt mehr ein Herz zu fassen. »Er stellte immer wieder Fragen wie: ›Was soll ich als Nächstes mit ihr machen?‹, aber ich war ja geknebelt, er wusste, dass ich nicht sprechen konnte.«

Jenna drückte sanft seinen Arm. »Okay, wir haben jetzt erst einmal genug, um weiterzumachen. Wir werden wiederkommen, um noch einmal mit Ihnen zu sprechen. Zu Ihrer eigenen Sicherheit lasse ich Sie nach oben in eine Abteilung mit eingeschränktem Zugang verlegen, und da wird rund um die Uhr ein Deputy im Dienst sein. Ich werde Ihre Eltern benachrichtigen; sie können Sie dort besuchen.«

»Finden Sie einfach Lilly, sie ist ganz allein da draußen.«

»Wir werden sie finden.« Kanes Gesichtsausdruck war wie versteinert. »Wir haben dort schon einen Suchtrupp.«

Jenna war übel, als sie sich zum Gehen wandte. Sie sah Kane an. »Schicken Sie so schnell wie möglich jemanden hierher.«

»Verstanden.« Kane holte sein Handy hervor und ging hinaus auf den Flur.

Jenna wandte sich an den Arzt, der hinter dem Vorhang wartete. »Ich werde dafür sorgen, dass bald ein Deputy kommt. Können Sie den Sicherheitsdienst rufen, damit ihn jemand bewacht, bis er eintrifft?« Sie hob ihr Kinn. »Und verlegen Sie ihn bitte auf die Sicherheitsstation. Er ist unser einziger Zeuge, und es ist gut möglich, dass der Mörder hierherkommt, um ihn zu töten.«

»Kein Problem, ich rufe da sofort an, und wir werden ihn direkt vom MRT dorthin bringen.« Der Arzt machte sich auf den Weg zum Schwesternzimmer. Kane kam wieder herein. »Wir warten, bis ein Sicherheitsbeamter eintrifft«, teilte Jenna ihm mit. Ihr Handy vibrierte in ihrer Tasche, sie zog es heraus und sah auf das Display. »Es ist Wolfe.« Sie nahm den Anruf entgegen. »Hi, Shane, haben Sie in der Scheune etwas gefunden?«

»Wir haben Proben genommen, aber ich werde eine Weile brauchen, um sie zu analysieren, bevor ich Ihnen etwas Genaues

sagen kann. Ich habe gerade einen Anruf von einem der Parkranger erhalten, dass es hier in der Nähe eventuell eine weitere Leiche gibt. Wir reiten jetzt hinüber, um uns dem Suchtrupp anzuschließen. Es regnet seit einer Weile ziemlich stark, da wird es verdammt schwer sein, Spuren zu sichern.«

»Ich bin mit Kane im Krankenhaus. Wir haben den Freund des Opfers befragt. Es gibt große Ähnlichkeiten zwischen seiner Geschichte und dem vorherigen Mord. Der Mörder hat ihn mit Benzin übergossen und das weibliche Opfer erstochen. Die Vermisste heißt Lilly Coppersmith, ist zwanzig Jahre, einssiebzig, dunkles Haar, blaue Augen. Wir warten auf einen Wachmann, der auf ihn aufpasst, bis einer unserer Deputys übernehmen kann, dann machen wir uns auf den Weg zu Ihnen.«

»Ich schicke Ihnen die Koordinaten einer Feuerschneise, die parallel zum Berg verläuft. Sie liegt ein Stück von der Straße entfernt, und Sie müssen von dort aus zum Bear Peak hoch, aber ich habe gehört, dass es schneller geht, als den normalen Weg zu nehmen. Wenn wir gewusst hätten, dass diese Feuerschneise existiert, hätte uns das bei dem anderen Mord einiges erleichtert, aber sie ist noch auf keiner Karte verzeichnet. Sie wurde erst Ende des Sommers in den Wald geschlagen.«

Jenna atmete erleichtert auf, als zwei Männer vom Sicherheitspersonal die Notaufnahme betraten. »Der Sicherheitsdienst ist da. Wir machen uns auf den Weg.«

»Verstanden.«

FÜNFUNDDREISSIG

Noch bevor Wolfe sie über ihr Handy anrief, um ihr die aktuellen Koordinaten durchzugeben, sah Jenna bereits die Krähen kreisen. Wolfe berichtete, dass der Suchtrupp die Leiche von Lilly Coppersmith gefunden hatte, und er war schon nach der ersten vorläufigen Untersuchung zu dem Schluss gekommen, dass sie es mit demselben sadistischen Mörder zu tun hatten. Sie gab die Informationen an Kane weiter. Jenna atmete tief ein und aus. Die Bergluft war frisch und duftete würzig. Als sie die Feuerschneise verließen und einen schmalen Pfad hinuntergingen, kam sie sich vor wie in einem Märchenwald. An jedem herabhängenden Zweig und auf jedem filigranen Spinnennetz glitzerten Regentropfen, und überall huschten Tiere umher, als wären sie begeistert, dass der Regen aufgehört hatte.

Sie absorbierte die Schönheit des Berges, um sich so für das Grauen zu wappnen, das sie am Tatort erwartete. Nach dem letzten grausamen Mord ging sie davon aus, dass sich der Mörder diesmal noch weitere Methoden ausgedacht hatte, sein Opfer zu quälen. Er musste in sein teuflisches Werk so vertieft gewesen sein, dass er nicht bemerkt hatte, wie Colter Barry ihm entwischt war. Als sie um eine Kurve kamen, zeigte sie auf eine orangefarbene Flagge in der Ferne. »Das ist Wolfes Markierung, und ich kann Pferde hören.«

»Wenn dieser Mord auch nur annähernd dem entspricht, was Colter Barry beschrieben hat, dann wird das gleich ziemlich unschön.« Kane musterte sie besorgt. »Wenn Sie merken, dass Sie einen Flashback bekommen, treten Sie einen Schritt zurück, und atmen Sie tief ein und aus. Vergessen Sie nicht, dass Sie ein tolles Team haben, auf das Sie sich verlassen können, wenn es nötig ist.«

Seit ihrer Entführung damals hatte sie immer wieder diese Flashbacks. Der letzte lag jetzt schon einige Zeit zurück, aber manchmal überkamen sie sie komplett ohne Vorwarnung. Sie hasste diese Schwäche, vor allem wenn sie sie bei ihrer Arbeit behinderte. Jenna zwang ihre Lippen zu einem Lächeln. »Danke, aber ich komme schon zurecht. Beim letzten Mal ist auch nichts passiert, und ich bin mir sicher, dass ich mit Mordfällen umgehen kann. Die Flashbacks waren eine vorübergehende Störung, nichts weiter.«

»Das hab ich auch nie bezweifelt.« Kanes Lächeln kam von Herzen.

Die anderen hatten ihre Pferde an den Bäumen entlang des Weges angebunden, und sie konnte Wolfe hören, wie er mit seiner tiefen Stimme Befehle bellte. »Okay, wir lassen die Pferde hier und gehen zu Fuß weiter.«

Sie nahmen einen überwucherten Pfad durch den Wald, und hinter ihr hielt Kane immer wieder an, um die Bäume am Wegesrand zu überprüfen. Sie wartete, bis er wieder aufgeholt hatte. »Haben Sie etwas gefunden?«

»Ja, dieselben Markierungen an den Baumstämmen wie beim letzten Mal. Ich würde vermuten, dass es sich um Wildkameras handelte, und dort hinten habe ich die Überreste eines Anstands gefunden, wie Jäger ihn sich bauen. Er sieht frisch aus, und dies ist kein ausgewiesenes Jagdgebiet. Allerdings können wir auch nicht ausschließen, dass jemand die Kameras und die Anstände benutzt hat, um Vögel zu beobachten.«

Jenna bemerkte den typisch metallischen Geruch von Blut in der Luft, und ihre Haut begann zu kribbeln. »Vielleicht, aber Colter Barry erwähnte, dass der Killer eine Bodycam benutzte. Er filmt seine Morde also.«

»Die haben alle die eine oder andere Trophäe.« Kanes Blick wanderte an ihr vorbei, und er schüttelte angewidert den Kopf. »Es sieht so aus, als würde unser Killer viel schneller eskalieren, als ich angenommen habe.« Kane holte zwei Gesichtsmasken aus seiner Tasche und reichte ihr eine.

Voll düsterer Vorahnungen ging Jenna auf die kleine Lichtung zu, die an einer Seite des Weges lag. Bei dem schrecklichen Anblick, der sich ihr bot, musste sie dennoch nach Luft schnappen. Sie drückte sich den Mund-Nase-Schutz enger ans Gesicht, um den Geruch des Todes zu lindern. Durch das Dröhnen in ihrem Kopf drang der Klang von Wolfes Stimme. Sie lenkte ihre Aufmerksamkeit fort von den grausigen Überresten der einst sicherlich hübschen jungen Frau und sah ihren Deputy an. »Was können Sie mir sagen?«

»Das Opfer ist Lilly Coppersmith. Ich habe einen Führerschein in ihrer Tasche gefunden, und sie sah den letzten beiden Opfern verblüffend ähnlich. Der Todeszeitpunkt stimmt mit Mr. Barrys Geschichte überein. Bei so vielen Verletzungen kann ich die Todesursache jetzt noch nicht feststellen. Das geht erst nach der Autopsie.« Wolfe ließ seine blassgrauen Augen über Jennas Gesicht wandern, als wolle er ihre Reaktion abwägen. »Dieser Mord ist anders als die bisherigen, und doch gibt es Ähnlichkeiten. Ich nehme an, seine Schusswunde hat Mr. Barry während der Flucht erlitten?«

»Ja, und er hat eine tiefe Stichwunde an der unteren Wirbelsäule und Gesichtsverletzungen, die auf Schläge hindeuten.« Jenna räusperte sich. »Lilly ist ziemlich übel zugerichtet.«

»Aber er hat sie nicht erschossen. Ich glaube, der Mörder hat mit ihr gespielt.« Wolfe führte sie näher an die Leiche heran. »Nach der Autopsie werde ich mehr wissen, doch die Verletzungen an ihren Armen und Beinen sind definitiv keine Verteidigungswunden.« Er winkte Webber zu sich. »Zeigen Sie Sheriff Alton die Bilder, die wir von Paige Allens Knochen gemacht haben, und dann die von Bailey Canavar, damit sie den Unterschied sehen kann.«

»Sehen Sie, dass die Wunden an Paiges Armen ganz zufällig platziert sind?« Webber zeigte auf die tiefen Risswunden in den Knochen. »Sie sind überall, verlaufen in verschiedene Richtungen und sind von unterschiedlicher Tiefe.«

Jenna schaute sich die Nahaufnahmen an. »Ja, bei Paige sieht es aus, als hätte sie die Unterarme hochgehalten, um ihr Gesicht zu schützen.«

»Jetzt schauen Sie sich dagegen Lillys Arme und Beine an.« Wolfe hockte sich neben die Leiche und achtete darauf, nicht in die Blutlache zu treten. »Sehen Sie, hier und hier? Das sind die gleichen Wunden wie bei Bailey Canavar.«

Jenna schluckte die aufsteigende Galle in ihrer Kehle hinunter und beugte sich näher heran. Die tiefen Schnitte schienen in geraden Linien zu verlaufen und gleich weit voneinander entfernt zu sein. Sie blickte zu Wolfe auf. »Das sieht methodisch aus.«

»Und nichts spricht für eine Abwehrhaltung.« Kane beugte sich über ihre Schulter. »Er hat sie gefesselt, und den blauen Flecken nach zu urteilen, hat er sie zusätzlich noch festgehalten, als er ihr die Schnittwunden zugefügt hat. Es sind Abdrücke von Fingern an ihren Handgelenken.« Er schüttelte den Kopf. »Es ist genau so passiert, wie Colter Barry es erklärt hat.«

»Ja.« Wolfe schüttelte den Kopf. »Und wir wissen, dass er das nicht zum ersten Mal gemacht hat. Er weiß, wie man einem

Menschen ein Maximum an Schmerz zufügt und ihn trotzdem am Leben erhält.«

»Glauben Sie, er hat sie vergewaltigt?«, fragte Webber. Sein Adamsapfel bewegte sich auf und ab. »Hat Mr. Barry das erwähnt?«

»Nein«, sagte Kane und legte die Stirn in Falten, als er Wolfe anschaute. »Kann man das schon feststellen?«

»Nein, erst nach der Autopsie. Es gibt keine Spuren im eigentlichen Sinne, aber wir haben eine leere Kondompackung gefunden, also ist es wahrscheinlich.« Wolfe räusperte sich.

Jenna schluckte schwer und versuchte, sich die grausigen Details zu vergegenwärtigen. Sie wandte sich an Kane: »Mit was für einem Täter haben wir es zu tun?«

»Das Vorgehen unseres Mörders ist ziemlich ungewöhnlich.« Kane schüttelte langsam den Kopf. »Er lässt einige seiner Leichen für die Tiere liegen, andere aber nicht, die lässt er verwesen. Ich frage mich, ob er sie hinterher besucht.«

»Sie meinen, er benutzt das Benzin, um die Tiere von seinen Opfern fernzuhalten?«, warf Webber ein. »Damit er zurückkommen und sie sich anschauen kann?« Er blickte Kane an, seine Augen waren voller Abscheu. »Gott, ist das ekelhaft.«

»Das ist ein ungewöhnliches Verhalten.« Kane kratzte sich am Kopf. »Ich frage mich, ob er Trophäen mitgenommen hat.«

Jenna stand auf. Froh, nicht mehr die starrenden Augen von Lilly Coppersmith sehen zu müssen, wandte sie sich an Kane. »Gütiger Himmel, Sie glauben doch nicht etwa, dass dieser Widerling Teile seiner Opfer zu Hause im Kühlschrank hat, oder?«

»Möglich ist alles.« Kane räusperte sich. »Wer einem Menschen so etwas antut, den würde ich nicht gerade als ›normal‹ bezeichnen.«

SECHSUNDDREISSIG

MONTAG, WOCHE ZWEI

Der Montagmorgen brachte kühle, frische Luft, die den erdigen Duft des nächtlichen Regens verströmte. Kane hatte die Stallarbeit schon vor Tagesanbruch erledigt und traf sich nach ihrem allmorgendlichen Training mit Jenna zum Frühstück. Im Stall hatte er weiter über den Fall nachgedacht und sich verschiedene Profile durch den Kopf gehen lassen, in die ihr Mörder passen könnte. Er wartete, bis Jenna aufgegessen hatte, bevor er das Thema anschnitt. »Die Vorgehensweise des Mörders weicht in so vielen Aspekten von den herkömmlichen Mustern ab, dass ich es schwierig finde, ein Profil von ihm zu erstellen.«

»Ich weiß, was Sie meinen.« Jenna verzog angewidert das Gesicht. »Nach den Tatorten zu urteilen, würde ich sagen, er ist eine Mischung aus Jeffrey Dahmer und Hannibal Lecter.«

Kane rieb sich den Nacken. »Er weist Züge mehrerer berühmter Serienmörder auf, weshalb ich mich frage, ob er vielleicht auf gewalttätige Psychopathen fixiert ist. Vielleicht ist dieses unberechenbare Verhalten eine Art Rollenspiel, oder er will sich einfach einen Platz in der Geschichte sichern. Viele Menschen haben für Ruhm getötet.«

»Aber warum sucht er sich immer denselben Typ Frau

aus?« Jenna nippte an ihrem Kaffee und stieß einen wohligen Seufzer aus.

Kane schenkte sich nach und gab Milch und Zucker in seinen Becher. »Wenn er krankhaft auf Killer fixiert ist, geht es ihm vielleicht um Hybristophilie.«

»Um was?« Jenna schmunzelte. »Was ist das denn?«

»Hybristophilie ist eine sexuelle Neigung, bei der sich jemand, meistens Frauen, zu Mördern hingezogen fühlt.« Er begegnete ihrem Blick. »Man nennt es auch das Bonnie-und-Clyde-Syndrom. Ich weiß, es klingt ein bisschen weit hergeholt, aber es könnte ein Teil seines Motivs sein.«

»Wie denn das?«

»Ich kenne zwei mögliche Ursachen für seine Art von Psychopathie. Aufgrund von dem, was er vor allem den Frauen zugefügt hat, wissen wir, dass der Mörder von seiner eigenen Wichtigkeit besessen ist und unbedingt die Kontrolle haben will.« Kane nippte an seinem Kaffee und genoss den vollmundigen Geschmack seiner Lieblingsmarke. »Ich nehme an, das geht auf seine Kindheit zurück. Wenn ihn jemand, den er sehr lieb gehabt hat – seine Mutter, seine Großmutter oder ein Mädchen, in das er verliebt war –, beispielsweise vor anderen lächerlich gemacht hat, vielleicht vor seinen Freunden, dann kann der Zorn darüber jahrelang schwelen, bevor er sich Bahn bricht.« Er schaute Jenna an. »Das ist wohl das wahrscheinlichste Szenario. Allerdings könnte jemand mit einer labilen Persönlichkeit auch eine solche Störung entwickeln, wenn die Mutter oder Großmutter stirbt und er somit alleingelassen wurde. Vielleicht wurde er auch misshandelt oder sexuell missbraucht. In all diesen Fällen hätte für ihn keine Möglichkeit bestanden, die Umstände zu kontrollieren, aber wenn er jetzt mordet, dann hat er die volle Kontrolle über Leben und Tod. Die Frauen, die er ermordet, haben alle dunkles Haar und blaue Augen. Dieser Typ Frau muss für ihn von Bedeutung sein, und er muss sich selbst beweisen, dass er die Kontrolle über solche Frauen hat.« Er runzelte die Stirn, als er sich den Anblick der getöteten Frauen in Erinnerung rief. »Dass er sie gequält hat, ist auch wichtig. Er will, dass sie um ihr Leben winseln, und stellt dabei in seinem kranken Kopf die Situation nach, in der er sich früher befunden hat.« Er seufzte. »Aber indem er die Kontrolle übernimmt und sie tötet, stellt er für sich eine Art Balance her.«

»Und was hat das mit der Fixierung auf andere Serienmörder zu tun?« Jenna hob fragend eine ihrer schwarzen Augenbrauen.

Kane lehnte sich so weit in seinem Stuhl zurück, dass er knarrte. »Die unterschiedlichen Methoden, die er bei seinen Morden anwendet, machen deutlich, dass er von anderen Psychopathen weiß.«

»Und wie bringen Sie das Bonnie-und-Clyde-Syndrom mit seinem Motiv in Verbindung?«

Kane strich mit der Fingerspitze über den Rand seines Kaffeebechers. »Wir haben es mit einem Mann mit einem gewaltigen Ego zu tun. Es würde mich nicht wundern, wenn er davon ausgeht, dass ihm die Frauen in Scharen zulaufen werden und er Macht über sie haben wird, wenn er erst einmal als berühmter Mörder im Gefängnis sitzt.« Er sah sie stirnrunzelnd an. »Es gibt Frauen, die sich zu Kriminellen hingezogen fühlen. Die übelsten Serienmörder erhalten sexuell explizite Briefe von tausenden Frauen. Verdammt nochmal, einige heiraten sogar im Gefängnis.«

»Aber warum konzentriert er sich dann ausgerechnet auf Paare?«

»Das ist purer Narzissmus. Er setzt die Männer außer Gefecht und foltert dann die Frauen vor ihren Augen, um den Frauen zu beweisen, dass ihre Männer Schlappschwänze sind, die ihn nicht aufhalten konnten. Es ist eine typische Situation nach dem Motto: ›Sieh mich an, ich bin besser als du.‹ Er will seine Dominanz über die Frauen beweisen, aber um sein Ego zu befriedigen, braucht er dabei einen Zeugen. Wir können zu seinen Verhaltensmerkmalen also hinzufügen, dass er Publikum braucht.« Kane begegnete ihrem neugierigen Blick. »Wir wissen dank Colter Barrys Aussage, dass der Mörder ihn außer Gefecht gesetzt hat und ihn gezwungen hat, ihm zuzusehen. Das würde dazu passen, dass der Mörder die männlichen Opfer mit Benzin übergießt: Er will verhindern, dass sie von Tieren gefressen werden. In der kranken Psyche des Mörders muss der Mann auch im Tod noch zusehen, wie die Tiere die Frau auffressen, die er liebt.« Er rieb sich das Kinn. »Das Problem ist, dass ich keine Ahnung habe, was er als Nächstes plant und warum er jetzt eskaliert. Es ist, als würde er die Persönlichkeiten von mehreren berühmten Mördern übernehmen und miteinander vermischen. Er handelt scheinbar ohne Sinn und Verstand. Er stellt seine Opfer nicht zur Schau und nimmt auch keine physischen Trophäen mit, es sei denn, er hat zu Hause einen Kühlschrank voller Körperteile. Die tödliche Verletzung ist jedes Mal anders, und er benutzt unterschiedliche Waffen.«

»Aber wir haben ja trotzdem einige Gemeinsamkeiten.« Jenna blickte ihn scharf an. »Es sind immer Paare, es sind immer dunkelhaarige Frauen, und es sind immer Wanderer, die auf alten Pfaden unterwegs sind.« Sie starrte einige Augenblicke lang ins Leere. »Er weiß offensichtlich, wie man jemanden außer Gefecht setzt, indem man seine Wirbelsäule verletzt, und er hat dabei jedes Mal die gleiche Methode angewandt. Ich würde sagen, er ist ein hervorragender Schütze, aber das sind hunderte anderer Männer hier auch; beide Fähigkeiten lassen sich mit dem Militär in Verbindung bringen, genau wie die Tarnkleidung. Wir gehen davon aus, dass er Wildkameras benutzt, was ziemlich speziell ist, und wenn er Trophäen braucht, was wäre da besser geeignet als ein Video von der Tötung?«

Kane lächelte sie an. »Sie haben recht, und Canavar und Woods passen auf das Profil und auf die Beschreibung, die

Colter Barry uns gegeben hat. Woods ist vorbestraft, und Canavars Ex-Freundin wird vermisst. Beide haben sich zu dem Zeitpunkt, als Bailey ermordet wurde, in der Nähe aufgehalten. Was die Indizien angeht, wäre es schwierig, sich für einen von beiden zu entscheiden.«

»Es besteht kaum ein Zweifel, dass derselbe Mörder mindestens Bailey Canavar und Lilly Coppersmith umgebracht hat.« Jenna stand auf und lehnte sich gegen den Küchentresen. »Aber im Moment haben wir bei beiden Verdächtigen nichts, wodurch wir sie mit Lilly Coppersmiths Tod in Verbindung bringen können.«

»Dann müssen wir halt nach weiteren Hinweisen suchen.« Kane stand auf und sah sie an. »Das Problem mit Canavar und dem Mord an Lilly Coppersmith ist, dass ihn seit dem Tag, als Bailey und der Unbekannte ermordet wurden, niemand mehr gesehen hat.«

»Ich glaube schon, dass wir auf der richtigen Fährte sind. Wahrscheinlich schläft er im Wald, und in Tarnkleidung fällt er dort auch gar nicht weiter auf.« Jenna sammelte das Geschirr ein und spülte es kurz ab, bevor sie es in den Geschirrspüler tat. »Wir müssen herausfinden, wo Woods gestern war.«

Kane nickte. »Auf jeden Fall.«

Der Wind hatte wieder aufgefrischt, und als Jenna aus ihrem Auto stieg, schlug ihr eine schneidende Kälte entgegen, deren eisige Finger die Ränder ihrer Jacke lüfteten. Sie schaute zum Himmel empor und war auf dunkle Wolken gefasst, aber der Himmel war in alle Richtungen wolkenlos und tiefblau. Die Leute schlenderten ohne allzu dicke Kleidung auf dem Bürgersteig und schienen den ersten Anflug winterlichen Wetters gar nicht zu bemerken. Die rosigen Wangen und die laufende Nase eines Kleinkindes, das sie über die Schulter seiner Mutter hinweg angrinste, erinnerten sie daran, dass sie bald zum Arzt musste, um sich ihre Grippeimpfung zu holen. Sie wich einer Gruppe Jugendlicher aus, die mit gesenkten Köpfen auf ihre Handys starrten, während sie an der Bushaltestelle warteten, und ging auf die Eingangstür ihrer Dienststelle zu. Sie fand die Straßen von Black Rock Falls ungewöhnlich belebt für diese Uhrzeit, doch dann fiel ihr ein, dass es Montag war und die örtlichen Wohlfahrtsverbände heute im Gemeindezentrum einen Flohmarkt veranstalteten, wo sie alles Mögliche verkauften, von Eingemachtem bis zu Antiquitäten.

Ihr Magen verkrampfte sich aus Sorge um die Bewohner

ihres Städtchens, ganz zu schweigen von den Horden von Besuchern, die täglich herkamen, um die Landschaft zu genießen oder im Wald auf die Jagd zu gehen. Es war kaum zu glauben, dass die Gewalt diese schöne Stadt schon wieder heimsuchte. Fast kam es ihr vor, als lauere die Gefahr an jeder Ecke und sie könne nichts dagegen tun. Wie viele Menschen würden noch sterben, während sie Sheriff war? Sie schluckte den Kloß in ihrem Hals hinunter. Black Rock Falls lag isoliert inmitten ausgedehnter Wälder und Ebenen, und es barg viele Geheimnisse. Und nun kam es ihr endgültig so vor, als hätten die Serienmörder es zu ihrem bevorzugten Jagdrevier erkoren. Sie warf noch einen letzten Blick auf die majestätischen Berge, dann schüttelte sie den Kopf und betrat das Gebäude. Rowley stand wie meistens am Tresen und plauderte mit Maggie. »Morgen«, sagte sie. »Haben Sie irgendetwas zu berichten?«

»Es gab ein paar unbestätigte Sichtungen von Jim Canavar hier im Ort und zwei in Butte, aber das ist auch schon alles«, antwortete Rowley. »Die Kollegen aus Butte werden sich wieder bei uns melden, sobald sie mit den Leuten gesprochen haben, die behaupten, ihn gesehen zu haben.« Er fuhr sich mit der Hand durch seinen widerspenstigen Haarschopf. »Ich habe die Akte über den Mord an Lilly Coppersmith und Ihr Gespräch mit Mr. Barry gelesen. Ich glaube, ich hätte da noch etwas zu ergänzen.«

Jenna zog ihre dicke Jacke aus und machte sich auf den Weg in ihr Büro. »Schnappen Sie sich Kane, und kommen Sie in mein Büro.«

»Ja, Ma'am.«

Nachdem sie das Whiteboard in ihrem Büro geupdatet hatte, setzte sich Jenna an den Schreibtisch und überprüfte den Dienstplan für diese Woche. Die meisten ihrer Deputys hatten seit den Morden Doppelschichten eingelegt. Sie wollte am liebsten Kane bei der Autopsie von Coppersmith dabeihaben, wollte aber auch darauf achten, dass alle auf dem Laufenden blieben. Bradford fing um elf an, doch das war zu spät, um Rowley abzulösen, und Walters kam erst nach dem Mittagessen. Sie blickte auf, als Kane und Rowley den Raum betraten. »Setzen Sie sich. Was haben Sie herausgefunden?«

»Herausgefunden wäre zu viel gesagt.« Rowley stellte einen der zwei Kaffeebecher, die er mitgebracht hatte, vor ihr ab und nahm mit dem anderen Becher in der Hand Platz. »Es ist nur, dass Mr. Barry erwähnt hat, dass der Mörder Tarnkleidung trug und ein Kommunikationssystem an der Weste hatte. Ich weiß von einem verrückten alten Vietnamveteranen und seinem Sohn, die in der Gegend leben, Brayden und Joseph Blythe. Die tragen auch Tarnkleidung und benutzen so ein Com-System, um in Kontakt zu bleiben. Denen gehört da ein Stück Land, und sie sollen unberechenbar sein. Angeblich ernähren sie sich von Eichhörnchen, aber sie haben auch ein paar Ziegen.«

»Ist das in der Nähe vom Bear Peak?« Kane stellte seinen dampfenden Kaffeebecher auf dem Schreibtisch ab und ließ sich in einen Stuhl fallen.

»Ja, ein Stück von der Hütte der Finchs entfernt, ich schätze, ihr Haus liegt etwa zehn Minuten Fußmarsch bergab von der Feuerschneise entfernt.« Rowley sah Jenna erwartungsvoll an. »Ich kann Sie hinführen, wenn Sie möchten.«

Jenna blickte zu Kane hinüber, der fast unmerklich mit den Schultern zuckte. »Wir müssen in ein paar Minuten bei der Autopsie von Coppersmith sein, aber nach dem Mittagessen werden wir uns das mal anschauen.« Sie machte ein paar Notizen in ihrem Terminkalender und schaute dann wieder Rowley an. »Während wir weg sind, erkundigen Sie sich doch bitte nach dem Verbleib von Mr. Woods. Ich wüsste gerne, wo er zur Zeit des Mordes an Lilly Coppersmith war. Bradford und Walters werden bis dahin ebenfalls zum Dienst erschienen sein, und Sie können uns dann zeigen, wo wir die Blythes finden.«

»Ja, Ma 'am.«

Sie sah ihre Deputys an. »Ich werde eine weitere Presseerklärung herausgeben, in der wir die Öffentlichkeit warnen, dass ein gefährlicher bewaffneter Mann im Wald sein Unwesen treibt. Ich gebe eine kurze Beschreibung ab und bitte die Leute, unsere Hotline anzurufen, wenn sie jemanden sehen, der sich verdächtig verhält.« Sie fuhr sich mit beiden Händen durchs Haar. »Ich glaube allerdings nicht, dass das viel bringt, wenn man bedenkt, dass momentan neunzig Prozent der Männer hier im Wald Waffen und Tarnkleidung tragen.«

»Es würde Zeit sparen, wenn Sie sich um die Autopsie kümmern und ich in der Zeit schon einmal die Pferde fertig mache.« Kane hob die Augenbrauen. »Wir können Rowleys Pferd dann unterwegs einsammeln.« Er stemmte sich auf die Beine und nahm seinen Becher.

Jennas Tag wurde von Sekunde zu Sekunde komplizierter, aber Kane hatte nicht ganz unrecht. »Sicher, so können wir das machen. Ich hole zwischendurch Lunch, und wir können auf dem Weg zum Bear Peak essen.« Sie sah zu Kane auf. »Nehmen Sie Duke mit, er wird sich freuen, rauszukommen.«

»Ja, Ma 'am.« Kane lächelte und ließ die weißen Zähne aufblitzen, dann ging er zur Tür.

ACHTUNDDREISSIG

Ungläubig starrte er auf die Eilmeldung, die über den Fernsehschirm lief. Sheriff Alton warnte eindringlich vor Wanderungen im Wald und einem frei herumlaufenden Mörder. Fotos von den Gesichtern seiner letzten Opfer wurden gezeigt, alle konnten sie sehen. So etwas war noch nie vorgekommen, aber bis jetzt hatte ja auch noch nie einer von ihnen überlebt. *Ich verliere wohl langsam meinen Biss.*

Er hörte mit einer morbiden Faszination zu, wie der Nachrichtensprecher detailliert Colter Barrys Kampf um Leben und Tod schilderte. Das wimmernde Stück Scheiße war am Leben! Verdammt, er hatte ihm in den Kopf geschossen, ihm fast die Wirbelsäule durchgeschnitten, und er hatte *überlebt*. Er nahm sein Glas Bourbon vom Tisch und schleuderte es gegen die Wand. Die stechende Flüssigkeit spritze über die Tapete und lief auf den beigen Wollteppich, wo sie einen hässlichen braunen Fleck bildete. Glassplitter vermischten sich mit dem Eis aus dem Glas und glitzerten im gleißenden Licht, das durch das Fenster fiel. Er musste daran denken, wie die Sonnenstrahlen auf das purpurne Blut gefallen waren. Er berührte seine Lippen, die noch kühl waren vom Whiskey, und spürte Lillys Mund.

Wie sehr hatte er es genossen, sie zu töten.

Er wünschte sich, er könnte sie noch einmal töten.

Die Stimme aus dem Fernseher lenkte seine Aufmerksamkeit wieder auf den Bildschirm, und erneut kochte die Wut in ihm hoch. Er stand auf und ging im Zimmer auf und ab und hörte zu, wie der Sprecher den Leuten riet, weniger betretene Bergpfade zu meiden, bis Sheriff Alton Colter Barrys Behauptungen untersucht habe. *Wie konnte diese Frau es wagen, sich einzumischen?*

Es folgte ein Interview mit den beiden Männern, die Colter Barry desorientiert und wie ein Verrückter vor sich hin brabbelnd gefunden hatten. Einer der Männer mutmaßte, Barry sei vielleicht zufällig von einer verirrten Gewehrkugel getroffen worden, immerhin hatten sie sich in der Nähe eines ausgewiesenen Jagdgebiets befunden. Er blieb stehen, starrte auf den Bildschirm und wartete auf den nächsten Kommentar des Nachrichtensprechers.

»Also, wenn Sie wandern gehen, nehmen Sie sich in Acht, schließlich ist Jagdsaison.«

Er nahm eine Flasche Bourbon von der Bar und goss sich ein neues Glas ein, dann schob er eine Speicherkarte in den Player. Als das Bild von Lilly, die verängstigt vor ihm wegrannte, auf dem Bildschirm erschien, klopfte sein Herz voller Vorfreude. »Lauf, lauf, so schnell du kannst, denn ich weiß, wie dieser Film zu Ende geht, und ich kann es kaum erwarten.«

NEUNUNDDREISSIG

Jenna atmete dreimal tief durch und setzte sich einen Mund-Nase-Schutz auf, dann zog sie ihren Ausweis durch das Lesegerät und betrat das Leichenschauhaus. Ihr Selbstvertrauen im Umgang mit dem Tod von Opfern hatte sich verzehnfacht, seit Wolfe nach Black Rock Falls gekommen war. Vor allem an besonders furchterregenden Tatorten fiel ihr immer ein alter Spruch ein: *Die Toten können dir nichts mehr tun.* Während der zermürbenden Autopsien stärkten Wolfes beruhigende Worte regelmäßig ihre Entschlossenheit.

Seine Beharrlichkeit, jede Leiche mit einer solchen Würde zu behandeln, als wäre sie noch am Leben, eben wie einen Menschen mit einem Namen und einer eigenen Geschichte, unterschied ihn von allen anderen Rechtsmedizinern, mit denen sie in ihrer Zeit bei der Polizei bereits zu tun gehabt hatte. Bevor Wolfe in ihr Leben getreten war, hatte sie, um mit schrecklichen Verbrechen fertigzuwerden, stets versucht, ihre eigene Menschlichkeit hintanzustellen. Jetzt sah sie die Dinge ganz anders. Jedes Opfer hatte eine Geschichte zu erzählen, und sie musste bei der Autopsie dabei sein, um zu hören, was

Lilly Coppersmiths Leichnam über den Mann zu erzählen hatte, der ihr das Leben genommen hatte, und um zu verhindern, dass er wieder tötete. Sie betrachtete die Szene, die sich ihr bot. Wolfe, in Maske und Handschuhen, und Cole Webber besprachen Proben vom Tatort. »Morgen«, rief sie.

»Ach wie schön, Sie sind früh dran.« Wolfe schob seine Maske unters Kinn und lächelte sie an. »Ich arbeite heute im Eiltempo. Anna spielt in einer Schulaufführung mit, und sobald der Unterricht aus ist, muss ich da mithelfen.«

Jenna nickte. »Ja, Kane hat das erwähnt. Wir dachten, wir könnten heute Abend vorbeikommen und ebenfalls zuschauen, falls das okay ist?«

»Sie wird begeistert sein!« Wolfe bedeutete Webber, die Leiche von Lilly Coppersmith aus ihrer Schublade zu holen, dann wandte er sich wieder Jenna zu. »Die Autopsie ist bereits abgeschlossen. Wie bei unseren anderen Opfern war Cole dabei mein offizieller polizeilicher Zeuge. So bekommen Sie die Ergebnisse schneller, und ich habe ausreichend Zeit, ihm die verschiedenen Verfahren zu erklären. Ich weiß, dass manches davon für die meisten Menschen ziemlich zermürbend ist. Ich hoffe, Sie sind mit dieser Vorgehensweise weiterhin einverstanden?«

Eine Welle der Erleichterung durchströmte sie. Auf diese Weise musste sie nur anwesend sein, während er ihr seine Ergebnisse mitteilte und ihr die Befunde erläuterte. »Ja, dass Webber mit Ihnen zusammenarbeitet, ist für uns beide ein Gewinn.« Sie warf Webber einen Blick zu. »Wie gefällt Ihnen die Arbeit denn bis jetzt?«

»Es ist sehr interessant, und die theoretische Seite macht mir ebenfalls Spaß.« Webber schob den Metalltisch unter eine große Leuchte. »Ich hatte keine Ahnung, dass der Beruf des Rechtsmediziners so viel Arbeit mit sich bringt, aber ich tue das wirklich gerne.«

»Freut mich, dass Sie zufrieden sind.« Jenna warf Wolfe einen Blick zu. »Wir haben eine neue Entwicklung im Fall. Abgesehen von unseren beiden Verdächtigen, Canavar und Woods, hat Rowley einen Vietnamveteranen aufgetan, der ein bisschen verrückt sein soll und in der Nähe vom Bear Peak lebt. Sobald ich hier fertig bin, machen wir uns auf den Weg, um ihn zu befragen.«

»Ziehen Sie Kevlar-Westen über, nur für den Fall.« Wolfe zog das Tuch von Lilly Coppersmiths bleichem Körper zurück. »Okay, wir haben eine Frau, weiß, identifiziert als Lilly Coppersmith aus Blackwater, Montana. Zwanzig Jahre alt, einen Meter dreiundsechzig groß. Sie war zum Zeitpunkt ihres Todes in guter körperlicher Verfassung.« Er hob nacheinander Lillys Hände an. »Wir haben keine Spuren unter ihren Finger-nägeln gefunden und auch keine anderen Hinweise darauf, dass sie sich gegen ihren Mörder gewehrt hat.«

Jenna ließ in Gedanken das Gespräch mit Colter Barry noch einmal Revue passieren. »Sie hat sich nicht gewehrt, damit ihr Freund nicht lebendig verbrannt wird.«

»An beiden Handgelenken finden sich Fesselungsspuren, die darauf hindeuten, dass der Mörder ihr die Arme zunächst für eine gewisse Zeit hinter ihrem Rücken gefesselt hat.« Wolfes blassgraue Augen schauten Jenna an. Er runzelte die Stirn. »Den Blutergüssen an den Oberschenkeln und im Geni-talbereich nach zu urteilen, war sie noch am Leben, als er sie vergewaltigte. Die Hypostase an den Unterarmen und die Verfärbung der Haut lassen darauf schließen, dass der Mörder sie in die Position gebracht hat, in der wir sie gefunden haben, sitzend, mit über dem Kopf ausgestreckten Armen, bevor er ihr die Wunden an Armen und Beinen zufügte.«

Jenna trat näher und betrachtete Lillys Gesicht. »Was halten Sie von den Blutergüssen in ihrem Gesicht?«

»Die Verletzungen an ihren Beinen und Armen müssen

sehr schmerzhaft gewesen sein, und sie hat viel Blut verloren.« Wolfe schaute zu Webber hinüber. »Cole hat eine Theorie zu den Spuren.«

»Ja, sie sind nicht so brutal wie beim ersten Mord. Ich nehme an, er hat ihr ein paar Ohrfeigen verpasst, damit sie bei Bewusstsein blieb.« Webber zeigte auf den deutlichen Abdruck eines Fingers auf ihrer Wange. »Das war ein Schlag mit der flachen Hand, nicht mit der Faust.«

Jenna sah wieder Wolfe an. »Also, was ist die Todesursache?«, fragte sie ihn. »Blutverlust?«

»Nein.« Wolfe deutete auf eine kleine Wunde knapp unterhalb der Rippen auf der linken Seite. »Deshalb glaube ich, dass der Mörder irgendeine Art militärische Ausbildung hat: Das ist die gleiche Verletzung, die Bailey Canavar zugefügt wurde. Es handelt sich um eine tödliche Stichverletzung mit einem spitzen Gegenstand, wie sie im militärischen Nahkampf eingesetzt wird. Ich würde sagen, dass sie aufgrund des Blutverlustes das Bewusstsein verlor und dass es ihrem Mörder von da an keinen Spaß mehr machte, ihr Schmerzen zuzufügen.«

»Muss ich sonst noch etwas wissen?« Jenna holte tief Luft und bereute es sofort, als sie das grauenerregende Aroma des Leichenschauhauses auf der Zunge schmeckte. »Bis jetzt stimmt alles damit überein, was uns Mr. Barry über den Mord erzählt hat.«

»In rund vierundzwanzig Stunden werden wir die Ergebnisse der Proben haben, aber ich bezweifle, dass sie uns viel über den Mörder verraten werden. Es wird auch kaum Zweck haben, den Tatort noch einmal aufzusuchen; der starke Regen wird alle weiteren Blutspuren oder Fußabdrücke zerstört haben.« Wolfe seufzte. »Dass wir an Lillys Leiche keine Spuren einer dritten Person gefunden haben, bestätigt die Angabe von Mr. Barry, dass der Mörder von Kopf bis Fuß bekleidet und bedeckt war. Ich würde behaupten, allen Spuren zufolge, die ich gefunden habe, sagt er die Wahrheit.« Er schüttelte den Kopf und deckte den Leichnam voller Ehrfurcht wieder mit dem weißen Tuch zu, dann hob er den Blick und sah Jenna an. »Seien Sie vorsichtig im Wald. Dieser Mörder ist gefährlich; möglicherweise steht er unter dem Einfluss von Drogen und hat vor nichts und niemandem Angst.«

VIERZIG

Kane blieb neben Jenna und ließ Rowley voranreiten. Während sie bei der Autopsie gewesen war, hatte er sich näher mit Brayden und Joseph Blythe beschäftigt. Nachdem er herausgefunden hatte, dass beide wegen Körperverletzung vorbestraft waren, hatte er sich mit dem alten Deputy Walters über die zwei Männer unterhalten. Offenbar war im Ort allgemein bekannt, dass die Blythes auf jeden schossen, der es wagte, unerlaubterweise ihr Land zu betreten. Er hatte nicht die Absicht, sich in eine potenziell gefährliche Situation zu begeben, und hatte vorsorglich die Telefonnummer der Blythes zu seinen Kontakten hinzugefügt.

Sie hatten die Feuerschneise verlassen und waren auf einen überwucherten Pfad eingebogen, der sich bergab durch den Wald schlängelte. Als der Pfad enger wurde, ließ er sich zurückfallen und Jenna in der Mitte reiten. Er blieb wachsam, sondierte den Wald und achtete auf jede Bewegung und jeden Schimmer von Farbe.

Er suchte jeden Baum, an dem sie vorbeiritten, nach Spuren einer Wildkamera ab. Im Moment traute er niemandem. Womöglich betraten sie gerade die Höhle des Löwen.

Jenna war genau der Typ Frau, den ihr Killer folterte und tötete, und vielleicht beobachtete er sie genau in diesem Moment.

In den schattigen Tiefen des Waldes konnte sich alles und jeder verstecken. Die Äste knarrten im Wind und überall raschelte es, weil sich im Verborgenen kleine und größere Tiere bewegten, sodass man darüber auch nicht die Schritte eines Menschen hören würde. Ein Mann in Tarnkleidung wäre hier komplett unsichtbar. Verdammt, wie oft hatte er sich selbst während seiner aktiven Zeit als Soldat in einem Wald versteckt und problemlos den Feind ausgeschaltet.

Der Mörder hatte sich die perfekte Umgebung für seine Verbrechen ausgesucht. Allein die Größe des Waldes verschaffte ihm einen enormen Vorteil; er konnte in einem Gebiet von über einer halben Million Hektar buchstäblich überall sein. Dass sie schusssichere Kevlar-Westen trugen, würde ihnen im Notfall einen leichten Vorteil verschaffen, aber wenn sich der Mörder für einen Kopfschuss entschied, nützte die beste Weste nichts.

Als sie durch eine enge Serpentine manövrierten, trabte Kane zu Jenna auf. »Hey, Jenna. Reiten Sie nicht zu weit voraus!«

Sie wurde langsamer und drehte sich mit besorgter Miene im Sattel um. »Alles okay bei Ihnen?«

»Ja, und falls dieser Verrückte hier in der Gegend ist, möchte ich lieber in Ihrer Nähe sein.« Er blickte nach vorne und sah die Spitze von Dukes Schwanz, die sich durch das hohe Gras bewegte. »Selbst Duke ist hier oben unsichtbar.«

»Ich werde nicht zulassen, dass ein Serienkiller mir den Wald vermiest.« Sie legte die Zügel ab und breitete die Arme aus. »Es ist so wunderschön hier, und wenn ich mit Ihnen hier draußen bin, fühle ich mich sicher, dann habe ich keine Angst. Wenn dieser Albtraum vorbei ist, müssen wir wirklich mal ein Wochenende hier oben verbringen und Kraft tanken.« Sie nickte in Richtung Rowley, der bereits ein Stück vorausgeritten war. »Er wird einmal einen guten Agenten abgeben. Wie er sich in alle Richtungen umschaut – er ähnelt Ihnen immer mehr und hat ein Auge auf alles, was sich bewegt.«

Er lächelte sie an. »Sie haben ihn halt gut ausgebildet.«

Vor ihnen hielt Rowley nun an und drehte sich um. Er sah die beiden interessiert an.

Kane winkte ihm zu. »Wie weit ist es noch?«

»Die Grenze von deren Grundstück ist gleich da drüben.« Rowley deutete vor sich in den Wald. »Ich kann die Schilder sehen.«

»Okay, warten Sie, ich rufe eben bei denen an.« Kane holte sein Handy aus der Tasche und tippte darauf herum. »Mr. Blythe, hier ist Deputy Kane. Sheriff Alton möchte mit Ihnen über einen Mann sprechen, der gesehen wurde, wie er nachts unbefugt auf Ihr Grundstück eingedrungen ist. Können wir zu Ihrem Haus kommen?«

»Ich denke mal schon, aber über irgendwelche Unbefugten weiß ich nix.«

»Danke, wir sind gleich da.« Kane trennte die Verbindung und nickte Jenna zu. »Alles klar.«

Er trieb sein Pferd an und folgte Rowley zu einer überwucherten Einfahrt. Es gab kein Tor, aber überall standen Schilder, auf denen in roter Farbe »Betreten verboten« geschrieben war. Die Farbe der Buchstaben war wie Blut an den Brettern heruntergetropft und gab den Schildern etwas Makabres, als wollte sie die Warnung noch verstärken. Der Geruch von verfaulendem Fleisch wehte ihnen entgegen, und er warf Jenna einen Blick zu. »Das riecht gar nicht gut.«

»Seid wachsam, wir wissen nicht, was uns erwartet«, warnte Jenna. Ihre Augen blitzten auf, als sie den Knopf am Holster löste und ihre Hand auf den Griff ihrer Pistole legte.

Duke gab sein charakteristisches Winseln von sich und mahnte Kane zur Vorsicht. Seine Nackenhaare stellten sich auf.

»Bleiben Sie hier im Schutz der Bäume«, sagte er an Rowley gewandt. »Die wissen nicht, dass wir Sie dabeihaben, und vielleicht müssen Sie uns nachher Rückendeckung geben. Halten Sie Ihr Gewehr griffbereit.«

»Geht klar.« Rowley lenkte sein Pferd in den Schatten der Kiefern.

»Oh!« Jenna hielt neben Kane an. »Sind das Tierhäute?«, fragte sie, sichtlich angewidert.

Kane starrte zur der baufälligen Hütte mit der klapprigen alten Veranda hinüber. Diverse Felle, von Eichhörnchen, vielleicht auch Ratten, baumelten von der Dachkante der Veranda. Es wimmelte von Fliegen. »Ja, ich nehme an, sie nähen Decken daraus. Walters erwähnte, dass sie höchstens mal in die Stadt gehen, um Munition zu kaufen. Er meinte auch, sie hätten ein ganzes Arsenal an Waffen, und Brayden sei zwar ein alter Mann, aber ein ziemlich zäher Kerl.«

»Und sie essen wirklich Ratten?« Jennas Gesicht wurde rot. »Das ist ekelhaft.«

Kane rümpfte die Nase. »Ich gehe davon aus, dass die Männer in der Hütte nicht viel besser riechen. Wie wollen Sie die Sache angehen, Ma'am?«

»Das Reden übernehme ich.« Sie hob das Kinn und sah ihn entschlossen an. »Lassen Sie die Hand an der Waffe. Wer weiß, ob wir nicht gleich in ein Wespennest stechen.«

Die Vordertür der Hütte öffnete sich knarrend, und der lange Lauf eines Gewehrs schob sich durch den Türspalt.

»Brayden Blythe«, rief Jenna laut und deutlich, »hier ist Sheriff Alton. Nehmen Sie Ihre Waffe runter. Ich bin nicht hier, um Sie zu verhaften. Ich muss Ihnen nur ein paar Fragen stellen.«

»Ich hab das Recht, Waffen zu tragen, um mein Eigentum zu schützen.« Blythes graues Gesicht erschien im Türspalt. »Legen Sie Ihre Waffen auf den Boden, dann können wir reden.«

»Das wird nicht geschehen, Mr. Blythe.« Jenna ritt weiter, um zu zeigen, dass sie keine Angst hatte. »Oder gibt es einen Grund dafür, dass Sie sich hinter Ihrer Tür verstecken? In diesem Teil des Waldes sind mehrere Morde geschehen, und wir haben ein Video, das in dieser Gegend einen Herumtreiber zeigt. Wenn Sie sich weigern zu kooperieren, muss ich annehmen, dass Sie etwas mit den Morden zu tun haben.«

»Ich hab keinen umgelegt.« Ein hagerer Mann in den Siebzigern mit weißem Haar, das ihm auf die Schultern fiel, und in einer zerschlissenen Armeejacke und einer schmutzigen Hose mit Flecktarnmuster, trat aus der Tür. »Sagen Sie, was Sie zu sagen haben, und verschwinden Sie von meinem Land.«

»Ist Ihr Sohn ebenfalls zu Hause?« Jenna saß mit geradem Rücken im Sattel und reckte trotzig das Kinn vor. Sie war nach wie vor auf alles gefasst. »Ich würde gerne mit Ihnen *beiden* reden.«

»Ich bin hier.« Joseph Blythe trat nun auch auf die Veranda, eine kaputte Schrotflinte im Anschlag. Er trug Jeans, ein kariertes Hemd und darüber eine Weste aus Eichhörnchenfellen. »Wir wissen nix über irgendwelche Morde.«

»Haben Sie jemanden hier in der Gegend gesehen, oder haben Sie Grund zur Annahme, dass jemand in der letzten Woche in Ihrer Scheune übernachtet hat?« Jennas Stute tänzelte auf der Stelle und rollte mit den Augen. Sie roch den Gestank des Todes. »Die Finchs haben Videoaufnahmen von einem Fremden, der nachts um deren Scheune herumgeschlichen ist.«

Die Blythes wandten sich von ihr ab und redeten leise miteinander. Es schien, als würden sie Jennas Frage ignorieren.

Kane ritt an ihre Seite. Die Anwesenheit seines Pferdes schien die Stute zu beruhigen. Er beugte sich zu Jenna vor. »Was haben die beiden vor?«

»Ich hoffe nur, sie wollen uns nicht umbringen und zum

Abendbrot verspeisen.« Jenna lächelte. »Wobei Ihr Fleisch bestimmt ein wenig zäher ist als das von einem Eichhörnchen.«

»Danke für die Blumen.« Kane schüttelte den Kopf und senkte die Stimme, bis er beinahe flüsterte. »Keine Sorge. Bevor einer von denen auf uns anlegen kann, habe ich sie längst ausgeschaltet.«

»Das will ich doch stark hoffen.« Jenna sah ihn den Bruchteil einer Sekunde lang an, dann kehrte ihr Blick zu den Blythes zurück.

Kane musterte die Erscheinung der beiden Männer: Der ältere hatte wenig mit dem Täter gemein, den Colter Barry ihnen beschrieben hatte; sein Sohn, ein muskulöser Mann um die vierzig, kam schon eher infrage. Allerdings hatte Barry nur einen Mann am Tatort gesehen, und Kane kam es auf Anhieb so vor, als täten diese zwei hier so gut wie alles gemeinsam. »Joseph passt auf die Beschreibung, die Barry uns gegeben hat, aber es ist es sein Vater, der angeblich verrückt sein soll.«

»Nun, Mr. Blythe?«, rief Jenna. Sie konnte ihre Verärgerung nicht länger verbergen. »Wenn Sie uns etwas zu sagen haben, spucken Sie es aus; wir müssen heute Nachmittag noch mehr Leute aufsuchen.«

»Nee, wir haben niemand gesehen.« Brayden Blythe trat auf die Veranda, seine Augen waren auf Duke gerichtet. »Wollen Sie den Hund eintauschen?«

Kane schaltete sich ein, bevor Jenna reagieren konnte. Er hoffte, einen Blick ins Haus werfen zu können. »Was haben Sie denn anzubieten? Waffen?«

»Das ist nicht Ihr Ernst.« Jennas entsetzte Miene überraschte ihn. »Auf keinen Fall!«

»Vertrauen Sie mir.« Kane stieg ab, ergriff die Zügel und näherte sich Joseph. »Ich bin immer auf der Suche nach einer neuen Waffe. Könnten Sie mal kurz mein Pferd halten? Es ist immer ein bisschen unruhig, wenn die Sheriff Altons Stute dabei ist.«

»Klar, Joe wird sich um Ihr Pferd kümmern. Wir haben Waffen und anderen Kram. Kommen Sie mit rein, ich zeig's Ihnen.«

Kane zog den Kopf ein, als er durch die Tür trat. Die Zimmerdecke war so niedrig, dass er sich vorkam wie in einem klaustrophobischen Albtraum. Drinnen mischte sich der Geruch von verfaulendem Fleisch mit dem von ungewaschenen Männern und Müll. Der Gestank brannte ihm in der Nase. Alle seine Sinne waren in höchster Alarmbereitschaft, als er sich in dem schummrigen Raum umsah. Er wartete ein paar Sekunden, bis sich seine Augen an das Zwielicht gewöhnt hatten, bevor er dem alten Mann hinterherging. Er suchte die Umgebung nach Sprengfallen ab und horchte mit einem Ohr hinter sich, ob sich Joseph heimlich anschlich. Er unterdrückte den Drang, nach seiner Taschenlampe zu greifen, und lief Slalom zwischen den Fliegenfängern, die im ganzen Haus wie Weihnachtsschmuck von der Decke hingen, und hohen Stapeln zusammengebundener Felle. An einer Wand standen alte Fässer mit Teilen von Geweihen, und in einem Bücherregal sah er eine Reihe von Gläsern mit Zähnen darin. Das einzig halbwegs Gemütliche hier waren zwei abgewetzte Sofas neben dem Kamin. Meine Güte, er hatte schon in Panzern gesessen, die wohnlicher waren. Fleckige Kissen lagen auf den Sofapolstern, und auf einem Couchtisch stapelte sich schmutziges Geschirr. Auf dem Fußboden raschelte es, als Kakerlaken vor ihm durch die müllinspirierte Innenausstattung huschten. In der offenen Küche, die an das Wohnzimmer anschloss, ging es genauso weiter. Für einen ehemaligen Soldaten war Brayden Blythe erstaunlich unordentlich.

Immerhin hatte die Küche Fenster. Das Sonnenlicht versuchte verzweifelt, sich durch Schmutzschlieren den Weg ins Innere zu bahnen. Neben der Hintertür entdeckte Kane eine Reihe von Kleiderhaken, an denen drei Rucksäcke in verschiedenen Farben und von verschiedener Machart hingen, darunter eine Reihe von Stiefeln in verschiedenen Größen. »Sind Sie verheiratet? Haben Sie noch mehr Kinder?«

»Nö.« Blythe deutete mit einem schmutzigen Finger auf die Rucksäcke. »Die gehören mir, hab sie im Wald gefunden. Ich hab nix gestohlen. Hatte gehofft, jemand zahlt 'nen Finderlohn. Hab extra im Schaufenster vom Kramladen 'nen Zettel ausgehängt, alles ganz legal.«

Kane blieb der streitlustige Gesichtsausdruck des Mannes nicht verborgen. »Können Sie mir sagen, wo und wann genau Sie die gefunden haben?«

»Nee, der letzte war vor über 'nem Jahr.« Blythe grinste und entblößte gelbe Zähne. »Welcher Pfad das war, weiß ich nicht mehr, da kommen bestimmt fünfzig Stück infrage, und mein Gedächtnis ist in letzter Zeit nicht mehr so gut.«

Kane stand mit dem Rücken zum Küchentresen und betrachtete die beeindruckenden Reihen von Waffen, die eine ganze Wand einnahmen. Darunter stapelten sich Kartons mit Munition auf Betoblöcken. »Sie haben doch sicher in die Rucksäcke hineingeschaut?«

»Ja, hab aber nicht viel gefunden – vor allem Kleidung und Essen, aber keine Führerscheine oder so was.« Blythe verzog das Gesicht. »Wir haben niemanden angerührt. Leute verlaufen sich hier oben, oder die Bären oder Luchse erwischen sie. Ich hab nix geklaut.«

Kane zuckte mit den Schultern. »Das habe ich auch nicht behauptet.« Er trat an die Rucksäcke heran und inspizierte sie. Soweit er feststellen konnte, wiesen sie keine Blutspritzer auf, und er hatte keine Indizien, geschweige denn einen Durchsuchungsbeschluss, um sie als Beweismittel zu beschlagnahmen. Nur wenn Blythe sie ihm freiwillig überließ und das mit seiner Unterschrift bestätigte, wären sie als Beweismittel zulässig. Er deutete auf die Rucksäcke. »Trotzdem interessieren die mich, was wollen Sie dafür haben?«

»Den Spürhund?« Blythe schaute ihn hoffnungsvoll an,

doch dann schüttelte er den Kopf. »Nee, das würde wohl nicht reichen. Ihr Hund wär 'ne Menge wert.«

»Tja, wenn das da alles ist, was Sie an Waffen haben, ist da nichts dabei, das ich suche.« Kane hatte nach wie vor eine Hand auf dem Kolben seiner Pistole, Blythe umklammerte sein Gewehr.

»Das ist alles.« Blythe kaute auf seiner Unterlippe. »Schade, ich mag Ihren Hund.«

»Haben Sie in der letzten Woche etwas Ungewöhnliches gesehen oder gehört?« Kane beobachtete die Reaktion des alten Mannes, aber der schien nur halb bei der Sache.

»Im Wald ist immer was los.« Blythe warf Kane einen langen, nachdenklichen Blick zu. »Ich hab da draußen schon einiges gesehen. Hab Geflüster gehört und Schreie, und 'ne Katze war das nicht. Beim Eichhörnchenjagen hat Joe mal 'nen abgenagten Oberschenkelknochen gefunden.« Er senkte die Stimme. »Er hat Charlie gesehen, der sich im Wald versteckt hat, um ihm aufzulauern. Er ist ein kluger Junge. Hat kehrt gemacht, und wir haben das Haus verriegelt und die Nacht über Wache gehalten. Haben Schüsse und Schreie gehört, der Bastard hat einen von uns ausgeschaltet. Der sitzt da draußen und wartet. Sie sollten auf sich aufpassen.«

Kane nickte. Der alte Mann hatte offenbar Flashbacks zu seiner Zeit im Vietnamkrieg. »Charlie« hatten die US-Soldaten damals die feindlichen Vietcong genannt – eine Ableitung des Funkcodes VC, gesprochen »Victor Charlie«. Vielleicht hatte Joseph ihren Asiaten gesehen, bevor dieser brutal ermordet worden war. Oder hatte Joseph ihn vielleicht sogar selbst ermordet? Er musste dringend zurück zu Jenna, also holte er seine Brieftasche hervor und nahm zwei Fünfziger heraus. »Ich gebe Ihnen hundert Dollar für die Rucksäcke und die Schuhe. Sie müssen aber eine Erklärung unterschreiben, dass Sie mir die Taschen freiwillig und ohne Zwang ausgehändigt haben. Ihre Entscheidung. Der Hund bleibt bei mir.«

»Machen wir.« Der Mann spuckte in seine Hand und streckte sie ihm grinsend hin. Kane betrachtete die faulig gelben Zähne des Mannes und drückte ihm die Scheine in die Hand, darauf bedacht, dabei nicht den Speichel zu berühren. »Danke. Ich schreibe eine Erklärung in mein Notizbuch, die Sie dann unterschreiben.«

»Geht klar. Schicken Sie dann Joe rein, der schmeißt Ihnen das ganze Zeug in 'nen Sack und bringt's Ihnen raus.« Er ging zu einem großen Kühlschrank, öffnete die Tür und holte ein Bier heraus. »Bierchen?«

Kane musterte den Inhalt des Kühlschranks und war erleichtert, dass in den Fächern keine Leichenteile lagen. »Ah, nein danke, ich bin im Dienst.«

Kane ging zur Hintertür und riss sie auf, froh über die frische Luft. »Ich gehe hier raus. Ich brauche ein bisschen Bewegung.« Er verließ die Hütte, ging um die baufälligen Gebäude herum und sah sich alles an. Ein paar Ziegen und Hühner liefen herum, ansonsten schien alles normal. Der ekelhafte Geruch schien allein aus dem Haus zu kommen. Er schlenderte zur Vorderseite der Hütte und bemerkte Jennas verkniffene Miene. Nachdem er ihr zugenickt hatte, wandte er sich an Joseph. »Ihr Vater möchte, dass Sie ihm helfen, die Rucksäcke und Stiefel rauszutragen. Schönes Haus haben Sie hier. Gibt es auch einen Wurzelkeller?«

»Nee, steht direkt auf dem Grund.« Joseph wandte sich zum Gehen.

»Wo haben Sie die Rucksäcke gefunden? Und Ihr Vater hat einen Oberschenkelknochen erwähnt. War der von einem Menschen?«

»Die Rucksäcke haben wir an verschiedenen Stellen gefunden. Der Knochen ist ein paar Jahre her, und ich bin kein Arzt, kann sein, dass der von 'nem Elch war. Denke mal, er hat Ihnen von Charlie erzählt?« Joseph warf ihm einen neugierigen Blick zu. »Ich habe mir das nicht eingebildet, ich hab tatsächlich

Asiaten gesehen, letzte Woche oben auf dem Berg. Da waren zwei Typen in Flecktarn, einer hat sich umgedreht und mich direkt angeguckt, da bin ich im Zickzack zurückgerannt. Mag sein, dass mein Alter verrückt ist, aber ich habe die mit eigenen Augen gesehen.«

Kane fiel auf, wie besorgt sein Gegenüber plötzlich schaute. In den Augen des Mannes funkelte ganz reale Angst. »Sind Sie sicher, dass es zwei Männer waren? Und waren das nicht vielleicht einfach nur Jäger? Die gibt es doch hier zuhauf, und die meisten von denen tragen Flecktarn – was war an diesen zwei Männern anders?«

»Ich hab von einem das Gesicht gesehen, genauso deutlich, wie ich Sie hier vor mir seh. Und der war definitiv 'n Asiate.«

Joseph ging ins Haus, und Kane sah Jenna an. »Alles okay bei Ihnen?«

»Ja, er war ein wahrer Quell der Nichtinformation.« Sie schnaubte sarkastisch. »Haben Sie etwas Interessantes gefunden?«

»Das kann man wohl sagen.« Er erstattete Jenna Bericht. »Die Rucksäcke sind ein wichtiges Beweismittel, besonders wenn wir die Besitzer identifizieren können. Falls der Mörder schon länger in dieser Gegend aktiv ist, hat er seine Spuren gut verwischt. Er agiert direkt, bevor die Bären in den Winterschlaf gehen, denn dann fressen sie alles, was sie in die Tatzen kriegen – der perfekte Zeitpunkt, um Leichen herumliegen zu lassen, damit Waldtiere ihre Körperteile zerstreuen. Bisher waren seine Opfer Touristen, die hier wandern gingen. Einige könnten aus dem Ausland gekommen sein, und wenn sie vermisst werden, kann es sein, dass wir davon nichts mitbekommen haben, oder wir haben die Meldung nicht beachtet, weil keine Leiche gefunden wurde.«

»Dann tauchen plötzlich Leichen auf, weil für die Jagd wieder mehr Touristen kommen und es damit wahrscheinlicher wird, dass jemand über die Überreste stolpert.« Jenna rümpfte die Nase. »Ich sage es nur ungern, Kane, aber Sie stinken.«

»Ich hoffe, es lässt sich abwaschen und bleibt nicht haften.« Er beugte sich vor, um Duke zu streicheln, und der Spürhund beschnupperte ihn und nieste, wich aber nicht zurück. »Das nenne ich Hingabe.« Er schwang sich in den Sattel. »Ihm ist das ganz egal.«

»Reiten Sie einfach vor dem Wind.« Jenna senkte die Stimme. »Was meinen Sie, hat Joseph etwas mit unseren Fällen zu tun?«

Kane nahm die Zügel auf. »Ich weiß nicht so recht. Er scheint kleiner zu sein als der Mann, der Barry angegriffen hat, aber in Armeestiefeln und mit Hut würde er größer erscheinen. Sie haben ein großes Waffenarsenal im Haus, aber es war keine Armbrust dabei, und ich bezweifle auch, dass sie das Geld hätten, um die Art von Bolzen zu kaufen, die bei den Morden verwendet wurden.«

»Eines ist sicher.« Jenna strich sich eine Strähne ihres schwarzen Haars aus dem Gesicht und schob sie unter den Rand ihrer Wollmütze. »Wir haben das Areal lokalisiert, in dem die Morde stattgefunden haben. Wenn es stimmt, was die Blythes gesagt haben, dann treibt dieser Irre auf der gesamten Länge des Bear Peak sein Unwesen.«

EINUNDVIERZIG

DIENSTAG, WOCHE ZWEI

»Mir geht's gut, regen Sie sich nicht auf.« Kane presste sich den Beutel tiefgekühlter Erbsen gegen die Schläfe und schloss die Augen, um den pochenden Schmerz zu verdrängen.

»Es tut mir so leid. Ich schenke Ihnen noch einen Kaffee ein.«

Jennas Stimme klang sehr laut in seinen Ohren. Kane öffnete ein Auge und blinzelte sie an. »Es war nicht Ihre Schuld. Duke hat mich abgelenkt, als er gebellt hat, genau in dem Moment, als Sie mit dem Fuß auf meinen Kopf gezielt haben. Ich habe mich in den Tritt hineingedreht, also bin ich selbst schuld.« Er seufzte. »Ich würde gerne noch einen Kaffee trinken, aber ich muss erstmal meine Medikamente nehmen. Die helfen mir, das Gleichgewicht zu halten, wenn die Schmerzen zu stark werden.«

»Ich gehe sie holen.« Jenna schob ihm den Becher zu und inspizierte sein Gesicht. »Sie haben auf einmal geschielt, als ich Sie getroffen habe. Ist das von Bedeutung?«

Seit dem Tritt gegen seine Schläfe sah er nur noch verschwommen, aber er drückte ihren Arm, um sie zu beruhigen. »Nein, ich glaube nicht. Die Medikamente sind im Badezimmer über dem Waschbecken.« Er fischte sein Schlüsselbund aus der Tasche und reichte es ihr. »Danke.«

Im selben Moment, als sie aus der Haustür trat, vibrierte Kanes Handy in seiner Tasche. *Was denn noch alles.* Er schielte auf das Display, sah, dass es Wolfe war, und nahm den Anruf entgegen. »Warum sind Sie so früh wach? Tolle Aufführung gestern Abend. Ihre Tochter hat wirklich Talent. Hat uns Spaß gemacht, ihr zuzusehen.«

»*Danke, Anna war überglücklich, als ich ihr erzählte, dass Sie und Jenna da waren. Ich weiß die Unterstützung wirklich zu schätzen. Wir alle. Danke nochmal.*« Wolfe räusperte sich. »*Ich habe gerade bei Jenna angerufen, aber sie hat nicht abgenommen.*« Kane schaute zur Küchentür hinaus. »Sie ist gleich wieder da. Kann ich Ihnen helfen?«

»*Ich rufe an, weil Rowley einen Anruf von der Cyber-Abteilung des FBI erhalten hat. Er hat denen dann meine Nummer gegeben, da ich mehr von Technik verstehe. Das FBI hat im Darknet ein Fragment einer Übertragung abgefangen, und darin geht es um Menschenjagd.*«

Kane legte den Beutel mit den gefrorenen Erbsen ab und griff nach seinem Kaffee. »Und warum kontaktieren die ausgerechnet uns?«

»*Sie kontaktieren eine ganze Reihe Strafverfolgungsbehörden in einem größeren Gebiet. Sie haben das Video einem Botaniker gezeigt, der sich die Bäume und Sträucher darin näher angeschaut hat. Er geht davon aus, dass es sich um eine Bergkette in Montana oder Colorado handelt. Nach der Beschreibung, die sie mir durchgegeben haben, könnte es der Stanton Forest sein. Angesichts der aktuellen Morde war ich sofort alarmiert.*«

Kane runzelte die Stirn, doch er bereute es sofort und drückte sich wieder die gefrorenen Erbsen gegen die Schläfe. »Ja, nach Colter Barrys Aussage zu urteilen, hat der Mörder sich verhalten wie ein Jäger, und wir wissen, dass er eine Bodycam benutzt hat. Vielleicht lädt er die Videos davon ins

Darknet hoch? Die Technologie ist ja heute für jeden verfügbar.«

»*Soweit ich es überblicke, könnte es sein, dass er einen Livestream vom Tatort sendet. Wir könnten es mit einem Mörder zu tun haben, der online so etwas wie einen Club für Mitglieder betreibt, mit zahlendem Publikum. Sie würden sich wundern, was es im Darknet alles gibt.*«

»Sie meinen Morde als Pay-per-View? Meine Güte, es gibt echt nichts, was es nicht gibt.« Kane gab sich Mühe, die neuen Informationen zu verarbeiten. »Ich muss darüber nachdenken. Wenn das unser Killer ist, haben wir eine ganz neue Art Psychopathen in der Gegend.«

»*Wenn jemand sein Profil erstellen kann, dann Sie.*« Wolfe seufzte. »*Wer auch immer der Kerl ist, er ist äußerst brutal, und nach Colter Barrys Aussage hat er große Freude daran, seine Opfer leiden zu sehen.*«

Nachdem er ein paar Schlucke seines Kaffees genommen hatte, versuchte Kane den Schmerz, der von der Metallplatte in seinen Kopf ausstrahlte, wieder zu verdrängen, um klarer denken zu können. »Sie haben doch das Equipment, um sich in das Darknet zu hacken. Meinen Sie, Sie können die beteiligten Personen aufspüren und herausfinden, ob die Spur hierherführt?«

»*Keine Chance. Das Signal wird um die ganze Welt gesendet. Es wäre unmöglich, da jemanden zu lokalisieren. Immerhin kann ich anhand der Informationen, die mir das FBI gegeben hat, eventuell die Webseite ausfindig machen, die der Organisator benutzt hat, oder eine Ghost-Kopie davon. Falls ich die finde, kann das FBI die Sache weiterverfolgen. Ich werde das von zu Hause aus machen, denn meine eigene Computeranlage ist ein bisschen besser als, sagen wir mal, der Polizeistandard. Ich überlasse dann Webber heute die Leitung der Rechtsmedizin. Er wird die Rucksäcke, die Sie in der Hütte der Blythes gefunden haben, untersuchen und Ihnen eine Liste mit allem, was er findet, per E-Mail schicken. Mit den Testergebnissen der Proben, die wir an den Tatorten genommen haben, rechne ich frühestens morgen.«*

Kane seufzte. »Okay, sagen Sie mir Bescheid, wenn Sie etwas finden.«

»Sicher, und nochmals vielen Dank, dass Sie zur Schulaufführung gekommen sind. Sie haben meine Kleine sehr glücklich gemacht.«

»Dafür ist Familie doch da.« Kane lächelte noch, als er das Handy weglegte.

»Wessen Familie?« Jenna kam in die Küche und starrte ihn ungläubig an. »Mein Gott, Kane, Sie haben doch nicht Ihre Deckung platzen lassen, oder?« Sie reichte ihm seine Medizin.

»Nein, nein.« Kane öffnete das Fläschchen, schüttelte zwei Tabletten heraus und schluckte sie mit Kaffee herunter. »Das war Wolfe, der sich dafür bedankt hat, dass wir zur Aufführung gekommen sind.« Er lehnte sich im Küchenstuhl zurück, starrte sie an und zwang seine Augen, zu fokussieren. »Das FBI hat ihn angerufen.«

Nachdem er ihr alles erzählt hatte, tat er die Erbsen zurück in den Gefrierschrank. »Er wird uns Bescheid geben, wenn er etwas findet, und Webber wird uns mailen, was er in den Rucksäcken findet, die wir aus der Hütte der Blythes mitgenommen haben, und sie nach Spuren eines Verbrechens durchsuchen.«

»Klingt, als hätte Wolfe bei sich alles unter Kontrolle, aber ich schätze, heute werden nur ich, Bradford und Rowley im Dienst sein.« Sie stand auf. »Obwohl es mir gar nicht gefällt, dass ich Sie mit einer Kopfverletzung allein lassen muss.« Sie legte eine kühle Hand auf seine Stirn. »Vielleicht sollte ich ebenfalls zu Hause bleiben. Ich kann die Dinge doch auch von hier aus regeln.«

Kane schnaubte. »Sobald die Pillen wirken, wird der Schwindel nachlassen, dann bin ich wieder fit.« Er lächelte sie an. »Ich habe schon beim Football schlimmere Tritte abbekommen. Es ist ja nicht so, dass Sie mich k. o. geschlagen hätten. Aber die Platte in meinem Kopf macht mich offensichtlich verletzlicher, als ich dachte.«

»Da bin ich anderer Meinung. Es war, als würde ich gegen eine Mauer treten; mein Fuß tut immer noch weh, und Sie haben sich keinen Zentimeter bewegt.« Jenna wackelte mit dem Fuß. »Ich habe mit voller Wucht zugetreten und dachte, Sie würden sich wie immer wegducken.« Sie seufzte. »Andererseits sollte ich eigentlich inzwischen in der Lage sein, Sie auszuschalten.«

»Nicht unbedingt.« Kane seufzte erleichtert, als er sie wieder deutlich sehen konnte. »Aber Sie sind auf jeden Fall in der Lage, die meisten anderen Männer meiner Größe auszuschalten.« Er trank seinen Becher leer und sah zu ihr auf. »Nach den Informationen, die Wolfe mir gegeben hat, haben wir es mit einem sehr komplexen psychopathischen Verhalten zu tun. Ein Killer, der Bear Peak als sein persönliches Tötungsareal ansieht und seine Morde einem Online-Publikum zeigt. Die meisten Psychopathen leben in einer Welt, die sie selbst erschaffen haben. Sie spielen Szenen nach, die sie bereits in ihrem Kopf haben, oder töten auf eine bestimmte Art und Weise, um ein Bedürfnis zu befriedigen.« Er drehte sein Pillenfläschchen auf dem Tisch und starrte sie einige Augenblicke lang an. »Wenn dieser Mann tötet, um andere zu unterhalten und zugleich sein eigenes Bedürfnis zu befriedigen, dann haben wir es mit einem Killer zu tun, der mehrere Rollen gleichzeitig spielen kann. Unberechenbar und tödlich.«

ZWEIUNDVIERZIG

Später an diesem Vormittag rief Jenna die Deputys in ihr Büro und brachte sie auf den neuesten Stand. Sie behielt Kane genau im Auge. Nachdem sie ihm gegen die Schläfe getreten hatte, hatte er einige Augenblicke lang dagestanden und sie mit leicht schiefem Blick angestarrt, bevor er überhaupt reagiert hatte. Der Anblick hatte sie mehr erschreckt, als sie sich eingestehen wollte. Sie wusste, dass er wegen der Stahlplatte im Kopf im Winter öfter unter Kopfschmerzen litt, und sie war sich nicht sicher, ob er sich dabei nichts anmerken ließ, weil er den harten Kerl markieren wollte, oder ob er in seiner langjährigen militärischen Ausbildung gelernt hatte, Schmerzen zu ignorieren. Als er sich auf den Stuhl vor ihrem Schreibtisch setzte, war er immer noch blass. Er hatte darauf bestanden, mit ins Büro zu kommen. Immerhin hatte er eingewilligt, sich von ihr herfahren zu lassen. Sie zeigte auf die zahlreichen Notizen auf dem Whiteboard. »Unser Verdächtiger ist weiß, um die eins achtzig groß, muskulös und kräftig. Er hat seine Stimme verzerrt, also haben wir keinen Akzent.«

»Ich könnte vor die Tür gehen und sechs Männer vom

Bürgersteig holen, auf die diese Beschreibung passt«, sagte Bradford und zog die Nase kraus. »Ich wette, der Mörder ist Jim Canavar. Bei seiner Vorgeschichte ist er der wahrscheinlichste Täter.«

Jenna fand es gut, dass eine Diskussion aufkam. Sie stand auf und ging zum Whiteboard. »Ja, verdächtig ist er definitiv. Der Ehemann ist immer verdächtig, und da seine letzte Freundin verschwunden ist und er sich anscheinend auch in Luft aufgelöst hat, steht er ganz oben auf meiner Liste.«

»Vergessen Sie nicht, dass er ein Schürzenjäger ist.« Rowley richtete sich in seinem Stuhl auf. »Baileys Freundinnen haben keinen Hehl daraus gemacht, dass er es mit der Treue nicht so genau nimmt.«

»Andererseits schienen Jim und Bailey beide ziemlich verliebt.« Kane streckte die langen Beine aus und legte sie an den Knöcheln übereinander. Er sah Jenna an. »Wobei ich mich schon gewundert hatte, dass er Bailey wieder mit auf den Berg genommen hat, nachdem sie den Schädel gefunden hatte. Sie schien das doch ziemlich gruselig zu finden. Vielleicht war ihr Geld für ihn aber Motiv genug, sie zu töten – und er hatte vor, sie genauso verschwinden zu lassen wie seine frühere Freundin. Vielleicht ist etwas schiefgelaufen, und die Tiere hatten keine Zeit, die Überreste der Opfer zu verstreuen. Es war ein großer Zufall, dass jemand in einem Gebiet von der Größe des Stanton Forest so bald über die Leichen gestolpert ist.« Er hob das Kinn. »Gerüchten zufolge hatte er schon ein paar Wochen, bevor seine Ex-Freundin verschwand, etwas mit Bailey am Laufen. Vielleicht war die Freundin ein Probelauf.«

»Was, wenn er auch das erste Paar getötet hat?« Rowley hob fragend die Augenbrauen. »Kann doch sein, dass er mit seiner Frau zum Tatort gegangen ist, um nachzusehen, wie gut sich die Waldtiere um die Überreste von damals gekümmert hatten.«

»Das ist eine Möglichkeit. Vielleicht sollten wir für sein

Handy eine Funkzellenabfrage veranlassen, um zu überprüfen, wo er sich zu jener Zeit aufgehalten hat.« Kane rieb sich den Bluterguss an der Schläfe, der immer dunkler wurde. »Allerdings wird das nicht viel Zweck haben, wenn er sein Handy immer wegwirft, bevor er mit seinen Frauen in der Wildnis verschwindet, um sie zu töten.«

Jenna nickte. »Trotzdem sollten wir überprüfen lassen, wo er im vergangenen Jahr überall war. Rowley, rufen Sie Detective Stokes vom Polizeirevier in Hollywood an und sagen Sie ihm, was wir brauchen. Vielleicht tauchen bei denen so ein paar neue Spuren auf.«

»Ich bin sicher, dass er der Mörder ist. Ich habe seine Akte gelesen, und der ist ein Mistkerl, wie er im Buche steht.« Bradford warf Jenna einen verärgerten Blick zu. »Ich nehme an, der Asiate war sein Komplize, aber er hat ihn ebenfalls umgebracht und ist mit dessen Wagen geflüchtet.«

Jenna beschloss, Bradfords Behauptungen nicht sofort als Spekulation abzutun, sondern darüber zu reden. Sie verschränkte die Arme und lehnte sich gegen die Wand. »Das könnte stimmen, und da wir keinerlei Hinweise auf die Identität des Unbekannten haben, schließe ich nicht aus, dass er in irgendeiner Weise beteiligt war.«

»Da bin ich anderer Meinung«, meldete sich Kane. »Wir haben keine Beweise, die darauf hindeuten, dass der Unbekannte beteiligt war. Die Blutspritzer lassen vermuten, dass er nach Bailey starb. Er könnte versucht haben, ihr zu helfen, und dann hat der Mörder auch ihn umgebracht.«

»Wir haben eine Fahndung nach Canavar herausgegeben, seit die Leiche seiner Frau entdeckt wurde, sein Gesicht ist überall in den Nachrichten zu sehen.« Jenna musterte ihre Deputys. »Bisher gibt es kein Lebenszeichen von ihm, trotz der hohen Belohnung, die Baileys Eltern ausgesetzt haben. Er hat auf keines seiner Bankkonten zugegriffen. Vielleicht ist er sogar noch im Wald und versteckt sich dort.«

»Okay, aber wenn er der Täter ist und Geld sein Motiv ist, wie Sie glauben, warum tötet er dann noch weiter?« Rowley sah verwirrt aus. »Für den Mord an Lilly Coppersmith kriegt er doch keinen Cent.«

»Die meisten Psychopathen – und nach dem, was wir über sein Verhalten wissen, können wir ihn durchaus als Psychopathen bezeichnen – sind sehr klug. Geld wird nur ein kleiner Teil seines wahren Motivs sein; tief in seiner Psyche sind dunkle, abgründige Gedanken vergraben, aber den Reiz des Geldes sollte man auch in so einem Fall nicht unterschätzen.« Kane nippte an dem Becher Kaffee, den er mit beiden Händen hielt. »Wenn Canavar in das Livestreaming von Morden im Darknet verwickelt ist, wäre auch das sehr lukrativ. Ausschließen sollten wir ihn also noch nicht.«

Jenna räusperte sich, um die Aufmerksamkeit der Anwesenden auf sich zu lenken. »Der nächste Verdächtige ist Ethan Woods. Obwohl er uns mithilfe seines Anwalts immer wieder durch die Lappen geht, habe ich ihn nach wie vor fest im Visier.« Sie wandte sich dem Whiteboard zu. »Er passt auf die Beschreibung, und er war zur Zeit der Morde an Bailey Canavar und dem Unbekannten nachweislich in der Nähe des Bear Peak.«

»Wahrscheinlich war er auch im Wald, als Lilly Coppersmith ermordet wurde.« Rowley blätterte in seinen Notizen. »Ich war gestern Abend im Cattleman's Hotel essen und traf dort auf eine Gruppe Männer, die ich kenne und die immer in der Gegend dort jagen gehen. Rein zufällig saß Woods mit James Stone an der Bar. Ich habe die Jungs gefragt, ob sie Woods kennen, und alle meinten, sie hätten ihn am Tag vor Lillys Ermordung da oben an der Kontrollstation gesehen.« Er lächelte. »Sie sagten, seine Ausrüstung hätte auf sie den Eindruck gemacht, als hätte er vor, da oben eine Weile zu bleiben.«

Jenna starrte ihn an. »Und das sagen Sie mir erst jetzt?« Sie kritzelte weitere Notizen auf das Whiteboard. »Darüber hätten Sie mich sofort informieren müssen!«

»Ich habe seiner Akte eine Notiz hinzugefügt, mitsamt den Namen der Leute, mit denen ich gestern Abend gesprochen habe.« Rowley klappte sein Notizbuch zu. »Ich wusste doch, dass wir heute Morgen als Erstes die laufenden Fälle besprechen würden. So dringend fand ich es dann doch nicht.«

Jenna wandte sich wieder dem Whiteboard zu. »Okay, die einzigen anderen Verdächtigen, die wir derzeit haben, sind Joseph Blythe und sein Vater Brayden.« Sie warf Kane einen Blick zu. »Während Kanes Befragung von Brayden Blythe habe ich versucht, mit Joseph ins Gespräch zu kommen. Er machte einen misstrauischen Eindruck und vermied es, mir in die Augen zu sehen. Unter seinen Fingernägeln war Blut, und als ich ihn danach fragte, sagte er, er habe gerade Eichhörnchen gehäutet. Was durchaus stimmen kann.«

»Schauen wir uns doch mal die Indizien an«, sagte Kane. »Sie wohnen in der Gegend, in der alle drei Morde begangen wurden, und sind vorbestraft. Beide Männer tragen ständig Armee-Tarnkleidung und haben ein großes Waffenarsenal. Beide könnten der Mörder sein.« Er stellte seinen Kaffeebecher auf dem Schreibtisch ab. »Ich habe bei den Waffen zwar keine Armbrust gesehen, aber dafür mehrere Rucksäcke und Schuhe, die sie angeblich im Wald gefunden haben. Wenn Webber sie untersucht hat, wird er uns die Details schicken.«

»Die Rucksäcke und Schuhe könnten Trophäen sein«, sagte Bradford und schlug die Beine übereinander. »Was meinen Sie, Sheriff?«

»Das glaube ich nicht. Soweit wir wissen, hat der Mörder bisher keine persönlichen Gegenstände seiner Opfer mitgenommen.« Jenna sah Bradford aufmerksam an. »Wir haben die Habseligkeiten der anderen Opfer immer in der Nähe des Tatorts gefunden. Die Blythes bleiben trotzdem fürs Erste auf unserer Liste der Verdächtigen. Es scheint, als hätten sie sich in den Wald zurückgezogen, weil sie lieber allein sind. Unsozial zu sein ist an sich kein Verbrechen, genauso wenig wie Dinge mitzunehmen, die die Leute im Wald liegen lassen.« Sie seufzte. »Kann aber auch sein, dass sie Massenmörder sind. So oder so haben wir im Moment einfach nicht genug Beweise, um irgendwen zu verhaften.«

DREIUNDVIERZIG

Als er den Gang zwischen der Bar und der Lobby des Cattleman's Hotel entlangschlenderte, hörte er, wie sich jemand stritt. Er ging langsamer und entdeckte in einer Nische ein Pärchen, das in einen heftigen Streit verwickelt war. Er fragte sich, was Sheriff Alton und ihren Deputy zur Mittagszeit in sein Hotel verschlagen hatte, und als er näher kam, fiel ihm auf, dass keiner von beiden Uniform trug. Sein Herz setzte aus – waren sie ihm auf die Schliche gekommen? Alton versetzte ihrem Deputy einen harten Schlag auf die Brust und stürmte los in Richtung Hotelfoyer. Als sie näherkam, starrte er in ihr Gesicht und staunte. Die kleine, dunkelhaarige Frau war gar nicht Sheriff Alton. Trotzdem, sie hätte eine nahe Verwandte sein können. Sie steuerte auf die Tür zum Restaurant zu, und der Mann, der sie begleitete, folgte ihr und warf ihm einen abschätzigen Blick zu. Nein, ein Doppelgänger von Deputy Kane war das nun doch nicht gerade. Dieser Mann war älter, Ende vierzig, und hatte einen Bauchansatz.

Er betrat das Restaurant und nannte dem Oberkellner seinen Namen. Ein ihm unbekannter Kellner kam, um ihn zu seinem Platz zu führen, und er bat um einen Tisch im hinteren

Teil des Raumes, direkt neben dem streitenden Paar. Jetzt konnte er das Gesicht der Frau deutlich sehen, die Art, wie ihre Augen vor Wut blitzten, wie sie trotzig das Kinn vorschob. Sie strich sich das dunkle Haar aus den Augen, und genau in diesem Moment überkam ihn das unbändige Verlangen, sie sterben zu sehen. Das Gefühl war so stark, dass er die Augen zusammenkneifen musste, um die Kontrolle über sich zurückzuerlangen.

Seine Hände zitterten bei dem Gedanken, ihren wütenden Blick auf ihn gerichtet zu sehen. Sie würde kämpfen – zunächst. Der eigentliche Spaß würde beginnen, wenn sie begriff, dass sie Teil eines Spiels war. Er würde ihr gestatten, vor ihm davonzulaufen, aber nur ein Stück weit, dann würde er dafür sorgen, dass sie nicht mehr so schnell vorankäme. Das Versteckspiel war der beste Teil. Er konnte die Angst der Frauen regelrecht riechen. Wenn er sie dann fand und sie zu ihrem Mann zurückschleppte, zogen sie immer eine gute Show ab. Seit seiner letzten Tötung sehnte er sich nach einer weiteren. Die Anweisungen der Zuschauer, die er durch den Ohrhörer bekam, hatten das Erlebnis noch einmal auf ein ganz neues Niveau gehoben. Lilly hatte länger durchgehalten als erwartet, und er hatte jeden Augenblick genossen. Er öffnete die Augen wieder und blickte über die Speisekarte hinweg die Frau am Nebentisch an. Er konnte ihre toten Augen sehen, wie sie ihn anstarrten, das Bild legte sich über ihr Gesicht. Auf dem Messer, das so fein säuberlich auf dem makellosen weißen Tischtuch lag, funkelte das Deckenlicht, und sofort musste er wieder daran denken, wie Lilly zu letzten Mal aufgestöhnt hatte.

Eigentlich hatte Lilly am Ende richtig dankbar ausgesehen. Aber er wollte nicht, dass seine Beute dankbar war. Er wollte, dass sie erkannte, dass es kein Entrinnen gab und keinen Gott, der sie retten würde. Er hatte die Kontrolle über jeden

Atemzug und jeden Herzschlag seiner Opfer, bis er entschied, wann sie sterben durften. Er allein.

Es war wirklich eine Schande, dass Lillys Freund entkommen war. Der Weg, an dem er sie zurückgelassen hatte, war ziemlich abgelegen, und die Chance, dass jemand die Leichen des Pärchens gefunden hätte, wäre gering gewesen. Nach dem, was er vorhin in den Nachrichten gesehen hatte, hatten die Polizisten ihre Ermittlungen im Wald abgeschlossen und kaum Spuren gefunden. Jetzt waren sie wieder in ihrer Dienststelle, und er konnte seine nächste Jagd planen.

Täglich strömten neue Wanderer in die Stadt, und die meisten nutzten die regulären Wanderwege, um sich die Wasserfälle oder die Flüsse anzuschauen. Für seinen Sport brauchte er Pärchen, die in den Wald gingen, um allein zu sein, und die kamen zu dieser Jahreszeit in Scharen. Dass er auf kleine, dunkelhaarige Frauen aus war, war eine Sache. Aber dass er die örtlichen Bars und Restaurants aufsuchte, in der Hoffnung, anderer Leute Pläne zu belauschen, machte ihn viel zu sichtbar. Er musterte verstohlen das Pärchen am Nebentisch und beschloss, sie ein paar Tage lang zu beschatten, denn sie wirkten perfekt.

Nachdem er beim Kellner seine Bestellung aufgegeben hatte, nahm er sein Notizbuch heraus und blätterte durch die Seiten, ohne ein Wort zu lesen. Seine Aufmerksamkeit galt dem Gespräch des Pärchens. Die Frau hieß offenbar Mariah, und ihren Begleiter redete sie mit Paul an. Er entnahm ihrem Gespräch, dass Mariah seine Sekretärin war. Sie hatten eine Affäre und waren gemeinsam auf Geschäftsreise.

Mariah war unzufrieden. Offensichtlich hatte er sie früher am Tag zu einer Wanderung zu den Wasserfällen mitgenommen, in das beliebteste Gebiet der Gegend, und auf ihrem Ausflug hatte einer von Pauls Geschäftspartnern sie beinahe in einer kompromittierenden Situation erwischt, und Paul war verheiratet.

Er hörte eine Weile zu und verlor das Interesse, aber als ihr Essen kam, fragte Paul den Kellner, ob er eine abgelegene Gegend im Stanton Forest kenne, wo man als Paar allein sein könne.

Er lachte beinahe laut los, als der Kellner ausgerechnet den alten Pfad vorschlug, der an seiner Höhle vorbeiführte. Der Kellner war so hilfsbereit, dass er wenig später mit einer Wanderkarte zurückkam und den beiden den Weg mit einem Stift markierte.

Mariah schien mit dem Kompromiss zufrieden, und sie sprachen darüber, was sie an Ausrüstung mieten würden, um über Nacht in den Bergen zu bleiben. Die Konferenz, wegen der sie hier waren, ging am Freitag zu Ende, so würden sie gleich Samstagmorgen in die Berge aufbrechen.

Der Kellner brachte sein Essen und die Flasche Merlot, die er bis zum letzten Tropfen zu trinken gedachte. Er nippte an seinem Weinglas und genoss den aromatischen Geschmack auf der Zunge. Heute war erst Dienstag, da hatte er genügend Zeit, um seine Wildkameras aufzubauen. Und um seine Freunde in der Höhle zu besuchen und mit ihnen zu besprechen, was er vorhatte – sie waren so gute Zuhörer …

Am Mittwochmorgen erhielt Jenna einen Anruf von Wolfe, der darum bat, dem Team seine Ergebnisse zu präsentieren. Wie sehr sie ihn auch bat, er weigerte sich, mit ihr am Telefon darüber zu sprechen. Seitdem der Mord an Lilly Coppersmith in den Nachrichten aufgetaucht war, liefen die Telefone heiß mit Hinweisen, die ihre kostbare Zeit in Anspruch nahmen – Zeit, die ihnen für die eigentlichen Ermittlungen fehlte. Der Mörder war entweder ein Gespenst, oder er hatte sich so gut in Black Rock Falls integriert, dass ihn rund um die Tatorte niemand bemerkt hatte. Alle Hinweise, denen sie nachgegangen waren, hatten sich als reine Zeitverschwendung erwiesen.

Sie wartete, bis ihre Deputys Platz genommen hatten, dann lächelte sie Wolfe an. »Okay, was haben Sie für mich?«

»Eine ganze Menge.« Wolfe legte einen Aktenordner auf den Tisch. »Ich habe eng mit der Cyber-Abteilung des FBI zusammengearbeitet. Sie haben Informationen über ein Syndikat aufgetan, das eine Pay-per-View-Seite im Darknet betreibt. Die Inhalte dort sind verstörend, zum Beispiel Kannibalismus. Ich habe Anzeigen gefunden, da bieten sich die Leute freiwillig an, um gegessen zu werden.«

»O mein Gott.« Bradford wurde blass und hielt sich eine Hand vor den Mund.

Jenna blickte sie an, dann bat sie Wolfe: »Fahren Sie fort.«

»Wir wissen ja längst, dass das Darknet für alle möglichen illegalen Aktivitäten genutzt wird. Das Problem ist, dass es praktisch unmöglich ist, die Täter zu lokalisieren. Sie wählen abgelegene Stellen, die schwer zu identifizieren sind.« Wolfe öffnete den Ordner. »Bis jetzt.« Er reichte die Bilder an Jenna und Kane weiter. »Das sind Standbilder von einem kleinen Teil des Videos vom Mord an Lilly Coppersmith.« Er räusperte sich. »Und wenn Sie sich den unteren Teil der Bilder ansehen, können Sie eine Kennziffer sehen und eine dazugehörige Liste. Ich glaube, die Zuschauer haben kontrolliert, was geschah. Sie stimmten ab, was der Mörder als Nächstes tun sollte, und bezahlten dafür.«

»Dass ein Psychopath während des Mordens Anweisungen entgegennimmt, höre ich zum ersten Mal«, sagte Kane. »Normalerweise befinden die sich doch geradezu in Trance, in einer Art egozentrischer Verzücktheit.« Er sah sich die Bilder an. »Wie viele davon haben Sie?«

»Das ist alles.« Wolfe fuhr sich mit der Hand durchs Haar und warf Kane einen müden Blick zu. »Ich habe jede Technik eingesetzt, die ich kenne, aber diese Organisation ist sehr schlau; sie senden die Inhalte und löschen sie automatisch. Deshalb habe ich auch nur einen so kurzen Schnipsel von dem Video gefunden.«

Jennas Magen krampfte sich zusammen beim Anblick der schrecklichen Aufnahmen und bei der Erkenntnis, was Wolfe da eigentlich entdeckt hatte. Es war noch nicht lange her, da war sie diese Frau gewesen – gefesselt, nackt und hilflos, während sich ein Wahnsinniger über ihr aufbaute. Diese Erinnerung war ihr Trigger, der eine Kettenreaktion in ihrem Kopf auslöste und sie in einen Flashback stürzte. Ihr wurde übel, und sie verdrängte den Gedanken und stellte sich stattdessen einen Schmetterling vor, der auf einer Blume saß. Als sie sich wieder unter Kontrolle hatte, faltete sie die Hände auf dem Tisch und holte tief Luft. Sie war fest entschlossen, diesen Mann zu fangen, bevor er noch jemanden umbringen konnte. »Jetzt wissen wir wenigstens, wozu er die Wildkameras braucht. Und die Bodycam.« Sie warf Wolfe einen Blick zu. »Keine Hinweise auf den Mörder? Kein einziges Bild von ihm?«

»Nein. Außerdem benutzt er einen Stimmenverzerrer, und was wir haben, sind nur Fragmente; das FBI wird sehen, ob sie da noch mehr rausholen können, aber ich bezweifle es.« Wolfe lehnte sich in seinem Stuhl zurück. »Kommen wir zu den Rucksäcken.« Er blätterte durch die Fotos im Aktenordner. »Ich habe alle Informationen darüber in die entsprechende Datei hochgeladen. Da es sich um mindestens drei Personen handelt, habe ich den Ordner der Einfachheit halber ›Rucksäcke‹ genannt. Die Auswertung der Informationen, die ich in Erfahrung bringen konnte, überlasse ich Ihnen, aber zum jetzigen Zeitpunkt muss ich annehmen, dass die Besitzer tot sind.« Er seufzte. »Bis Sie nicht mit Gewissheit sagen können, ob sie noch leben, haben wir hier nicht viel, was wir weiter untersuchen könnten. Außer ...« Wolfe holte einen Beweismittelbeutel aus seiner Tasche, platzierte ihn vorsichtig auf dem Tisch und fuhr fort. »In einer der Taschen befand sich eine kleine Kamera, eingewickelt in ein Paar Socken. So etwas hat heute, wo die meisten Leute nur noch Selfies mit ihren Handys machen, Seltenheitswert. Und wie der Zufall es so will, habe ich darauf Bilder eines Pärchens mit dem Bear Peak im Hintergrund gefunden. Sie sind auch in der Akte, und das FBI hat die Bilder mit allen verfügbaren Datenbanken abgeglichen; das Pärchen stammt aus Frankreich und wird seit zwei Jahren vermisst.«

»Es ist eine Nikon.« Kane sah verdutzt auf die Kamera.

»Der alte Blythe meinte, er hätte nichts verkauft, was in den Rucksäcken war; sieht so aus, als hätte er die Wahrheit gesagt.«

Jenna sah ihn ungläubig an. »Wenn er Wertsachen gefunden hat, hätte er sie abgeben müssen.«

»Nun, technisch gesehen hat er das ja.« Kane begegnete ihrem Blick. »Er hat sie mir gegeben.«

»Was haben Sie noch gefunden, Wolfe?«, fragte Jenna, griff nach ihrem Kaffee und nippte daran.

»Jeder Rucksack enthielt Hinweise auf die Identität des Besitzers. Auf Etiketten in der Kleidung standen Namen, und wir haben in einer verdeckten Tasche eine Kreditkarte gefunden. Alle waren Besucher aus anderen Bundesstaaten und aus Übersee. Nach dem Inhalt der Rucksäcke zu urteilen, handelt es sich wahrscheinlich um eine Frau und drei Männer. Die Frau auf den Fotos hat dunkles Haar, was in diesem Zusammenhang doch sehr bezeichnend ist. Ich habe an allen Rucksäcken Blutspuren gefunden, die sich schon weitgehend zersetzt haben, aber sie stammen definitiv von Menschen.« Wolfe presste die Lippen zusammen. »Leute lassen nicht einfach Taschen liegen, in denen sich teure Kameras und Kreditkarten befinden. Ich habe eine Ähnlichkeit entdeckt zwischen diesen Rucksäcken und denen, die wir von den Tatorten mitgenommen haben. Jemand oder etwas hat sie mit organischem Material vom Waldboden bedeckt. Aufgrund der Zersetzungsrate und des Pilzwachstums im organischen Material glaube ich, man hat versucht, sie zu vergraben.«

»Das würde im Wald kaum etwas bringen, bei den vielen Tieren, die da unterwegs sind.« Rowley sah von seinen Notizen auf. »Die sind neugierig. Ein Bär reißt ein Zelt in Stücke, wenn er nach einem Snack sucht, und genauso einen Rucksack. Ich finde es erstaunlich, dass die unversehrt sind.« Er rieb sich das Kinn. »Und ich habe noch nie erlebt, dass ein Luchs etwas vergräbt.« Er grinste. »Außer ihre Haufen.«

Jenna stand auf und starrte auf das Whiteboard. »Was ich

auffällig finde: Der oder die Mörder scheinen es auf Wanderer abgesehen zu haben, die sich in der Gegend nicht auskennen.«

»Und offenbar befinden sich im Wald noch weitere Leichen«, warf Kane ein und musterte die Beweise. »Je nachdem, wie weit die Morde zurückliegen, wird es nicht ganz einfach sein, sie zu finden.«

»Vergessen Sie nicht, dass Lilly Coppersmith aus Blackwater stammt.« Bradford lehnte sich in ihrem Stuhl vor. »Da wird sie sich doch sicher in Black Rock Falls ausgekannt haben.«

Jenna schüttelte den Kopf. »Nicht unbedingt; vielleicht war sie vorher noch nie hier.« Sie starrte eine Sekunde lang auf Colter Barrys Namen und tippte dann auf das Whiteboard. »Wir müssen noch einmal mit ihm sprechen. Ich möchte wissen, wieso er ausgerechnet auf diesem abgelegenen Pfad unterwegs war und ob er mit irgendwem in der Stadt darüber gesprochen hat, wo er wandern wollte.« Sie wandte sich um und sah Kane an. »Jemand beobachtet diese Pärchen; er findet heraus, wohin sie unterwegs sind, und wenn es eine abgelegene Gegend ist, stellt er seine Wildkameras auf und tötet die beiden.« Sie richtete ihre Aufmerksamkeit wieder auf Wolfe. »Wie lange würde es dauern, so eine Pay-per-View-Übertragung zu starten?«

»Wenn man schon Abonnenten hat, gerade so lange, wie es dauert, eine SMS zu senden.« Wolfes Stuhl knarrte, als er sich vorbeugte. »Für einen Livestream würde man eine App brauchen und mindestens zwei Leute, die mitmachen. Den Killer und einen, mit dem er zusammenarbeitet. Einen Geldgeber, der zu Hause sitzt und sich um die technische Abwicklung kümmert. Der Killer müsste ihm bis zu einem gewissen Grad vertrauen. Aber vergessen wir nicht: In der Welt des Darknets sind Menschen Geister ohne Gesicht, sie sind bloß Benutzernamen oder Codes. Ich schätze mal, der Geldgeber zahlt dem Killer einen Vorschuss und dann einen Prozentsatz vom

Gewinn.« Er seufzte. »Für den Killer ist es eine Win-win-Situation. Er hat den Nervenkitzel des Mordens und bekommt eine Menge Geld aufs Konto.«

»Und man kann den nicht orten, diesen Geldgeber?« Jenna seufzte.

»Ich fürchte nicht. Man kann nicht einmal vorher feststellen, wann das Spiel wieder losgeht. Die Download-Mirrors wechseln ständig, und nur die Abonnenten bekommen den Link.« Wolfe erhob sich. »Das ist alles, was ich zu berichten habe, Ma 'am, ich muss zurück ins Labor. Ich rufe Sie an, wenn sich bei den Proben von den Tatorten etwas Wichtiges ergibt, und schicke Ihnen meinen vollständigen Bericht per Mail.«

Jenna lächelte ihn an. »Danke. Ich weiß es zu schätzen, dass Sie sich so viel Zeit genommen haben, Wolfe.«

»Ich mache nur meine Arbeit, Ma 'am.« Wolfe setzte seinen Hut auf und ging zur Tür.

Jenna setzte sich und blätterte in der Akte, die Wolfe auf dem Schreibtisch hatte liegen lassen. »Okay, es wird ein paar Tage dauern, das durchzuarbeiten. Rowley, ich möchte, dass Sie und Bradford nach den Besitzern der Rucksäcke suchen. Vielleicht finden Sie ja irgendwelche Berichte über sie. Fragen Sie zuerst bei deren Botschaft beziehungsweise der zuständigen Polizeidienststelle nach. Dort wird man wissen, ob und wann ihre Angehörigen sie als vermisst gemeldet haben.« Sie tippte sich auf die Unterlippe. »Wenn Sie nichts finden, können Sie sich immer noch informieren, ob und wann sie das Land verlassen haben. Währenddessen werden Kane und ich Colter Barry einen weiteren Besuch abstatten.«

FÜNFUNDVIERZIG

Im Krankenhaus begrüßte Jenna den Deputy aus Blackwater, der in der abgeriegelten Etage vor dem Fahrstuhl saß. Das Blackwater Sheriff's Department postierte dort rund um die Uhr in mehreren Schichten Beamte, wobei Walters nach Möglichkeit einsprang. »Vielen Dank für Ihre Hilfe. Verstehe ich es richtig, dass drei Deputys beim Motel bleiben, bis wir Mr. Barry an einen sichereren Ort bringen können?«

»Ja, Ma'am. Und wenn Kane weiterhin sicherstellt, dass wir so gut von Aunt Betty's Café versorgt werden, wird es garantiert nicht an Freiwilligen mangeln, wenn Sie das nächste Mal Hilfe brauchen.«

Jenna verkniff sich ein Grinsen. »Sehr gut.«

Sie ging voran ins Krankenzimmer, Kane blieb dicht hinter ihr. Als sie Colter Barrys zerschrammtes und zerschundenes Gesicht sah, unterdrückte sie ein Stöhnen. »Guten Morgen, Mr. Barry. Wie behandelt man Sie hier?«

»Mir geht's gut. Ich kriege Medikamente gegen die Schmerzen.« Barry sah sie mit blutunterlaufenen Augen an. »Gestern Abend haben mich meine Eltern besucht, und ich darf nach Hause, sobald die Schwellung an meiner Wirbelsäule zurückgegangen ist. Der Arzt sagt, es war ganz schön knapp, aber ich werde keine bleibenden Schäden davontragen.«

»Sehr gut.« Jenna zog einen Stuhl heran und setzte sich. »Wir werden dafür sorgen, dass Sie in einem Safehouse untergebracht werden, bis wir Lillys Mörder gefasst haben. Sie sind die einzige Person, die ihn gesehen hat, und er kann nicht wissen, ob Sie ihn identifizieren können oder nicht.«

»Okay. Denke ich mal.« Tränen liefen Barrys Wangen hinunter. »Wissen Sie, wie es sich anfühlt, hilflos zuzusehen, wie ein Verrückter den Menschen tötet, den man liebt?«

»Ich weiß das sehr gut«, antwortete Kane. Er holte sich einen Stuhl von der anderen Seite des Krankenzimmers und setzte sich neben Jenna. »Sie dürfen sich nicht die Schuld geben, und Sie können auch nichts an dem ändern, was geschehen ist.«

»Ich vermisse sie so sehr.« Kaum merklich bebte Barrys Unterlippe.

»Ich könnte Ihnen mein Beileid ausdrücken ... aber was hilft das schon?« Kane räusperte sich. »Was mir hilft, ist, mich daran zu erinnern, dass ich ihre Liebe immer in meinem Herzen tragen werde und sie für immer in meiner Erinnerung leben wird. Das wird Ihnen Kraft geben. Ob Tag oder Nacht, wenn Sie an sie denken, wird sie bei Ihnen sein.«

»Danke.« Barry blinzelte Kane an. »Das ist sehr nett, dass Sie das sagen.«

Eine Liebe, die ewig währt. Seine Frau. Jenna warf Kane einen Blick zu und schluckte den Kloß in ihrem Hals hinunter, dann wandte sie sich wieder an Barry. »Wir sind zu Ihnen gekommen, weil wir wissen müssen, wo Sie waren und mit wem Sie gesprochen haben, bevor Sie zu der Wanderung aufgebrochen sind.«

»Letzten Freitag sind wir mit dem Bus auf den Berg gefahren, um uns dort umzusehen. Ich wollte mich bei der Kontrollstation erkundigen, ob es sichere Wanderrouten gibt, die abseits der Jagdreviere liegen. Wir sind bis zu den Wasserfällen gewandert. Dann haben wir im Black Rock Falls Motel übernachtet. Am Sonntag haben wir wieder den Bus genommen, der hat uns in der Nähe vom alten Waldweg zum Bear Peak abgesetzt.«

»Und der Tipp für diesen alten Waldweg, hatten Sie den von einem der Förster oder einem Ranger?« Jenna holte Notizbuch und Stift hervor. »Erinnern Sie sich an den Namen, oder können Sie mir denjenigen beschreiben?«

»Nein, das war keiner der Förster. Die waren so beschäftigt, dass sie mir nur sagten, ich solle eine Wanderkarte mitnehmen und mich einfach von den eingezeichneten Jagdgebieten fernhalten.« Barry holte tief Luft. »Wir haben den Bus verpasst und sind getrampt, ein Jäger hat uns mitgenommen. Ich hab ihn nach besonders abgelegenen Pfaden gefragt, und er hat mir eine alte Karte gegeben. Er hat mir einen Wanderweg genannt, der zum Bear Peak führt, und erzählt, dass es da, abseits der Touristen, besonders ruhig ist. Also genau das, was wir wollten. Er konnte uns sogar sagen, wann der Bus fährt und wo wir aussteigen müssen. Ein total netter Kerl.«

Psychopathen sind meistens total nette Kerle. Jenna tauschte mit Kane einen vielsagenden Blick aus. Sie lächelte Barry an. »Wissen Sie noch, wo Sie die Karte hingetan haben?«

»Die war in der Tasche meiner Jeans, und die haben die Ärzte aufgeschnitten, als ich herkam.«

Jenna seufzte. Das Krankenhaus musste die Hose längst vernichtet haben. »Wissen Sie noch, was für ein Auto der Mann fuhr?«

»Nein, es sah aus wie alle Autos hier.« Barry schloss die Augen. »Es hatte eine dunkle Farbe, aber ich weiß nicht, welche Marke.«

»Was ist mit dem Fahrer, war er hier aus der Gegend?« Kane beugte sich vor. »Oder hatte er einen Akzent? War er weiß? Oder ein Ureinwohner?«

»Er war weiß, trug eine Wollmütze wie Sie, ich konnte

weder seine Haare noch seine Augen sehen – er hatte eine Sonnenbrille auf. Ich kann auch nicht sagen, wie groß er war, er saß ja.« Barry schüttelte den Kopf. »Der Mörder war er nicht – der hatte eine ganz unheimliche Stimme, wie ein Alien.«

»Haben Sie seine Hände gesehen?« Jenna fuhr fort. »Irgendwelche Ringe? Oder Narben in seinem Gesicht oder an den Händen, Tätowierungen?«

»Nein, er hatte Handschuhe an.« Barry seufzte, stöhnte und drückte auf den Knopf des Morphiumspenders, den er in einer Hand hielt. »Er war ein ganz normaler Typ. Er hat uns direkt am Motel abgesetzt. Wir haben Essen bestellt und sind am Sonntag ganz früh wieder aufgebrochen, um den Bus zu erwischen. Wir haben sonst mit niemandem über unsere Pläne gesprochen.« Er schloss die Augen und atmete tief ein und aus.

Jenna stand auf. Es war sinnlos, ihn jetzt noch weiter zu befragen. Sie sah Kane an und bedeutete ihm, ihr nach draußen auf den Flur zu folgen. »Was meinen Sie?«

»Wenn es der Mörder war, dann war es wahrscheinlich eine zufällige Begegnung. Der ist zu schlau, um zu riskieren, dass ihn jemand mit den Opfern sieht.« Kane zuckte mit den Schultern. »Vielleicht hat jemand gesehen, wie er sie per Anhalter mitgenommen oder am Motel abgesetzt hat. Aber das allein wäre noch kein Beweis. Jedenfalls war Lilly genau der Typ Frau, den der Mörder immer als Opfer auswählt, und er könnte Barry die Informationen über den Wanderweg gegeben haben, um dort den Schauplatz für seinen nächsten Mord vorzubereiten.«

Ein Schauer lief Jenna den Rücken hinunter. »Meinen Sie, es ist so einfach? Das macht mir richtig Angst.«

»Dieses Mal ist es vielleicht wirklich so einfach, bei den anderen Taten wohl nicht. Die Wahrscheinlichkeit, dass sich alles für ihn auf diese Weise fügt, ist doch sehr gering.« Kane rieb sich den Nacken. »Ich denke mal, der Mörder findet seine Opfer normalerweise, indem er ein passendes Pärchen entdeckt und es stalkt, um seine Bewegungen nachzuvollziehen. Ich würde mal behaupten, die meisten Paare, die nicht zum Jagen herkommen, wollen hier ein romantisches Wochenende verbringen oder sind in den Flitterwochen.«

Jenna lehnte sich gegen die Wand und ließ sich die Informationen durch den Kopf gehen. »So jemanden zu stalken wäre schwierig, es sei denn, der Mörder arbeitet in der Branche, vielleicht in ihrem Hotel oder im Reisebüro. Wie sollte er sonst in Erfahrung bringen, was sie vorhaben?«

»Der Mörder könnte sich auch einfach öfter im Cattleman's Hotel aufhalten, wie die meisten Jäger; von den ersten beiden Pärchen wissen wir ja, dass sie da gewohnt haben.« Kane zuckte mit den Schultern. »Wir haben zwei Verdächtige, die ebenfalls dort abgestiegen sind: Woods und Canavar. Wir haben Informationen, dass Canavar im letzten Herbst Black Rock Falls besucht hat, und es würde mich interessieren, ob er damals ebenfalls ein Zimmer dort hatte.«

Jenna kaute auf ihrer Unterlippe. »Beide Männer passen auf die Beschreibung, die Barry uns gegeben hat, aber die Blythes scheiden bei diesem Szenario aus. Ich bezweifle, dass die öfter das Cattleman's Hotel aufsuchen.«

»Und die passen auch nicht auf die Beschreibung des Mannes, der Lilly und Colter mitgenommen hat. Ich würde keinen der beiden als ...«, Kane malte Gänsefüßchen in die Luft, »... ›total netten Kerl‹ bezeichnen. Aber wer würde einen netten Kerl verdächtigen, der im Hotel wohnt und im Restaurant oder an der Bar mit einem Smalltalk macht? Black Rock Falls ist eine freundliche Stadt, jeder plaudert mit Fremden.«

Jenna nickte. »Da ist was dran.«

»Der Mörder könnte aber auch einen Partner haben, der dort arbeitet, wo es noch die alten Wanderkarten gibt. Oder vielleicht hat er auch eine Frau als Partnerin. Viele Psychopathen sind redegewandte, attraktive Männer, und es gibt ja durchaus Frauen, die sich zu Mördern hingezogen fühlen.«

Kane starrte ins Leere, als ließe er sich gerade mehrere Szenarien durch den Kopf gehen. »Sobald dort ein Pärchen vorbeikommt, das in einer abgelegenen Gegend wandern gehen will, alarmiert der Partner den Killer. Der stalkt sie dann, bis er genau weiß, was sie vorhaben. Er arrangiert das Pay-per-View-Event und wartet im Wald auf sie.«

Jenna starrte ihn an. Die Teile des Puzzles fügten sich endlich zusammen. Alles, was Kane sagte, ergab Sinn. Niemand würde tagelang im Wald auf der Lauer liegen und darauf hoffen, dass ein Pärchen, das einem bestimmten Typ entsprach, zufällig in eine Falle stolperte. »Und die Zeit, die zwischen den Morden vergangen ist, könnte bedeuten, dass er auf das passende Pärchen gewartet hat.« Sie streckte den Rücken durch. »Da das Cattleman's Hotel mit zwei Pärchen und zwei Verdächtigen in Verbindung gebracht wird, sollten wir zurück in die Dienststelle gehen und die Arbeit aufteilen. Ich will so schnell wie möglich Informationen über die Besitzer der Rucksäcke. Wenn einer von ihnen vermisst wird, müssen wir herausfinden, ob und wann sie im Cattleman's Hotel übernachtet haben.«

»Ja, und ich wüsste gerne, wie viele Leute sich nach den alten Wanderwegen erkundigen. Ich werde ein paar Anrufe tätigen und herausfinden, wer solche alten Wanderkarten für Touristen anbietet.« Kane blickte sie an. »Wenn wir wissen, ob sich jemand danach erkundigt, können wir sie davor warnen, dass sie in Gefahr sind.«

Jenna ging den Flur hinunter. »Hoffen wir, dass wir dabei nicht zufällig mit dem Partner des Mörders reden, sonst weiß er, dass wir ihm auf den Fersen sind.«

SECHSUNDVIERZIG

Er kam rechtzeitig zum Mittagessen wieder im Cattleman's Hotel an. Er hatte in der Stadt nicht allzu lange zu tun gehabt, und den Lokalnachrichten hatte er entnehmen können, dass Colter Barry nicht in der Lage war, den Mörder genauer zu beschreiben: Laut Barry war er weiß, zwischen ein Meter fünfundsiebzig und ein Meter achtzig groß und trug Tarnkleidung. Er schmunzelte. Diese Beschreibung traf in der Jagdsaison auf mindestens fünfzig Prozent der Männer in der Stadt zu.

Auf dem Weg zum Restaurant ging er an Paul und Mariah vorbei und steuerte auf die Treppe zu. Er hatte in der kurzen Zeit erstaunlich viel über sie herausgefunden. Indem er ihnen in den Hotelaufzug gefolgt und auf derselben Etage ausgestiegen war, hatte er sogar ihre Zimmernummern erfahren. Die Schlüsselkarte für die Tür zu bekommen, war ebenfalls nicht weiter schwierig gewesen. Er hatte »aus Versehen« eines der Zimmermädchen angerempelt und dabei die Karte von der Schnur an ihrem Gürtel gerissen, ohne dass sie es bemerkt hatte.

Der Hotelflur war menschenleer, und als er Mariahs Zimmer betrat, zitterten ihm vor Aufregung die Hände.

Offenbar hatte sie sich in aller Eile angezogen. Der Fußboden vor dem Bett war mit Kleidungsstücken übersät, und an dem aufgeschlagenen Buch auf dem Nachttisch sah man, auf welcher Seite des Bettes sie schlief. Er sammelte einen seidenen Slip vom Boden auf, stellte sich vor den Spiegel und betrachtete sich dabei, wie er sich den Slip über die Nase rieb und ihren Duft einatmete. Das drängende Verlangen, sie zu töten, leuchtete in seinem Gesicht – einem Gesicht, das seine Beute niemals zu Augen bekommen würde. Er legte sich auf das Bett und wünschte sich, das Zimmermädchen hätte es noch nicht gemacht. Er drückte seinen Kopf in das Kissen, um eine Vertiefung zu hinterlassen. Heute Nacht würde ihr Gesicht dort liegen, und vielleicht würde sie noch einen Hauch seines Rasierwassers riechen. Er schwang die Beine vom Bett und stand widerwillig auf, dann nahm er einen frischen Slip aus der Schublade, küsste ihn und platzierte ihn auf der alten Wanderkarte, die auf dem Nachttisch lag, einen Spitzen-BH drapierte er auf dem Telefon. Würde ihr das auffallen? Würde sie ahnen, dass er da gewesen war, würde sie seinen Kuss auf ihrer Unterwäsche spüren? Es kostete ihn einiges an Überwindung, das Zimmer wieder zu verlassen und sich nicht kurzerhand im Schrank zu verstecken, um sie zu beobachten, aber der eigentliche Spaß lag ja in der Jagd. Sie im Hotel zu töten, kam nicht infrage, so gerne er es getan hätte. Er lächelte in sich hinein und stellte sich vor, wie sie reagieren würde, wenn er ihr erzählte, wie nahe sie in ihrem Hotelbett bereits dem Tod gekommen war.

Inspiriert vom vorherigen Abend, den er damit verbracht hatte, sich Aufnahmen seiner Favoriten unter seinen bisherigen Jagden anzusehen, hatte er jetzt große Pläne für die nächste Jagd – vor allem für Mariah. Als er das Restaurant betrat und das Paar an einem Tisch erblickte, wie sie speisten und plauderten, lief ihm das Wasser im Mund zusammen. Sie waren Gewohnheitsmenschen und aßen jeden Tag hier. Doch bevor er seine Pläne in die Tat umsetzen konnte, brauchte er noch ein paar mehr Informationen über seine Beute. Und dazu benötigte er einen Vorwand, um sich den beiden zu nähern. So perfekt Mariah und Paul auch wirkten, es hatte sich bislang immer ausgezahlt, Leute zu jagen, die aus einem anderen Bundesstaat kamen oder sogar aus Übersee. Bei denen dauerte es oft Wochen, bis ihre Angehörigen sie als vermisst meldeten. Er wandte sich an den Oberkellner. »Sagen Sie, ist das nicht Sheriff Alton da drüben am Fenster?«

»Nein, das sind Mr. Benton und Miss Crane aus Washington. Sie sind wegen der Konferenz in der Stadt, glaube ich.« Wieder lächelte der Oberkellner ihn an. »Ich muss zugeben, ich habe sie zunächst auch mit Sheriff Alton verwechselt. Die Dame könnte eine Verwandte von ihr sein, aber das geht mich natürlich nichts an.« Er wandte sich an einen der Kellner. »Erik wird Sie zu Ihrem Tisch führen.«

Er lächelte Erik an. »Ist der Tisch da drüben am Fenster noch frei? Heute ist so schönes Wetter.«

»Selbstverständlich.« Erik ging voraus.

Nachdem er bestellt hatte, tat er so, als würde er aus dem Fenster schauen, doch in Wirklichkeit betrachtete er die Frau und den Mann am Nebentisch, wie sie sich im Fensterglas spiegelten. *Paul Benton und Mariah Crane, genießt euer Essen, solange ihr noch könnt.* Er bekam ein paar Brocken ihrer Unterhaltung mit, erfuhr aber nichts weiter über ihre Pläne für das Wochenende. Ihm würde nichts übrig bleiben, als seine Wildkameras im Voraus einzurichten und dann abzuwarten, die zwei zu beobachten und ihnen zu ihrem Lager zu folgen. Sein Herz pochte. Seiner Beute so nahe zu sein und sie dennoch nicht berühren zu können, war kaum auszuhalten.

Er musterte Paul; mit dem würde es überhaupt keinen Spaß machen. Ein großer Mann war immer ein schwierigerer Gegner, aber wenn er ihn genau an der richtigen Stelle in der Lendenwirbelsäule traf, würde er gelähmt sein und sich nicht mehr wehren können. Inzwischen war er Experte darin, seine Beute außer Gefecht zu setzen. Sobald er den Mann ausgeschaltet hatte, konnte die eigentliche Jagd beginnen. Dass Colter Barry entkommen war, war unverzeihlich. Er würde in Zukunft hundertprozentig dafür sorgen, dass der Mann kampfunfähig war. Er würde Paul zeigen, wie ein echter Mann mit einer vorlauten Schlampe wie Mariah umzugehen hatte, und ihn dann Stück für Stück auseinandernehmen. Oder ihn als Zielscheibe benutzen, wenn seinen Zuschauern das besser gefiel. *Das wird ein Spaß!* Pauls Überreste würde er für die Bären liegen lassen. Die freuten sich so kurz vor dem Winter über eine ordentliche Mahlzeit. Der Wald hatte ein sehr nützliches Ökosystem, so viele Tiere beseitigten bereitwillig, was er hinterließ. Eine hoch oben im Baum versteckte Wildkamera dazulassen, um sich anzuschauen, was hinterher mit den Überresten geschah, wäre unterhaltsam, aber da die Polizei in letzter Zeit immer wieder über seine Beute stolperte, wäre es das Risiko nicht wert.

Sobald er Paul zu Bärenfutter verarbeitet hatte, würde er seine volle Aufmerksamkeit Mariah widmen. Sie würde betteln und zittern, so wie er es bei seinen Frauen mochte. Er starrte ihr Spiegelbild im Fensterglas an und malte sich ihren blutüberströmten Torso aus. Er würde sie so kunstvoll sezieren, dass sie dabei noch eine ganze Weile am Leben blieb. Sie würde die qualvollen Schmerzen exakt so lange ertragen, wie er es wollte. Was würde sie ihm alles anbieten, damit er aufhörte? Er grinste. *Ich würde sowieso nicht aufhören.* Sein Blick fiel auf die roten Lippen, die ihre weißen Zähne umrahmten; das Fensterglas verzerrte die Farbe zu einem Blutfleck. Er unterdrückte ein Stöhnen; er konnte fast schmecken, wie sich Mariahs kalter, in einem stummen Schrei erstarrter Mund gegen seine Lippen presste. Seine Höhle wäre ganz in der Nähe, seine Freunde würden sich über etwas weibliche Gesellschaft freuen. Er grinste in sein Rotweinglas. *Die da werde ich behalten.*

SIEBENUNDVIERZIG

Nachdem sie mehrere Läden ausfindig gemacht hatten, die alte Wanderkarten der Gegend verkauften, und gefragt hatten, ob sich dort irgendwer nach alten Wanderwegen erkundigt hatte, hatte Jenna ein paar Notizen über vage Erinnerungen, aber nichts davon würde sie weiterbringen. Nach dem Mittagessen machten sich Jenna und Kane mit der Liste der Rucksackbesitzer auf den Weg zum Cattleman's Hotel.

Als sie aus Kanes Wagen stiegen, nahm der Wind zu und wirbelte ihnen das Herbstlaub um die Füße. Jenna schaute hoch in den grauen Himmel; das Wetter war in letzter Zeit unberechenbar. Jähe Schauer und plötzliche Temperaturstürze machten den Eindruck, als wolle der Winter dieses Jahr unbedingt früher kommen als sonst. Sie schaute Kane an. »Gottlob findet der Herbstball erst nächstes Wochenende statt. Ich weiß nicht, ob wir das zusätzliche Arbeitspensum im Moment bewältigen könnten.«

»Ein Glück, dass die Deputys aus Blackwater Walters dabei unterstützen können, Colter Barry im Krankenhaus zu bewachen.« Kane schaute düster drein. »Wenn er endlich sicher untergebracht ist, mache ich drei Kreuze.«

Als Jenna durch die Glastüren des Hotels schritt, stieß sie beinahe mit Ethan Woods zusammen. Er warf ihr einen verächtlichen Blick zu, setzte sich seinen schwarzen Stetson auf und drängelte sich an ihr vorbei. Sie blieb im Eingang stehen und schaute ihm nach, wie er zu einem schwarzen Pick-up ging. »Ich kann immer noch nicht fassen, dass der Richter erlaubt hat, dass Stone Woods gegen eine Kaution zu freibekommt.«

»Wolfe hat in der Scheune nichts gefunden, das darauf hindeutet, dass er sich dort nach dem Mord an Lilly das Blut abgewaschen hätte. Wir wissen, dass Woods in der Gegend war, und er ist auf dem Überwachungsvideo zu sehen, aber bisher haben wir nur Indizien dafür, dass er an den Morden beteiligt war. Momentan können wir ihn höchstens wegen Landfriedensbruch belangen.« Er lächelte sie an. »Der Richter hatte keine Wahl, als ihn auf Kaution freizulassen, aber immerhin haben wir ihn weiterhin im Visier. Er passt auf die Beschreibung, die Barry uns gegeben hat, er war in der Gegend, und er passt ins Täterprofil.«

»Tja, ich glaube schon, dass er der Mörder sein könnte. Wobei ich mir nicht so recht vorstellen kann, dass ihn irgendjemand als ›total netten Kerl‹ bezeichnen würde. Zu uns war er bisher jedenfalls alles andere als nett.«

Jenna ging zur Rezeption. Dort fiel ihr ein Ständer auf, in dem sich verschiedene Wanderkarten und Broschüren befanden. Aus dem Augenwinkel nahm sie Nigel wahr, der auf sie zukam. Sie schenkte ihm ein Lächeln. »Ich brauche ein paar Informationen.«

»Ich stehe Ihnen wie immer zu Diensten, Sheriff Alton.« Nigel räusperte sich. »Solange ich nicht gegen unsere Datenschutzbestimmungen verstoßen muss.«

Jenna holte ihr Notizbuch hervor. »Wie Sie wissen, gab es kürzlich drei Morde im Stanton Forest, und wir haben dort noch einen älteren ungeklärten Fall. Uns ist bekannt, dass zwei der ermordeten Paare hier übernachtet haben; ein anderes Paar wohnte im Motel.«

»Das ist an sich nicht ungewöhnlich; die meisten Leute von außerhalb steigen hier bei uns ab.« Wäre Nigel ein Hahn gewesen, wäre ihm jetzt der Kamm geschwollen. »Ich hoffe, Sie möchten damit nicht andeuten, dass unser Haus ein Grund für die Morde ist?«

»Ganz und gar nicht«, beschwichtigte Jenna den Rezeptionisten. »Wir dachten uns nur, da diese Leute ja ortsfremd waren, haben sie sich vielleicht hier an der Rezeption nach sicheren Routen erkundigt.« Sie stützte sich auf den Tresen. »Erinnern Sie sich noch an Bailey und Jim Canavar? Haben Sie den beiden Tipps für alte Wanderwege gegeben?«

»In der Tat, das habe ich. Ich habe ihnen eine Karte ausgehändigt und ihnen darauf einige der alten Pfade in der Nähe vom Bear Peak gezeigt.« In einer dramatischen Geste presste sich Nigel eine Hand gegen die Brust. »Sie wollen doch nicht etwa andeuten, ich hätte diese Leute in den Tod geschickt, oder?«

»Nein, nein.« Kane lehnte sich mit einer Hüfte gegen den Tresen und warf Jenna einen vielsagenden Blick zu. »Erinnern Sie sich an irgendjemanden, der zur selben Zeit hier an der Rezeption war? Jemanden, der das Gespräch eventuell belauscht hat?«

»Damals war es sehr voll. Ich weiß noch, dass mehrere Gäste Schlange standen. Einige waren verärgert, weil ich mit den zweien ein wenig geplaudert habe. Aber nein, ich kann mich an niemand Spezielles erinnern.« Plötzlich wurde Nigel blass. »Ach, aber Erik hat mich vor Kurzem um eine der alten Wanderkarten gebeten, für einen unserer Gäste. Er ist einer der Kellner im Restaurant.« Er blickte von Jenna zu Kane und wieder zurück. »Dass Pärchen allein die entlegeneren Gebiete erkunden, ist nicht ungewöhnlich. Ich habe den Eindruck, dass viele Leute es vorziehen, dort zu wandern, wo sie möglichst niemandem begegnen, um mit der Natur zu kommunizieren. Dafür sind diese alten Karten sehr gefragt.«

Jenna trommelte mit den Fingerspitzen auf den hölzernen Tresen. »Okay, danke für die Informationen; wir werden uns mit Erik unterhalten.« Sie schob ihren Notizblock über den Tresen. Die Liste der Namen der Rucksackbesitzer war aufgeschlagen. »Wir haben Grund zu der Annahme, dass diese vermissten Personen hier in der Stadt gewesen sein könnten. Möglicherweise sind sie demselben Mörder zum Opfer gefallen. Könnten Sie bitte in den Akten nachsehen, ob sie hier abgestiegen sind? Es könnte einige Jahre her sein.«

»Falls ich mich weigere, besorgen Sie einen Durchsuchungsbeschluss, richtig?« Nigel betrachtete die Liste und tippte die Namen in den Computer ein. »Unsere Informationen reichen ungefähr sieben Jahre zurück.« Er sah Jenna an und fügte hinzu: »Das könnte eine Weile dauern.« Dann holte er vier Coupons unter dem Tresen hervor und reichte sie ihr. »Kuchen und Kaffee aufs Haus, während Sie warten?«

Sie drehte sich zu Kane. »Na ja, ich denke mal, da ich ihn um einen Gefallen gebeten habe, kann man das nicht als Bestechung auslegen.« Sie grinste. »Auch wenn ich Sie wahrscheinlich zwingen muss, Kuchen zu essen, oder?«

»Immerhin haben wir eine gute Ausrede. Wir müssen mit Erik reden.« Kanes Magen knurrte, und er sah sie verlegen an. »Dabei ist das Mittagessen erst zwei Stunden her.« Er wandte sich dem Restaurant zu. Dann drehte er sich plötzlich wieder um und packte Jenna an den Schultern.

Jenna starrte ihn an. »Was tun Sie da?«

»Moment mal.«

Kanes breite Schultern versperrten ihr die Sicht. Sie sah ihn irritiert an. »Was zum Teufel ist denn los, Kane?«

»Haben Sie eine Schwester?«, sagte Kane mit gesenkter Stimme. Beinahe flüsterte er. »Oder irgendein Familienmitglied, das so aussieht wie Sie?«

Jenna schüttelte den Kopf. »Nein, das habe ich Ihnen doch schon gesagt. Ich habe keine lebenden Verwandten mehr. Wieso?«

Als Kane zur Seite trat, sah Jenna die Frau auch, die gerade auf den Fahrstuhl zuging. Nach den umfangreichen chirurgischen Eingriffen, die Jenna hatte über sich ergehen lassen, um ihre Gesichtszüge zu verändern, konnte sie jedem ähnlich sehen. Sie schaute Kane an und flüsterte: »Verdammt. Jetzt weiß ich, woher mein Gesicht stammt. Ich hoffe, das ist nicht irgendjemand Berühmtes.« Sie ging zurück zum Tresen, und Nigel blickte vom Computerbildschirm zu ihr auf. »Das Pärchen kommt mir bekannt vor. Wer ist das?«, fragte sie ihn.

»Paul Benton und Mariah Crane aus Washington, D. C. Sie sind zum Kongress hier.« Nigel hob fragend eine Braue. »Ist die Dame mit Ihnen verwandt?«

Jenna lächelte. »Das habe ich mich auch gefragt, aber der Name sagt mir nichts. Vielleicht läuft sie mir ja noch über den Weg. Wie lange bleibt sie denn?«

»Mit Sicherheit kann ich das nicht sagen – der eigentliche Kongress endet am Freitag, aber das Rahmenprogramm geht bei uns noch bis nächsten Mittwoch.«

»Prima, danke.« Sie wandte sich an Kane. »Kommen Sie, wir suchen Erik.«

Jenna fragte den Oberkellner, ob Erik ihnen einen Platz zuweisen könne. Er schenkte ihnen ein strahlendes Lächeln und winkte den jungen Kellner heran. Das Restaurant war praktisch leer, nur ein paar wenige Leute saßen bei Kaffee und Kuchen. Sie suchten sich einen Tisch im hinteren Teil des Saals aus und warteten darauf, dass der Kellner den Teewagen heranschob, auf dem eine Auswahl köstlich aussehender Kuchen und Torten thronte. Nachdem sie ihre Auswahl getroffen hatten, sprachen sie ihn darauf an, was Nigel ihnen erzählt hatte. »Wissen Sie noch, wer Sie um eine Karte der alten Wanderwege gebeten hat?«

»Ja, das waren Mr. Benton und Miss Crane. Sie sind ziemlich gestresst vom Kongress und meinten, sie bräuchten eine Auszeit von den anderen Teilnehmern. Ich schlug ihnen den Pfad vor, der ganz oben am Reservat entlangführt und dann am Bear Peak abzweigt. Wenn man auf das Plateau steigt, kann man die Wasserfälle sehen, die Aussicht ist großartig.« Er servierte ihnen den Kuchen und schenkte Kaffee ein. »Sie wollten am Wochenende wandern gehen.« Er lächelte sie an. »Ich lasse Ihnen den Wagen stehen. Sie können sich gerne satt essen, um vier wirft der Küchenchef ohnehin die Reste weg. Ich bringe Ihnen noch eine frische Kanne Kaffee.«

»Danke.« Jenna lehnte sich in ihrem Stuhl zurück und betrachtete den konzentrierten Blick auf Kanes Gesicht. »Woran denken Sie gerade? Nicht an Kuchen, so viel ist sicher.«

»Ich habe eine Idee, wie wir vorgehen könnten.«

ACHTUNDVIERZIG

Jenna konnte Kane nicht dazu überreden, ihr an einem öffentlichen Ort die Einzelheiten seines Plans darzulegen. Als sie aufgegessen hatten, gingen sie an die Rezeption zurück, um sich zu erkundigen, ob die Besitzer der Rucksäcke im Hotel übernachtet hatten oder nicht. Nigel bestätigte, dass zwei der drei vermissten Personen ein Zimmer gebucht hatten, und zwar jeweils im Herbst der beiden vergangenen Jahre. Die zufälligen Verbindungen zwischen den Opfern häuften sich.

Zurück in der Dienststelle rief Jenna Wolfe und ihre anderen Deputys zu sich. Nachdem alle Platz genommen hatten, wandte sie sich an Kane. »Okay, hier drinnen kann uns niemand belauschen. Also, wie lautet Ihr Plan?«

»Alles hängt davon ab, ob Mr. Benton und Miss Crane mitmachen.« Kane ließ den Blick über die anderen Deputys schweifen. »Das ist ein Paar, das im Hotel wohnt, und Miss Crane hat eine verblüffende Ähnlichkeit mit Sheriff Alton. Nach den letzten Morden zu urteilen, ist Miss Crane genau der Typ Frau, hinter dem unser Mörder her ist, und die zwei wollen dieses Wochenende am Bear Peak wandern gehen.« Er richtete seine Aufmerksamkeit auf Jenna. »Ich glaube, die Chancen stehen nicht schlecht, dass der Mörder sie als Nächste ins Visier nimmt.«

»Okay. Sie wollen sie also als Köder benutzen?« Rowley lehnte sich in seinem Stuhl nach vorne, sein Stift schwebte über seinem Notizbuch. »Wie wollen Sie sie in Ihren Plan einbinden?«

Jenna räusperte sich lautstark. »Wir werden niemanden, ich wiederhole, *niemanden* als Köder für einen Serienmörder benutzen.«

»Nein, nicht *die zwei*«, sagte Kane. »Ich würde niemals das Leben von Zivilisten riskieren.« Seine Augen verfinsterten sich, und er wirkte für einen kurzen Moment wie der hochqualifizierte Profikiller, der er früher einmal gewesen war. »*Uns zwei.*«

Jenna hatte während ihrer Zeit bei der DEA verdeckt ermittelt und war mit Mühe und Not einer lebensgefährlichen Situation entkommen, weshalb sie am Ende mit neuem Gesicht und neuem Namen in Black Rock Falls gelandet war. Sich in die Schusslinie zu begeben und zu riskieren, dass ein Verrückter sie bei lebendigem Leib sezierte, gefiel ihr nicht im Geringsten. Sie kaute auf ihrer Unterlippe und dachte kurz darüber nach, was das eigentlich bedeutete, dann begegnete sie Kanes Blick: »Ich glaube, Sie haben den Verstand verloren. Aber ich höre zu. Schießen Sie los.«

»Crane sieht Ihnen zum Verwechseln ähnlich, und das Pärchen kommt wie wir beide aus Washington, D. C., der Akzent ist also kein Problem für uns. Sie ist genau der Typ Frau, den der Mörder bevorzugt, und was wir über ihre Pläne fürs kommende Wochenende wissen, gibt uns zwei Möglichkeiten.« Kane verschränkte seine riesigen Unterarme. »Entweder wir sorgen dafür, dass die beiden von hier verschwinden, oder wir bringen sie dazu, ihre Pläne für das kommende Wochenende überall herumzuerzählen, und bringen sie dann in ein Safehouse, und Sheriff Alton und ich nehmen ihre Plätze ein. Ich bin mir ziemlich sicher, dass sich der Killer vor allem auf die

Frau konzentriert, und aus etwas Entfernung kann ich als Benton durchgehen, vor allem, wenn ich eine Kevlar-Weste unter der Jacke trage, die mich massiger aussehen lässt.« Er musterte Jennas Gesichtsausdruck. »Wir sind darauf trainiert, diesen Mistkerl auszuschalten, und die anderen werden uns den Rücken decken.«

»*Falls* er den Köder schluckt.« Wolfe schaute grimmig drein. »Wir vermuten ja bislang nur, dass er sich Paare aussucht, die zu Besuch in der Stadt sind, und ihnen eine Falle stellt, sobald er weiß, wohin sie wollen. Er wird nicht in den Bergen sitzen und darauf warten, dass zufällig jemand vorbeikommt, und nicht jede Frau entspricht dem Typ, den er bevorzugt.« Er seufzte. »Trotzdem wette ich, man kann die Paare, die die alten Wanderwege da oben benutzen, an einer Hand abzählen.«

Jenna schüttelte den Kopf. »Nicht laut Nigel, dem Rezeptionisten des Hotels. Er hat uns gesagt, dass die Leute häufig in abgelegenen Gegenden wandern gehen wollen und dass sie ständig Karten mitnehmen.« Sie zuckte mit den Schultern. »Daraus ergeben sich für mich zwei mögliche Szenarien. Das erste: Der Mörder ist entweder Woods oder Canavar. Da wir von Canavar nach wie vor keine Spur haben, könnte er sich irgendwo im Wald verstecken. Von Woods wissen wir, dass er sich nachts in der Gegend herumgetrieben hat. Wenn der Mörder in den abgelegenen Gebieten rund um Bear Peak weitere Wildkameras montiert hat, kann es sein, dass er das Areal überwacht. Falls er sich in einer zentralen Position aufhält, wäre es nicht allzu schwierig für ihn, sich seinen Zielpersonen zu nähern. Das zweite Szenario: Falls der Mörder in der Stadt herumlungert und geeigneten Pärchen nachstellt, wie Kane vermutet, kann es gut sein, dass er den Köder schluckt.«

»Ich glaube, Sie haben recht«, bestätigte Wolfe, »und ich würde vermuten, dass der Mörder ein weiteres Pay-per-View-Event plant und Zeit braucht, den Zielort vorzubereiten.

Sobald er also weiß, wohin das Pärchen will, wird er alles in die Wege leiten.« Wolfes Lippen waren schmal wie ein Strich, und auf seiner Stirn hatten sich Sorgenfalten gebildet. »Aber es ist riskant. Wir müssen davon ausgehen, dass dieser Mann über beträchtliche IT-Kenntnisse verfügt. Wenn ich das geplant hätte, würde ich eine versteckte Kamera im Flur vor dem Zimmer der beiden platzieren und vielleicht einen Peilsender an ihrem Auto anbringen.« Er sah Jenna an. »Und noch etwas: Wir gehen davon aus, dass es sich um einen Einzeltäter handelt. Trotzdem schafft er es, die Leute zu töten, seine Spuren zu verwischen und die Fahrzeuge der Opfer zu entsorgen, bevor wir ihre Leichen finden.«

»Ja, nur dass sich beim ersten Mord die Tiere im Wald um die Leichen gekümmert haben.« Rowley hob das Kinn und sah Wolfe an. »Er hat bestimmt erwartet, dass bei Bailey Canavar und dem Asiaten dasselbe passiert. Ich nehme an, er hat nach den Morden ihre Autos entsorgt, um den Eindruck zu erwecken, sie wären abgereist. Ich denke mal, die meisten Touristen mieten sich am Flughafen ein Auto. Wahrscheinlich lässt er die Autos vor der Autovermietung stehen und fährt mit dem Taxi zurück in die Stadt.«

»Das klingt logisch, zumal die Fahrzeuge dort sofort gereinigt und wieder neu vermietet werden.« Wolfe rieb sich das Kinn. »Dabei werden alle Spuren vernichtet. Außer dieses Mal, wenn wir ihn erwischen.«

Jenna lehnte sich in ihrem Stuhl zurück und ließ sich die möglichen Szenarien durch den Kopf gehen. Kane hatte taktische Erfahrung mit solchen Operationen, und Wolfe auch, beide hatten bei den Marines gedient. »Okay, wir tragen also Kevlar-Westen. Allerdings werden die uns nicht viel nützen, falls er beschließt, uns in den Kopf zu schießen.«

»Stimmt.« Kane zuckte mit den Schultern. »Andererseits hat er das noch nie getan. Soweit wir wissen, setzt er die männlichen Opfer mit einem Schuss in die Lendenwirbelsäule außer

Gefecht, um sie zu lähmen. Dort wird mich die Weste schützen. Der Rest des Teams wird in mehreren höher gelegenen Positionen eingesetzt. In Flecktarn gekleidet werden wir wie eine ganz normale Jagdgesellschaft aussehen, aber wir werden alle zusätzlich verdeckte Waffen tragen. Wolfe, Rowley und Webber tragen Jagdgewehre, falls der Mörder sie sieht, wird er sich nichts weiter dabei denken.« Er lehnte sich zurück und streckte die Beine aus. »Kommen wir zum Gelände. Es liegt am Fuß des Berges, und wir können unseren Standort selbst wählen. Damit haben wir einen großen Vorteil. Wir wissen, dass er kommt, also kann er uns nicht überraschen. Wir sind bewaffnet und bestens ausgebildet. Das Ganze sollte ein Kinderspiel sein.«

»Ich werde zusätzlich ein paar Kameras entlang des Weges installieren.« Wolfe schaute Jenna an. »Und Sie zwei werde ich mit Trackern und Sprechfunkgeräten ausstatten, nur für den Fall, dass etwas schiefgeht.«

»Ich bin dagegen«, sagte Kane. »Kameras und Funkgeräte wären für Jenna und mich ein zu großes Risiko. Wenn er die sieht, riecht er sofort Lunte. Er benutzt wahrscheinlich ein Zielfernrohr, um sein männliches Opfer bewegungsunfähig zu machen, und nach allem, was wir bis jetzt gesehen haben, ist er äußerst vorsichtig.«

Eine Welle des Grauens packte Jenna; ihre Deputys redeten, als sei dies ein Militäreinsatz: keine Emotionen, kein Gedanke daran, dass sie sterben könnten. Mit einer gewissen Faszination hörte sie zu, wie Kane und Wolfe sich unterhielten. Anders als sie waren ihre beiden Kollegen in Kriegsgebieten in Übersee im Einsatz gewesen, sie hatten in dieser Hinsicht mehr Felderfahrung als sie. Was sie planten, war eine potenziell lebensgefährliche Aktion, und wenn man es mit einem Psychopathen zu tun hatte, konnte alles Mögliche schiefgehen. Sie selbst brachte ebenfalls ein paar Ideen ein, beschloss aber, sich größtenteils herauszuhalten und darauf zu vertrauen, dass die beiden Ex-Marines wussten, was sie taten.

»Okay. Ich möchte, dass sich Kane um die Planung kümmert und Sie, Wolfe, um die Leitung vor Ort.« Sie sah ihn an. »Sorgen Sie dafür, dass alle immer auf demselben Stand sind. Immerhin stehen unsere Leben auf dem Spiel.« Sie musterte die Gesichter ihrer Teammitglieder. »Ich werde mit dem Paar telefonieren; wir können nicht riskieren, zusammen mit ihnen gesehen zu werden. Wenn sie einverstanden sind, werden wir mit ihnen im Dowy's, dem teuren Bekleidungsgeschäft, die Plätze tauschen. Am Vormittag wird dort nicht allzu viel los sein. Ich werde Maggie vorher mit Uniformen hinschicken, Mr. Dowy wird ganz bestimmt mit uns kooperieren.«

»Das könnte funktionieren.« Bradford befeuchtete nervös ihre Lippen. Ihr Blick wanderte zu Kane und dann wieder zu Jenna. »Was soll ich dabei tun?«

Jenna lächelte sie an. »Sie kommen als Beobachtungsposten mit, und wenn Wolfe beschäftigt ist, können Sie über Funk Nachrichten an das Team weiterleiten.«

»Was, wenn wir über Nacht da oben bleiben müssen?« Bradford knibbelte an ihren Fingernägeln.

»Dann wird Wolfe organisieren, wer wann Wache schiebt.« Kane sah sie unverwandt an. »Es wird kalt sein, und Sie werden im Freien schlafen müssen. Sagen Sie bitte gleich, wenn das nichts für Sie ist, wir verstehen das.«

»Nein, nein. Ich habe schon öfter im Freien geschlafen, ich komme klar.« Bradford hob ihr Kinn. »Ich gehöre zum Team.«

»Ich auch, Ma'am!« Webber richtete sich auf und sah Jenna an. Seine Augen funkelten vor Aufregung.

Jenna wies auf Kane. »Kane wird das taktische Kommando übernehmen.«

Kanes Stuhl knarrte, als er sich umdrehte und Webber ansah. »Sie, Rowley und Wolfe werden unsere Scharfschützen sein. Wir werden Sie weiter oben positionieren, um die unmittelbare Umgebung nach dem Mörder abzusuchen.«

»Verstanden.« Webber sah beeindruckt aus. »Wer wird sich darum kümmern, was in der Stadt passiert?«

Jenna seufzte. »Colter Barry wird bis zum Wochenende sicher untergebracht sein, also wird Walters zusammen mit Maggie die Dienststelle besetzen. Sie sind durchaus in der Lage, hier am Wochenende die Stellung zu halten.« Sie rieb sich die Hände. »Okay, jetzt müssen wir nur noch Crane und Benton davon überzeugen, uns zu helfen, einen Serienmörder in die Falle zu locken.«

Kane hatte immer noch den unbewegten, beinahe ausdruckslosen Gesichtsausdruck eines Soldaten. »Hoffen wir, dass der verdammte Mistkerl den Köder schluckt.«

NEUNUNDVIERZIG
DONNERSTAG, WOCHE ZWEI

Im Outdoor-Laden war viel los, und er stand in einer der Schlangen vor dem Tresen an, die Arme voll Tarnkleidung, zwei neuen Paar Wanderstiefeln und Ersatzmunition. Er schaute zur Seite und blickte direkt in die Augen von Mariah Crane. Sie rümpfte die Nase, als würde er nach alten Socken riechen, und drehte sich zu ihrem Begleiter um. Es war derselbe ältere Mann aus dem Hotel – Paul Benton, wenn er sich richtig erinnerte.

Als sie sich dem Tresen näherten, hörte er Mariahs Stimme, so deutlich, als spräche sie mit ihm: »Ausnahmsweise stimme ich dir zu, Paul.« Mariah fingerte an dem dicken Kapuzenpullover herum, den sie über einen Arm gelegt hatte. »Wir brauchen wirklich wärmere Kleidung für die Berge. Ich weiß, du musstest mich etwas überreden, zum Bear Peak hochzuwandern, aber jetzt freue ich mich richtig darauf; dieser alte Indianerpfad soll ja direkt zu einem Plateau führen. Von dort aus kann ich bestimmt ein paar ganz tolle Fotos vom Tal machen.«

»Schau mal hier.« Benton schob seinen Einkaufswagen an die Seite und holte eine Wanderkarte aus der Tasche. »Wir können bis dahin fahren und das Auto stehen lassen. Schau, es gibt drei Pfade: Der linke ist der ganz alte; die beiden anderen führen zu den Wasserfällen. Wenn wir den hier nehmen, der entlang des Canyons führt, werden wir einen ganz fantastischen Blick von oben haben.« Er lächelte sie an. »Nigel vom Hotel hat mir gesagt, dass es da oben zu dieser Jahreszeit schon ziemlich kalt ist. Deshalb nehmen die meisten Besucher die Wanderwege weiter unten, die zu den Felsbecken und Flüssen führen. Es ist ein ganzes Stück weg von den ausgewiesenen Jagdgebieten, und wir werden bestimmt niemandem von der Konferenz über den Weg laufen. Ganz sicher sogar. Ich habe mich umgehört, und niemand von ihnen will dieses Wochenende dorthin.«

»Ich hoffe, du hast niemandem verraten, wo wir hinwandern wollen.« Mariah machte einen Schmollmund. »Ich will mir nicht noch einen Tag verderben lassen.«

»Ich bin doch kein Idiot.« Paul streichelte ihre Wange. »Dieses Wochenende wird unvergesslich werden, das verspreche ich dir.«

Das verspreche ich dir auch. Er verdrängte die lebhaften Fantasien, wie Mariahs Körper aussehen würde, wenn er mit ihr fertig war, und konzentrierte sich auf seine Umgebung. Er wartete einen Moment, um wieder ruhiger zu wirken, dann legte er seine Einkäufe auf den Tresen und lächelte den Verkäufer an. »Tolles Jagdwetter!«

»Stimmt. Ich glaub, das war unsere vollste Saison dieses Jahr. Und viele neue Gesichter in der Stadt, geben alle jede Menge Geld aus. Scheint, als werde Black Rock Falls ein beliebtes Touristenziel.« Der Mann steckte die Waren in eine Papiertüte und nannte ihm die Summe.

Er zahlte bar, so war er auf der sicheren Seite, falls jemand auf die Idee kam, in seinen Kreditkartenbelegen nachzuschauen, ob er Munition eines bestimmten Kalibers gekauft hatte. »Ich halte mich von den Touristen fern. Ich will einen

Zehnender erlegen. Ich habe gestern einen gesehen, der direkt auf eines der Jagdgebiete zulief.«

»Na dann: Waidmannsheil«, sagte der Mann und reichte ihm seine Einkäufe.

Er schlenderte hinaus und grinste in den Sonnenschein. An manchen Tagen war das Leben einfach nur schön. Die Teilnehmer an seinem Pay-per-View-Event hatten gerade den Spielplan für das Wochenende bestätigt. Er konnte sein Glück kaum fassen. Anstatt den beiden die nächsten Tage hinterherdackeln zu müssen, um herauszufinden, wie ihre Pläne aussahen, konnte er in aller Seelenruhe seine Geschäfte in der Stadt erledigen, sein Equipment sammeln und zu der Kontrollstation fahren, die Bear Peak am nächsten lag. Seine Tarnung für den Aufenthalt in dem Gebiet war gesichert. Man musste eine ganze Weile durch das Jagdgebiet wandern, um zu dem alten Pfad zu gelangen, den sie erwähnt hatten und der zufälligerweise ganz in der Nähe seiner Höhle lag. Er würde genug Zeit haben, alles vorzubereiten, und dann würde er einfach nur noch auf die Ankunft der beiden warten. Er lud seine Einkäufe hinten in den Wagen, holte das Wegwerfhandy aus der Tasche und schickte dem Organisator eine SMS:

Samstag. Werde einstündigen Countdown geben. Durchladen und entsichern.

FÜNFZIG

SAMSTAG, WOCHE ZWEI

In der Stadt wehte buntes Laub über den Asphalt, sammelte sich in den Rinnsteinen und verströmte den erdigen Geruch des Herbstes. Es war ein herrlicher Tag, um an der frischen Luft zu sein, die Sonne schien, kein Wölkchen war am Himmel. Alle Einwohner und Touristen zog es ins Freie. Es war noch nicht einmal halb neun, und schon säumten allerlei Fressbuden die Straße. Kane stieg aus Rowleys Wagen und folgte ihm und Jenna zu dem Bekleidungsgeschäft. Bis jetzt war alles nach Plan verlaufen. Mariah und Paul waren gerne bereit gewesen, mit der Polizei zu kooperieren, nachdem sie erfahren hatten, dass sie möglicherweise die nächsten Opfer auf der Liste des Mörders waren. Mariah hatte Jenna mitgeteilt, dass sie schon seit ihrer Ankunft in Black Rock Falls irgendwie das Gefühl hatte, jemand beobachte sie.

Nachdem Jenna für ihre Sicherheit gesorgt hatte, hatten Paul Benton und Mariah Crane ihnen begeistert geholfen, den Mörder in die Falle zu locken. Ausgerüstet mit einem von Wolfes Peilsendern, den sie aktivieren konnten, sollten sie bedroht werden, und stets mit einem Deputy in der Nähe, hatten sie die letzten zwei Tagen alle Orte aufgesucht, wo alte

Wanderkarten verkauft wurden. In jedem Geschäft und im Cattleman's Hotel hatten sie sich lautstark über ihre Pläne für das Wochenende unterhalten. Falls der Mörder sie gestalkt hatte, besaß er jetzt alle Informationen, die er brauchte.

Der vereinbarte Identitätstausch war minutiös durchgeplant. Das Pärchen war bereits eingetroffen, um in dem Geschäft zu stöbern, das etwas teurer war als der örtliche Outdoor-Laden. Kane holte seinen Notizblock heraus und hielt inne, um ein paar Notizen zu lesen, damit es so aussah, als wäre er bei der Arbeit, dann betrat er das Bekleidungsgeschäft. Er nickte dem Besitzer zu und ging dann direkt in die Anprobe, wo Paul in einer seiner alten Uniformen und Mariah, als Jenna verkleidet, auf ihn warteten. »Okay, Sie warten einen Moment am Verkaufstresen, dann gehen Sie mit Rowley mit. Er wird Sie zu einem Safehouse fahren. Es ist eine Ranch außerhalb der Stadt. Deputy Walters wird sich telefonisch bei Ihnen erkundigen, ob alles okay ist.« Kane reichte ihnen ein Wegwerfhandy. »Seine Nummer ist in den Kontakten gespeichert. Rufen Sie sonst bitte niemanden an. Haben Sie verstanden?«

»Ja, Sheriff Alton hat uns ja bereits instruiert.« Paul zog sich die schwarze Wollmütze über die Ohren und schlüpfte in die Jacke.

Kane musterte das Pärchen und nickte. »Von weiter weg gehen Sie auf jeden Fall als wir beide durch. Schauen Sie niemandem in die Augen, gehen Sie einfach direkt zum Auto.«

Das Paar wartete ein paar Minuten und verließ dann zusammen mit Rowley den Laden. Er würde sie zur Ranch fahren und dann seinen Wagen in der Stadt stehen lassen. Dann würde er Tarnkleidung anziehen, Bradford abholen und mit einem Zivilfahrzeug zum Bear Peak fahren, wo der Rest des Teams auf sie wartete.

Kane zog sich um und traf Jenna am Tresen. »Alles in Ordnung?«

»Ja.« Sie überreichte dem Mann hinter der Kasse ihre gefaltete Uniform. »Danke für Ihre Mitarbeit, Mr. Dowy. Wir kommen dann am Montag vorbei und holen unsere Sachen wieder ab.«

»Ist mir ein Vergnügen, Sheriff.« Mr. Dowy steckte beide Uniformen in eine große Einkaufstüte und schob sie unter den Tresen. »Die sind bei mir sicher, keine Sorge.«

Kane war froh, dass Dowy als ehemaliger Polizist wusste, wie wichtig Geheimhaltung war. Er schnappte sich die Taschen mit Ersatzkleidung und Munition, die sie am Tresen deponiert hatten, und folgte Jenna hinaus zu Paul Bentons Mietwagen. Er setzte sich hinter das Lenkrad. »Das ist gut gelaufen. Ich hoffe, der Mörder hat den Köder geschluckt.«

»Das war im Grunde nur eine Vorsichtsmaßnahme.« Jenna schnallte sich an. »Ich gehe davon aus, dass er sofort, als er mitbekommen hat, wo die beiden wandern wollen, zum Bear Peak gefahren ist, um sein makabres Theater vorzubereiten.« Sie warf ihm einen Blick zu, während sie aus der Stadt fuhren. »Falls nicht, ist das hier sowieso alles Zeitverschwendung.«

Eine halbe Stunde später lenkte Kane den Mietwagen auf den Parkplatz bei den Wasserfällen. Er schaute auf die Uhr. Der Erfolg oder Misserfolg einer Mission hing oft vom Timing ab. Er rief Wolfe an, um zu erfahren, was es Neues gab, und hörte schweigend zu. »Verstanden, wir fahren los. Voraussichtliche Ankunftszeit in etwa zwanzig Minuten.« Wolfe und Webber hatten ihre Positionen oberhalb des Wanderweges eingenommen; jeder von ihnen konnte unter sich im Hundertachtzig-Grad-Winkel den Wald überblicken. Rowley und Bradford würden bald nachkommen. Das Team trug Flecktarn, um mit dem Wald zu verschmelzen. Von dem Moment an, als das Pärchen dem Plan zugestimmt hatte, hatte er seine Kollegen wie ein Feldwebel gedrillt. Sie hätten nicht besser auf diesen Einsatz vorbereitet sein können.

Zugegeben, sein Plan hatte größere Löcher als ein Schweizer Käse, aber selbst wenn die Chance eins zu fünfzig stand, den Mörder zu schnappen, war es den Aufwand wert. Aus der Umgebung ergab sich eine Reihe von Problemen und verschaffte dem Mörder einen Vorteil. Zwischen den dichten Bäumen würde sich ein Mann in Tarnkleidung gut verstecken können, aber das Areal, das Kane ausgewählt hatte und über das sich das Pärchen unterhalten hatte, war so beschaffen, dass Wolfe und Webber sie in Sekundenschnelle ausfindig machen konnten, falls der Mörder ihn und Jenna angriff. Er hatte Vertrauen in sein Team, aber seine Priorität war Jennas Sicherheit. Sie war das Hauptziel des Mörders, er selbst war nur Statist.

Als sie aus dem Auto stiegen und ihre Rucksäcke aufsetzten, sah er ihren entschlossenen Gesichtsausdruck, und ein ungewohnter Schauer der Sorge lief ihm den Rücken hinunter. Sie hatte keine Sekunde gezögert, sich seinem Plan anzuschließen und den Killer in die Falle zu locken. Und das, obwohl sie wusste, dass er sie bei lebendigem Leib zerstückeln wollte. Das erforderte Mut. Aber sie war eine gute Kämpferin, und falls er selbst außer Gefecht gesetzt wurde, würde sie sich auch allein behaupten können. Ganz abgesehen davon, dass ihr drei gute Scharfschützen zu Hilfe eilen würden. *Mich wird keiner außer Gefecht setzen.*

»Ich sehe es Ihnen immer an, wenn Sie sich Sorgen machen.« Jenna ließ eine Hand in ihre Jacke gleiten, um die Glock im Schulterholster zu überprüfen. »Sie machen dann ein Gesicht, als wären Sie zur Salzsäule erstarrt oder so was.«

»Kann gut sein. Ich bin darauf trainiert worden, alle äußeren Reize auszuschalten, wenn ich mich auf eine Operation konzentriere.« Er schob sich den Tragegriff der Tasche mit den Vorräten über die Schulter und justierte die Gurte seines Rucksacks. »Ich hätte nur nicht gedacht, dass das so offensichtlich ist.«

»Das ist es.« Sie lächelte ihn an und setzte ihre Sonnenbrille auf. »Vielleicht beobachtet der Mörder uns jetzt gerade, und Sie sollen ein verheirateter Mann sein, der ein heißes Wochenende mit seiner Sekretärin verbringt. Entspannen Sie sich ein bisschen.« Sie ergriff seine Hand und zog ihn in Richtung des Wanderwegs. »Und gehen Sie schön langsam – theoretisch sind Sie gar nicht in Form.«

»Mit der Metallplatte, die Wolfe mir als zusätzlichen Schutz im Rucksack montiert hat, fällt mir das nicht allzu schwer.« Er grinste sie an, aber das Lächeln erreichte nicht seine Augen, die sie über den Rand der Sonnenbrille hinweg anschauten. »Seien Sie wachsam.«

»Ich bin immer wachsam.« Sie ging auf dem Weg voraus und bog dann nach links in einen schmalen Pfad ab. »Los geht's!«

EINUNDFÜNFZIG

Er saß mit dem Rücken gegen die moosbewachsene Wand seiner Höhle gelehnt, ein iPad auf den Knien. Über sein Mobiltelefon hatte er einen Internet-Hotspot eingerichtet. Er schaute sich die Livebilder seiner Webcams an und lächelte. Die Freude darüber, dass Paul und Mariah geradewegs in seine Richtung liefen, ließ sein Herz schneller schlagen. Er schaute ihnen zu, wie sie sich zwischen den Bäumen hindurchschlängelten, während der Pfad sie an der Felswand des Bear Peak entlangführte. Er sah auf und grinste seine Freunde an; sie starrten aus ihren großen, dunklen Augenhöhlen zurück. Er mochte es, wie die Schädel, von denen das Fleisch in Fetzen hing, ihn anlächelten. »Da kommen sie.« Er hielt das Display in ihre Richtung. »Gefällt euch die Frau? Ich habe sie extra für euch ausgesucht. Nachher werde ich sie herbringen, dann kann sie euch Gesellschaft leisten.«

Er hatte nicht lange gebraucht, um seine Webcams an den Bäumen zu montieren, dann war er durch das Jagdgebiet zurückgewandert. Er hatte gewartet, bis ein paar Fremde vorbeikamen, und ihnen erzählt, er habe zwei Schwarzbären gesehen, die in Richtung Bear Peak gelaufen seien, und nun mache er sich Sorgen, dass Touristen, die die Wasserfälle besuchen wollten, in Gefahr sein könnten. Wie erwartet, hatte der ältere der beiden die Sichtung der Kontrollstation gemeldet, wo man nun allen Wanderern empfehlen würde, das Gebiet zu meiden. Er hatte den Fremden zum Abschied gewinkt und war zurück zu seiner Höhle marschiert, um dort die Nacht zu verbringen.

Er übernachtete gerne in seiner Höhle. Den meisten hätte der Geruch wohl zugesetzt, aber er fand ihn anregend, und die Art und Weise, wie sich seine Freunde langsam veränderten, faszinierte ihn. Es überraschte ihn immer wieder, dass sie sich während des Verwesungsprozesses bewegten. Er hatte sie so stramm in Plastikfolie eingewickelt, dass er das für unmöglich gehalten hätte. Doch wenn er hier vorbeikam, war immer mal wieder einer von ihnen umgekippt oder zu einem Haufen Knochen kollabiert. Er seufzte und richtete seine Aufmerksamkeit wieder auf Paul und Mariah. Sie waren auf dem Hauptpfad und erreichten gerade einige kleine Lichtungen, die groß genug waren, um ein Zelt aufzuschlagen oder ein Lagerfeuer zu machen. Hier und da hatten Wanderer eine Feuerstelle aus Steinen hinterlassen. Wenn sie sich an das übliche Muster hielten, würden Paul und Mariah jetzt bald ihr Lager aufschlagen und sich eine Weile ausruhen, vielleicht etwas essen. Und dann, so hoffte er, würden sie aufbrechen, um die umliegenden Pfade zu erkunden.

Sollte er warten, bis sie von ihrem Ausflug zurückkehrten, bevor er zuschlug? Sie würden müde sein und Paul wäre erschöpft, nachdem er seinen dicken Wanst den Berg hinaufgeschleppt hatte. Paul wäre ohnehin leichte Beute. Mit ihm würde es überhaupt keinen Spaß machen. Ganz anders *Mariah*. Schon wenn er nur an ihren Namen dachte, zitterten ihm die Hände. Er starrte auf das Display. »Na, Mariah, wirst du vor mir davonlaufen? Wirst du schreien?« Er fuhr mit einem Finger über das Bild der Frau, die von Minute zu Minute näher kam. »Wirst du mich anbetteln?« Er stöhnte auf. »Ich möchte so sehr, dass du mich anbettelst, Mariah.«

Sie würde erhitzt sein von der Wanderung, ihre Wangen rosig, ihr Körper schweißnass und duftig. Er würde sich bei der Jagd diesmal besonders viel Zeit lassen. Er würde sich an seine Beute heranpirschen, und er würde die Angst in ihren Augen sehen, bevor er sie außer Gefecht setzte und zu Paul zurückbrachte. Er hatte seinem Online-Partner eine Liste all dessen geschickt, was er mit Mariah vorhatte, und es waren bereits erste Stimmen und Zahlungen eingegangen. Im Grunde ging es nur noch darum, in welcher *Reihenfolge* sich die Zuschauer die Programmpunkte wünschten. Nach dem letzten Pay-per-View-Event zu urteilen, wollten sie alle, dass es besonders langsam ging. Genau wie er.

ZWEIUNDFÜNFZIG

Jenna ging durch den Wald voran. Sie waren schon eine Weile unterwegs, als Kane an ihrer Jacke zupfte. Sie drehte sich zu ihm um, und er zog sie in seine Arme und streichelte sie am Hals. Überrascht schmiegte sie sich an ihn, dann hörte sie dicht an ihrem Ohr seine Stimme.

»Er hat den Köder geschluckt, und wir haben gerade den Gefahrenbereich betreten.« Kane umfasste ihren Hinterkopf und starrte ihr in die Augen, seine Stimme war kaum lauter als ein Flüstern. »Kamera auf zwei Uhr. Ich werde Sie gleich herumdrehen, dann können Sie kurz die Bäume auf der anderen Seite des Weges sehen. Vielleicht haben die Kameras Ton, Sie sollten also aufpassen, was Sie sagen, und in Ihrer Rolle bleiben.« Er hob sie hoch, lachte laut und wirbelte sie herum.

Jenna schlang die Arme um seinen Hals, und als er sie wieder auf die Beine stellte, hatte sie das Objektiv einer weiteren Kamera erspäht. Sie grinste ihn an und sagte leise: »Ich habe noch eine gesehen. Wir sind tatsächlich in der Höhle des Löwen. Nehmen Sie meine Hand, und drücken Sie sie, wenn Sie eine Person oder eine Trail-Cam sehen.«

»Ich finde, wir sollten uns ein Plätzchen suchen, wo wir unser Lager aufschlagen können«, verkündete Kane lautstark. »Hier in der Nähe ein guter Platz sein.« Er nahm ihre Hand und ging voran. Kane trat vorsichtig über die Baumwurzeln, die den unebenen Boden bedeckten. »Ach, guck mal, eine Lichtung mit Feuerstelle. Perfekt!« Er zog sie auf die Lichtung und ließ seine Taschen auf den Boden fallen. »Ich baue das Zelt auf. Machst du uns was zu essen?«

»Okay.« Jenna setzte ihren Rucksack ab. »Wollen wir die Sandwiches essen, die ich aus dem Café mitgenommen habe? Der Kaffee in der Thermoskanne müsste auch noch heiß sein. Wir können ja später Holz sammeln und ein Feuer machen.« Sie setzte sich auf einen praktischen Baumstamm, den jemand neben dem Steinring platziert hatte, und kramte in einer der Taschen.

Hinter ihr hatte Kane innerhalb weniger Minuten das Zelt aufgebaut, dann verschwand er mit den Schlafsäcken darin. Im Zelt würde er Wolfe kontaktieren und sicherstellen, dass alle an ihrem Platz waren. Sie holte die Thermoskanne, die Becher und die Tüte mit den Sandwiches aus der Tasche. Es kostete sie Mühe, fröhlich und relaxt zu wirken, obwohl jeder Muskel ihres Körpers so sehr angespannt war, dass es wehtat. Jenna schob ihre Sonnenbrille auf den Nasenrücken und musterte die unmittelbare Umgebung, wobei sie nur die Augen bewegte. Sie entdeckte eine weitere Wildkamera, die an einem Trampelpfad, der vom Lagerplatz wegführte, hoch oben an einem Baum angebracht war. Der Gedanke, dass ein brutaler, bösartiger Killer sie gerade beobachtete und sich ausmalte, wie er sie auf ähnliche Weise leiden lassen würde wie seinen früheren Opfer, bereitete ihr eine Gänsehaut. Sie war froh, dass Kane in der Nähe war und die Deputys sie im Auge behielten, und versuchte, sich zu entspannen. *Reiß dich zusammen, Jenna.*

»Alles in Ordnung, Süße?« Kane trat über den Baumstamm

und setzte sich neben sie, seine Augen hinter der Sonnenbrille verborgen. »Oder hast du schon die Nase voll von mir?«

Die ungewohnte Art und Weise, wie er sie anredete, verwirrte sie für einen Moment, bevor sie sich ins Gedächtnis rief, dass er ja die Rolle des Paul Benton spielte, für den Fall, dass sie jemand belauschte. »Nee, ich habe nur einen Bärenhunger.« Jenna lächelte ihn an. »Und, was steht nach den Sandwiches auf dem Programm?« Sie goss ihm einen Becher Kaffee ein.

»Wir könnten den Berg hinunterwandern, uns die Schlucht angucken und auf dem Rückweg ein bisschen Feuerholz sammeln.« Kane nahm ein Sandwich aus der Tüte. »Wir machen ein Feuerchen und machen es uns gemütlich, und morgen früh wandern wir den Berg hinauf zum Plateau, damit du deine Fotos machen kannst.«

»Das klingt super.« Sie lehnte sich an ihn und tat ihr Bestes, die Rolle der Mariah zu spielen, einer Sekretärin, die eine Affäre mit ihrem verheirateten Chef hat. Sie verlieh ihrer Stimme etwas leicht Weinerliches. »Ich bin so gern mit dir allein, Paul. Ich mag gar nicht daran denken, dass wir bald wieder zur Arbeit gehen müssen. Wann erzählst du endlich deiner Frau von uns?«

Kanes Sonnenbrille rutschte ihm auf die Nase und er schaute zu ihr hinüber und schielte. Das sah Kane ähnlich – alberne Faxen machen, wenn ein gewalttätiger Krimineller in der Nähe ist, der sie beide umbringen will. Jenna unterdrückte ein Lachen, indem sie hustete, und boxte ihn gegen die Schulter. »Na? Hat's dir die Sprache verschlagen?«

»Nö.« Er räusperte sich, und Jenna glaubte fast, er sei wirklich Paul Benton. »Es ist kompliziert, Süße, das *weißt* du doch.«

»Nun, ich werde nicht ewig auf dich warten, Paul.« Jenna wischte sich die Krümel von den Händen. »Im Büro gibt's jede Menge Jungs, die mit mir ausgehen wollen.«

»Ich weiß, und ich werde auch bald reinen Tisch machen,

du musst nur etwas Geduld haben.« Kane drückte sie an sich. »So etwas braucht Zeit.«

Wow, er spielt seine Rolle wirklich gut. Sie trank ihren Kaffee aus. »Wollen wir?«

»Noch fünf Minuten.« Kane kaute langsam und spülte jeden Bissen mit Kaffee hinunter. »Ich bin noch ganz schön erschöpft von der langen Wanderung.«

Jenna holte die Sachen aus ihren Rucksäcken und warf sie in das Zelt. »Wir lassen die meisten unserer Sachen hier. Ich nehme nur Wasser und ein paar Energieriegel mit.«

»Und den Erste-Hilfe-Kasten.« Kane lächelte sie an. »Pack alles in meinen Rucksack, ich will nicht, dass du später übermüdet bist.«

Jenna bedachte ihn mit einem Grinsen, stand auf und reichte Kane seinen Rucksack. »Wo geht's lang?«

»Bergab.« Kane klappte die Wanderkarte auf und zeigte ihr den eingezeichneten Weg. »Die Abzweigung ist nicht mehr weit, aber auf dem Rückweg geht es bergauf.« Er steckte die Karte ein, setzte sich seinen Rucksack auf und reichte ihr die Hand. »Komm schon, das wird lustig, und vielleicht sehen wir ja ein paar Eichhörnchen oder sogar einen Hirsch.«

Jennas Selbsterhaltungstrieb setzte ein. Der Gedanke, dass sie sich gerade in große Gefahr begaben, ließ ihr die Nackenhaare zu Berge stehen. Ihre Nerven lagen blank, während sie Kane auf dem schmalen, unebenen Pfad folgte. Je tiefer sie in den Wald vordrangen, desto kälter wurde es, und jeder Schatten, an dem sie vorbeikamen, schien eine potenzielle Bedrohung darzustellen. Unterwegs verriet ihr ein verstohlener Blick in die Bäume, dass der Mörder an strategischen Stellen weitere Wildkameras angebracht hatte. Das hier war sein Jagdrevier.

Ein kühler Wind strich durch die Bäume, wehte Blätter über den Weg und jagte ihr einen Schauer über den Rücken. Er war irgendwo da draußen und wartete nur auf den richtigen Moment. Die Schönheit des Waldes trat für sie plötzlich in den

Hintergrund, und sie erkannte im dichten Buschwerk nur die Bedrohung durch einen furchterregenden Hinterhalt. Vom Standort her war er klar im Vorteil. Jetzt im Herbst, wo der Wald alle erdenklichen Grün-, Braun- und Gelbtöne annahm, konnte sich ein Mann in Tarnkleidung so gut verstecken wie ein Tiger im Dschungel.

Sensibilisiert für ihre Umgebung, nahm sie das Ächzen der hohen Kiefern wahr, die sich im Wind wiegten. Sie blickte hinter sich und suchte die unmittelbare Umgebung ab. Der Wald hatte seine ganz eigene Soundkulisse, vom Vogelgezwitscher über das Fiepen der Eichhörnchen bis zum Knarren der Äste; unter all den Geräuschen würde man die Schritte des Mörders kaum heraushören. *Ob er jetzt gleich zuschlägt oder heute Abend, wenn wir im Zelt sind?* Sie versuchte, die Ungewissheit zu unterdrücken. Es würde früh genug dunkel werden, und der Wald würde sich in einen düsteren Futterplatz für seine nächtlichen Bewohner verwandeln. Aus den Bäumen würden dichte Reihen schwarzer Pfosten werden, die sie einschließen und an der Flucht hindern würden. Der Mond würde kaum Licht spenden, und jeder Felsblock würde aus der Kulisse des Waldes herausragen wie ein hässlicher Wasserspeier.

Sie versuchte, die aufsteigende Panik zu unterdrücken, die sich in ihrem Kopf breitmachte. *Er kommt, und ich bin sein Ziel.*

DREIUNDFÜNFZIG

Er sah noch einmal auf die Uhr, dann nahm er sie ab und ließ sie in einem Rucksack; er wollte nicht, dass DNA daran klebte. Der Zeitpunkt, den er für seinen Angriff vorgesehen hatte, war perfekt. Die Sonne stand bereits tief am Himmel. Er überprüfte noch einmal seine Waffen, dann verließ er die Höhle und ging den Hang hinab. Auf schmalen Tierpfaden, die er wie die Linien seiner Handfläche kannte, bahnte er sich den Weg durch das dichte Unterholz.

Paul und Mariah hatten sich eine Stelle ausgesucht, die für die Jagd geradezu perfekt war. Hundert Meter von ihrer jetzigen Position entfernt verlief der Pfad dicht entlang der felsigen Schlucht, die ein prähistorischer Gletscher in den Berg gegraben hatte, und nur ein ausgemachter Volltrottel würde es riskieren, dort zu rennen. Der Weg endete in einer Kehre, die einen zum Umdrehen zwang, mit anderen Worten: Seine Beute würde im Kreis laufen. Er würde sich in der Mitte positionieren und hätte freie Bahn, um Paul in Sichtweite seiner Kameras zu Fall zu bringen.

Sein Handy vibrierte, und er sah auf das Display. Die Zuschauer hatten abgestimmt, wie sein erster Zug aussehen

sollte. Er schmunzelte. Sie waren wie eine blutrünstige
Menschenmenge im Mittelalter, die darauf wartete, dass
jemand gehängt oder geviertelt wurde. Er band sich das Tuch
vors Gesicht und setzte seine Sonnenbrille auf, die Mütze
verdeckte sein Haar. So vermummt und mit aktiviertem Stimmenverzerrer würde ihn niemand erkennen. Ohrhörer und
Mikrofon waren bereit für den Livestream. Er schaltete seine
Bodycam ein und sprach zu seinen Zuschauern: »Rücke jetzt
aus. Na los, ihr sadistischen Mistkerle, macht es mir bloß nicht
zu leicht. Ich will mir Zeit lassen und es genießen, die
Schlampe zu töten.«

VIERUNDFÜNFZIG

Bradford lauschte den Anweisungen von Wolfe in ihrem Ohrhörer und blickte zu Rowley, der sich einige Meter über ihr auf dem Plateau befand. Die Sonne ging unter, und das Team bewegte sich den schwarzen, felsigen Hang hinunter in eine bessere Position. Sie erschauderte bei dem Gedanken, dass sie so nah am Fuße des Berges allein war; die Stelle, zu der Wolfe sie geschickt hatte, war nur wenige Meter entfernt. Sie musste zwischen den Bäumen hindurch und dann zwanzig Meter einen Tierpfad entlanglaufen, bevor sie in einer Felsspalte ihre neue Position einnehmen konnte. Die Vorstellung, einem potenziellen Mörder so nahe zu sein, jagte ihr eine Heidenangst ein, und zu allem Überfluss hatte sie vorhin auch noch einen Luchs gesehen. Um ihre Nerven zu beruhigen, schaute sie sich ein letztes Mal um, dann sprach sie über Funk zu Rowley: »Ist alles sicher, kann ich ausrücken?«

»Ja. Ich habe mir die unmittelbare Umgebung genau angesehen und kann keine Bewegung erkennen. Wenn der Killer Sheriff Alton verfolgt, wird er schon längst am anderen Ende des Weges sein. Der Luchs ist im Gestrüpp verschwunden und sollte

Sie nicht mehr stören. Sie können los.« Rowleys Stimme klang zuversichtlich. *»Gehen Sie, ich halte Ihnen den Rücken frei.«*

Sie kletterte den unebenen Weg hinunter und hielt auf die Bäume zu. Mit dem Rücken an einem Baum suchte sie die Umgebung ab und rannte dann auf die Felsspalte zu. Nach dem strahlenden Sonnenschein wirkte der Pfad, der durch die hohen Kiefern führte, dunkel und beengend. Sie kämpfte sich durch das Unterholz und suchte nach dem Tierpfad, von dem Rowley behauptet hatte, dass es ihn dort gebe. Als sie ein grünes Funkeln wahrnahm, blieb sie wie angewurzelt stehen. Nein, das war kein grünes Licht, sondern die Reflexion von Katzenaugen. Sie unterdrückte einen Schrei, als sie den Luchs erblickte, der gerade an einem Baum seine Duftmarke hinter-ließ. Das Tier hob den Kopf, seine Augen fixierten sie. Es bewegte sich nicht, nur die Spitze seines Schwanzes zuckte.

Das Herz schlug ihr gegen die Rippen. Sie drehte sich um und rannte um ihr Leben. Nach ein paar Schritten stolperte sie über einen Ast. Der Hörer des Funkgeräts war ihr aus dem Ohr gefallen, und das Kabel hatte sich um ihre Beine gewickelt. Sie riss es los, rappelte sich auf und rannte weiter durch den Wald, den ersten Trampelpfad hinunter, den sie finden konnte. Sie hörte ein Geräusch hinter sich, irgendetwas Großes, dann spürte sie ein gewaltiges Gewicht auf ihrem Rücken, und sie stürzte zu Boden. Die Luft wurde ihr aus den Lungen gepresst, und unter Schmerzen versuchte sie, einzuatmen, während sie darauf wartete, dass der Luchs zubiss. Doch dann vernahm sie plötzlich ein Kichern. Jemand rollte sie auf den Rücken und setzte sich auf ihren Brustkorb, sodass ihre Rippen knackten. Das war kein Luchs. Es war ein Mann.

Sie wollte protestieren, aber der Schreck schnürte ihr die Kehle zusammen. Ein Totenkopf starrte sie an, die Augen hinter einer verspiegelten Sonnenbrille verborgen. Sie versuchte, sich zu bewegen, aber der riesige Kerl hatte ihre Arme unter seinen Knien eingeklemmt, und er lastete so schwer auf ihrer Brust, dass sie immer noch kaum Luft bekam. Er drehte den Kopf von links nach rechts, als würde er abschätzen, mit wem er es zu tun hatte.

»Lassen Sie mich los.« Ihre Stimme klang hoch und atemlos.

Bevor sie ihm mitteilen konnte, dass sie Polizistin war, packte er ihren Hals und drückte zu. Sie konnte nichts tun, als in ihre eigenen schreckgeweiteten Augen zu starren, die sich in den Gläsern seiner Sonnenbrille spiegelten. Wut kochte in ihr hoch. Wenn er vorhatte, sie zu erwürgen, würde sie sich nicht kampflos ergeben. Sie trat kräftig mit den Beinen zu und grub die Absätze ihrer Stiefel in das Laub, um ihn von sich zu stoßen. Daraufhin drückte er ihr so fest den Hals zu, dass vor ihren Augen alles verschwamm. Sie schnappte nach Luft.

»Wir haben eine unerwartete Zugabe.« Die Stimme klang seltsam, fast mechanisch. »Was machst du hier draußen ganz allein?«

»Ich habe eine Abkürzung zurück ins Jagdgebiet genommen, um meinen Mann zu treffen«, krächzte Bradford. »Er muss gleich dahinten sein.«

»Ach wirklich? Ich habe niemanden gesehen.« Seine Stimme machte ihr eine Gänsehaut. Der Griff um ihren Hals ließ etwas nach, und sie nickte, in der Hoffnung, dass Rowley ihre Bewegungen in seinem Zielfernrohr verfolgen würde. Der Mörder hatte sie gefunden, und ohne Rowleys Hilfe würde sie sein nächstes Opfer werden. Sie musste fliehen, aber er war einfach zu kräftig. Plötzlich kam ihr in ihrer panischen Verwirrung ein Gedanke: Hatte Kane nicht erwähnt, dass Psychopathen es mögen, wenn ihre Opfer schreien und sich wehren? Um ein paar kostbare Minuten zu gewinnen, zwang sie ihre Muskeln, sich zu entspannen. Der Mann bemerkte es sofort und hielt sie mit einer behandschuhten Hand am Hals fest, während er mit der anderen den Reißverschluss ihrer Jacke öffnete. Er zog ihre Dienstwaffe aus dem Schulterholster und wedelte damit vor ihren Augen herum.

»Die hättest du ziehen sollen, als du den Luchs gesehen hast.« Er fuhr mit der Mündung der Pistole zwischen ihren Brüsten entlang. »Ein paar Schüsse in die Luft, und das Vieh wäre abgehauen. Stattdessen bist du weggerannt. Luchse jagen gerne ihre Beute. Du bist weggelaufen, und damit hast das Ganze zu einem Spiel gemacht, für ihn und für mich.« Er starrte sie an. »Die meisten Frauen würden mich jetzt anflehen, ihnen nicht wehzutun. Bist du sehr mutig, oder versuchst du, mich zu analysieren?«

Sie schüttelte den Kopf. Sie würde nicht mit ihm diskutieren.

»Ich sage dir, wie es ist: Ich verhandle nicht, und du wirst jetzt gleich sterben.« Er gab ein Schnauben von sich, das geradezu fröhlich klang. »Mach das Maul auf!«

Ein Zittern lief durch ihren Körper, aber sie gehorchte. Er strich mit der Mündung der Pistole über ihre Wange und schob ihr dann den Lauf in den Mund. Das kalte Metall drückte gegen ihre Zunge, sie schmeckte das Waffenöl. Sie konnte nicht glauben, wie ruhig und beherrscht er war. Das war nicht der Frauen aufschlitzende Wahnsinnige, den sie sich vorgestellt hatte. Ruhe zu bewahren war ihre einzige Hoffnung, und Rowley würde jeden Moment durch das Gebüsch stürmen.

»Die Zahlen bitte.« Er sprach in sein Mikrofon und nickte, als bekäme er über seinen Ohrhörer Instruktionen, dann bewegte er die Waffe in ihrem Mund hin und her. »Wo sind die anderen jetzt? Okay, wenn ich mit der hier fertig bin, gehe ich in Position.«

Er hielt inne, als würde er zuhören, und ihr Blick fiel auf die Bodycam und das Kommunikationssystem, die er sich umgeschnallt hatte. Offenbar wartete er auf Anweisungen von seinen Pay-per-View-Kunden. *O Gott, bitte hilf mir.*

»Ah, das gefällt mir. Danach mache ich mich auf den Weg.«

Er richtete seine Aufmerksamkeit wieder auf Bradford. »Hätten wir uns zu einem anderen Zeitpunkt getroffen, dann hätten wir beide das hier viel mehr genießen können.«

Er lehnte sich zur Seite, und sie hörte ein Zischen.

Dann sah sie das Messer.

FÜNFUNDFÜNFZIG

Kane würde Jenna beschützen. Falls der Mörder ihm eine Kugel verpassen wollte, konnte er nicht riskieren, dass er danebenschoss und aus Versehen sie traf. Er gab Jenna einen freundlichen Stups in den Rücken. »Pass auf, wo du hintrittst. Laut Karte liegt rechts von uns der Canyon; die Kante ist wahrscheinlich bewachsen, und dahinter liegt eine tiefe Schlucht.«

»Klar«, sagte Jenna und sah sich nach ihm um. »Aber ich nehme an, wenn ich abrutsche, hältst du mich rechtzeitig fest?«

»Aber sicher doch.« Kane kam näher und legte ihr eine Hand auf die Schulter. »Besser so?«

»Viel besser.« Unter seinem Griff spannten sich Jennas Muskeln an. »Die Sonne geht aber schnell unter – wie spät ist es?«

Kane schaute auf die Uhr. »Es ist gleich drei.«

Sie zogen weiter, wie Elefanten, die Rüssel an Schwanz durch die Savanne marschieren. Kane hatte diesen Weg gerade wegen der tiefen Schlucht gewählt, die den Wald teilte. Der Mörder konnte sie hier nur von einer Seite aus angreifen, daher ging er davon aus, dass der Angriff erst erfolgen würde, wenn sie auf dem Rückweg zu ihrem Lager waren und der Mörder sie von hinten ins Visier nehmen konnte. Bislang hatte der Mörder den Wald zu seinem Vorteil genutzt, und auf dem Rückweg würden sie bergauf gehen und daher nicht so schnell vorankommen. Und wenn sie ihn hörten – was Kane bezweifelte – und sich nach ihm umdrehten, würden sie direkt in die untergehende Sonne blicken und ihn nicht kommen sehen.

Sein Handy vibrierte in seiner Tasche. Er wartete. Falls Wolfe mit ihm sprechen wollte, würde es sofort aufhören und dann gleich wieder vibrieren. Falls das Team den Mörder gesichtet hatte, würde es weitersummen. Es hörte auf und fing ein paar Sekunden später wieder an. Er drückte Jenna die Schulter. »Warte mal eben. Ich muss mal.«

»Ich auch.« Jenna tat ein paar schnelle Schritte ins Unterholz.

Genauso hatten sie es geplant. Sie hatten sich die Position der Wildkameras gemerkt und sich vergewissert, dass sie außer Sichtweite waren. Kane ging ein Stück in den Wald, lehnte sich gegen den breitesten Baumstamm, den er finden konnte, und sah sich um. Als er sicher war, dass ihn niemand sehen oder hören konnte, holte er sein Handy heraus. Es musste schnell gehen, er wollte gleich wieder zu Jenna zurück. »Entlang des Wegs sind Kameras angebracht. Er ist hier, ich kann ihn beinahe riechen.«

»*Falls er wirklich hier ist, können wir ihn jedenfalls nicht sehen.*« Wolfe klang angespannt. »*Es ist schon später am Tag als erwartet, und die Sonne blendet uns. Im Moment kann ich das Zielfernrohr nicht benutzen, er könnte sehen, wie sich das Sonnenlicht darin spiegelt. Ich werde ein Stück den Berg hinuntergehen, aber das wird eine Weile dauern. Ich habe Rowley auf das Plateau geschickt und Bradford in die Felsspalte ganz rechts. Sie werden euch Deckung geben können, aber sobald die Sonne noch tiefer steht, müssen wir erneut die Position wechseln.*«

»Verstanden.« Kane trennte die Verbindung und eilte zurück auf den Weg.

Er blickte sich um, und vor Sorge krampften sich seine Eingeweide zusammen. Jenna war nirgends zu sehen. »Mariah, wo bist du?«

»Hier.« Jenna trat aus dem Gebüsch. »Ich brauche die feuchten Tücher aus dem Rucksack. Im Wald pinkeln ist ganz schön eklig.« Sie öffnete eine Klappe an seinem Rucksack und zog die Tücher heraus.

Kane beugte sich vor und tat so, als knabbere er an ihrem Ohr. »Das Team geht neu in Position«, flüsterte er. »Bis sie an Ort und Stelle sind, sind wir auf uns allein gestellt, also sollten wir eine Weile besonders vorsichtig sein.«

»Ach, du bist so süß.« Jenna wischte sich die Hände ab und blickte hinter ihn. »Wollen wir weitergehen?«

Er sah sie an, und sein Herz setzte einen Schlag aus. Hatte er einen fatalen Fehler begangen, indem er ihr Leben riskierte?

Vor ihnen öffnete sich der Canyon, und er hielt inne, um die Szenerie zu betrachten. An den Steilhängen wuchsen Kiefern, von einigen Bäumen konnte er die Wipfel sehen. Die Schlucht musste über dreißig Meter tief sein. Zahlreiche Büsche bedeckten den Boden, und er fragte sich, was dort unten lauern mochte. Er berührte Jennas Arm, um sie zu brem-sen. »Ich weiß, du willst unbedingt zurück, aber ich muss erstmal verschnaufen. Da drüben ist ein Baumstamm – lass uns fünf Minuten Pause machen, bevor wir weitergehen.«

»Okay, ich habe sowieso Durst.« Jenna ließ sich auf dem Baumstamm nieder. »Es ist wunderschön hier. Ich wusste gar nicht, dass es so viele verschiedene Vögel im Wald gibt. Und schau mal da drüben, da hüpfen Eichhörnchen in den Bäumen herum.«

»Ja, es ist wirklich schön. Jetzt bist du wohl doch froh, dass du mit mir wandern gegangen bist, was?«

»Na ja, ein Wochenende wird mir fürs Erste reichen.« Jenna wischte sich ein paar Ameisen von den Wanderstiefeln. »Die Insekten gefallen mir weniger, und wenn wir einem Bären begegnen, dann werde ich den ganzen Weg zum Auto zurückrennen.«

Der Baumstamm lag direkt an der Abbruchkante des Canyons. Mit dem Rücken zum Abgrund konnten sie gut nach dem Mörder Ausschau halten. Er holte eine Flasche Wasser aus seinem Rucksack und reichte sie Jenna. Er ließ die Schultern hängen und lehnte sich zurück, als würde er die Augen schließen, aber hinter seiner Sonnenbrille suchte er den Wald von einer Seite zur anderen nach Bewegungen ab. Nichts. Oh, der Killer war gut. Falls er in der Nähe war, besaß er die Fähigkeiten eines Elitesoldaten.

Ein hohes, durchdringendes Kreischen zerriss die Stille und ließ Schwärme von Vögeln aus dem Wald emporflattern. Das Geräusch ließ Kanes Herz schneller klopfen, Jenna versetzte es direkt in den Kampfmodus. Sie sprang auf und starrte den Pfad hinauf, eine Hand am Reißverschluss ihrer Jacke. Gleich würde sie ihre Waffe ziehen, und der Killer würde auf Nimmerwiedersehen verschwinden. Er erhob sich ebenfalls und legte ihr eine Hand auf den Arm. »Ist schon gut. Das war bestimmt ein Luchs, und der ist sicher ein gutes Stück entfernt. Die haben ihre Reviere, wahrscheinlich ist ein Rivale vorbeigekommen und hat sich mit ihm angelegt.«

Das Kreischen erklang erneut, und Jenna erstarrte. »Das klang eher wie eine Frau als ein Luchs.« Sie erschauderte. »Ich habe so viele Geschichten darüber gehört, wie es nachts im Wald zugeht. Alle möglichen übernatürlichen Kreaturen treiben sich da herum. Vielleicht war es so eine Todesfee oder ein Rachegeist.«

O Mann, Jenna spielt ihre Rolle bis zum Anschlag. Kane zog sie an sich. »Keine Sorge, vor Todesfeen und Geistern werde ich dich beschützen.« Er lehnte sich zu ihr und senkte dann seine Stimme zu einem Flüstern. »Bleiben Sie vor mir, nachdem wir die Kehre passiert haben. Falls er vorhat, uns anzugreifen, bevor wir wieder im Lager sind, wird er nicht mehr lange damit warten.« Er wollte, dass sie etwas Abstand zu ihm hielt, und schaute sich um, wo am Wegesrand die Kameras platziert waren.

»Na gut.« Sie löste sich von ihm und marschierte los. »Kommst du?«

Kane lächelte sie an. »Ja.« In gemächlichem Tempo folgten sie dem Pfad.

Einige Zeit später blieb Jenna stehen und drehte sich zu um. »Du bist ganz schön langsam.« Sie verzog das Gesicht. »In zehn Minuten haben wir gerade einmal hundert Meter geschafft.« Sie drehte sich um und ging weiter.

Er grinste und sagte laut: »Ich bin ja auch nicht mehr so jung wie du.«

Der Schmerz durchfuhr ihn, als würde sein ganzer Kopf explodieren, und der Wald um ihn herum wurde unscharf. Er fasste sich an den Kopf und starrte auf das Blut an seinen Fingern. *Ich bin getroffen.*

SECHSUNDFÜNFZIG

Als Rowley den Schrei hörte, durchfuhr ihn ein Schauer; vielleicht war es der Luchs gewesen, aber genauso gut konnte Bradford in Schwierigkeiten sein. Er versuchte, sie er über Funk zu erreichen, aber sie antwortete nicht, also suchte er mit dem Zielfernrohr seines Gewehrs das Gebiet zwischen ihrer letzten Position und der Felsspalte ab. Die dichte Vegetation behinderte seine Sicht, aber dann fand er den Weg, den sie vorhin genommen hatte, und in der unmittelbaren Umgebung nahm er keine Bewegung wahr. Eigentlich sollte sie jetzt in Sicherheit sein. Nur auf den letzten paar Metern vor der Felsspalte war sie außerhalb seines Blickfelds gewesen. *Warum geht sie nicht an ihr Funkgerät?*

Seine Aufgabe war es, in der Zeit, die die Scharfschützen brauchten, um sich zu einer besseren Position zu bewegen, nach dem Killer Ausschau zu halten und Alton und Kane vor einem Überraschungsangriff zu schützen. Er suchte den Wald noch einmal ab, dann griff er nach seinem Handy. Trotz Kanes Anweisung, keine Telefone zu benutzen, rief er Bradford an. Die Mailbox ging ran, und er fluchte leise vor sich hin. *Wo steckst du bloß, Mädchen?*

Da er seine derzeitige Position nicht verlassen konnte, meldete er sich bei Wolfe und legte ihm die aktuelle Situation dar.

»Es kann sein, dass sie in der Felsspalte keinen Empfang hat. Wir klettern jetzt die Felswand hinunter und sollten in etwa fünf Minuten in Position sein.« Wolfe atmete schwer. *»Suchen Sie die Gegend nach der Chefin und dem Mörder ab. Falls die Luft rein ist, begeben Sie sich zur Felsspalte, aber falls Sie den Mörder sehen, folgen Sie dem vereinbarten Plan: Sie rufen die Chefin an, und wir kommen vom Berg herunter und umzingeln ihn. Wir haben den Schrei gehört. Seien Sie vorsichtig. Falls ein Luchs sein Revier verteidigt, sind da unten wahrscheinlich mehrere Männchen zugange.«*

»Roger.« Rowley sondierte erneut das Terrain und spähte durch die Bäume in Richtung des Canyons.

Sheriff Alton und Kane würden sich jetzt der Kehre nähern und außer Sichtweite sein, aber sobald sie den Pfad erreichten, der zurück zu ihrem Zelt führte, würden sie wieder in sein Blickfeld kommen. Nachdem er sich vergewissert hatte, dass der Killer nirgendwo zu sehen war, stand er auf, schulterte sein Gewehr und stieg den steilen Pfad zum Fuß des Berges hinab. Er kam an der Stelle vorbei, an der Wolfe zunächst Bradford positioniert hatte, und eilte ins Gebüsch. Er fand den Trampelpfad, den sie genommen hatte, und kurz darauf entdeckte er das weiße Spiralkabel ihres Funkgeräts. Von seinem Standort aus konnte er deutlich die Felsspalte sehen, die jetzt in das Licht der untergehenden Sonne getaucht war. Ein kurzer Blick durch sein Fernglas bestätigte, dass dort niemand war.

Ein Schauer lief ihm über den Rücken. Hatte der Luchs sie entdeckt? Er ging tiefer in den Wald hinein, spähte in die Schatten, und dann traf ihn der Geruch von Katzenurin, als liefe er gegen eine Mauer. *O Mist.* Sie war nicht dumm, aber vielleicht war sie in Panik geraten und weggerannt. Er blickte sich um, suchte nach einem Hinweis und fand eine Stiefelspur im weichen Boden, die vom Berg wegführte. Sie war in die Richtung von Alton und Kane gelaufen, und falls die beiden bereits den Mörder in die Gegend gelockt hatten, war sie in akuter Gefahr. Er sprach in sein Funkgerät: »Wolfe, wir haben ein Problem.«

SIEBENUNDFÜNFZIG

Jenna ging etwa zehn Schritte den Waldweg entlang, dann schaute sie sich nach Kane um. Sie hörte ein *Plopp*, nicht viel lauter als ein knackender Zweig, und sah, wie von Kanes Kopf Blut spritzte. Sie starrte ihn erstaunt an, dann kam ein weiteres *Plopp*, und direkt neben ihm explodierte ein Ast. Verdammt, das war das Geräusch eines Scharfschützengewehrs mit Schalldämpfer, und Kane war das Ziel. Vielleicht saß der Schütze hunderte Meter entfernt auf einem Baum, aber genauso gut konnte er auf dem Waldboden hocken und zwischen den Bäumen hindurch auf sie zielen. Sie warf sich zu Boden und rollte in die Büsche, aber Kane stand einfach nur da und starrte mit benommenem Blick ins Leere. Sie wedelte mit der Hand in seine Richtung und zischte: »Runter!« Sie kroch auf dem Bauch durch die Bäume auf ihn zu, geschockt von dem vielen Blut, das ihm über das Gesicht lief. Das hätte nicht passieren dürfen. Nichts lief nach Plan. Eine weitere Kugel zischte an Kanes Kopf vorbei und schlug in einen Baum am Wegesrand ein, und er stand weiterhin da wie versteinert. Irgendetwas stimmte hier ganz und gar nicht. Kane war so kampferprobt, normalerweise würde er ganz instinktiv reagieren und in Deckung gehen. Sie robbte weiter auf ihn zu, aber er war immer noch zehn Meter entfernt, vielleicht mehr, und sie wagte nicht, nach ihm zu rufen, sonst hätte der Schütze sofort gewusst, wo sie sich befand.

Dann geriet Kane ins Wanken und sank wenige Zentimeter vor der Kante des steilen Abhangs am Rand des Canyons auf die Knie. Jennas Magen krampfte sich vor Panik zusammen. Die Worte kamen aus ihrem Mund, bevor sie sie aufhalten konnte: »Pass auf, fall nicht!«

Er versuchte schwach, sich hochzuziehen, doch dann taumelte er vorwärts, rollte auf die Kante zu und rutschte in die Schlucht. Fassungslos kroch sie im Schutz des Gebüschs auf allen Vieren zur Kante und musste entsetzt mitansehen, wie sein Körper den Abhang hinunterglitt, wie eine Stoffpuppe von den Felsen abprallte und dann am Fuß eines Baumes hängen blieb. Die umliegenden Büsche verdeckten ihn großteils, aber sie konnte einen Arm ausmachen, der über dem Stamm hing. Er bewegte sich nicht. *Kane. O lieber Gott.*

Voller Entsetzen starrte sie ihn an. Sie konnte nicht fassen, was gerade geschehen war. Sie musste zu ihm. Sie unterdrückte ein Schluchzen. Der Mistkerl hatte Kane umgebracht. Ihr erster Instinkt war, ihm in die Schlucht zu folgen, und sie überlegte blitzschnell, wie sie den steilen Abhang hinuntergelangen konnte. Der Schrei eines Adlers holte sie in die Realität zurück. Es klang wie eine Warnung.

Eine geringe Chance bestand, dass Kane noch am Leben war, aber wenn der Mörder auch sie erschoss, konnte sie ihm gar nicht mehr helfen. *Ich muss in Deckung gehen und Wolfe kontaktieren.* Sie kroch zurück in den Wald, stand auf, lehnte sich mit dem Rücken an einen Baum und holte ihr Handy aus der Tasche. Ein weiterer dumpfer Knall, und das Display zersplitterte. Ein stechender Schmerz schoss durch ihre Finger. Sie fiel und schlug hart auf dem Boden auf. Ein paar Sekunden lang lag sie benommen da und versuchte, wieder zu Atem zu kommen. Eine Kugel hatte das Mobiltelefon durchschlagen und einen fünfzehn Zentimeter langen Schlitz in die linke Seite ihrer Jacke gerissen. Der Schütze benutzte einen Schalldämpfer, ihr Team würde die Schüsse kaum hören. Er nahm sie in die Zange und war gut versteckt. Sie überlegte, aus welcher Richtung der Schuss abgegeben worden war. *Er muss rechts vor mir sein. Wie weit ist er noch entfernt?* Ihr Herz pochte in ihren Ohren, während sie ihre unmittelbare Umgebung absuchte. Das Gebüsch bot ihr vorerst Schutz. *Ich muss zu Kane.* Sie öffnete den Reißverschluss ihrer Jacke, zog mit kribbelnden Fingern die Glock aus dem Schulterholster, legte sich auf den Boden und glitt wie eine Schlange im Schutz der dichten Büsche wieder an den Rand der Schlucht. Sie musste sich ganz vorsichtig bewegen, um ihre Position nicht zu verraten. Mit jeder Bewegung wartete sie, bis ein Windstoß das Gebüsch bewegte, so würde er sie nicht bemerken. Die Steine und Baumwurzeln drückten durch ihre Jeans, aber die Kevlar-Weste schützte ihre Brust und bewahrte sie vor ernsteren Verletzungen.

Die Bilder von Kanes Kopf, aus dem Blut emporspritzte, tauchten immer wieder vor ihrem inneren Auge auf. *Sei am Leben. Bitte, Gott, mach, dass er am Leben ist!* Eine neue Erkenntnis traf sie mit voller Wucht: Falls er wie durch ein Wunder den Kopfschuss überlebt hatte, konnte es immer noch sein, dass er sich bei dem Sturz in die Schlucht das Genick gebrochen hatte. So oder so *musste* sie zu ihm. *Verdammt, wo steckt denn nur mein Team?* Sie hatte weiterhin eine zitternde Hand am Griff ihrer Pistole. Sie atmete ein paar Mal tief durch, dann rollte sie sich auf den Rücken und lauschte. Wenn jemand den Canyon betrat, würden sich unweigerlich Steine lösen und in die Schlucht kullern, und das würde sie hören. Aber sie vernahm nichts als das Geräusch ihres schweren Atems, ansonsten war alles still. Sie steckte ihre Waffe wieder in das Schulterholster, ging auf alle Viere und bewegte sich auf den nächstgelegenen Baum zu.

Sie stand im Schatten der Bäume, den Rücken fest an den Stamm gepresst. Von hier aus konnte sie immer noch bis zu der Stelle sehen, wo Kane lag. Seine behandschuhte Hand hing über einem Ast, aber seine Finger bewegten sich nicht. Sie schluckte den Kloß in ihrem Hals hinunter und versuchte, sich zusammenzureißen, professionell zu bleiben, aber sie spürte, wie die Verzweiflung in ihr wuchs. Eine salzige Nässe benetzte ihre Lippen, und sie wischte die Tränen weg, die ihr über die Wangen liefen. Einsamkeit und Hoffnungslosigkeit drohten sie zu verschlingen. *Sie* hatte doch das Ziel sein sollen, nicht Kane. Wie war das bloß passiert?

ACHTUNDFÜNFZIG

Seine Euphorie entlud sich in einem Glucksen, während er sich lautlos wie ein Geist zwischen den Bäumen bewegte. Er war schon oft auf den Pfaden unterwegs gewesen, die die Tiere auf dem Weg zum und vom Canyon hinterlassen hatten. In seinem Knopf im Ohr hörte er die aufgeregte Stimme seines Kontaktmanns. Niemand hatte damit gerechnet, dass er Paul einen Kopfschuss verpassen würde, und die Zuschauer waren begeistert. Auf dem Smartphone konnte er beobachten, wie sein Partner das Video in Zeitlupe für die Pay-per-View-Teilnehmer ablaufen ließ. Eine Wildkamera hatte Mariahs schockierten Gesichtsausdruck und den Schuss, mit dem er ihr Handy zerstört hatte, festgehalten. Ein doppelter Treffer: Die Kugel hatte ihr Handy durchschlagen und anschließend ihre Rippen gestreift. Ein Meisterschuss. Er grinste und hielt kurz inne, um sich in Zeitlupe anzusehen, wie Pauls Kopf explodierte und Mariah der Länge nach hinfiel.

Sein Kontaktmann versicherte ihm, dass Paul in die Schlucht am Fuße des Canyons gefallen war. Seine Leiche würden die Tiere entsorgen, die in den unergründlichen Tiefen der Schlucht lebten. Jetzt, wo Paul aus dem Weg geräumt war, hatte er alle Zeit der Welt, um mit Mariah zu spielen. Dieses Mal würde er sich besonders viel Zeit nehmen. Schließlich kam bald der Winter, und der Schnee würde ihn zwingen, bis zum Frühling die Füße stillzuhalten.

Er leckte sich über die Lippen. Mariah, seine Beute, hatte sich bereits wieder aufgerappelt; die Blondine hatte lediglich seinen Appetit geweckt. Die Zuschauer hatten ihn dazu gebracht, von seinem üblichen Prozedere abzuweichen, aber immerhin konnte er sich jetzt ganz auf Mariah konzentrieren. Er hatte eine Liste der Optionen zur Abstimmung gestellt, und sie hatten entschieden, dass er sie erst vergewaltigen und dann in Stücke schneiden sollte. Er liebte es, diese Schlampen zu foltern; so lernten sie endlich, wie sie sich in seiner Gegenwart zu verhalten hatten.

Er ging mit der Klinge inzwischen so geschickt um, dass es schon fast eine eigene Kunstform war. Er wusste genau, wie tief er schneiden konnte, ohne sie zu töten. Sobald der Blutrausch seiner Zuschauer befriedigt war, würde er sie gerade so sehr würgen, dass sie das Bewusstsein verlor, und sie dann in seine Höhle bringen. Sie würde glauben, sie dürfe nun sterben und sei endlich erlöst, aber dann würde sie aufwachen, und er würde von vorne anfangen.

Er näherte sich der Kehre und verschmolz mit dem Wald. Sie war ganz nah; er konnte ihre Angst geradezu riechen. Er zog sein Messer aus der Scheide und grinste. *Lauf, lauf, so schnell du kannst, Mariah. Entkommen kannst du mir nicht.*

NEUNUNDFÜNFZIG

»Ihre Befehle, Sir?« Rowley schaute sich um. »Ich kann einen Luchs riechen, aber hier unten bewegt sich nichts. Ich kann nicht riskieren, nach Bradford zu rufen. Dann wüsste der Mörder sofort, dass ich hier bin.«

»*Wir sind auf dem Plateau, und die Sonne behindert immer noch unsere Sicht. Erkunden Sie die unmittelbare Umgebung, sagen wir hundert Meter den Pfad hinab, den sie vermutlich gegangen ist, und sagen Sie Bescheid, ob Sie sie finden oder nicht.*« Wolfe stieß einen langen Seufzer aus. »*Wir kommen jetzt herunter. Es ist schon spät, und falls Sheriff Alton oder Kane den Mörder erspäht hätten, hätten sie uns längst alarmiert.*«

»Roger.« Rowley nahm sein Gewehr in die Hand, spannte den Hahn und hielt es in Höhe seiner Schulter. Auf keinen Fall würde er es ohne Waffe in der Hand mit einem wütenden Luchs oder einem Verrückten aufnehmen. Er ging den Pfad entlang.

Er wohnte schon sein ganzes Leben in Black Rock Falls und hatte zahllose Stunden im Stanton Forest zugebracht. Als Kind war er oft nach der Schule im Wald herumgestromert, und später hatte er sich hier mit Freunden zum Angeln oder zum Jagen getroffen. Doch in den letzten Jahren hatte er im Stanton Forest vor allem Dinge erlebt, die er am liebsten wieder vergessen wollte. Er bewegte sich vorsichtig auf dem vom Schatten der Bäume gestreiften Pfad vorwärts und dachte dabei an seinen neuen Bekannten Atohi Blackhawk. Seit er ihn kennengelernt hatte, hatten sie viel Zeit miteinander verbracht. Atohi hatte ihm eine ganz andere Sichtweise auf das Leben vermittelt und seine Skepsis gegenüber dem Wald zerstreut. Er hatte Rowley klargemacht, dass der Wald keine Schuld an den Grausamkeiten der Menschen trug, und dass die Schönheit der Bäume und alles, was der Wald sonst noch zu bieten hatte, den Kummer in ihm heilen würden. *Ich hoffe, er hat recht.*

Das Krächzen und Flattern von Krähen, die sich in den Baumkronen versammelten, ließen ihm die Nackenhaare zu Berge stehen. Er hatte die Zeichen des Todes schon mehr als einmal gesehen, und so sicher, wie sein Name Jake Rowley war, waren Krähen, die sich in Baumkronen versammelten, das erste dieser Zeichen. Der Geruch von Blut lag in der Luft. Er blieb stehen und lauschte. Nichts war zu hören, nur das Rascheln der Blätter und die krächzenden Krähen, die ihn von den Bäumen aus beobachteten. Er verließ den Pfad und ging langsam von Baum zu Baum, in ständiger Erwartung, auf den Mörder zu treffen.

Schweiß rann ihm in die Augen, und sein Puls pochte ihm in den Ohren. Mit jedem Schritt nahm der unverwechselbare Geruch des Todes zu. Er schloss für einen Moment die Augen und betete, dass es nur ein Tier war. Sein Instinkt riet ihm, umzudrehen und zu Wolfe und Webber zurückzulaufen, doch er packte sein Gewehr fester und schlich zum nächsten Baum. Der Geruch war jetzt richtig übel. Er verdrängte seine Angst und spähte um den Stamm herum. Ein kurzer Blick reichte. *O Gott.*

Er tastete nach seinem Mikrofon und drückte den Knopf. »Sie müssen herkommen. Es ist schlimm.«

»*Details, Rowley*«, drang Wolfes Stimme in sein Ohr.

Seine Hand zitterte. »Da liegt Deputy Bradford, alles ist voller Blut.«

»*Wir sind unterwegs. Fühlen Sie den Puls der Kollegin.*«

Der Wald wirkte immer bedrohlicher auf ihn. Der Killer hatte hier Millionen Möglichkeiten, sich zu verstecken und ihn heimlich zu beobachten, dieser kranke Mistkerl. Er nahm sein letztes Quäntchen Mut zusammen und ging auf Bradford zu. Bei dem Anblick, der sich ihm bot, zog sich seine Brust zusammen, und er konnte nicht atmen. Er wollte instinktiv den Blick abwenden und musste sich regelrecht zwingen, die grausame Szene zu betrachten. Ihren Puls zu fühlen, war nicht mehr nötig.

SECHZIG

Steine und Wurzeln zerrissen ihr die Jeans, und Büsche peitschten ihr ins Gesicht, aber Jenna arbeitete sich weiter vor und rutschte Stück für Stück den steilen Canyon hinunter. Sie hielt sich dicht am Boden und verließ sich auf ihren Orientierungssinn, um sich ihren Weg zu Kanes Position zu bahnen. Sie durfte keine Zeit verlieren, jede Sekunde konnte für Kane zwischen Leben und Tod entscheiden. Sie unterdrückte ein frustriertes Schluchzen, als der lose Untergrund sie daran hinderte, schneller voranzukommen. Ohne ihr Handy konnte sie ihr Team nicht kontaktieren. Sie hatte einen Tracker-Ring, doch der schickte ausgerechnet an Kanes Handy eine Notfallmeldung. Sehr hilfreich, wenn Kane ausgeschaltet war. Falls sie es bis zu ihm schaffte, konnte sie sein Handy benutzen, um die anderen zu erreichen. Plötzlich gab der Boden unter ihren Füßen nach und ließ sie unkontrolliert die Wand des Canyons hinunterrutschen. In heller Panik griff sie um sich und bekam einen Busch zu fassen, der ihren Fall bremste. Mithilfe einiger Grasbüschel gelang es ihr, zum Fuß eines Baumes zu kriechen. Ein paar Sekunden lang saß sie da und schnappte nach Luft, dann blickte sie nach oben, um zu sehen, ob sich oberhalb von ihr etwas bewegte.

Wo ist der Schütze?

Eines war sicher: Der Killer war irgendwo dort oben, und bestimmt würde er sich die letzten Aufnahmen seiner Wildkamera ansehen, um herauszufinden, wo sie sich gerade befand. Es war noch eine halbe Stunde, bis sie sich das nächste Mal melden sollten. Bis dahin würde ihr Team keine Ahnung haben, dass ihr Plan nicht aufgegangen war. Auf ihrer Position musste die Sonne ihre Kollegen blenden, sie würden nicht mitbekommen haben, dass der Mörder Kane angeschossen hatte und in welcher Gefahr sie selbst steckte. Erst wenn Kane sich nicht zum vereinbarten Zeitpunkt meldete und nicht an sein Handy ging, würden sie anrücken. Bis dahin musste sie einen psychopathischen Killer überlisten. Und zu Kane gelangen.

Sie schaute sich um, um sich zu orientieren, aber um auf direktem Weg zu ihm zu gelangen, würde sie ihre Deckung aufgeben müssen. *Ich muss einen anderen Weg finden.* Das Blätterdach der Bäume würde sie nur noch ein paar Meter weit verdecken. Sie schaffte es zu einem Tierpfad und lief ein Stück im Schatten der Bäume, wobei sie achtgab, sich nicht in dem Gewirr aus trockenem Gras und Efeu zu verheddern. Als sie eine Lichtung erreichte, konnte sie Kanes Arm sehen, der in zwanzig Meter Entfernung auf einem Baumstamm lag. Wenn sie sich ihm nicht vollkommen ungeschützt nähern wollte, würde sie ein Stück an der schmalen Kante der Schlucht über-winden müssen, die an dieser Stelle mindestens fünfzehn Meter tief war.

Ihr Wunsch, zu Kane zu gelangen, war dringender als alles andere. Sie ihre Handschuhe hoch, umklammerte die holzigen Sträucher und ließ sich dann mit den Füßen voran über die Kante hinunter. Ihre Beine hingen in der Luft und das Herz pochte ihr in der Brust, als sie mit den Füßen an der bröckelnden Felswand nach Halt suchte. Unter ihr fielen Steine herab, die wie Regen klangen, als sie auf die Büsche unter ihr trafen. Sie schaute nach unten, und ihr Magen krampfte sich zusammen. Die Angst ließ sie einige Sekunden lang unbeweglich verharren, dann biss sie die Zähne zusammen und arbeitete sich vorsichtig seitwärts vor, Schritt für Schritt, während sie sich an den Sträuchern festhielt.

Sie spürte, wie sich die Wurzeln des Gestrüpps unter ihrem Griff bewegten. Wenn sie nachgaben, würde sie in den sicheren Tod stürzen. Sie war am Ende ihrer Kräfte, und die Schultern taten ihr weh, aber sie kämpfte sich weiter vor. Ihr war schmerzlich bewusst, wie viel Zeit sie ihr langsames Vorankommen kostete, und als sie den Schatten eines Baumes erreichte, entfuhr ihr ein Schluchzer der Erleichterung. Jeder Muskel in ihren Armen protestierte, als sie sich hochstemmte, dann lag sie keuchend im Gras, aber sie hatte keine Zeit durchzuschnaufen. Sofort kroch sie auf dem Bauch in den Schutz der hohen Kiefern und sah sich um. Kane lag mit dem Gesicht nach unten, die Beine ausgestreckt. Ein Arm hing über dem umgestürzten Baum, und er hatte noch immer den Rucksack auf. Er hatte seit vorhin keinen Finger bewegt. Sie unterdrückte ihren Instinkt, sofort zu ihm zu rennen, sondierte die Umgebung, um sicherzugehen, dass der Killer sie von oben nicht sehen konnte, und schlich weiter auf Kane zu.

Panik stieg in ihr auf, und sie versuchte sich innerlich darauf vorzubereiten, was sie gleich vorfinden würde, und professionell damit umzugehen. Angesichts des Blutes, das aus der Wunde an Kanes Kopf gespritzt war, und seines Sturzes in die Schlucht war die Chance, dass er noch lebte, nahezu null. Trotzdem musste sie sichergehen. Sie bewegte sich von Baum zu Baum, achtete aber weiterhin darauf, dass man sie von oben nicht sehen konnte. Schließlich legte sie sich wieder auf den Bauch und kroch zu Kanes regungslosem Körper. Sein Haar war blutverklebt, die Schulter und der Rücken seines Hemdes waren von Blut durchnässt. Sie nahm die Sonnenbrille ab und starrte erstaunt auf die Wunde. Das war nicht das klaffende Loch, das sie erwartet hatte. Außerdem blutete die Wunde stark, was bewies, dass Kanes Herz noch schlug. Ihr Überlebenstraining wirkte wie ein Schutzschild gegen ihre Emotionen, sonst hätte sie die Freude darüber, dass er noch am Leben war, glatt überwältigt. *Ich muss die Blutung stoppen.*

Die Kugel hatte ihm direkt über dem rechten Ohr auf zehn Zentimetern Länge die Kopfhaut aufgerissen und die Titanplatte auf seinem Schädel freigelegt. Sie erschauderte beim Anblick des verbeulten Metalls. *Wie nah war er dem Tod?* Sie zog einen Handschuh aus und schob die Hand unter seinen Hals, um den Puls zu prüfen. Unter ihren Fingern spürte sie es kräftig pochen. Das war nicht das schwache Flattern von jemandem, der gerade am Verbluten war. Erleichtert kramte sie in seinen Taschen und holte sein Handy heraus. Sie stöhnte entsetzt auf: Das Display war zerbrochen. Wolfe war nur einen Anruf entfernt, Kane hätte schnell die nötige fachmännische Hilfe bekommen. Sie schaute die Wand des Canyons empor. Nichts bewegte sich im langen Gras, keine Steine wurden losgetreten. Der Mörder hatte sie noch nicht gefunden. »Ich schätze, wir sind auf uns allein gestellt, Dave.«

Behutsam fuhr sie mit den Händen über seine Arme und Beine und suchte nach Verletzungen. Nichts schien gebrochen zu sein, aber an seinem linken Knie war das Hosenbein aufgerissen, und sie sah, dass sich dort Blut sammelte. Außerdem konnte es gut sein, dass er sich die Wirbelsäule verletzt hatte. Sie nahm seinen Arm von dem Baumstamm und streifte ihm den Rucksack ab. Durch die Bäume vor Blicken von oben geschützt, konnte sie sich um seine Kopfverletzung kümmern, ohne dass der Mörder sie sah. Neben Energieriegeln und Wasser hatte Kane auch ein Erste-Hilfe-Paket dabei, wie es zur Standardausrüstung der Marines gehörte, und darin befand sich ein Hautklammergerät, mit dem sie die Blutung würde stoppen können. Sie holte das Päckchen heraus und ging das Verbandszeug durch. Sie zog sich Einweghandschuhe über, schnitt rund um Kanes Kopfwunde das Haar ab, säuberte sie von Blättern und Schmutz, spülte sie aus und klammerte die Ränder zusammen. Nachdem sie die Wunde verbunden hatte, starrte sie ihn an und hoffte, er würde die Augen öffnen. Er hatte überall blaue Flecken und tiefe Schrammen und Kratzer im Gesicht. Da sie seinen Kopf nicht mehr bewegen wollte als nötig, tupfte sie die Verletzungen nur dort ab, wo sie sie problemlos erreichen konnte. Dann wandte sie sich ab, um eine Decke aus dem Rucksack zu holen.

Als sie sich wieder zu ihm drehte, hob Kane plötzlich einen Arm, packte sie an der Kehle und wälzte sich auf sie. Sie starrte in Augen, die sie nicht wiedererkannte. Kalt und einschüchternd war der Blick, mit dem er ihr Gesicht musterte. Er war so schwer, dass sie nach Luft rang. »Loslassen!«

»Wer zum Teufel sind Sie?« Kane berührte seinen Kopf und zuckte zusammen. »Es war ein Fehler, zu versuchen, mich zu töten, Lady.«

Sie starrte ihn an und versuchte, unter seinem Gewicht einzuatmen. »Ich bin Sheriff Jenna Alton und Ihre Vorgesetzte. Wir jagen zusammen einen Serienmörder. *Der* hat Sie angeschossen.«

»Ich habe keinen Sheriff als Vorgesetzten, nicht in diesem Leben.« Kanes Finger schlossen sich um ihre Kehle. »Denken Sie noch einmal nach, dann lasse ich Sie vielleicht am Leben.«

Jenna versuchte, sich an die Geschichten zu erinnern, die er ihr über seinen Job im Weißen Haus erzählt hatte. »Beruhigen Sie sich, und ich werde Ihnen sagen, was ich über Sie weiß. Sie haben Ihre alte Identität aufgegeben und sind untergetaucht. Ich kenne Sie als Dave Kane.« Sie schaute ihm in die Augen, sah darin aber nicht den Schimmer einer Erinnerung. »Sie haben mir einmal erzählt, wie einer der Personenschützer des Präsidenten sein Funkgerät anließ, als er auf die Toilette ging, um ziemlich lautstark sein Geschäft zu verrichten. Sie mussten ihm die ganze Zeit zuhören, während Sie den Präsidenten bewachten, und sich zwingen, nicht zu lachen.«

»Weiter.« Kanes Griff lockerte sich.

In ihrem verzweifelten Bemühen, ihn wieder auf ihre Seite zu ziehen, erzählte sie ihm in Kurzfassung, was sie von seinem Leben wusste. »Ihre Frau hieß Annie und wurde bei einem Terroranschlag von einer Autobombe getötet. Sie haben seit dem Anschlag eine Metallplatte im Kopf und sind danach als mein Deputy in Black Rock Falls gelandet.«

»Ich weiß weder, wer Sie sind, noch wüsste ich, dass ich Ihr Deputy bin.« Kanes verwirrter Blick musterte ihr Gesicht. »Alles andere ist gestern passiert. Welches Datum ist heute?«

Jenna sagte es ihm, dann holte sie ihren Dienstausweis aus ihrer Tasche. »Hier, sehen Sie. Das bin ich.« Sie wartete, bis er ihren Ausweis begutachtet hatte. Anschließend gab sie ihm, in der Hoffnung, dass er sich wieder erinnern würde, einen kurzen Überblick über ihre aktuelle Situation. »Wir arbeiten seit einem Jahr zusammen. Sie wohnen in einem Haus auf dem Gelände meiner Ranch. Sie haben einen Hund namens Duke, einen Spürhund.«

»Ich kann mich an nichts davon erinnern, aber Sie sind offenbar Sheriff, und wir sind hier im Wald, also muss ich Ihnen wohl glauben.« Er rollte sich von ihr herunter, stöhnte, und sein Gesicht wurde kreidebleich. »Verdammt, mein Knie ist kaputt.« Er setzte sich auf, lehnte sich an den Baum und schaute auf das Loch in seiner blutgetränkten Jeans. »Die Kniescheibe ist hin.«

»Lassen Sie mich mal nachsehen.« Um ihn von seinen Verletzungen abzulenken, erzählte Jenna ihm, was sie über den Mörder wussten und was sich in der letzten Stunde ereignet hatte. Sie nahm den Verbandskasten und beugte sich über sein Bein. »Das muss von einem Arzt versorgt werden. Die Wunde an Ihrem Kopf habe ich geklammert, aber hierfür brauchen Sie einen Spezialisten. Ich kann nicht mehr tun, als das Knie zu säubern und zu verbinden.«

»Tun Sie das, aber ich glaube kaum, dass ich in diesem Zustand den Hang da hinaufklettern kann.« Kane zuckte zusammen, als sie Desinfektionsmittel auf die Wunde aufbrachte. »Haben Sie Verstärkung angefordert?« Er griff in seine Jacke und fand seinen eigenen Dienstausweis, dann holte er seine Waffe heraus und durchsuchte seine Taschen.

»Nein, unsere Handys sind kaputt«, sagte Jenna. Ihr fiel auf, wie langsam er sich bewegte, und runzelte die Stirn. »Sonst irgendwelche Verletzungen?« Sie holte zwei Wasserflaschen aus dem Rucksack und reichte ihm eine, sie trank aus der anderen.

»Zu viele, um sie aufzuzählen.« Sein Blick war jetzt gnädiger.

Als sie seine Wunde fertig verbunden hatte, schaute sie in sein blasses, gezeichnetes Gesicht. »Im Verbandskasten ist auch Morphium.«

»Nein, ich muss wachsam bleiben.« Kane runzelte die Stirn, dann schaute er ihr in die Augen. »Wir müssen hier weg. Sofort! Falls der Mörder gesehen hat, wie ich in den Canyon gestürzt bin, kennt er meine Position. Vielleicht ist er schon auf dem Weg.« Er setzte sich den Rucksack auf und zog sich an einem Baum hoch. »Geben Sie mir den Ast da, den nehme ich als Krücke.«

Sie gingen im Schatten der Bäume weiter in den Canyon hinein, waren aber erst ein paar Meter gekommen, als Kane schon wieder anhalten musste. Jenna konnte fast spüren, welche Schmerzen er litt, auch wenn er sich nicht beschwerte. Er hielt sich schnaufend an einer Kiefer fest, und sie ging ein paar Meter weiter und blickte hoch, um sich zu orientieren.

Neben ihr zerbrachen Zweige, als eine Kugel an ihrem Kopf vorbeirauschte und den Stamm eines Baums traf. Sie ließ sich fallen und rollte hinter einen großen Felsblock. Sofort hatte sie die Angst wieder fest im Griff, ihr Herz klopfte wie wild. Das war ein Warnschuss – der Mörder ließ sie wissen, dass er auf dem Weg zu ihr war. Er wollte, dass sie sich vor ihm fürchtete, das steigerte seine Lust. *Er ist der Jäger, ich die Beute.* Sie kroch um den Felsen herum, von der anderen Seite robbte Kane heran. Nachdem sie ihm in eine sitzende Position geholfen hatte, nahm sie ihm den Rucksack ab. »Hier, da sind Wasser und Energieriegel drin und eine Wärmedecke.«

»Okay ...?« Kane warf ihr einen fragenden Blick zu; sein Gesicht war voller blauer Flecken, und unter dem Verband an seinem Kopf sickerte Blut hervor. »Wollen Sie mich zurücklassen, damit die Bären mich erwischen?«

»Sie können bestimmt eine Weile auf sich selbst aufpassen. Sie haben reichlich Munition, und ich weiß, dass Sie ein guter Schütze sind.« Sie hockte sich vor ihn hin. »Hören Sie zu, Dave. Ich werde den Killer von Ihnen weglocken. Wenn er den Canyon betritt, sind wir noch verwundbarer; niemand weiß, dass wir hier sind. Wir haben uns zum verabredeten Zeitpunkt nicht gemeldet, also wird unser Team inzwischen wissen, dass etwas nicht stimmt, und sich auf den Weg machen. Ich muss nur dafür sorgen, dass er mich nicht erwischt, bevor die anderen hier sind.«

»Auf keinen Fall.« Kane legte die Stirn in Falten. »Wenn das ein Serienmörder ist, ein Psychopath, weiß niemand, was in seinem Kopf vorgeht; vielleicht wird er wütend und tötet Sie, einfach so! Das kann ich nicht zulassen, Sheriff. Sie bleiben hier, und wir kämpfen gemeinsam.« Der Blick, mit dem er sie ansah, war so kalt, als hätte ein Fremder von seinem Körper Besitz ergriffen.

»Wir haben keine Wahl«, sagte sie. »Sie sind so schwer verletzt, dass er klar im Vorteil ist, ob Ihnen das nun gefällt oder nicht, Dave. Wenn ich Sie hierlasse, kann ich ihn ablenken. Er ist an Ihnen nicht interessiert, und ich gehe davon aus, dass er ohnehin glaubt, dass Sie bereits tot sind. Ich habe das bis vorhin ja auch geglaubt.« Sie sah ihm in die blutunterlaufenen Augen. »Sie haben ein Profil von diesem Killer erstellt, und ich bin genau der Typ Frau, auf den er es abgesehen hat. Die Männer, die er tötet, sind für ihn mehr oder weniger überflüssig.«

»Es ist trotzdem zu gefährlich.« Kane ergriff ihren Arm. »Wenn wir hierbleiben, werde ich ihn, sobald er in Schussweite kommt, direkt ausschalten. Ihre Deputys werden die Schüsse hören und sofort hier sein.«

Sie fragte sich, ob er nach seiner Kopfverletzung noch ganz bei Sinnen war, und schüttelte den Kopf. »Ich weiß, dass Sie es gewohnt sind, so vorzugehen, Dave, aber wir werden das hier nach Vorschrift machen. Es gibt im Wald hunderte Jäger, und jeder von denen könnte sich hierher wagen und in Schussweite kommen. Wir müssen schon ganz sicher sein, dass es der Mörder ist, bevor wir schießen. Man kann doch nicht einfach den erstbesten Menschen erschießen, der sich hier zeigt; er muss uns schon konkret bedrohen.«

»Ich finde, er hat mich bereits mehr als genug bedroht, Ma 'am«, sagte Kane. Sein Mund deutete ein Lächeln an. »Angenommen, ich lasse mich auf diesen Wahnsinn ein – wie sieht Ihr Plan aus?«

»Wenn ich für eine Sekunde aus der Deckung gehe, um seine Aufmerksamkeit zu erregen, kann ich im Schatten bis zur Kante des Canyons gelangen. Das Areal da oben wird von unserem Team überwacht. Sie werden mich sehen und schnell zur Stelle sein. Das ist unsere einzige Chance. Wie ich schon sagte, sie haben im Moment keine Ahnung, dass wir hier unten sind.« Jenna zuckte mit den Schultern. »Wenn ich bleibe, spielen wir das Spiel des Mörders mit. Der Verrückte da oben will mich nicht sofort umbringen; er foltert seine Opfer erst, und genau das können wir gegen ihn verwenden.«

»Und wenn er Sie außer Gefecht setzt?« Kane nahm einen Schluck Wasser aus seiner Flasche und zuckte vor Schmerzen zusammen. »Nehmen wir an, er schießt Ihnen in die Arme, dann können Sie weder kämpfen noch Ihre Waffe benutzen. Ihr Team braucht ja garantiert länger als ein paar Sekunden, um angerannt zu kommen, oder?« Er warf ihr einen langen Blick zu. »Er benutzt ein leistungsstarkes Gewehr, und nach allem, was ich bisher gesehen habe, ist er ein extrem guter Schütze. Er könnte das Team ausschalten, bevor sie überhaupt merken, was los ist.«

Jenna schüttelte den Kopf. »Nicht mein Team. Um Himmels willen, Sie selbst haben sie ausgebildet, und Wolfe hat das Kommando, der ist wie Sie ein Ex-Marine. Er wird uns nicht im Stich lassen.«

»Wenn Sie meinen ... Trotzdem bin ich auch mit einem kaputten Knie Ihr bester Schutz.« Kanes Blick verengte sich. »Wenn Sie mich so gut kennen, wie Sie behaupten, werden Sie das verstehen.«

»Das schon, aber im Moment muss ich *Sie* beschützen. Das ist die beste Lösung. Ich muss auf unser Team vertrauen.« Sie drückte seine Schulter. »Sie bleiben hier, in Sicherheit. Ich kümmere mich um diesen Mistkerl und schicke dann Wolfe, um Ihnen zu helfen, das verspreche ich Ihnen.« Sie wollte nicht noch länger mit ihm diskutieren, also setzte sie ihre Sonnenbrille auf, steckte die Wasserflasche ein und wandte sich um. Dann sprang sie unter den Bäumen hervor und sprintete über die sonnenbeschienene Fläche bis in die schattige Baumreihe, hinter der die steile Canyonwand aufragte. Sie tauchte in das Unterholz ein und kletterte langsam an der Seite der Schlucht hinauf.

Über sich hörte sie das Geräusch eines Gewehrs mit Schalldämpfer, das in schneller Folge mehrere Schüsse abgab; der Killer zielte um sie herum, als würde er sie antreiben. Eine Welle der Panik überkam sie. *Das Spiel hat sich geändert. Ab jetzt spiele ich nach seinen Regeln.*

EINUNDSECHZIG

Besser hätte es gar nicht kommen können. Seine Beute hatte sich aus der Deckung gewagt und war ihm direkt ins Visier marschiert. Er gluckste und gab ein paar weitere Schüsse ab, die rechts von ihr einschlugen. »Komm schon, zurück auf den Waldweg mit dir. Wir machen gleich ein schönes Spielchen.« Er lehnte sich über die Kante und sah, wie sich die Büsche bewegten, während Mariah den steilen Abhang hinaufkletterte.

Sie würde vollkommen erschöpft sein, wenn sie oben ankam, aber da die Sonne demnächst unterging, würde er ihr keine lange Pause gönnen können, bevor er seine Jagd beendete. Er sah auf die Uhr. Es würde vielleicht noch eine Stunde hell sein. Er wollte sie jagen; er wollte, dass sie verzweifelt vor ihm davonrannte und zugleich wusste, dass sie ihm nicht entkommen konnte. Er brauchte das. Die anderen stimmten darüber ab, auf welche Weise er sie töten sollte – ihm ging es vor allem darum, sie in die Nähe seiner Höhle zu treiben, damit er ihr vor den Augen seiner Freunde den Rest geben konnte. Schließlich war es bei einigen von ihnen Jahre her, dass sie eine Frau zu Gesicht bekommen hatten.

Er zitterte vor Aufregung bei dem Gedanken daran, wie sie

reagieren würde, wenn er die Lampen in seiner Höhle anschaltete. Sie wäre entsetzt vom Anblick seiner Freunde. Wie sie schreien würde! Er bezweifelte, dass viele Leute seine Freude daran teilten, wie schnell Menschen verwesten. Seine Freunde würden Mariah anlächeln, und er würde sich an ihrer Angst weiden. Sein Herz würde schneller schlagen, und doch würde er ganz ruhig bleiben. Er ließ sich gerne Zeit mit seiner Beute und genoss jeden einzelnen köstlichen Moment.

Endlich tauchte sie aus dem Canyon auf und lief den Pfad in Richtung ihres Lagerplatzes hinunter. Er ließ sich Zeit und ging gemächlich hinter ihr her; sie war nicht allzu schnell, er würde keine Probleme haben, mit ihr Schritt zu halten.

Doch dann blieb sie plötzlich stehen. Sie stand da, völlig ungeschützt, und nahm einen langen Schluck aus einer Wasserflasche. Er hob sein Gewehr und schoss zweimal auf den Baum direkt links von ihr. Zu seiner Überraschung rannte sie nicht schreiend in den Wald, sondern drehte sich langsam zu ihm um. Er trat ins Freie und richtete sein Gewehr auf sie. Sein Stimmenverzerrer würde ihr gehörig Angst einjagen. »Lauf, oder ich werde dich auf der Stelle töten.«

»Ach ja? Willst du mir in den Rücken schießen?«

Ihre laute Stimme und ihr selbstbewusstes Grinsen kamen ihm seltsam bekannt vor.

»Großer Mann mit deiner großen Waffe«, rief sie. »Im Grunde bist du nichts als ein Schwächling, der mit einem Hochleistungsgewehr auf eine unbewaffnete Frau schießt. Ein echter Mann hätte zumindest den Mumm, gegen mich zu kämpfen.« Sie hob ihr Kinn. »Was? Bin ich eine Nummer zu groß für dich? Lauf heim zu Mutti, du Waschlappen, und hör auf, meine Zeit zu verschwenden.«

Voller Zorn ließ er das Gewehr fallen und zog sein Messer aus der Scheide. »Das wirst du bereuen, du Schlampe.«

ZWEIUNDSECHZIG

Jenna musste jetzt vor allem Zeit gewinnen. »Na komm schon, du kleiner Wurm!«, rief sie und winkte ihn zu sich.

Dass sie so tapfer war, hatte auch damit zu tun, dass sie weiter vorne auf dem Pfad eine Bewegung wahrgenommen hatte. Die Deputys waren auf dem Weg zu ihr, und ihre laute Stimme würde ihnen verraten, wo sie steckte. Der Mann vor ihr war groß, aber nicht so groß wie Kane. Er verbarg sein Gesicht hinter einem hässlichen Tuch mit Totenkopf-Print, eine Sonnenbrille bedeckte seine Augen. Er sah genau so aus, wie Colter Barry ihn beschrieben hatte. Sie baute sich breitbeinig vor ihm auf, die Schultern durchgedrückt, und wartete darauf, dass er sie angriff. Jenna musste an Kanes Profil dieses Wahnsinnigen denken: Dem Mörder ging es vor allem darum, dass seine Opfer Angst hatten; wahrscheinlich genoss er es vor allem, wenn sie um ihr Leben bettelten.

Adrenalin schoss ihr ins Blut, sie wollte unbedingt gegen ihn kämpfen. Vielleicht würde alles wieder gut werden, wenn ausgerechnet eine Frau ihn zu Fall brachte. Sie hörte ihn reden, aber anscheinend sprach er nicht mit ihr, sondern in ein Funkgerät. Dass er vielleicht Komplizen hatte, war ihr gar nicht in den Sinn gekommen. Jetzt kam sie sich schon nicht mehr ganz so siegessicher vor. Er kam auf sie zu und ließ das Messer von einer Hand in die andere wandern, als hätte er alle Zeit der Welt.

»Ich werde dich ganz langsam töten und dich um Gnade winseln lassen. Aber Gnade kenne ich nicht.« Mit langsamen, bedächtigen Schritten bewegte sich der Killer auf sie zu. »Du gehörst jetzt mir, Mariah. Du kannst nicht entkommen.«

In ihrem verzweifelten Versuch, keine Angst zu zeigen, lachte Jenna auf und sagte: »Ich bin nicht Mariah.«

Sie konnte hören, wie sich ein ganzes Stück hinter ihr jemand durch das Unterholz bewegte, aber waren das ihre Kollegen oder die Komplizen des Verrückten? Sie hatte keine Wahl, sie musste handeln. »Lassen Sie das Messer fallen. Ich bin Sheriff Alton, und ich bin nicht allein hier.«

Der Killer blieb stehen. Zu ihrer Überraschung kicherte er. »Oh, der ultimative Preis! Dann nehme ich an, dass ich vorhin Deputy Kane ausgeschaltet habe? Okay, du hast mich ausgetrickst, aber du siehst den meisten meiner Opfer ja auch ziemlich ähnlich, oder? Jetzt kann dich keiner mehr retten, Jenna. Ich habe meine Augen überall, und falls die süße Blondine zu deinem Team gehört hat, dann fürchte ich, dass sie ihr Herz an jemand anderen verloren hat.« Er kam gemessenen Schrittes auf sie zu. »So schnell wird niemand hier sein. Hier sind nur wir beide, du und ich, so wie es sein soll.«

Die Sorge um Bradford nagte an ihr. Wie hatte er sie erwischen können, wenn drei Deputys bei ihr waren? Sie hob ihr Kinn. Er wusste nicht, dass sie eine Waffe unter der Jacke trug, und soweit sie es beurteilen konnte, war er jetzt nur mit einem Messer und dem Mut eines Wahnsinnigen bewaffnet. Trotzdem ließ er sich vielleicht noch bremsen, wenn sie mit ihm redete. »Kane ist nicht tot. Ich gebe Ihnen noch eine letzte Chance, sich zu ergeben.«

»Bist du verrückt?« Er neigte den Kopf. »Lieber würde ich

sterben, als mich einer Frau zu ergeben. Vor allem nicht *dir*.« Er ging jetzt schneller.

Ohne den Blick von ihm abzuwenden, öffnete Jenna den Reißverschluss ihrer Jacke und holte ihre Pistole heraus. Sie hielt sie mit beiden Händen und zielte auf ihn. »Halt, oder ich schieße.«

Der Mörder stieß ein wahnsinniges Lachen aus und ging einfach weiter. Jenna zielte auf seinen rechten Arm und schoss. Der Mann taumelte kurz unter der Wucht des Schusses, hielt aber weiterhin das Messer fest, als würde er keine Schmerzen spüren, er wurde nicht einmal langsamer. Er war jetzt kaum noch zehn Meter von ihr entfernt und kam immer näher.

»Schlechte Wahl, Jenna. Kopf oder Herz, Süße.« Er schüttelte den Kopf wie ein Hund und ging noch schneller. »Oder hast du danebengeschossen? Jetzt bist du nicht mehr so selbstsicher, Schlampe, was?«, rief er, hob sein Messer und stürzte auf sie zu.

Jenna stand unbeweglich da, und ohne eine weitere Sekunde zu zögern, zielte sie und schoss. Seine Kniescheibe explodierte, und er heulte vor Schmerzen auf und polterte zu Boden. Sie wartete einen Moment, in der Hoffnung, dass er endlich aufgeben würde. Wenn sie ihn tötete, würden sie nie erfahren, wie viele Menschen er ermordet hatte. Er brüllte vor Wut und fuchtelte mit dem Messer ihr ihre Richtung. Ihre Hände zitterten vor Angst, sie starrte ihn entsetzt an.

Er robbte weiter auf sie zu. Es war, als besäße er übermenschliche Kraft. »Du bist die Nächste, Jenna.«

Jenna legte den Finger wieder auf den Abzug ihrer Glock. »Oh, das glaube ich nicht.«

»Nicht schießen!« Wolfe kam durch die Bäume auf den Pfad gestürzt, hinter ihm tauchten Rowley und Webber auf.

Bevor Jenna noch irgendwelche Befehle erteilen konnte, schlug Wolfe dem Mörder das Messer aus der Hand und legte ihm Handschellen an. Sie sah ihre Deputys an. »Sie haben sich aber Zeit gelassen. Wo ist Bradford?«

»Sie ist tot«, sagte Rowley und sah sie schmerzvoll an. »Ich nehme an, er hat sie getötet.«

Eine Welle der Trauer rollte über Jenna hinweg, aber sie schluckte das Gefühl hinunter und nickte. »Das hat er mir gegenüber schon gestanden. Lassen Sie einen Rettungshubschrauber kommen. Kane ist im Canyon und braucht dringend medizinische Hilfe. Das Arschloch hier kann warten.«

»Ich kümmere mich um den Hubschrauber«, sagte Wolfe. »Wo genau ist Kane denn? Ich werde gleich zu ihm gehen.« Er sah Jenna aufmerksam an und wartete auf ihre Anweisungen.

»Ist gut. Webber kann sich um die Verletzungen des Gefangenen kümmern.«

Jenna packte Wolfe am Arm und ging mit ihm ein Stück zur Seite. »Kane hat einen Streifschuss am Kopf abbekommen und leidet unter partieller Amnesie. Er hat mich nicht erkannt. Sie müssen vorsichtig sein, wenn Sie sich ihm nähern. Er wird erst schießen und dann Fragen stellen. Er hat alles seit dem Anschlag damals vergessen.« Sie senkte ihre Stimme und flüsterte: »Dem Anschlag mit der Autobombe.«

»Er wird mich schon wiedererkennen«, sagte Wolfe, wandte sich ab und ging in Richtung Canyon.

Jenna kehrte zu den anderen zurück und starrte hinunter auf den Gefangenen.

»Du hättest mich besser töten sollen«, zischte der Mörder und hob den Kopf.

»Die Genugtuung hätte ich Ihnen nicht gegönnt. Ich hoffe, Sie schmoren den Rest Ihres Lebens im Gefängnis; die Todesspritze ist zu gut für Sie.« Jenna beugte sich über den Mörder, riss ihm das Tuch vom Gesicht und nahm ihm die Sonnenbrille ab. Doch es war nicht Ethan Woods, wie sie erwartet hatte. Sie blinzelte, so verwirrt war sie, wer sie da anstarrte. »James Stone!«

EPILOG

Viel war passiert in den Wochen seit dem Einsatz. Ein Rettungshubschrauber des Militärs hatte Kane aus dem Canyon geholt. Statt ins Black Rock Falls Hospital war er ins Walter-Reed-Militärkrankenhaus in Bethesda an der Ostküste gekommen. Als Wolfe Jenna darüber informierte, dass Kane zur Gesundung eine besonders sichere Umgebung benötigte, war ihr klar, dass er nicht so schnell nach Black Rock Falls zurückkehren würde, wenn überhaupt.

Entsprechend überraschend kam der Anruf aus dem Krankenhaus. Kane wollte sie sehen. Sie konnte so schlecht einschätzen, was er ihr sagen wollte, dass sie nervös an ihren Fingernägeln kaute, während sie überlegte, was sie tun sollte. Man teilte ihr mit, dass sie ihn erst ein paar Tage nach seiner nächsten Operation besuchen könne, aber so lange konnte sie nicht warten. Sie musste wissen, ob er nach Black Rock Falls zurückkehren wollte oder nicht.

Auf dem Flug nach Washington, D. C. musste sie immer wieder daran denken, dass sie beinahe zum Opfer von James Stone geworden war. Sie hatte mehrere Dates mit diesem Mann gehabt. Wer hätte gedacht, dass jemand, der sein Geld damit verdiente, vor Gericht andere Menschen zu verteidigen, zugleich ein kaltblütiger Mörder war? Sie blickte aus dem Fenster und betrachtete die Wolken, während sie die Fakten des Falls Revue passieren ließ. Kane würde alle Einzelheiten wissen wollen.

Die Tage, nachdem sie James Stone verhaftet hatten, waren für sie extrem anstrengend gewesen. Bis auf die Tatsache, dass er noch am Leben war, erfuhr sie nichts über Kanes Zustand, und das zerrte an ihren Nerven. Sie rief täglich im Krankenhaus an, und jedes Mal bekam sie das Gleiche zu hören: Da sie nicht mit ihm verwandt sei, könne man ihr keine Informationen geben. Rowley und Wolfe unterstützten sie bei der Arbeit, so gut sie konnten, und an den Wochenenden vertrieb Emily ihr die Zeit mit ihren blutrünstigen Geschichten.

Sie hatte Bradfords Leichnam zu ihrer Familie nach Helena bringen lassen und ihr Team damit beauftragt, Licht in die dunkle Seite von James Stone zu bringen. Nachdem sie sich stundenlang die grausamen Videoaufnahmen seiner Morde angeschaut hatten, entdeckten sie seine Höhle am Bear Peak. Darin fanden sie die Leiche von Jim Canavar. Stone hatte seinen Tod dokumentiert und somit war bewiesen, dass Canavar mit den Verbrechen nichts zu tun hatte. Jim saß neben mehreren unbekannten Opfern gegen die Höhlenwand gelehnt. Jim Canavars Ex-Freundin und ihr Freund waren nicht unter den Leichen, auch nicht die Besitzer der Rucksäcke. Dafür fanden sie Videos, in denen die Ermordung von Paige und Dawson zu sehen war. Diese Akte schließen zu können und zu wissen, dass ihr Mörder für eine sehr lange Zeit hinter Gittern sitzen würde, war eine große Erleichterung. Nachdem sich das FBI einen Überblick über vermisste Touristen aus Asien verschafft hatte, konnte es den unbekannten Toten als Lee Pu identifizieren, einen chinesischen Staatsangehörigen, der am Tag vor seiner Abreise aus China große Geldbeträge auf ein Offshore-Konto überwiesen hatte, dessen Besitzer das FBI nicht ermitteln konnte. Man nahm aber an, dass der Chinese sich so bei Stone eingekauft hatte, um gemeinsam mit ihm Bailey Canavar ermorden zu dürfen.

Obwohl Stone sein neues Auto mit Geld aus einem Bankkonto in Übersee bezahlt hatte, bestritt er, einen Mann namens Lee Pu zu kennen.

Zusammen mit der Cyber-Abteilung des FBI nahm sich Wolfe Stones Computer vor. Es gelang ihnen Stones Webseite im Darknet ausfindig zu machen und zu löschen. Nach und nach erfuhren sie die Details seiner furchtbaren Routine. In seinem Urlaub fuhr Stone immer im ganzen Bundesstaat herum, um zu morden. Eine Leiche nahm er immer als besonderes Souvenir mit nach Hause. Er konnte ihnen die Namen seiner Opfer nicht nennen, gab aber an, dass er die Leichen per Pferd zu seiner Höhle im Wald gebracht hatte. Da Pu offenbar einer seiner Kunden gewesen war, suchte das FBI in Übersee nach möglichen DNA-Übereinstimmungen mit den übrigen Opfern und glich die Daten mit weiteren ungeklärten Mordfällen im ganzen Bundesstaat ab. Offenbar hatte es Stone besonderes Vergnügen bereitet, seinen Kunden erst ihr Geld abzunehmen und sie dann zu töten. Sobald sie identifiziert waren, widmete sich das FBI den Bankkonten der Opfer und prüfte, ob sie kurz vor ihrem Verschwinden große Summen abgehoben hatten. Trotz aller Expertise war das FBI nicht in der Lage gewesen, zu ermitteln, wer die Pay-per-View-Events organisiert hatte, geschweige denn auch nur einen der Online-Kunden.

Wie die ausführlichen Befragungen Stones durch einen FBI-Profiler ergaben, war Stones Familie bei einem Hausbrand ums Leben gekommen, als er ein Kind war. Anschließend hatte ihn ein Ehepaar adoptiert, und keine sechs Monate später hatte man Stones Adoptiveltern erschlagen im Bett gefunden. Die Polizei hatte den Zwölfjährigen nie verdächtigt, aber es war sein erster Mord gewesen, und er hatte Appetit auf mehr bekommen.

Während sich das Flugzeug im Landeanflug befand, dachte Jenna zurück an die Befragung von James Stone. Sie erschauderte bei der Erinnerung daran, wie begeistert er von seinen vielen Morden erzählt hatte. Außer sich selbst hatte er niemand anderen belastet. Es war ihr vorgekommen, als würde er es geradezu genießen, die makabre Geschichte von der Ermordung seiner Pflegeeltern noch einmal zu durchleben und aufzuzählen, wen er seitdem sonst noch alles getötet hatte. Als sie schließlich James Stones letzte Aussage gehört hatte, war es ihr eiskalt den Rücken runtergelaufen. Er hatte behauptet, *sie* sei der Grund, warum er dunkelhaarige Frauen getötet habe, und die Männer seien bloß Kollateralschäden gewesen. Immer und immer wieder gingen ihr seine Worte durch den Kopf: »*Es war Jennas Schuld, sie hat mich dazu getrieben. Ich habe versucht, nett zu ihr zu sein, aber sie hat mich wie den letzten Dreck behandelt. Sie war nicht besser als all die anderen. Ich war nicht gut genug für sie, die ach so tolle Polizeichefin. Dabei wollte ich doch nur mit ihr zusammen sein.*« In diesem Moment hatte Stone den Kopf gedreht und in den Einwegspiegel geblickt, als könne er sie sehen. »*Du solltest dafür bezahlen, dass du so respektlos zu mir warst, Jenna. Alle sollten sie dafür bezahlen.*«

Dass sie mit ihm ausgegangen war, war ein Jahr her. Sie hatte ihm damals zu verstehen gegeben, dass es mit ihnen nichts werden würde, aber Stone hatte einfach nicht locker gelassen, und als Kane in die Stadt gekommen war, hatte sie ihn gebeten, dafür zu sorgen, dass Stone sie in Ruhe ließ. Stone hatte endlich eingesehen, dass er keine Chance bei ihr hatte, und sie hatte geglaubt, damit sei die Geschichte ausgestanden. Sie hatte keine Ahnung gehabt, dass seine Feindseligkeit ihr gegenüber so weit reichte. Wenn sie daran dachte, dass seitdem mehrere Frauen gestorben waren, nur weil sie ihr ähnlich sahen, wurde ihr übel.

Sie nahm ein Taxi zum Krankenhaus, wo eine Krankenschwester sie in ein steriles, kaltes Wartezimmer setzte. Voller Sorge lief Jenna auf und ab. Kane war schon seit Stunden unter dem Messer. Als schließlich die Tür geöffnet wurde und ein Mann in OP-Kleidung auf sie zukam, atmete sie erleichtert aus.

Der Arzt streckte die Hand aus. »Sheriff Alton, nehme ich an? Ich habe die Erlaubnis von Mr. Kane, Sie über seinen momentanen Zustand zu informieren.«

Jenna schüttelte seine Hand, nickte und rang nach Worten. »Geht es Dave gut?«

»Er musste dreimal operiert werden, und er wird eine Weile in die Reha müssen, aber er wird wieder gesund werden.« Der Blick des Arztes verengte sich. »Die Platte in seinem Kopf hat ihm das Leben gerettet, aber sie war stark beschädigt, und wir haben sie gleich nach seiner Ankunft ersetzen müssen. Wir mussten das Knie zweimal operieren, und er wird eine Zeitlang auf Krücken gehen müssen, aber er ist zäh, das wird ihn nicht lange aufhalten.«

Sie schluckte schwer und kämpfte gegen Tränen der Erleichterung an. »Was ist mit seinem Gedächtnis?«

»Er hat noch ein paar Lücken, aber die werden sich bald wieder schließen.« Der Arzt lächelte sie an. »Möchten Sie zu ihm? Er ist nicht mehr auf der Intensivstation, sondern wieder in seinem Krankenzimmer.«

Jenna nickte, und ihr Magen krampfte sich zusammen. Vielleicht war dies das letzte Mal, dass sie Dave Kane sehen würde. Die Regierung würde ihn garantiert in einen anderen Bundesstaat versetzen. Sie folgte dem Arzt einen Flur hinunter, dann wies er auf einen Raum, vor dem ein Mitarbeiter des Geheimdienstes postiert war. Sie zeigte dem Mann ihren Ausweis, ging hinein und hielt den Atem an. Kane lag flach auf dem Rücken und war mit diversen Maschinen verkabelt, sein Knie steckte in einem großen Gestell. Er sah blass aus, und über eine Seite seines kahlgeschorenen Schädels zog sich eine große rote Narbe. Sie trat an sein Bett und berührte seine Hand. »Dave, ich bin's, Jenna.«

»Jenna?« Er öffnete die Augen und starrte sie an. »Sind Sie den ganzen Weg hierhergekommen, nur um mich zu sehen?«

Sie setzte sich auf die Bettkante und berührte seinen Arm. »Ich durfte nicht früher kommen. Sie scheinen hier etwas ganz Besonderes zu sein.«

»Sie hatten ja ohnehin alle Hände voll zu tun. Wolfe hat mich vor der OP angerufen, und mich auf den neuesten Stand gebracht.«

Jenna befeuchtete ihre Lippen. Sie wollte genau wissen, wie es ihm ergangen war, aber im Moment war er sicher noch zu schwach, um lange zu reden. »Ich bin heilfroh, dass Sie Wolfe erkannt haben, als ich ihn in den Canyon geschickt habe, um Ihnen zu helfen.«

»Ich hätte garantiert auf ihn geschossen, aber er hat seinen und meinen Codenamen benutzt.« Kane warf ihr einen müden Blick zu. »Er war damals bei den Marines mein Vorgesetzter. Das wussten Sie gar nicht, oder? Mist, jetzt werde ich Sie wohl töten müssen.« Er wagte ein Lachen, dann stöhnte er auf. »O Gott, Jenna, bringen Sie mich nicht zum Lachen, das tut weh.«

Sie runzelte die Stirn. »Wow, die Medikamente scheinen Sie ja ganz schön zu verwirren. Ich bin genauso zur Geheimhaltung verpflichtet wie Sie, haben Sie das vergessen?«

»Natürlich nicht, ich erinnere mich sehr gut an Sie. Ich wollte nur die Stimmung auflockern. Sie machen so ein besorgtes Gesicht.« Ihre Blicke trafen sich, und Kane räusperte sich. »Ich weiß nur von manchen Dingen nicht genau, wann sie passiert sind, das ist alles. Der Arzt sagt, mit der Zeit wird sich alles wieder einrenken.«

Jenna sah in sein zerschundenes Gesicht. »Ich bin so froh, dass Sie wieder in Ordnung kommen.«

»Genug von mir«, sagte Kane. »Sie haben den Mörder gefasst, James Stone, den Staranwalt. Wer hätte gedacht, dass er es war?« Er runzelte die Stirn, als ob er etwas sagen wollte und nicht genau wusste, wie er es formulieren sollte. »Sie sind eine verdammt gute Polizistin. Es allein mit diesem Wahnsinnigen aufzunehmen, war wirklich mutig.«

In Jennas Brust krampfte sich alles zusammen. Gleich würde er ihr mitteilen, dass er nicht nach Black Rock Falls zurückkehren würde. Sie musste schlucken. »Ohne Sie hätte ich es nicht geschafft.«

»Doch, genau das haben Sie.« Kane klang, als würde er darum kämpfen, wach zu bleiben.

Jenna räusperte sich. »Duke vermisst Sie. Er sitzt immer neben Ihrem SUV und jault. Ich habe ihn zu Rowley gebracht, bevor ich gefahren bin, das war ein ziemlicher Akt. Seine Augen haben mich so traurig angeschaut. Ich habe ihm versprochen, dass ich bald wieder da bin.«

»Ich vermisse Duke auch.« Kane schloss die Augen. »Danke, dass Sie sich für mich um ihn kümmern. Und um die Pferde.« Er wandte den Kopf ab, als könne er ihren Blick nicht erwidern.

»Gar kein Problem. Duke gehört ja praktisch schon zur Familie.« Sie konnte nicht verhindern, dass ihr eine Träne über die Wange lief. »Irgendetwas beunruhigt Sie doch, Dave. Sagen Sie es einfach, bringen Sie es hinter sich.«

»Okay. Ich muss Sie etwas fragen.« Er drehte den Kopf. Seine Augen waren fast geschlossen, er sah sie nur noch durch seine Wimpern hindurch an. Seine Stimme war jetzt leiser. »Kommen Sie etwas näher, die Medikamente setzen wieder ein.«

Sie beugte sich über ihn, und Kane fragte mit einem schläfrigen Flüstern: »Wann nehmen Sie mich mit nach Hause?«

EIN BRIEF VON D.K. HOOD

Liebe Leserinnen, liebe Leser,

vielen Dank, dass ihr euch für meinen Roman entschieden und mich in *Zeit zu sterben* auf ein weiteres spannendes Abenteuer mit Kane und Alton begleitet habt. Wenn euch das Buch gefallen hat und ihr euch über alle meine neuesten Veröffentlichungen informieren möchtet, könnt ihr euch gerne unter dem folgenden Link in meine Mailingliste eintragen. Eure E-Mail-Adresse wird nicht an Dritte weitergegeben, und ihr könnt euch jederzeit abmelden.

www.bookouture.com/bookouture-deutschland-sign-up

Diese Geschichte zu schreiben war für mich besonders aufregend. Ich habe schon immer davon geträumt, in das Leben von Ex-Geheimagenten einzutauchen, die Serienmörder jagen. Die einzelnen Aspekte der Tatorte zu recherchieren, habe ich sehr genossen. Wenn euch meine Geschichte gefallen hat, wäre ich euch sehr dankbar, wenn ihr eine Rezension hinterlasst und mein Buch Freunden und Familie empfehlt. Ich freue mich sehr, von meinen Leserinnen und Lesern zu hören, also zögert bitte nicht, mir jederzeit Fragen zu stellen. Ihr könnt über meine Facebook-Seite, Twitter oder meinen Blog gerne Kontakt zu mir aufnehmen.

Vielen Dank für eure Unterstützung, D.K. Hood

BLEIB IN KONTAKT MIT D.K. HOOD

www.dkhood.com

 facebook.com/dkhoodauthor

 twitter.com/dkhood_author

 instagram.com/d.k.hood

DANKSAGUNGEN

Bevor und während ich einen Roman schreibe, verbringe viel Zeit mit der Recherche. Ich will immer sicherstellen, dass meine Geschichten »realistisch« sind. Auch bei *Zeit zu sterben* brauchte ich den praktischen Rat eines Experten. Meine erste Anlaufstelle war Daniel Brown. Seine Geduld, als ich ihn mit meinen Fragen löcherte, weiß ich sehr zu schätzen. Seine Erklärungen und Vorschläge waren unbezahlbar.

Außerdem möchte ich mich bei dem großartigen Team von Bookouture bedanken, das sich immer so eifrig dafür einsetzt, dass meine Bücher so gut werden, wie es nur geht. Besonderen Dank schulde ich Helen Jenner, die mich stets in die richtige Richtung lenkt. Meine Erzählungen gehen durch viele sehr erfahrene Hände, bevor sie veröffentlicht werden – das Lektorat, die fantastischen Cover, die Hörbücher und die Werbung. Herzlichen Dank an alle Beteiligten.